Julia Bruns

Donnerstag ist Schnitzeltag

Helmut Katuschek (Kriminalhauptkommissar a. D.) ist begeistert: Endlich kommt wieder Leben in das Seniorenheim, in dem er seit einer gefühlten Ewigkeit sein Dasein fristet. Denn der beliebte Heimdoktor Schröter ist mausetot, obwohl sein jugendliches Alter diesen Zustand ganz und gar nicht hergibt.

Aber dass der Doktor nicht freiwillig aus dem Leben geschieden sein kann, ist sofort sonnenklar. Hat etwa sein laxer Umgang mit verschreibungspflichtigen Pillen damit zu tun? Vielleicht sogar Drogenhandel? Helmuts Spürnase ist gefragt und natürlich auch die Hilfe seiner ehemaligen Kollegin und Gerichtsmedizinerin Frau Dr. Böttcher – deren Gedächtnislücken allerdings von Tag zu Tag größer werden …

Julia Bruns wurde in Thüringen geboren und studierte Politikwissenschaft, Soziologie und Psychologie. Heute arbeitet sie als freie Autorin. www.julia-bruns.com

JULIA BRUNS

DONNERSTAG IST SCHNITZELTAG

EIN SENIORENKRIMI

dtv

Von Julia Bruns sind bei dtv außerdem lieferbar:
Die Rache der Weihnachtsgurke
Der Weihnachtsgurkenfluch
Die Langeweile stirbt zuletzt
Tote brauchen keinen Strandkorb

MIX
Papier | Fördert gute Waldnutzung
FSC® C019821

Originalausgabe 2025

Tumblingerstraße 21, 80337 München
produktsicherheit@dtv.de

Umschlaggestaltung: semper smile, München
Umschlagmotive: shutterstock.com / Gullrukh, nuvolanevicata, Jen Digital Art, Yana Fefelova, Tatiana Arestova, Valentina Sova, Olya Haifisch, BeataGFX, Maltiase
Gesetzt aus der Stempel Garamond
Satz: Uhl + Massopust, Aalen
Druck und Bindung: Druckerei C.H.Beck, Nördlingen
Printed in Germany · ISBN 978-3-423-22119-1

Mein Mann ist krank.«

»Oh nein! Frau Katuschek«, ruft Doktor Schröter, der Heimarzt, voller Entsetzen aus. »Wie konnte denn das passieren? Muss ich mir um Sie Sorgen machen?«

Margot zuckt mit den Schultern.

»Gut, dass Sie gleich gekommen sind«, redet Schröter weiter. »Einen Besuch beim Doktor schiebt man nicht auf. Wie ich immer sage, lieber zu früh als zu spät.« Er fasst nach ihrer Hand und tätschelt sie zärtlich.

»Ach, Herr Doktor.« Margot schmilzt angesichts der Schöntuerei förmlich dahin. »Sie würde ich jeden Tag besuchen.«

»Und ich würde Sie jeden Tag herzlich in Empfang nehmen«, erwidert Schröter selbstgefällig.

Ich räuspere mich.

»Jetzt nicht, Helmut!«, faucht mich Margot an.

Natürlich nicht. Margot will die Aufmerksamkeit des smarten Allgemeinmediziners in vollen Zügen auskosten. Der Mann ist die Reinkarnation eines jungen, etwas zu schmächtig geratenen Roy Black, nur mit fisteliger Stimme und einem ausgeprägten Sprachfehler bezüglich der Zischlaute. Margot findet ihn trotzdem superb, so wie den Streichkäse, den sie bei jeder Gelegenheit in sich hineinschlingt. Schröter dagegen kommt nur zweimal in der Woche für wenige Stunden zu uns. Dann herrscht immer ein Andrang wie bei einem Konzert der Rolling Stones. Alle lechzen nach einer persönlichen Ansprache nebst Unterbrechung des Einerleis. Margot ist ganz vorn mit dabei. Wenigstens gibt es heute mal einen richtigen Grund, seine Sprechstunde aufzusuchen. Auch wenn der nicht bei ihr liegt.

»Bitte setzen Sie sich. Sie sind ja schon ganz blass um die Nase«, fordert Schröter sie auf, während er sie behutsam am Ellenbogen fasst, sie zu einem Stuhl schiebt und wie ein rohes Ei darauf platziert. Als wäre das nicht genug, fasst er noch zweimal nach, um zu prüfen, ob sie auch wirklich richtig sitzt. Ich weiß ja nicht, was der Doktor schon alles erlebt hat, aber Margot sitzt grundsätzlich fest. Dann lässt er sich quasi in Tuchfühlung zu ihr auf der Ecke seines Schreibtisches nieder, legt die Hände in seinen Schoß und schaut Margot voller Besorgnis an. »Sie müssen mir alles erzählen, werte Frau Katuschek, aber erst atmen wir ein wenig gemeinsam. Das bringt Sie wieder ins Gleichgewicht.« Er greift nach ihrer Hand und schließt die Augen, wobei er noch einmal blinzelt, um sicherzugehen, dass Margot es ihm gleichtut. Dann atmen beide vor sich hin.

Ich bleibe derweil an der Tür stehen und überlege, ob ich einfach gehen sollte. Wenn Margot wegen meiner wunden Zehen bei Doktor Schröter vorstellig werden will, dann soll sie das tun. Sie weiß ohnehin immer alles besser. Das liegt daran, dass wir verheiratet sind, seit sechsundvierzig Jahren. Ich habe das mal ausgerechnet. Das sind dreiundsechzig Prozent meiner Lebenszeit. Ich weiß nicht, ob ich meine Unmündigkeit an Jahren je wettmachen kann. Wenn ich über neunzig werde, hätte ich gute Chancen. Aber Margot müsste sterben. Vorzugsweise in den nächsten Tagen. Ich schaue sie an. Ihre Wangen leuchten so rosig wie immer. Atmen tut sie auch noch, im Duett mit dem Doktor. Wenn ich die beiden jetzt allein lasse, kann ich mein Schachspiel noch in Ruhe vor dem Mittagessen zu Ende bringen. Unschlüssig trete ich von einem Bein auf das andere. Das hätte ich nicht tun sollen. Das Brennen meiner Füße ist sogar in den Sandalen kaum auszuhalten. Meine Bewegung stört Doktor Schröter offenbar in seiner Atmung. Er hebt die Lider und schaut mich zutiefst vorwurfsvoll an. Nur kurz, aber das scheint ihm zu genügen. Ganz eindeutig zählt er mich nicht zu seiner bevorzugten Patientenzielgruppe.

»Liebe Frau Katuschek, wenn Sie dann so weit wären?«, sagt er leise und beginnt damit, Margot zärtlich über die Hände zu streicheln.

Margot ist schlagartig wieder bei sich. »Aber natürlich, Herr Doktor«, säuselt sie. »Mir geht es auch wieder viel besser.« Sie schmachtet ihn an. »Sie haben goldene Hände.«

»Ich bin wund«, sage ich mit Nachdruck, aber niemand scheint sich zu interessieren.

»Sehen Sie, Frau Katuschek«, jauchzt Schröter. »Meine Liebe. Wenn alle meine Patienten so reizende Menschen wären wie Sie.«

Margot kichert wie das junge Mädchen, das sie einmal war.

»Dennoch kann ich Ihnen ansehen, dass irgendetwas nicht stimmt. Wie kann ich Ihnen helfen?«, fährt Schröter fort. »Sie machen mir doch nicht etwa Kummer?«

Margot scheint überlegen zu müssen.

»Ich brauche eine Salbe für meine Füße«, sage ich entschieden. Da Schröter mich noch immer nicht beachtet, können ihm meine in den offenen Schuhen rot leuchtenden Gliedmaßen auch nicht auffallen. Eigentlich denke ich, ein Arzt müsste so etwas ganz automatisch sehen, zumindest sollte es ihm seltsam vorkommen, wenn ein alter Mann barfuß in Sandalen umherläuft, aus denen Fetzen von Toilettenpapier hängen. Den Zellstoff habe ich zwischen meine Zehen gesteckt, um den Schmerz abzumildern.

Aber Schröter hat nur Augen für Margot. Die fällt nämlich todsicher auf sein salbaderndes Gesäusel und sein Schönlingimage rein. Ich bin noch nicht dahintergekommen, ob es der Charme unseres Doktors ist, der Margot dazu bringt, die Pillen und Salben zu kaufen, die er ihr permanent angedeihen lässt, oder ob sie wirklich an deren Verjüngungseffekt glaubt. Doktor Schröter jedenfalls zieht zweimal in der Woche bei uns im Seniorenheim gegen das Alter ins Feld. Er wird jede einzelne Schlacht gnadenlos verlieren, darauf wette ich.

»Was hat Ihr Mann denn mit seinen Füßen gemacht?«, fragt Schröter an Margot gewandt.

Meine Frau will augenscheinlich nicht über mich reden und schaut nur betreten zur Seite. Irgendwann sagt sie: »Helmut ist etwas empfindlich zurzeit. Ich denke, er bildet sich da etwas ein. Wenn er nicht regelmäßig seine Leichen hat, ist das immer so. Er wird komisch. Schneller reizbar ist er dann übrigens auch. Und desinteressiert. Nichts, worüber man beunruhigt sein müsste. Das kenne ich seit unserer Eheschließung.«

»Fußpflege«, sage ich mürrisch. »Eine militante Form. Weiter nichts.« Margot muss sich immer wichtigmachen.

Sie rümpft abfällig die Nase.

Schröter hört nicht zu. Die Leichen treiben ihn um. Das

kann ich sehen. »Sagten Sie Leichen?«, fragt er mit hoher Stimme.

Margot nickt und sieht dabei nicht im Geringsten irritiert aus.

»Ihr Mann war Bestatter und er vermisst seine Arbeit?«, sagt Schröter und angesichts der Schlussfolgerung entspannen sich seine Gesichtszüge wieder. »In das dunkle Loch fallen viele Menschen, wenn sie in den Ruhestand gehen. Da hilft nur Beschäftigung. Sie ist das Allheilmittel. Der Mensch muss etwas zu tun haben. Zu meinen Patienten gehört ein Gärtner. Mit dem ersten Tag seiner Rente kam er morgens nicht mehr aus dem Bett. Jetzt pflegt er den Vorgarten meiner Praxis und ist glücklicher denn je.« Schröter scheint zu überlegen, was ein vermeintlicher ehemaliger Bestatter in einer Seniorenresidenz für Aufgaben übernehmen könnte. Damit ist das Thema für ihn beendet.

Desgleichen für Margot. Das ist mal wieder typisch. Mit einem Totengräber hat sie keine Probleme, aber für einen Polizeibeamten schämt sie sich. Ich war bei der Kripo. Neunundvierzig Jahre. Das sind 17.885 Tage. Und vierundzwanzig Mordfälle. Meine Aufklärungsquote lag bei hundert Prozent. Als Dank habe ich dafür ein Namensanhängsel bekommen. A. D., außer Dienst. Auf den ersten Blick sind das nur zwei Buchstaben. Für mich ist es der Abschied von meiner Würde, zumindest davon, was nach all den Jahren mit Margot noch übrig ist. Aussortiert und abgeschoben. Aber verflucht, alte Leute sind auch Menschen. Nur frage ich mich, warum man ohne sinnvolle Aufgabe sein muss. Heutzutage definiert sich doch fast alles über den Beruf. Nur wir Rentner stehen dumm da. Und Schröter. Der hat sogar im aktiven Dienst keine Ahnung.

»Schön, schön, liebe Frau Katuschek, wo waren wir stehen geblieben?«, sagt er nun wieder mit übertrieben fröhlicher Stimme.

»Eine Salbe. Mehr nicht«, antworte ich höflich. »Ich möchte niemandes Zeit vergeuden.«

»Sehen Sie, ich sage es ja, Helmut Katuschek ist aggressiv«, bemerkt Margot spitz. »Noch dazu lässt er sich gehen, Herr Doktor. Schauen Sie ihn doch an. Die hängenden Mundwinkel gehen überhaupt nicht wieder weg. Und die schlaffen Schultern. Alles ist irgendwie nach unten gerutscht. Ich beobachte das schon eine geraume Zeit. *Wir* beobachten das.«

Nach unten gerutscht? Meine Körperteile? Das Einzige, was sich im Keller befindet, ist ja wohl meine Lebensfreude. Das passiert nun einmal mit Menschen, die man gegen ihren Willen in eine sogenannte Altenresidenz sperrt und sie damit auch noch einem fragwürdigen Umfeld aussetzt. Rund um die Uhr wildfremden Leuten ausgeliefert sein zu müssen, deren Horizont bei den eigenen Gebrechen und der Konsistenz, Farbe und Häufigkeit des Stuhlgangs, vornehmlich dem der anderen, endet und die aus Wortkreationen wie Schnitzeldonnerstag nicht nur einen Höhepunkt ihres Daseins, sondern auch noch ein Dogma ableiten, das sie mit ihren Gehhilfen und den dritten Zähnen zu verteidigen bereit sind, ist nichts, was man einfach so abschütteln kann. Das prägt. Mal ganz abgesehen von diesen ganzen Vorschriften. Nicht einmal vor abgezählten Wurstscheiben machen die halt. Die Freiheit des Ruhestandes jedenfalls sieht anders aus, erst recht, wenn man über die notwendigen finanziellen Mittel verfügt. Nicht für Helmut Katuschek. Der lässt sich eine horrende Summe für einen Altenarrest abnehmen. Dafür quetscht er sich mit seiner Frau in ein winziges Zwei-Zimmer-Appartement, das nun nicht mehr nur von der eigenen Gattin, sondern auch noch von dreiundzwanzig selbsternannten Sozialkontrolleuren bewacht wird.

Schröter kommt nicht umhin, mich wahrzunehmen. Immerhin hat er einen Eid geschworen. Dabei scheint er meinen maladen Zustand festzustellen, zumindest würde ich seinen betroffenen Blick so deuten. »Das tut mir sehr leid, Frau Katuschek. Aber es ist gut, dass Sie die depressive Verstimmung Ihres Mannes so zeitig bemerkt haben. Dass die Psyche etwas aus dem Gleichgewicht gerät, kommt in den späteren Jahren nicht selten vor. Die Endlichkeit des Lebens ist in unserem Alter ja förmlich greifbar. Sie steht, wenn man so will, vor der Tür und klopft an.« Nun lacht er schallend.

Schröter ist höchstens Mitte vierzig. Ich weiß nicht, was bei dem klopft, aber die Endlichkeit hört er garantiert noch nicht.

Margot scheint das Bild zu gefallen, sie fällt in sein Lachen ein. Sie lacht sogar noch, als sie weiter meine Malesten schildert. »Seit sechs oder sieben Jahren lässt mein Mann sich gehen«, fährt sie fort. »Man kann es nicht mitansehen.«

Das kann nicht sein. Wir sind erst seit fünfhundertsiebenundzwanzig Tagen hier. Vorher hatte ich halbwegs noch ein Leben, auch wenn es nur das eines Pensionärs war.

»Schauen Sie ihn sich doch an. Den ganzen Tag hockt er nur irgendwo rum und starrt vor sich hin. Neuerdings zählt er alles. Sogar die Fliesen auf unserer Toilette. Ein richtiger Tick ist das«, fährt Margot fort. »Und er spielt andauernd Schach. Manchmal denke ich, er ist schon süchtig danach.« Margot ist eine verdammt schlechte Schauspielerin und so klingt auch die Besorgnis, die sie heuchelt.

Momentan hocke ich nicht, sondern stehe auf meinen

brennenden Füßen und warte auf meine Behandlung. Und was soll das mit den Fliesen? Wenn ich etwas zähle, dann die Zeit, und das auch erst, seit ich hier bin, also fünfhundertsiebenundzwanzig Tage, zehn Stunden und siebenundzwanzig Minuten. Irgendetwas muss der Mensch ja tun, auch der alte.

»Aber Schach ist doch ein ganz hervorragendes Spiel, um den Kopf zu trainieren. Und es fördert die Gemeinschaft«, bemerkt Schröter und klatscht erfreut in die Hände. »Das sollte Herr Katuschek unbedingt beibehalten.«

Das wird er.

Schröter beugt sich weit nach vorn und schaut Margot aus treuen Augen an. »Wenn er die Mahlzeiten und die Körperhygiene darüber nicht vergisst sowie hin und wieder auch mal ein paar Worte spricht, besteht keine Gefahr. Ist er darüber hinaus sozial auffällig?«

Wie bitte?

Margot schaut etwas bedröppelt drein. »Er spielt nur gegen Herbert Grusche«, entgegnet sie kleinlaut.

Schröter lächelt jovial. »Der Gegner ist egal, liebe Frau Katuschek. Allein die Beschäftigung zählt. Vertrauen Sie mir.«

»Hm. Aber Herbert ist tot«, sagt sie gequält.

Leider. Herbert kam auf den Friedhof und ich ins Heim. Ich bin mir manchmal nicht sicher, wer es besser getroffen hat.

Nun scheint selbst dem ansonsten so eloquenten Heimarzt nichts Beruhigendes mehr einzufallen. »Er spielt gegen einen Toten, sagen Sie?«, fragt er und schafft es doch tatsächlich, mir dabei ins Gesicht zu sehen. Erstaunlicherweise lässt er es dabei nicht bewenden, sondern betrachtet mich eingehend vom Scheitel bis zu den Sohlen. Bei Letzteren bleibt sein Blick dann hängen. Na endlich. Wir kommen dem Problem ein ganzes Stück näher.

Schröter lacht wider Erwarten nicht. »Das bedarf wohl einer eingehenden Untersuchung«, sagt er nachdenklich und wendet seinen Blick von mir ab. »Eine leichte Depression ist gut zu händeln, aber mit Wahnvorstellungen ist nicht zu spaßen.« Er steht auf, umrundet seinen Schreibtisch und notiert sich Helmut Katuscheks bedenklichen Geisteszustand.

»Das sage ich ja«, schluchzt Margot.

»Aber liebe Frau Katuschek, ich bitte Sie.« Schröter klingt nun wie ein Erbschleicher. »Sie wissen doch, dass wir Götter in Weiß alles in unserer Macht Stehende tun, um zu helfen.«

»Wenn ich Sie nicht hätte, Doktor Schröter«, erwidert Margot ergriffen. »Schon allein Ihre Gegenwart lässt mich meine Gebrechen vergessen.«

Wenn ich meine Salbe hätte, ginge mir das vielleicht auch so.

»Jeder Besuch bei mir macht Sie jünger, Verehrteste. Das wissen Sie doch.« Schröter lacht wie einer dieser Verkäufer auf den Shopping-Kanälen, die Margot andauernd guckt.

Margot nickt so oft, dass man Angst haben muss, es löst sich etwas. »Ich bin so froh, dass ich Sie habe«, sagt sie butterweich. »Seit ich hier in unserer reizenden Residenz wohne, fühle ich um so viel fitter und gesünder.«

Davon hat sie mir nichts erzählt. Der Pflegekasse wird das nicht gefallen.

»Ich hätte da auch noch etwas ganz Neues für Sie«, sagt Schröter mit gedämpfter Stimme und dicht an Margot herantretend. »Es soll wahre Wunder gegen das altersbedingte Wachsen der Ohren bewirken.« Er hüstelt verlegen. »Nicht dass in dieser Hinsicht schon etwas bei Ihnen zu erkennen wäre, aber …«

»… man muss vorbeugen«, ergänzt Margot eilig seinen Satz und beginnt damit, an ihrem Ohrläppchen zu zupfen.

»Wir verstehen uns«, bestätigt Schröter und tritt an seinen Medikamentenschrank, um die Ohren meiner Frau zu retten.

Nun ist es genug. »Ich möchte eine Salbe für meine Füße«, fordere ich so laut, dass es die vor der Tür Wartenden zweifelsohne mitbekommen müssen. »Und Herbert ist keine Wahnvorstellung!« Natürlich weiß ich, dass er tot ist, aber ich habe in den letzten dreißig Jahren gegen niemand anderen Schach gespielt. So eine Umgewöhnung würde ewig dauern und wäre in meinem Alter vielleicht gar nicht mehr möglich. Außerdem bin ich ihm das schuldig.

Unser letztes richtiges Schachduell, also mit einem lebenden Herbert, verlief alles andere als fair. Nach einer langen Pechsträhne stand er kurz davor, mich matt zu setzen. Aber dann wollte Margot lieber die Vorhänge für die Gästetoilette aussuchen und hat ihn gebeten zu gehen. Eine Woche später war Herbert tot. Schlaganfall. Jedenfalls ist Herbert auf der Verliererstraße unter die Erde gekommen. Dafür fühle ich mich gegenüber meinem einzigen und ältesten Freund heute noch schlecht, zumal er der eindeutig bessere Spieler von uns beiden ist. Die Ausgabe für die Gardinen war dann auch umsonst. So etwas ist im Heim nicht erwünscht. Wir haben abwaschbare Lamellenvorhänge vor den Fenstern. Das macht weniger Aufwand. Und es senkt die Suizidgefahr. Zumindest handhabt man das in den Justizvollzugsanstalten so. Die greisensicheren Kunststoffteile schlingt sich niemand um den Hals. Ich muss es wissen. Ich war bei der Kripo. Hatte ich das schon erwähnt?

»Aber verehrter Herr Katuschek«, ruft der Doktor, während er mir entgegenkommt. Offenbar hat er Sorge, dass meine Wahnvorstellungen in Aggression ausarten könnten. Man hört allenthalben von Senioren, die Hausarztpraxen zerlegen oder Pflegebetten anzünden. »Wie geht es Ihnen denn heute?«

»Meine Füße brennen wie Feuer«, sage ich.

»Hm.« Doktor Schröter fällt offenkundig nichts Klügeres ein. »Sie sind schon eine Weile unser Gast und haben doch bestimmt Freunde gefunden, nicht wahr?«, plaudert er. Da er dabei wenigstens vor mir auf die Knie gegangen ist, um meine Wunden zu betrachten, nicke ich höflich. »Sie unternehmen auch genug?«, fragt er. »In unserem Heim gibt es viele Freizeitbeschäftigungen. Die sollten Sie nutzen.«

»Alles. Wir machen alles mit«, beeilt sich Margot eilig zu sagen, um ein leises »Ich zumindest« nachzuschieben. »Und *wir* gehen dreimal in der Woche zur Fußpflege.« Sie nickt gewichtig. »Für die Gesundheit.«

»Aha«, sagt Schröter gedehnt, während er mir die Schuhe auszieht und das Klopapier entfernt. »Die Haut ist ganz dünn und gereizt. An manchen Stellen nässt sie sogar«, diagnostiziert er. »Das war etwas zu viel Pflege.« Er richtet sich auf und schaut Margot streng an. »Sie gehen die nächsten zwei Wochen ohne Ihren Mann zur Pediküre.« Er hält kurz inne. »Nein, vier wären sogar noch besser.«

»Was?« Margot lässt ihre Hand zum Herz fahren und reißt die Augen weit auf. »Das ist unmöglich!«, insistiert sie. »Ich brauche meine Behandlung. Ich war Postzustellerin und was meine Füße da erleben mussten …« Sie winkt ab. »Wenn ich in den nächsten Jahren noch sicher auf meinen Beinen stehen will, muss ich auf mich achten.«

Margots Postzustellerkarriere beschränkte sich auf halbe Tage und dauerte nicht länger als ein paar Jahre. Was in der Zeit mit ihren Füßen passiert sein soll, ist mir schleierhaft. Danach war sie lediglich eine Kriminalhauptkommissarsehefrau mit Dünkel.

»Außerdem«, entfährt es ihr. »Wie soll ich denn herumlaufen? Nächste Woche wird das Haus voller Gäste sein. Die Heimleitung hat zum Tag der offenen Tür eingeladen. Die halbe Stadt wird bei uns sein. Das ist der Höhepunkt des Jahres. Noch dazu obliegt mir eine wichtige Aufgabe. Wie Lennox Bergmann mir versichert hat, bin ich, also sind die Bewohner die Werbeträger. Stellen Sie sich mal vor, da guckt jemand auf meine Füße.«

»Ich rede von Ihrem Mann, meine Liebe. Er wird mindestens zwei Wochen aussetzen«, antwortet der Doktor nun mit der Strenge eines Kindergartenonkels. »Und Sie werden am Tag der offenen Tür ganz reizend aussehen, wie an allen anderen auch.«

Wenn sie das mal schluckt.

Margot bekommt leicht rote Wangen. Das bedeutet, Schröter hätte dicker auftragen müssen. »Das ist unsere Paarzeit, die brauchen wir«, kreischt sie im nächsten Moment, als hätte man ihr die Handtasche entrissen. »Gemeinsame Aktivitäten stärken eine Beziehung. Man gerät ja so schnell in die Mühlen des Alltags und irgendwann verliert man sich darin. Das kann ich nicht zulassen, Herr Doktor. Die Eheleute Katuschek brauchen ihre Fußpflege.«

Margot braucht ihre Fußpflege. Ich bin erst dazugekommen, nachdem sich meine Frau mit ihrer Busenfreundin Hannelore überworfen hatte und es ihr zu peinlich war, allein im Kosmetikraum zu sitzen. Ich bin lediglich ihr podologischer Lückenbüßer, dafür habe ich mir meine wöchentliche Fußballauszeit im Fernsehzimmer ausbedungen. Wenn ich meine Füße so ansehe, bin ich sicher, dass ich schlecht verhandelt habe, aber Margot war schon immer der skrupellosere Geschäftemacher von uns beiden.

»Es spricht nichts dagegen, dass Ihr Mann Sie begleitet, aber eine Behandlung scheidet aus«, erklärt Schröter mit ruhiger Stimme. »Da die Haut Ihres Mannes sehr empfindlich zu sein scheint, sollten Sie vielleicht erwägen, sich ein gänzlich neues gemeinsames Hobby zu suchen.«

»Siehst du, Helmut Katuschek, der Herr Doktor Schröter hält dich auch für empfindlich«, schlussfolgert Margot trotzig, ohne sich mir zuzuwenden. »Ganz wie ich es immer sage.«

Schröter lächelt wissend und für einen kurzen Moment scheint er die Tube aus seinem Medikamentenschrank doch tatsächlich Margot geben zu wollen. Dann besinnt er sich und übergibt sie mir. »Zweimal täglich und achten Sie darauf, dass Luft an Ihre Füße kommt. Das hilft.«

Ich nicke.

»Wegen der anderen Sache«, fährt er mit nach vorn geneigtem Kopf fort, wobei er mir tief in die Augen schaut, »kommen Sie bitte nächste Woche in meine Sprechstunde. Ich möchte ein paar Tests vornehmen.« Als ich nicht auf ihn reagiere, ergänzt er noch: »Alles ganz harmlos. Ich möchte nur Schlimmeres ausschließen können. Und Ihre Frau muss doch auch sicher sein, dass es Ihnen gut geht.«

»Kann ich Herbert mitbringen?«

***

Mit dem Geschlechtsverkehr ist es kompliziert. Ganz besonders in einem Seniorenheim. Dabei denke ich nicht an die sich im fortgeschrittenen Alter einstellenden körperlichen Ausfallerscheinungen. Das sind nur Gerüchte. Es sind die Chancen, die die Sache erschweren. Das Angebot für einen Mann ist schlichtweg zu groß, als dass man damit zurechtkommen könnte. Nicht für mich. Ich bin verheiratet. Noch dazu mit Margot. Das bedeutet, ich bin doppelt aus dem Rennen. Wenigstens bleibt mir der Stress damit erspart.

»Woran denkst du?« Margots scharfe Stimme unterbricht meine Überlegungen.

»An nichts«, antworte ich und frage mich, ob ich mich nach Margots Ableben auch noch mal ins Getümmel stürzen würde. Immerhin ist eine zweite Chance keine Frage der Lebensjahre. Möglicherweise kann eine glückliche Partnerschaft sogar ein Lebensinhalt sein.

»Doch! Du denkst etwas«, widerspricht sie mir und schiebt ihren runden Hintern unruhig über die Sitzfläche ihres Stuhls. Ich habe nichts gegen pummelige Frauen, aber die körperliche Entwicklung, die Margot seit unserer Ankunft im Greisen-Sing-Sing nimmt, gibt mir zu denken. Da hätte Doktor Schröter mal hinschauen sollen. Jünger und fitter. Ich würde es eher Streichkäseadipositas nennen. Stattdessen kümmert er sich um ihre hängenden Ohrläppchen. Heutzutage lässt sich offenkundig mit allem Geld verdienen.

»Tue ich nicht«, widerspreche ich.

»Das glaubst du doch selbst nicht«, entgegnet Margot zunehmend gereizt.

Margot weiß immer alles. Aber anstatt ihr recht zu geben und zu offenbaren, dass ich über mein Dasein sinniere, was so viel Charme hätte, wie gegen den Fahrtwind zu spucken, behelfe ich mich lieber mit einer Notlüge. Margot würde ohnehin nichts von Sexualität hören wollen, und selbst wenn, würde sie mir nur wieder mit meinen Wahnvorstellungen kommen.

Wie bin ich überhaupt auf alle diese Gedanken gekommen? Ach so. Das muss an Rolf Jürgen gelegen haben. Der mit weit über neunzig Jahren älteste unserer Mitbewohner sitzt in der Reihe direkt vor mir und es bleibt mir leider nicht verborgen, wie er unentwegt seine Zunge in das Ohr der links neben ihm sitzenden Gertrude aus Appartement zwölf schiebt, während seine Hand nach dem Verschluss des Büstenhalters von Auguste zu seiner Rechten sucht. Ich sage es ja, das mit dem Geschlechtsverkehr ist kompliziert. Für Rolf Jürgen zumindest. Obwohl er verheiratet ist, nimmt er es mit dem Eheversprechen nicht so genau. Seine Frau Uschi vermutlich auch nicht. Sonst hätte sie ihn kaum hier abgegeben, vor allem ohne ihm wenigstens an den Feiertagen einmal einen Besuch abzustatten. »Ich konzentriere mich auf den Vortrag«, flüstere ich und tue so, als säße ich einfach nur da.

»Tust du nicht«, entgegnet Margot. »Du grübelst und ich vermute, es geht um nichts Nettes. Ich sehe es an den Falten zwischen deinen Augen.«

Ich unterdrücke den Reflex, an die Stelle zu fassen, und schweige. Wir sitzen inmitten eines Auditoriums von dreiundzwanzig neugierigen alten Leuten und ich werde einen Teufel tun, mich zu erklären. Noch dazu, da es nichts zu erklären gibt. Ich schweife in letzter Zeit immer mal wieder in Grübeleien ab, nichts Wichtiges. Meistens passiert mir das, wenn die Heimleitung zu irgendeiner Gemeinschaftszusammenkunft ruft, wir beim Essen sitzen, Ausflüge machen …

Das ist reine Vorsorge, denn wenn ich nachdenke, schlafe ich nicht ein. Nichts ist peinlicher als ein älterer Herr, der in der Öffentlichkeit mit herunterhängendem Kopf schnarchend auf sein Revers sabbert.

»Gib es wenigstens zu!« Margot wird lauter. Offenkundig langweilt sie sich auch bei dem, was unsere Heimleitung da vorn zu verkünden hat. »Deine Falten verraten dich.«

»Herrje!«, seufze ich ungehalten. Ich bin dreiundsiebzig Jahre alt. Wo an meinem Körper befindet sich noch eine glatte Stelle? Aber Margot kann das nicht wissen. Und ich schaue einfach nicht mehr so genau hin.

»Helmut Katuschek! Du bist unhöflich«, insistiert Margot erneut. »*Wir* merken das genau.«

Ich weiß nicht, was während eines Vortrags unfreundlicher ist, ein still dasitzender älterer Herr in offenen Latschen und mit klopapierumwickelten Zehen oder eine dicke, permanent dazwischenkeifende Frau? Aber wir werden das jetzt nicht klären. Wir? Jetzt fange ich auch schon damit an. Margot nutzt dieses Fürwort neuerdings nur noch. Alle im Heim reden so.

»Das muss mit deinem letzten Fall zu tun haben. Der Mord in diesem Armenviertel.« Ihre Nasenlöcher weiten sich wie immer, wenn sie sich über andere erhebt. Ich muss sie dafür nicht einmal ansehen. Ich weiß es auch so. »Erinnerst du dich?«, redet sie in einer Lautstärke weiter, als säßen wir noch in unserem Eigenheim beim Sonntagsfrühstück. »Das war der Mann mit dem eingeschlagenen Schädel. Der war noch so jung. Ich glaube, das hat dich mitgenommen.«

Ich glaube, Margot verwechselt mein Berufsleben mal wieder mit einer der Krimiserien, die sie im Fernsehen sieht. Ich jedenfalls kenne kein Armenviertel und den letzten eingeschlagenen Schädel, mit dem ich zu tun hatte, gab es an einer Tankstelle. Das muss nun gute zwanzig Jahre her sein oder sind es fünfundzwanzig? Jetzt bin ich a. D. und hier eingemottet. Seither fühle ich mich wie im Sarg, nur dass der Deckel noch offen ist. Und dass meine Füße brennen. Womöglich hat Schröter etwas verwechselt und ich schmiere mir Schlappohrenfaltencreme zwischen die Zehen. Er verjüngt mich quasi von unten her. »Hm.« Mein lang gezogenes Seufzen bringt Margot wieder auf den Plan.

»Aha, wusste ich es doch. Einer Ehefrau kann man eben nichts vormachen«, jubiliert sie. »Es sind die unaufgearbeiteten Berufserlebnisse, die dir zu schaffen machen.« Sie nickt wissend. »Das rächt sich irgendwann, vor allem wenn man in einem Stadium angekommen ist, in dem das Leben nur noch aus wunderbar saumseligen Tagen ohne Stress und Verpflichtungen besteht. Der Ruhestand ist eben eine Phase der Aufarbeitung. Doktor Schröter sagt das auch. Ich habe vorhin noch lange mit ihm über dich gesprochen.«

Ich weiß nicht, von wessen Tagen sie spricht. Meine jedenfalls sind es nicht. Und Margots Tage haben noch nie großartig anders ausgesehen. Ihre Stippvisite bei der Post zählt wohl kaum. Daran kann sie sich selbst nur vage erinnern. Es sei denn, sie braucht einen Grund, um mir die unverschämten Summen für ihre Fußpflege aus dem Kreuz zu leiern. Im Ruhestand wird nun mal alles aufgearbeitet, auch die Füße. Und die Ohrläppchen. Welchen Sinn sollte das haben, mit einem Fuß schon im Hades? Wenn der Deckel zugeht, fragt kein Schwein mehr danach. Was für ein heilloser Blödsinn! Ich verkneife mir eine Reaktion und sage stattdessen, was einem erfahrenen Ehemann zum Frieden gereicht. »Hm.«

»Ach, das ist also deine Meinung dazu!«, wettert Margot.

»Hm.«

»Psst. Psst.« Hannelore, Margots Ex-Freundin, sitzt zwei Reihen vor uns und scheint sich an Margots Gequatsche zu stören. Damit das auch alle mitbekommen, begnügt sie sich nicht nur mit diesen Zischlauten, sondern dreht sich auch noch zu uns um und macht seltsame Drohgebärden mit ihren Händen. Ich für meinen Teil habe noch nie gesehen, dass Hannelore derart gelenkig ist, geschweige denn, dass sie sich überhaupt bewegt, aber auch in einem Seniorenheim wird man noch überrascht.

»Die muss sich wieder wichtig haben«, kommentiert Margot naserümpfend. Dabei schlägt sie vornehm ein Bein über das andere, beugt sich, vermutlich um Aufmerksamkeit zu demonstrieren, leicht nach vorn und hebt das Kinn. Das scheinbare Interesse hält nicht lange an. »Sie trägt schon wieder diese abgeranzte alte Strickjacke«, sagt sie, wenig bemüht, ihre Lautstärke zu drosseln. Dann brechen alle Dämme und sie sorgt dafür, auch in einer Welt aus Greisen von jedem hervorragend verstanden zu werden. »Die Mottenlöcher in dem Lumpen sehe ich von hier. Ich würde mich schämen, so herumzulaufen.«

Hannelores Reaktion lässt nicht lange auf sich warten. Sie dreht sich erneut um, aber anstatt etwas zu sagen, bläht sie nur die Wangen auf und wackelt behäbig mit dem Kopf. Wie ich immer sage, Alter und erwachsenes Benehmen gehen nicht zwangsläufig zusammen. Gegen die benimmtechnischen Auswüchse der Bejahrtheit ist die Pubertät ein Scheißdreck. Dass Hannelores Mimik eine Anspielung auf Margots Sucht nach Streichkäse und dessen Folgen ist, versteht sogar Rolf Jürgen. Er lässt kurzzeitig von seinen Gespielinnen ab, schnalzt lüstern mit der Zunge und macht aufdringliche Greifarme in die Luft. »Die Fetten liegen am besten unten. Dann geht es richtig ab.«

Ich verstehe, was er meint, wünsche mir aber, er hätte diese Weisheit für sich behalten. Margot, deren Selbst- und Fremdwahrnehmung in diesem und auch in so einigen anderen Punkten ganz und gar nicht zusammengehen, ist kurz vor dem Platzen. Dass eine solche beleidigende Anspielung ausgerechnet noch von ihrer einstigen Busenfreundin Hannelore kommt, trifft sie besonders.

»Ich glaube, Frau Hannelore kränkelt etwas. Ihr Gesicht ist ganz entstellt. Ist das die hässliche Fratze der Boshaftigkeit?«, säuselt Margot bittersüß.

Hannelore ergeht sich, ohne Margot weiter zu beachten, in einem hochnäsigen kratzigen Lachen. Sie wirkt damit deutlich souveräner als die gekränkte Margot.

Mir entfährt ein tiefer Seufzer, wohl ein wenig zu laut, wie ich umgehend feststellen muss.

»Herr Helmut, gibt es ein Problem?« Lennox Bergmann, der aalglatte und überengagierte Assistent der Heimleitung, fühlt sich hörbar in seinen Ausführungen zu den neuen Brandschutzregeln gestört.

Von mir. Natürlich. Von wem sonst? Wenn ich dem Bürschchen meine Probleme aufzählen würde, müsste er zum psychologischen Dienst. Ich zucke nur mit den Schultern. Selbst für diese unschuldige Geste ernte ich mitleidige Blicke. Sie kommen von Jutta, die zwei Stühle neben mir sitzt. Die Plätze zwischen uns mussten frei bleiben. Margot hat darauf bestanden. Sie denkt, Jutta hat es auf mich abgesehen, und hat Vorsorge getroffen. Dass Jutta eine ganze Latte Ex-Ehemänner vorweisen kann, ist ihr wohl unheimlich. Ich schätze, Margot hält Jutta für nicht besonders wählerisch.

»Unser Helmut ist nicht auf dem Posten«, höre ich Jutta zu ihrer Sitznachbarin, Frau Doktor Böttcher, hinüberraunen. »Und wie blass er schon wieder ist.« Ihre Sorge gipfelt in einem schweren Ausatmen, das mich trotz Entfernung daran erinnert, dass wir heute Soljanka hatten. Es ist Suppenmittwoch, natürlich. Jutta hätte sich jedoch die Paprikastückchen heraussortieren sollen.

»Wer?«, fragt die Frau Doktor arglos und schaut mich an, als hätte ich ihr Schmierseife auf die Türklinke geschmiert. Dabei fällt mir auf, dass sie heute irgendwie größer als sonst wirkt. Das dicke Telefonbuch, auf dem sie sitzt, ist die Erklärung dafür. Das Teil bildet so etwas wie eine Signalleuchte für die geistige Verfasstheit der Frau Doktor, ist es am Start, sind ihre Lichter aus.

»Na, unser Helmut da drüben«, wiederholt Jutta geduldig, obwohl ihr klar ist, dass dies in der Phase, in der sich die Frau Doktor gerade befindet, absolut sinnlos ist. Ihr Gehirn gönnt sich hin und wieder einmal eine kleine Pause. Ich denke, das kann passieren, vor allem da es nun fast achtzig Jahre in Dauerbetrieb ist. Ihr Sohn hatte nicht so viel Verständnis für den Lauf der Natur. Deswegen wurde Frau Doktor ebenfalls hier kaserniert.

»Ach, Karl Heinz«, entgegnet Doktor Böttcher, widmet sich dann aber schleunigst wieder dem vorn redenden Lennox. »Der war noch nie besonders ansehnlich.«

Karl Heinz, ihr lange verstorbener Mann, ist so etwas wie das andauernde Faktum im zeitweise verschwommenen Hirn der Frau Doktor. Seltsamerweise verwechselt sie mich häufiger mit ihm. Ich weiß nicht, ob mir das schmeicheln sollte, immerhin zeigt es doch eine gewisse Nähe zwischen uns. Allerdings war Karl Heinz zeit seines Lebens ein notorischer Fremdgänger, eine Charakterschwäche, die einem Mann ganz und gar nicht zum Vorteil gereicht. Wenn die Frau Doktor mich in eine solche Schublade stecken würde, wäre mir das äußerst unangenehm. Ich habe Margot nicht ein einziges Mal betrogen. Obwohl ich sicherlich Chancen gehabt hätte. Ein gestandener Kriminalbeamter kommt an bei den Frauen. Wenn ich es mir recht überlege, richtig gefragt hat mich allerdings keine. Erst recht nicht die Frau Doktor. Ausgeschlossen. Sie ist als Koryphäe der Rechtsmedizin nicht nur eine langjährige, äußerst geschätzte Kollegin, sondern aktuell auch so etwas wie mein einziger Lichtblick in diesem Ghetto des Verfalls. Jedenfalls hätte ich ohne ihr überraschendes Auftauchen längst einen Ausbruchsversuch gewagt. Dass ihr Kopf sie hin und wieder im Stich lässt, kann ich verschmerzen. Doktor Olga Böttcher bildet auch noch mit halber Kraft die intellektuelle Speerspitze unseres Siechenhauses.

»Vielleicht möchten Sie nach vorn kommen, Herr Helmut, und die Präsentation übernehmen«, sagt Lennox Bergmann in seinem typisch schmierigen Ton und mit schulmeisterhafter Pose. »Das wäre bestimmt informativer als meine Ausführungen.«

»Ach, wie süß unser Lenni aussieht, wenn er sich ärgert«, freut sich Jutta kindisch. »Das lässt ihn gleich viel erwachsener wirken. Ich glaube, ich sollte ihm das mal sagen. Das hilft ihm bei seiner Entwicklung.« Hatte ich erwähnt, dass Jutta bei uns im Heim so etwas wie die Übermutter ist, noch dazu eine esoterisch angehauchte? Ich für meinen Teil führe ihre ganzen Scheidungen darauf zurück. Die Frau ist schlichtweg anstrengend, egal in welcher Mondphase wir uns befinden. Aber man muss mit den Kräften arbeiten, die man zur Verfügung hat. Jutta jedenfalls ist im Großen und Ganzen passabel. Zumindest ist sie hilfsbereit und sie kümmert sich ganz reizend um die Frau Doktor. Ich hätte mich diesbezüglich auch stärker eingebracht, schon aus alter Verbundenheit, aber Margot sieht das nicht gern. Sie meint, das ginge dann von unserer Zeit ab. Und die ist, seit Hannelore verbannt ist, eigentlich immer.

»Genau! Helmut muss ran!«, schreit Rolf Jürgen. »Dann hören wir wenigstens mal etwas Interessantes, über Nutten oder so. Helmut kennt sich doch in diesem Milieu aus und kann sicherlich so einige Schweinereien berichten.« Er kichert wollüstig.

Hannelores fieses Krächzen erfüllt den Raum.

Mein Schienbein schmerzt von dem Tritt, den Margot mir versetzt. Ich versuche, mir nichts anmerken zu lassen. Jeder hier weiß, dass ich von Amts wegen gefragt bin. Nur Margot muss immer ein Drama aus meinem Beruf machen. Er ist ihr peinlich. Wegen der Leute. Die denken nämlich, dass die Kriminellen auf den Katuschek abgefärbt haben. Das Umfeld formt den Menschen, das waren Margots Worte. Zwangsläufig. Nach ihrer zementierten Logik müssten alle Ärzte über einen miesen Gesundheitszustand verfügen, alle Seniorenbetreuer alt sein. Da haben wir es wieder. Das Erste, was mir einfällt, sind Kranke und Alte. Das Umfeld …

»Also ich frage mich wirklich, wie man bei einem so hochkarätigen Wissenschaftskongress den Zeitplan derartig aus den Augen verlieren kann«, meldet sich die Frau Doktor mit durchdringender Stimme. »Ich warte seit einer geschlagenen Stunde auf meinen Vortrag über die Langzeitfolgen von Antiepileptika und Alkohol auf die männliche Libido. Unter diesen Umständen bin ich nicht bereit, Sie meine Erkenntnisse wissen zu lassen.«

Ich frage mich, ob Karl Heinz an Epilepsie erkrankt war.

»Jetzt ist Ruhe, verdammt! Wie oft soll ich es denn noch sagen? Zeit ist Geld!« Der niedliche Lenni, wie ihn die Frauen hier alle nennen, hat sich mal wieder nicht unter Kontrolle. Schon allein unsere reine Anwesenheit macht ihn wahnsinnig. »Herr Helmut, von Ihnen hätte ich durchaus mehr Disziplin erwartet. Sie als Beamter. A. D.« Bei den letzten beiden Buchstaben grinst er dreist.

»Ich auch!«, stimmt Margot ihm wichtig nickend zu.

Da stehe ich drüber. Und überhaupt, was soll das heißen, Zeit ist Geld? In einem Seniorenheim? Lachhaft. Selbst wenn ich heute das Zeitliche segne, muss ich den ganzen Monat voll bezahlen. Und wir haben erst den Vierten. Dann kann ich auch warten und die Verdammnis auskosten. Wenn es nach Bergmann ginge, müsste der Laden hier deutlich effizienter laufen. Und mit mehr Disziplin. Ich glaube, in der Armee wäre er gut aufgehoben gewesen. Stattdessen sieht er tagtäglich uns, einen unmotivierten und tatenlos herumhängenden Haufen, dessen Interessen sich auf die Mahlzeiten und das TV-Programm konzentrieren. Ich glaube, er hält uns alle für Sozialschmarotzer. Sollte er jemals hier den Hut aufhaben, worauf er meines Erachtens sehnlichst wartet, schickt er uns alle zum Betteln in die Stadt. Ob das funktioniert, wage ich allerdings zu bezweifeln. Heutzutage hat man mit jedem verlausten, tollwütigen Waschbären mehr Mitleid als mit dem Alter. Mein Blick fällt erneut auf Rolf Jürgen. Immerhin ist er noch etwas breiter als der Rest aufgestellt. Und er hat das mit dem Verschluss des Büstenhalters nun gedeichselt. Anerkennenswert bei der Arthrose. Aber so etwas zählt ja bei Lennox Bergmann nicht.

»Wir wollen erst einmal unsere neuen Mitbewohner begrüßen«, mischt sich Frau Mehltau, unsere Heimleiterin, sichtbar peinlich berührt ein. Sie schämt sich, wenn Bergmann über das Ziel hinausschießt, aber sie verfügt nicht über die Traute, ihn in die Schranken zu weisen. »Dann können wir gern über alles reden, Herr Rolf Jürgen. Versprochen.« Während sie spricht, hält sie die Hände gefaltet, wie jemand, der inständig hofft, dass die ihr Anvertrauten alles im ersten Durchgang mitschneiden und niemand aufmuckt. Das macht sie immer. Konflikte kann sie nämlich nur schwer aushalten. Renitenz auch nicht. Das jedoch liegt nicht, wie bei ihrem jungenhaften Stellvertreter, an Überheblichkeit oder Desinteresse. Frau Mehltau möchte schlichtweg, dass wir alle rundherum glücklich und zufrieden sind. Ganz so wie die Leute auf den Fotos ihres Werbeprospektes. Eine schöne, heile Welt der Grauköpfe zwischen Volksmusik, Stützstrümpfen und Streichkäse mit Tomatengarnitur.

»Aber nur, wenn meine Interessen auch noch bedient werden«, erklärt Rolf Jürgen mit Vehemenz. »Permanent müssen wir unsere Zeit mit eurem Gelaber verschwenden. Wen interessiert denn die neue europäische Brandschutzordnung? Wenn die Hütte hier in Flammen steht, müsst ihr uns rausholen. Das ist mal Fakt. Warum soll ich dann ewig darüber reden? Ich will jetzt was zu dem Tag der offenen Tür nächste Woche hören! Stellen sich da auch neue Frauen vor? Haben wir bei der Auswahl ein Mitspracherecht? So was muss man doch vorher klären.«

»Lieber Herr Rolf Jürgen«, antwortet Lennox Bergmann überheblich. »Das war unser erster Tagesordnungspunkt.

Dazu wurde bereits alles gesagt. Vierzehn Uhr geht es los, alle haben sich im Park oder den Gemeinschaftsräumen bereitzuhalten und auf Nachfrage den positiven Grundgedanken unserer Einrichtung zu verbreiten.«

Frau Mehltau schaut betreten zur Seite.

Ich glaube, jede Sekte lässt die Zügel lockerer als ein deutsches Seniorenheim.

»Und was ist nun mit der Beschau?«, hakt Rolf Jürgen nach.

»Nichts«, entgegnet Bergmann kurz. »Zwei Sätze noch zu den neuen Brandschutzbestimmungen ...«

»So eine Zeitverschwendung«, schimpft Rolf Jürgen. »Habt ihr mal daran gedacht, dass wir alle morgen früh einen Zettel am Zeh haben könnten? Eine verdammte Rücksichtslosigkeit ist das. Vorhin habe ich zehn Minuten auf dem Klo gesessen, bevor mir jemand wieder meine Hose angezogen hat. Geschlagene zehn Minuten! Was hätte ich in der Zeit alles bewegen können?« Er schaut lüstern erst zu der einen und dann zu der anderen Dame, die er im Arm hält, was beide mit einem sehnsüchtigen Lächeln quittieren.

Ich weiß, wie lange Rolf Jürgen mit seinem Rollator von seinem Zimmer bis in den Speiseraum braucht, und bin optimistisch, dass er in den paar Minuten nicht allzu viel verpasst hat.

Frau Mehltau läuft angesichts von Rolf Jürgens Vorwürfen knallrot an, dennoch nickt sie. »Sie sind gleich dran, Herr Rolf Jürgen«, verspricht sie mit einem unsicheren Blick in Richtung ihres Assistenten.

»Einwandfrei!«, jubiliert der Greis und macht sich wieder an den Ohren der Damen zu schaffen.

Ich sehe im Augenwinkel, wie Peter Bause, unser dümmlicher Auszubildender, angewidert das Gesicht verzieht. Für ihn, der eine ausgeprägte Altenphobie hat, muss der Anblick der reine Ekelporno sein.

»Nachdem der liebe Herr Helmut sich nicht äußern möchte, werde ich fortfahren«, meldet sich Lennox wieder zu Wort. Er lässt es sich dabei nicht nehmen, mir einen hochnäsigen Blick zuzuwerfen.

Ich mache mir nichts aus der Provokation. Das Bürschchen soll erst einmal eine Frau finden. Dann wird er schon am eigenen Leib erfahren, dass man diesen Teil der Menschheit nicht unter Kontrolle halten kann. Jeder muss seine eigenen Erfahrungen machen, vor allem bevor er andere verurteilt. Ich lächle ihm wissend zu und mache eine gönnerhafte Geste.

»Nun, meine lieben Bewohnerinnen und Bewohner unserer reizenden Residenz«, hebt Bergmann schwulstig an. Er hat sich wieder heruntergeregelt. Mal sehen, wie lange das anhält. »Nach den Formalitäten, die zweifelsohne wichtig sind, komme ich nun zum letzten Tagesordnungspunkt unserer heutigen Heimversammlung – den Neuzugängen. Darf ich Ihnen vorstellen: Frau Elwira und Herr Bert Bo!« Er lächelt angestrengt und breitet die Arme aus wie Dieter Thomas Heck, wenn er einen Star angesagt hat. Dabei springen einen die Eurozeichen in seinen Augen förmlich an. Optimale Auslastung bei gleichem Einsatz würde er es wohl nennen. Ich sage, zwei weitere bedauernswerte Gestalten, die es nicht besser wissen und dafür auch noch löhnen müssen.

Applaus tost durch die Reihen. Dass die beiden Plätze nur frei geworden sind, weil zwei andere gegangen sind, bleibt selbstverständlich unerwähnt. Die Realität will keiner hören, nicht einmal im Alter.

»Da sind sie endlich!«, schreit Jutta, als hätte sie händeringend auf die Ankunft der zwei Neuen gewartet. In ihrem besonderen Fall möchte ich das gern glauben. Wie gesagt, Jutta liebt die Abwechslung. Das unterstreicht sie mit einem wilden Klatschen und dem Trampeln ihrer Füße.

Das ist laut genug, um Rolf Jürgen auf den Plan zu rufen. Er erhebt seinen dürren Hintern vom Stuhl und macht einen langen Hals. Zweifelsohne hat er den Frauennamen aufgeschnappt und hofft auf eine Frischfleischparade.

Ehe Lennox Bergmann noch einmal Luft holen kann, springt in der ersten Reihe jemand auf und wendet sich mit zur Decke gestreckten Armen an das Publikum. Die Person, die ihren Auftritt sichtbar genießt, hat einen auffallend knabenhaften kleinen Körper und streng zu einem Dutt zusammengebundene blonde Haare. Sie trägt einen pinkfarbenen Markenjogginganzug und dazu Gesundheitsschuhe. Mit ihrem Gesicht macht sie jedem chinesischen Faltenhund Konkurrenz, wenn man sich dessen angeborenen gutmütigen Gesichtsausdruck wegdenkt. Das Wesen, das uns da gerade aufgeschlossen und überaus selbstbewusst mustert, vernichtet seine Gegner durch das Zusammenkneifen seiner Pobacken, im übertragenen Sinne. Ich vermute, dass es sich dabei um Frau Elwira handelt. Der pinke Aufzug spricht dafür, auch wenn das heute kein sicheres Kriterium zur Geschlechtserkennung mehr ist. Rolf Jürgen ist da schon ein besserer Gradmesser. Er hat bei ihrem Auftauchen so intensiv durch die Zähne gepfiffen, dass seine Haftcreme kapitulierte. Das Testosteron hat also quasi seine Gebissprothese zu Boden befördert, worauf Gertrude und Auguste sich förmlich darum schlagen, sie ihm aufheben zu dürfen, was beiden nicht so recht zu gelingen vermag.

Ich muss feststellen, dass das Buhlen zweier Frauen um einen Mann im Alter interessante Formen annimmt. Dass es einmal entscheidend sein könnte, wer dem Angebeteten am schnellsten die Zähne reicht, gehört wohl zur Absurdität des Lebensabends. Frau Elwira allerdings scheint über eine bemerkenswerte Auffassungsgabe zu verfügen. Sie eilt herbei, drängt Rolf Jürgens Verehrerinnen durch eine zackige Bewegung mit dem Ellenbogen unsanft zur Seite und bückt sich so schnell und beweglich unter seinen Stuhl, dass einem schon vom Zuschauen schwindelig werden kann. Die Facetten des Alters sind vielfältig, muss ich zu meinem Erstaunen feststellen. Womöglich könnte es interessant sein, was der liebe Gott dieser Elwira im Austausch für ihre Fitness abgenommen hat. Nichts im Leben ist nun mal umsonst, aber eigentlich muss ich es auch nicht wissen. Mein Interesse an meinen Mitmenschen ist mittlerweile ohnehin am Nullpunkt angekommen. Rolf Jürgen jedenfalls ist schwer beeindruckt. Während er brünstig sein Gebiss einschmatzt, hat er längst von seinen beiden Nachbarinnen abgelassen. Elwira braucht nun seine komplette Aufmerksamkeit.

Die ist wie ein Pfeil wieder nach vorn verschwunden und weist Bergmann mit scharfen Ansagen in die Bedienung seines Notebooks ein. Kurz darauf verschwindet die mir hinlänglich bekannte Startseite der Präsentation »Wir freuen uns auf eine harmonische Zukunft«, der Verhaltenskodex unseres Heimes, die wir jedes Mal geboten bekommen, wenn es Neuzugänge gibt. Schließlich müssen die Fremden wissen, wie sie sich in der Einlaufkurve zum Hades zu benehmen haben. Dass man ihnen diese Regeln nicht einfach in einem Schnellhefter überreicht, sondern immer und immer wieder alle Bewohner in die Lehrstunde einbezieht, hat für mich nur den einen Zweck: Man will unseren Willen brechen. Denn steter Tropfen höhlt bekanntlich den Stein. Aber da haben sie die Rechnung nicht mit dem Senium gemacht. Ein lückenhaftes Kurzzeitgedächtnis kann auch ein Segen sein. Für alle anderen ist die Schwerhörigkeit noch immer ihre schärfste Waffe. Was mich angeht, ich höre einfach nicht zu. Eine Verhöhnung dieses Ausmaßes verlangt förmlich nach Widerstand. In einer Verwahranstalt mit dem Markenzeichen Ü70 von Zukunft zu sprechen, lässt sich an Häme kaum überbieten. Aber da sieht man es mal wieder. Wir Alten taugen in dieser Gesellschaft nur noch für Spott. Dass man den in diesem Fall auch noch mit dem Bild eines Trockenblumenstraußes garniert, setzt dem Ganzen noch die Krone auf. Trockenblumen für das Friedhofsgemüse. Das allein genügt, um diesen Aufenthalt hier abzubrechen, käme diese Option infrage. Selbstverständlich habe ich das erwogen. Aber da Margot auf ihr luxuriöses Leben besteht, würde meine Pension lediglich für ein Männerheim in der Bahnhofsgegend reichen. Wenn es hart auf hart kommt, werde ich diesen Schritt wohl gehen. Komfortabler wäre es natürlich, wenn Margot stirbt, also rein pragmatisch gedacht. Statistisch gesehen ist das unwahrscheinlich, aber die können sich auch mal irren. In letzter Zeit komme ich auf Ideen. Also wirklich! Wenigstens bleibt uns nach alledem, was da vorn jetzt gerade geschieht, Bergmanns langweiliger Vortrag erspart.

Ein quietschbuntes Bild taucht an der Wand auf, das wie ein Feuerwerk anmutet. Die Neue hat tatsächlich auch etwas vorbereitet. Unschlüssig, wie ich diese Art des Engagements finden soll, lese ich den Titel: »Elwira Kowalski. Leben. Arbeit. BMI.« Ich habe noch nie eine Biografie präsentiert bekommen, die den Body-Mass-Index einbezieht, aber ich bin auch schon lange über die Zeit und womöglich ist das Gewicht heute so etwas wie früher der IQ. Dann schaue ich in das schwarz-weiße Gesicht eines kleinen Mädchens, das auf einem Jungen kniet und ihn mit einem Expander zu erwürgen scheint.

»Was soll das denn werden?«, kommentiert Margot, die bekanntermaßen mit jedem ein Problem hat, der ihre Aufmerksamkeit einfordert. »Wieso bekommen wir nicht den anderen Vortrag zu sehen? Und seit wann dürfen sich Neuankömmlinge so hervortun? Und das auch noch mit so komischen Sachen?«

»Ruhe! Die Mausi hat etwas zu berichten«, kontert Rolf Jürgen mit durchgedrücktem Kreuz und nach vorn gestrecktem Kinn. »Vielleicht hat sie auch Nacktfotos dabei.«

Das würde mir entschieden zu weit gehen.

Margot auch. Sie schnaubt auf, lässt es aber glücklicherweise dabei bewenden.

»Ich möchte Ihnen zunächst Frau Elwira vorstellen«, hebt Lennox Bergmann nun an. »Sie …«

Durch den schmächtigen Körper der Frau geht ein Zucken. »Das macht eine Elwira Kowalski noch immer selbst«, fällt sie ihm mit knarziger Stimme zackig ins Wort. Dann schweift ihr Blick zu dem Herrn, der etwas abseits von ihr stehen geblieben ist. Bei ihm muss es sich um Bert Bo handeln, wie ich annehme. Seinem Blick zufolge bereut er jetzt schon, nur einen Fuß in unser Altenghetto gesetzt zu haben. »Und du bist nach mir dran. Immer schön der Reihe nach, ja!«

Elwiras Stimme nach zu urteilen, ist die Riege der Raucher um eine Person angewachsen. Das wird denen nichts nützen. Rauchen ist bei uns verpönt, egal wie groß die

Lobby ist. Um uns das beizubringen, hat Bergmann sogar das Vordach des Gartenausgangs abmontieren lassen. Wer sich keinen Balkon leisten kann und seine Sucht nicht im Griff hat, wird nass. Pädagogik im Altenheim. Was er nicht bedacht hat, ist, dass seine Erziehungsmethoden auf die geballte Renitenz prallen, die wiederum schnurstracks in einen grippalen Infekt oder, noch schlimmer, eine Lungenentzündung münden kann. Und wer hat dann den Pflegeaufwand? Tja, die Jugend denkt einfach nicht weiter.

Lennox Bergmann wirkt angesichts der forschen Ansprache verdutzt, tritt aber trotzdem beiseite.

»Kowalski, Elwira, 5. Mai 1955, Oberstudienrätin im Ruhestand, Fächerkombination Sport und Geografie.« Ihr Stakkato wird von ein paar zackigen Kniebeugen begleitet. »Immer vollzeitbeschäftigt gewesen und damit eine hervorragende Pension. Fünfzig Liegestütze in einer Minute. Zweiundvierzig Kilogramm bei eins sechsundfünfzig. Ich arbeite daran.« Sie macht ein paar Streckübungen mit den Beinen.

Mit der Nennung des Gewichtes verfällt Margot in Schnappatmung. »Wir sollten uns zurückziehen, zumal du etwas schwächelst, Helmut«, sagt sie. »Du solltest deine Beine hochlegen.«

Seit wann ist das denn ein Thema?

»Ledig, aber nicht hoffnungslos«, fügt Elwira noch an. Das nun folgende Lachen hat etwas männlich Herbes, was mich für meinen Teil abschrecken würde. Bei Rolf Jürgen passiert das Gegenteil. Nichts anderes habe ich erwartet.

»Ich bin zu allem bereit, Mausi«, schreit er mit der brüchigen Stimme eines Greises, fest entschlossen, das Interesse der Neuen zu wecken.

Elwira horcht auf, entschließt sich dann aber augenscheinlich, diesen Einwurf zu ignorieren. Jedenfalls fährt sie fort. »Hobbys: Leibesertüchtigung, Pokerspiel, Fußball.« Auf dem nächsten Foto sieht man Elwira als junges Fräulein auf dem Fußballplatz. Sie steht breitbeinig mit dem Ball unterm Arm vor einer ziemlich blöd aus der Wäsche guckenden Herrenmannschaft. Ich vermute, die Kerle haben das Spiel verloren, worauf Elwira sie allesamt verprügelt hat. »Mein Verein ist Schalke. Noch jemand hier, der uns unterstützt?« Sie schaut fragend in die Runde. Nachdem sich niemand meldet, legt sie nach. »Hallo! Leute! Ich habe etwas gefragt und wer eine Frage stellt, bekommt eine Antwort. Verstanden!« Ihre Worte kommen nun noch betonter, vor allem aber lautstark aus ihrem Mund. »Ich möchte wissen, wer in diesem Auditorium ein Schalke-Fan ist.« Sie wiegelt ab. »Dortmunder können sich unter ihren Stühlen verstecken. Bayern verlassen auf der Stelle den Raum!« Wieder dieses tiefe Lachen.

Wenn ich bis jetzt überall lieber als hier gewesen bin, so wendet sich das Blatt nun schlagartig. Niemand beleidigt meine Mannschaft. Ich bleibe.

Einer der Männer zwei Reihen vor mir hebt zaghaft den Zeigefinger.

»Mut wird belohnt. Ich habe ein Sky TV-Abo. Und du bist dabei.« Der letzte Satz klingt wie die Verkündigung eines Gewinns während einer Butterfahrt. »Der Eingeladene sorgt für Bier und Chips, auf Diätbasis versteht sich«, schiebt sie noch nach.

»Aber …« Frau Mehltau versucht sich angesichts dieser Liste an Vergehen in einem Einwurf. Umsonst.

Elwira Kowalski hebt abwehrend die rechte Hand. »Nichts, was Ihnen zur Sorge gereichen sollte, meine Liebe«, säuselt sie. Nun zeigt sie auf den Herrn, der seine Freude über den anstehenden Fernsehabend kaum verbergen kann, und fällt in ihren alten Tonfall zurück. »Nicht mehr als ein Sixpack. Klar?«

Er nickt begeistert.

»Der eigenmächtige Verzehr von Alkohol ist für Heimbewohner strengstens untersagt«, meldet sich Lennox Bergmann zu Wort.

Elwira ist auf dem Ohr taub. Das macht sie sympathisch.

»Ein Glas zu den Abendmahlzeiten, am Wochenende. Mehr können wir nicht verantworten«, fährt Bergmann fort. »Die Gesundheit der uns Anvertrauten steht über allem. Das können Sie gern auch in unseren Heimregeln nachlesen. Sie sind Ihnen bei der Unterzeichnung Ihres Mietvertrages überreicht worden.«

Elwira Kowalski dreht ihren Kopf in Zeitlupe zu ihm herüber. »Wer sagt das?«

»Ich«, entgegnet Bergmann unbeeindruckt.

»Und wer will das wissen?«, fragt sie dann.

Bergmann stutzt. »Äh? Also …« Der Junge ist schlau und erstaunlich taff. Entsprechend schnell schaltet er auch um. »Die verehrten Gäste unserer reizenden Residenz.«

Elwira Kowalski richtet sich nun ans Publikum. »Ich frage noch einmal: Wer will das wissen?« Nachdem sich nichts tut, sagt sie halblaut und überdeutlich: »Niemand.«

Es bleibt still. Wir sind alt. Da geht man nicht mehr auf die Barrikaden.

Elwira sieht das anders und wiederholt ihre Aufforderung. Dieses Mal unter Zuhilfenahme ihrer Hände. »Und nun alle gemeinsam!«, fordert sie. »Wen interessiert das?« Sie dreht ihren Kopf halb zur Seite und legt die flache Hand hinter ihr Ohr.

»Niemanden!«

Der Einsatz ist nicht ganz synchron, aber dafür hat sich ein Großteil von uns aus der Deckung gewagt. Jutta habe ich am lautesten herausgehört. Und Hannelore. Margot starrt nur wie paralysiert nach vorn. Mit der Aufsässigkeit anderer Menschen kann sie nichts anfangen. Sie vermutet sicherlich, dass ich mich dieser aufkeimenden Revolution gegen die Heimprohibition anschließen könnte. Dabei muss ich sie nach dem dritten Bier ohnehin fragen. Aber ich gebe zu, dieser womöglich neu entstandene Spielraum lässt mich für einen kurzen Augenblick nicht ganz ungerührt.

Elwira bedankt sich mit einer tiefen Verbeugung für die Unterstützung. Jetzt gibt es kein Halten mehr. Die Masse johlt hemmungslos. Vermutlich geht es hier schon lange nicht mehr allein um das Alkoholverbot. Der Duft der Freiheit hat unsere Nasen gekitzelt. Ich bin gespannt, wo das hinführt.

»Weiter im Text«, erklärt Elwira, als wäre nichts gewesen.

Bergmanns anfängliche Überrumpelung weicht einer deutlich sichtbaren Wut.

»Ich halte nichts von unausgesprochenen Dingen, die nur dazu taugen, die Gerüchteküche zu befeuern«, sagt sie. »Im Gegensatz zu den meisten von euch bin ich freiwillig hier. Die eigenen Entscheidungen sind noch immer die besten.« Sie boxt mit einer Faust in die Luft. »Mein vierter Enkel, ein pubertierender Rotzlöffel, brauchte ein eigenes Zimmer. Wir wissen ja alle, wie die Burschen in dem Alter sind. Mehr die Hände unter der Bettdecke als woanders. Das kann man niemandem zumuten, vor allem nicht meinen liebenswürdigen Enkelinnen. Deswegen habe ich gehandelt.« Sie stemmt die Hände in die schmalen Hüften und nickt mehrfach entschieden. »Auszug bei meiner Tochter und hier bin ich.« Sie hebt den Zeigefinger. »Eines ist ganz klar. Ich erwarte ein gutes Zusammenleben! Sollte es Grund für Kritik geben, bin ich jederzeit anzusprechen. Nichts darf im Verborgenen schwelen. Alles muss auf den Tisch. So habe ich es immer mit meinen Schülern gehalten und so halte ich es auch hier. Fragen immer gern. Danke für die Aufmerksamkeit. Pause.« Sie wedelt mit den Händen, als wollte sie uns sagen, wir könnten uns wieder locker machen. Dann begibt sie sich zurück auf ihren Platz.

Das Schweigen dauert nach meinem Dafürhalten etwas zu lange. Wie ich die Lage einschätze, sucht Frau Mehltau noch nach den richtigen Worten und Bergmann nach rechtlichen Möglichkeiten, diese Feuerwalze wieder loszuwerden. Elwira Kowalski bringt Ärger. Darauf möchte ich wetten.

»Ich möchte, dass du dich von dieser Frau fernhältst«, bescheidet mir Margot. »Sie passt nicht zu uns.«

Es geht schon los.

»Aber Herr Doktor Bert Bo ist doch auch noch da«, jammert Frau Mehltau unsicher.

»Die Zeit ist um«, verkündet Lennox Bergmann mit einem Blick auf die Uhr. »Der Nachmittagskaffee muss serviert werden. Acht, zwölf, vierzehn dreißig, siebzehn Uhr. Die Logistik bei der Ausgabe der Mahlzeiten ist in einer Großküche nicht zu unterschätzen. Abgesehen davon benötigt der Körper des alten Menschen seine Energiezufuhr in gleichmäßigen Intervallen.«

In Großviehanlagen verfährt man nach dem gleichen Prinzip, denke ich. Und genau das ist der Grund, warum Lennox Bergmann und ich nie Freunde werden.

»Herr Bert Bo«, wagt Frau Mehltau einen halbherzigen Versuch, dem zweiten Neuzugang eine Chance zu geben. Vergebens.

Der fremde Herr, der die ganze Zeit schweigend an der Seite steht, nickt kurz in die Runde und setzt sich nun ebenfalls wieder zurück auf seinen Stuhl.

»Ui! Was für ein netter Herr.« Nun ist Jutta auf dem Plan. Ihre Suche nach einem geeigneten Heiratskandidaten wird erst enden, wenn der Totenschein da ist. »Wie charmant.«

Nicht schon wieder, denke ich. Nach der Erfahrung aus unserem Ostseeurlaub sollte Jutta doch geheilt sein.

»Kein normaler Mensch heißt Bert Bo«, merkt Margot mit gerümpfter Nase an. »Da muss man sich doch fragen, was die Eltern sich dabei gedacht haben. Hört sich nach Unterschichtensprache an.«

»Womöglich ist es ein Deckname«, flötet Jutta angetan. »Er zieht inkognito bei uns ein.« Sie klatscht in die Hände. »Wie aufregend.«

»Bo?« Margot spuckt die beiden Buchstaben förmlich aus. »Welches Geschlecht soll sich dahinter verbergen?«

»Er kann euch hören«, flüstere ich. Ich weiß nicht, wie gut es um die Ohren unseres Neuzugangs bestellt ist, aber da er unentwegt in unsere Richtung guckt, gehe ich davon aus, dass hier keine Einschränkungen vorliegen.

»Bo«, wiederholt Margot noch einmal und klingt dabei, als müsste sie speien. Wie ich schon sagte, sie hat immer das letzte Wort.

»Ich muss aufs Klo«, konstatiert Rolf Jürgen und erhebt sich mühselig. Darauf, dass Gertrude und Auguste ihm helfen, braucht er momentan nicht zu hoffen. Die sind ob der unerwarteten Konkurrenz angefressen.

»Hey! Hutzelmännchen!« Elwira Kowalski meldet sich erneut. »Hier wird erst aufgestanden, wenn das Direktorium grünes Licht gibt. Wo kommen wir denn da hin, wenn jeder macht, was er will. Immerhin ist das hier eine offizielle Veranstaltung.«

»Aber ich muss!«, kreischt Rolf Jürgen verzweifelt.

Ich habe eine ungefähre Vorstellung, wie es sich anfühlt, wenn die Prostata einem keinen Spielraum lässt.

»Disziplin!«, ruft Elwira. Dann wendet sie sich an Frau Mehltau. »Geschätzte Direktorin, darf sich der Herr entfernen?«

Frau Mehltau muss überlegen.

»Rolf Jürgen muss pissen! Mausi, mach hinne!«, schreit Rolf Jürgen außer sich. Er ist schon knallrot angelaufen und ich vermute, dass im nächsten Moment jemand mit einem Lappen kommen muss. Lehrjunge Bause hat sicherlich die gleichen Befürchtungen. Er ist schlagartig verschwunden.

»Monika, bitte bringen Sie den Mann zur Toilette«, mischt sich Lennox Bergmann schließlich ein.

Die gutmütige Pflegerin Monika Löwe, die sich bei diesen Veranstaltungen immer dezent im Hintergrund hält, eilt zu Hilfe. Durch sie verdoppelt sich das Tempo von Rolf Jürgen. Die beiden sind schon an der Tür angekommen, da ertönt noch einmal die Stimme von Elwira.

»Hey, Bursche!«

Rolf Jürgen dreht sich um. Er kämpft. Das kann man seinen verkrampften Gesichtszügen ansehen.

»Solche Sammelbegriffe wie Mausi verbitte ich mir! Das ist frauenfeindlich und sexistisch.« Sie zeigt mit dem ausgestreckten Zeigefinger auf ihn. »Und! Für dich immer noch Frau Kowalski. Duzen ist bei mir nicht. Wir haben uns verstanden!«

Rolf Jürgen wimmert. Und Monika Löwe braucht dringend einen Eimer.

Meine Zehen fühlen sich fünf Tage nach dem Besuch bei Doktor Schröter noch immer nicht brauchbar an. Margot sagt, das sind eher nervlich bedingte Ausfallerscheinungen aufgrund einer schlechten Durchblutung als Fußpflegeverletzungen. Sie kann es kaum erwarten, dass ich zu Doktor Schröter gehe. In knapp zwei Stunden habe ich meinen Termin. Ich habe keine Lust auf Psychotests, wenn da nur nicht meine Füße wären. Manchmal habe ich das Gefühl, dass Margot mir diverse Gebrechen aufschwatzen will. Möglicherweise hat sie die gleichen Gedanken wie ich und rechnet sich aus, was sie sich alles leisten kann, wenn sie sich meine Pension nicht mehr mit mir teilen muss. Angeblich soll der Grad des Egoismus bei einigen Menschen mit der Zahl der erlebten Lenze steigen. Nachvollziehen kann ich das. Viel hat man im Alter nicht mehr zu verlieren.

Ich streife meine Gesundheitssandalen ab und wackle mit den Zehen. Kein Wunder, dass Herbert neuerdings jedes unserer Schachduelle gewinnt. So abgelenkt wie ich durch meine Beschwerden bin.

»Immer noch die Fußpflegefolgen?« Frau Doktor Böttcher sitzt neben mir und liest in der Tageszeitung. Jutta hat mich gebeten, ihr Gesellschaft zu leisten, da sie etwas

Dringendes erledigen muss. Margot hat zu meiner inneren Freude einen Fußpflegetermin. Das verschafft mir ein wenig Freiheit und die angenehme Gegenwart der Frau Doktor, die heute auf der Höhe der Zeit zu sein scheint. Und so sitzen wir seit etwa einer halben Stunde auf dem Balkon ihres Appartements und genießen unser einträchtiges Schweigen.

»Hm. Die Haut schält sich ab«, antworte ich.

»Haben Sie Geduld. Und wenn Sie danach einmal im Monat jemanden nach Ihren Füßen sehen lassen, genügt das vollkommen«, erwidert die Frau Doktor.

Ich weiß das, aber ob Margot den Ratschlag gelten lassen wird, bin ich mir nicht sicher.

»Dieser Quatsch hilft Ihrer Ehe auch nicht mehr.« Die Frau Doktor ist einfach zu schlau, als dass man ihr etwas vormachen könnte. »Bei Karl Heinz und mir war es Tiefseetauchen, hat auch nichts genützt.«

Ich schaue aus meinem Notizbuch auf. Seit ich nichts mehr zu tun habe, sehe ich meine alten Aufzeichnungen durch und versuche gedanklich, meine Ermittlungsarbeit zu optimieren. Eigentlich macht das keinen Sinn, zumal die ersten Festnahmen meiner Karriere so weit zurückliegen, dass die Verurteilten schon lange wieder auf freiem Fuß sein dürften. Aber irgendwie muss ich die Zeit totschlagen, vor allem weil einem hier drin eine Minute wie eine Stunde vorkommt. »Wie unterhält man sich unter Wasser?«, will ich wissen.

»Gar nicht. Das ist ja das Gute. Karl Heinz hatte ohnehin nie etwas zu sagen.« Sie legt die Zeitung beiseite. »Wenn ich vorher gewusst hätte, dass es auch junge, hübsche Tauchlehrerinnen gibt …« Sie verzieht den Mund zu einem abgestoßenen Lächeln. »Gin Tonic?«

Ich hebe die Mundwinkel und nicke.

»Endlich lächeln Sie mal wieder, verehrter Herr Katuschek. Ihr trüber Gemütszustand, in den Sie seit unserem Sommerurlaub abgeglitten sind, ist kaum erträglich, also wenn man Sie als einen tatkräftigen, optimistischen Mann kennt«, sagt sie. Sie hält inne. »Wenn Sie mich fragen, sind Sie zu viel mit Ihrer Frau zusammen. Das schlägt auf Ihr Gemüt.«

Mir war nicht bewusst, wie ich auf mein Umfeld wirke.

»Übrigens, auch eine Altersdepression ist behandelbar, vorausgesetzt, man will das. Man kann sich allerdings auch einfach hinsetzen und auf das Ende warten. Eine Umgebung wie diese ist dafür prädestiniert.« Ohne auf eine Reaktion von mir zu warten, geht sie ins Zimmer.

Die Frau Doktor will mich provozieren, oder? Vielleicht hat sie recht und ich habe so etwas. Womöglich ist das auch erst der Anfang. Man weiß nie, was man sich in solch einem Laden einfängt. Ich habe Margot gewarnt. Seltsamerweise wird sie jeden Tag, der vergeht, fideler, wenn man von den Bewegungseinschränkungen, die der Bauchspeck mit sich bringt, absieht.

»Ein schnellerer Erfolg als eine konventionelle Therapie wäre womöglich eine Trennung von Ihrer Frau«, fährt die Frau Doktor fort, als sie mir kurz darauf ein gut gefülltes Glas reicht.

Ich genehmige mir einen anständigen Schluck und pfeife darauf, dass der Doktor mich nachher noch sehen will. Zu irgendetwas muss dieses Siechtum gut sein, und wenn es nur der Alkohol nach dem Frühstück ist. »Wenn sie eine Freundin hätte, wäre das schon mal ein Anfang«, sage ich und lasse den Wacholdergeschmack des Gins auf meiner Zunge zergehen. »Ich hatte ja gehofft, die Neue, diese Elwira …« Ein lauter Seufzer entfährt mir. »Wenn man Margot nicht kennt, kann man durchaus mit ihr befreundet sein.«

»Geteiltes Leid ist halbes Leid, ich verstehe«, bemerkt die Frau Doktor trocken und setzt sich wieder. »So oder so, aber wer sollte das wollen? Zigarre?«

»Selbstverständlich.« Ich frage mich, wie sie an die Genussmittel kommt. Ihr Sohn wird sie kaum damit bedenken. Abgesehen davon, dass ich ihn noch nie hier gesehen habe. Das Haus darf sie angesichts ihres Gesundheitszustandes auch nur verlassen, wenn jemand vom Personal sie begleitet. Da sie sich als eine Honoratiorin dieser Stadt unmöglich mit jemandem wie dem Lehrjungen Bause auf der Straße zeigen kann, allein der Haarschnitt des Jungen verbietet das, muss sie einen anderen Weg gefunden haben. Aber wer von diesem tranigen Haufen verlässt freiwillig das Haus, noch dazu zum Einkaufen?

»Karl Heinz hatte auch mal eine psychisch labile Phase«, redet sie weiter. »Das kam, nachdem ich ihn mit unserer Zugehfrau erwischt hatte.«

»Was haben Sie dagegen gemacht?«, frage ich und lehne mich in meinem Sessel zurück. Meine Lust auf die alten Fälle ist mir vergangen.

»Ich habe ihm vier Wochen lang heimlich Betablocker verabreicht. Glauben Sie mir, bei einer anständigen Dosierung verliert jeder Mann die fleischliche Lust. Nun ja, ich hatte das Ganze wohl etwas zu großzügig bemessen. Karl Heinz lag schon während des Frühstücks im Tiefschlaf.«

»Nein, ich meine, gegen die Depression?«, hake ich nach.

Sie stutzt und zuckt dann mit den Schultern. »Nachdem ich die Medikamente abgesetzt habe, war er wieder ganz der Alte.«

»War Ihr Mann eigentlich an Epilepsie erkrankt?«, will ich wissen.

»Hm. Möglich bei dem, was ich alles an ihm ausgetestet habe. Ich müsste in seiner Patientenakte nachsehen«, erwidert sie ungerührt. »Es ist übrigens nicht notwendig, dass Sie sich nach ihm erkundigen, aber ich weiß Ihre Anteilnahme zu schätzen.«

Aus dem Nachbarappartement dringen dumpfe Geräusche zu uns herüber.

Ich schaue in die Richtung. Dabei muss ich ziemlich erstaunt aussehen, denn die Frau Doktor sieht sich zu einer Erklärung aufgefordert.

»Das ist die Wohnung von Elwira Kowalski«, sagt sie, als wüsste ich schon, was das zu bedeuten hat.

Ich habe keine Ahnung, selbst wenn Margot über die Neulinge irgendetwas verlautbaren hat lassen. Ich habe es nicht mitbekommen. Auch habe ich noch keine Zeit gefunden, mit einem der beiden auch nur ein Wort zu wechseln. Mein Interesse an meiner Zwangswohngemeinschaft ist in den letzten Tagen nicht gestiegen. Im Gegenteil.

Die Frau Doktor kennt mich lange genug, sodass wir uns auch ohne Worte verstehen. »Ihr fallen immer mal wieder die Hanteln zu Boden«, erklärt sie. »Und ihre Trefferquote beim Basketball könnte wohl auch besser sein. Seien Sie froh, dass Sie auf der anderen Seite wohnen.«

»Sie hat einen Korb im Zimmer hängen?«, frage ich ungläubig nach. »Ist das erlaubt?«

»Nachdem hier nichts erlaubt ist außer den normalen Lebensfunktionen, soweit sie geräuschlos vonstattengehen, würde ich mal sagen, nein«, entgegnet die Frau Doktor amüsiert. »Aber das interessiert die Dame nicht. Gegen dreiundzwanzig Uhr zieht sie noch ein paar Einheiten durch. Und Kurse gibt sie auch, nach allem, was man so hört. Allerdings nur für Männer.« Die Frau Doktor senkt kurz die Lider.

Ich blase die Wangen auf. »Einen Elan hat die Frau.« Dann neige ich leicht den Kopf und schaue die Frau Doktor fragend an. »Wieso nur für Männer?«

»Herr Katuschek, ich bin Rechtsmedizinerin und keine Psychologin«, entgegnet die Frau Doktor. »Vielleicht fühlt sie sich in männlicher Umgebung einfach wohler.«

»Aber wir haben doch einen Sportraum«, sage ich. »Ich meine, Sie müssen in Ihrem Zimmer ungestört arbeiten können, oder?«

»Wenn Sie einrechnen, verehrter Katuschek, dass mittlerweile die Hälfte meiner Zeit im Delirium stattfindet, muss ich Ihnen gestehen, dass mich diese Dame nicht im Geringsten stört. Auch bei Senioren kommen Fälle von ADHS vor. Das berücksichtige ich, wenn ich klar bei Verstand bin. Bei dem Wesen dieser Frau ist es jedoch ratsamer, sie nicht auf eine etwaige Therapie anzusprechen. Wir müssen ja nicht alle retten.«

Diese Worte aus dem Mund einer Rechtsmedizinerin a. D. gefallen mir. »Immerhin beschäftigt sie sich«, sage ich nachdenklich. »So geht die Zeit schneller rum.«

»Sollte das der Sinn Ihres derzeitigen Daseins sein, dann möchte ich Sie dringend ersuchen, einen Spezialisten aufzusuchen. Ich wüsste da jemanden, vorausgesetzt, er praktiziert noch.« Sie nimmt einen Schluck von ihrem Getränk. »Na ja, in unserem Stadium sollte ich froh sein, wenn er überhaupt noch lebt.«

Ich winke ab. »Nein, nein. So meinte ich das nicht. Elwira

war Sportlehrerin und sie hat sich diese Leidenschaft behalten. Das ist etwas Schönes.«

»Da sage ich nur, Augen auf bei der Berufswahl. Wenn man Mordermittler ist, trägt das nicht fürs Alter.« Sie fasst nach meiner Hand und drückt sie. »Wir können ja nicht alle paar Wochen auf eine erschlagene Küchenhilfe und einen vergifteten Ehemann spekulieren.«

Sie sieht mein Gesicht und entschuldigt sich umgehend. »Nehmen Sie es nicht persönlich, Herr Kollege. Die Hoffnung bleibt natürlich.«

Ich setze mein Glas an und leere es in einem Zug.

»Sie brauchen eine neue Aufgabe, Herr Katuschek, irgendetwas jenseits Ihres alten Berufes«, fährt die Frau Doktor mit weicher Stimme fort.

»Ich habe nie etwas anderes gemacht«, sage ich leise. »Womit verbringen Sie Ihre Tage?«

»Wenn ich bei Verstand bin?« Sie lächelt gezwungen. »Ich habe mir nach dem Tod von Karl Heinz ein paar Gewebeproben behalten, von allem ein bisschen, quasi. Da sich die Zeiträume, in denen ich klar bin, naturgemäß sukzessive verringern werden, sollte ich bis zu meinem Tod damit auskommen.«

»Sie untersuchen die Reste Ihres verstorbenen Mannes?«, entfährt es mir und mein mitleidiger Blick fällt auf das neben uns stehende Skelett, dem lebensechten Nachbau, den die Frau Doktor von ihrem Mann angefertigt hat und den sie vorzugsweise auf dem Balkon zwischen den großen Töpfen mit ihren Hanfpflanzen parkt.

Sie hebt und senkt die Schultern. »Nach seinem Tod hatte ich irgendwie das Gefühl, ihn niemals richtig kennengelernt zu haben. Wir waren durch unsere Berufe stark eingebunden, dann war da noch die Erziehung unseres missratenen Sohnes, die unzähligen Nebenkriegsschauplätze, die das Ego von Karl Heinz gebraucht hat … na ja, und wie gesagt, geredet hat er ja auch niemals sonderlich viel.«

»Aber seine Gedanken kriegen Sie so auch nicht raus«, erwidere ich und starre auf den kahlen Schädel des Skeletts, als ließe sich darin noch irgendetwas ausmachen.

»Hm. Mit so ein paar Klumpen vom Gehirn lässt sich schon so einiges anfangen. Sie würden es kaum glauben«, entgegnet sie. »Ich denke übrigens, dass ich etwas gefunden habe, was seinen Testosteronüberschuss erklärt. Ich überlege, einen Fachartikel dazu zu publizieren.«

»Der Gin ist ausgezeichnet.« Ich wechsle lieber das Thema. Was so makaber klingt, zeigt auch nur, dass die Frau Doktor nicht aus ihrer Haut kann. Womöglich hätte ich mir während meiner Laufbahn bei der Kripo ein oder zwei ungelöste Fälle für den Ruhestand aufheben sollen. Wenn man nur vorher wüsste, was einen im Alter erwartet.

»Nur das Beste für meinen alten Kollegen und Freund«, antwortet die Frau Doktor. »Ohne Sie in meiner Nähe wäre das Leben nur halb so spannend.«

Meine Ohren glühen.

Nebenan scheint ein Stuhl umzufallen. Jedenfalls klingt es danach. Stimmengemurmel ist ebenfalls dabei. Jemand lacht freimütig.

»Bietet Frau Kowalski auch Fitnesskurse an oder trainiert sie eine Mannschaftssportart in ihrem Appartement?«, frage ich, bemüht, die Frau Doktor zu unterhalten und mich aus dieser peinlichen Situation zu katapultieren.

»Sie hat sich in den paar Tagen seit ihrem Einzug gut eingelebt«, weicht die Frau Doktor aus. »Jedenfalls herrscht bei ihr ein reges Kommen und Gehen. Seltsamerweise habe ich sie noch nie bei den Essensausgaben gesehen, also bei denen, die nicht nur von meiner körperlichen Anwesenheit bestimmt waren.« Sie grinst. »Aber von Proteindrinks wird man auch satt.«

Ich möchte etwas darauf erwidern, aber das laute Getöse von nebenan macht es unmöglich. So hebe ich noch einmal mein Glas, aber noch bevor ich dazu komme, es anzusetzen, trifft mich etwas auf dem Kopf und bleibt dort zu allem Unglück auch noch liegen. Mein linkes Auge ist durch etwas Hellgraues verdeckt. »Frau Doktor. Ich glaube, mich hat eine Taube erwischt«, sage ich in aller Ruhe, einem Wildunfall angemessen. »Könnten Sie bitte einmal nachsehen?«

»Meine Diagnose wird Ihnen nicht gefallen, verehrter Herr Katuschek«, höre ich sie bitterernst sagen.

»Nur zu«, insistiere ich, auf das Schlimmste gefasst.

»Auf Ihrem Haupt befindet sich ein fleischfarbener BH. Der Größe der Körbchen nach zu urteilen, gehört der zu Jutta. Dass Sie ihn für grau halten, spricht für meine These der depressiven Episode, aber ich glaube, das ist gerade Nebensache.«

* * *

»Frau Olga, Herr Helmut.« Lennox Bergmann taucht unerwartet in der Nebelwolke unserer Cohiba auf. Ich verabscheue es, wenn mich jemand »Herr Helmut« nennt, aber bei der Frau Doktor den Titel zu unterschlagen, ist ein unverzeihlicher Affront. Ich bin durchaus in der Stimmung, diesen Lackaffen dafür zu maßregeln, aber angesichts seines seltsam wirren Blickes lasse ich es bleiben. Wenn er uns wegen des Alkohols und der Zigarren anzählt, brauche ich Munition, um zurückfeuern zu können. Dass der Büstenhalter, der über der Armlehne meines Sessels hängt, unmöglich der Frau Doktor gehören kann, bekommt ja hoffentlich sogar so ein Jungspund mit. Und inwieweit er in puncto Flora bewandert ist, um die kleine Plantage Cannabis von Japanischem Ahorn zu unterscheiden, weiß ich nicht. Wider Erwarten übersieht er unsere Fehltritte. Stattdessen sagt er mit betont förmlicher Stimme: »Hätten Sie einen Moment, mich zu begleiten. Es wäre äußerst dringlich.«

»Dürfen wir unsere persönlichen Sachen erst noch zusammenpacken?«, antwortet die Frau Doktor gewitzt. Sie spekuliert auf einen Rauswurf, den ich meinerseits ebenfalls begrüßen würde.

Bergmann merkt irritiert auf und fängt sich jedoch umgehend wieder. »Das wird nicht notwendig sein. Bitte kommen Sie.«

Da ich, seit Margot mich hier eingewiesen hat, ohnehin nicht viel mehr besitze als das, was ich am Leib trage, macht mir Verzicht nichts aus. Der Frau Doktor scheint es nicht so zu gehen. Natürlich. Sie will wenigstens die Gläschen mit Karl Heinz retten. Und sein fahrbares Knochengerüst. Zu allem entschlossen erhebt sie sich. Aber noch bevor sie in den Widerstand gehen kann, entschwindet Bergmann durch ihre Wohnung hinaus auf den Flur. Dort wartet er auf uns und wirkt dabei ganz und gar nicht so souverän wie sonst.

Wir folgen ihm wortlos. Auf der Höhe von Elwira Kowalskis Zimmer sehe ich im Augenwinkel, wie die Tür aufgeht und der verschwitzte Werner in einem viel zu engen rot glänzenden Trainingsanzug herauskommt. Für den Moment ist es mir tatsächlich so, als ob ich im Hintergrund die in die Luft ragenden Beine unserer hyperaktiven Sportlehrerin sähe. Die Glatze von Walter aus Appartement acht ist auch kurz im Bild. Daran, dass unser Begleiter einen Moment lang zu erstarren scheint, erkenne ich, dass ich mich nicht getäuscht habe. Aber anstatt auf der Stelle einzuschreiten, geht er einfach weiter und steuert zu meinem Erstaunen das eine Etage tiefer liegende Arztzimmer an. Wenn eine Orgie erlaubt ist und wir für das bisschen Gin bestraft werden, kann ich für nichts garantieren.

»Speicheltest, Blutabnahme«, flüstert die Frau Doktor mir zu. »Wir beide wissen doch, wie das läuft.«

»Er hat uns auf frischer Tat ertappt«, entgegne ich ein wenig besorgt. Dass Margot davon erfährt, wird sich in einer Kommune wie dieser kaum vermeiden lassen. Dann sind meine letzten Freuden auch noch passé.

»Und wie beweiskräftig ist das ohne Labor?«, hält sie dagegen.

Der Punkt geht an meine alte Kollegin. »Die können uns nicht zwingen.«

»Vielleicht bekommen wir Hausverbot«, kichert sie freudig.

Ich beschleunige meinen Schritt.

Kurz darauf stoppt Bergmann vor der Tür des Arztzimmers. Langsam greift er nach der Klinke, wobei er uns mit stechendem Blick fixiert. Wie in Zeitlupe öffnet er die Tür. Monika Löwe, unsere patente Pflegerin, erkenne ich sofort. Sie liegt regungslos auf dem Fußboden. Aber zu wem gehört das steife Hinterteil, das aus dem Medikamentenschrank ragt?

* * *

»Es ist nicht so, wie es aussieht.« Lennox Bergmann versucht, die Situation abzuschwächen, wobei er Mühe hat, auch nur einen klitzekleinen Anflug von Empathie zu zeigen.

»So ganz unproblematisch würde ich die Sachlage aber auch nicht einschätzen«, gebe ich zu bedenken.

Bergmann wiegt unschlüssig den Kopf.

»Ich sehe zwei potenzielle Leichen«, erwidert die Frau Doktor nach einem demonstrativen Rundumblick souverän. »Gibt es noch mehr?« Sie rechnet mit einem Massaker. Ihre Stimme überschlägt sich fast, so groß scheint ihre Begeisterung zu sein.

Wenn ich bis jetzt die Contenance bewahrt habe, so ist ihre Euphorie doch ansteckend. »Ein doppeltes Lottchen«, frohlocke ich und registriere mit einem flüchtigen Blick auf meine Armbanduhr die Uhrzeit. Es ist zwanzig nach elf. Was für ein Vormittag!

»Kollege Katuschek, den Begriff habe ich das letzte Mal gehört, als Adenauer noch Bundeskanzler war«, freut sich die Frau Doktor. »Sehr passend, übrigens wie alles, was Sie von sich geben.«

»Nur weil etwas in die Jahre gekommen ist, muss es ja nicht in Vergessenheit geraten«, erwidere ich mit einem zugegeben der Vorfreude geschuldeten minimal zu hohen Timbre. Dabei kann ich es kaum erwarten, näher zu treten und den vermeintlichen Tatort in Augenschein zu nehmen. Auf Beiläufigkeit bedacht, erspähe ich schon einmal aus der Ferne die Gegebenheiten.

»Vor allem nicht, wenn es gut ist«, jubiliert die Frau Doktor und streckt mir ihre flache Hand entgegen. »So wie wir beide!« Sie jauchzt.

Ich stutze.

»Die Finger zusammen, Herr Kollege. Jetzt das Handgelenk in den rechten Winkel bringen …«

Ich folge brav ihren Anweisungen.

»Den Arm lang machen und einschlagen.« Das letzte Wort schreit sie fast. Als unsere Handflächen laut zusammenklatschen, lacht sie glücklich auf.

»Hat man Ihnen heute Morgen die falschen Tabletten gegeben?«, fragt Bergmann mit einer breiten Zornesfalte auf der Stirn.

»Eher die richtigen, junger Freund«, entgegnet die Frau Doktor fröhlich. Dann schickt sie sich an, routiniert nach dem weißen Kittel, der an einem der Haken an der Tür hängt, zu greifen und ihn überzustreifen. Er reicht ihr bis an die Knöchel, aber es scheint für sie keine Rolle zu spielen.

»Dann zeigt der Alkohol Wirkung, den Sie verbotenerweise konsumieren«, schlussfolgert Bergmann und klingt nicht netter. »Das wird ohnehin ein Nachspiel haben.«

Ich fühle Wut in mir aufsteigen. »Ihnen ist schon klar, dass wir das achtzehnte Lebensjahr überschritten haben«, sage ich unterdrückt aufgebracht. »Wir brauchen niemanden mehr um Erlaubnis zu fragen, nicht einmal unsere Eltern.« Ich schaue ihn unverwandt an. »Wir durften sogar den Vertrag mit Ihnen selbst unterzeichnen. Denn wir sind freiwillig hier!«

Bergmann erwidert nichts, hebt nur die rechte Braue und lässt seinen Blick demonstrativ auf der Frau Doktor ruhen.

Ich habe mich in meinem Überschwang vergaloppiert. Wie ärgerlich. Es ist aber auch unfassbar, wie man mit einer verdienten Leistungsträgerin dieser Gesellschaft umgeht. Ich ändere meine Strategie. »Wir können auch beide weiter auf debile alte Leute machen und Sie sehen zu, wie Sie mit dem

Blutbad hier zurechtkommen«, fauche ich ihn an. »Ich freue mich jetzt schon auf Ihr Gesicht in der Zeitung, nachdem die Polizei Sie in die Mangel genommen hat. Als Erster an einem Tatort gerät man sofort ins Visier der Ermittler. Das kann ich Ihnen aus jahrzehntelanger Praxis versichern. Und machen wir uns doch nichts vor, da bleibt immer etwas hängen.« Das sollte, versessen, wie Bergmann auf seine Karriere ist, wirken. Dann wende ich mich meiner Kollegin zu. »Kommen Sie, verehrte Frau Doktor Böttcher. Unser Gin Tonic verliert seine angenehme Trinktemperatur.« Ich drehe mich um, zähle innerlich von zehn abwärts und gehe zur Tür.

Bei neun knickt Bergmann ein. »Frau Doktor Olga, Herr Helmut, ich bitte Sie …«, sagt er bemüht freundlich. »Wir können doch über alles reden.«

Ich kann hören, wie die Frau Doktor ausatmet.

»Na, dann schießen Sie mal los«, fordere ich ihn scharf auf. Unbewusst fange ich an, mit meinem rechten Fuß zu wippen, eine Überlegenheitspose, die ich mir während meiner zahlreichen Befragungen angewöhnt habe. Die dabei entstehenden Schmerzen kann ich verdrängen. Das hier dient einem höheren Zweck. Und es wirkt.

»Ich habe die Leitung der Residenz übernommen«, sagt Bergmann scharf und gönnt sich eine der Dramaturgie geschuldete Pause.

Die Frau Doktor schaut mich fragend an. Ich weiß nichts zu sagen, sondern sehe uns im Geiste schon zu allmorgendlichen Zählappellen antreten.

»Für die nächsten zwei Tage. Solange Frau Mehltau sich auf einer Weiterbildung befindet«, redet Bergmann weiter, wobei ihm anzusehen ist, dass er sich innerlich eins grinst, uns gefoppt zu haben.

Deswegen sind wir gefragt, denke ich. Er will erst einmal abchecken, wie brenzlig die Sache für ihn werden kann.

»Ich möchte natürlich keine Fehler machen«, sagt er. »Vor allem nicht in einer solchen Ausnahmesituation. Außerdem müssen wir unseren großen Tag im Auge behalten. Am Mittwoch stellen wir uns den Blicken der Öffentlichkeit. Da wollen wir uns doch von unserer besten Seite zeigen.«

Dann hätte er umgehend die Polizei rufen müssen, denke ich. Und dessen ist er sich bewusst. Er will die Sache unter dem Deckel halten, am besten so lange, bis Frau Mehltau das Zepter wieder in der Hand hat und sie den Tag der offenen Tür über die Bühne gebracht haben. Dann muss er sich nicht die Finger schmutzig machen und auch keine schlechte Stimmung befürchten. Bei uns verbreitet sich die Nachricht vom Tod schneller als eine Kopflausplage in einem Kindergarten. Und verängstigte Greise sind keine guten Werbeträger. Ich hebe nun meinerseits die Braue. Der Kerl soll ruhig mitbekommen, dass ich ihm nicht auf den Leim gehe.

»Schwester Monika ist nicht tot, nur ohnmächtig«, sagt Bergmann nun sichtlich angefressen. Er ist es augenscheinlich nicht gewohnt, gegenüber den Bejahrten in der schlechteren Position zu sein. »Ich sagte ja, es ist anders, als es aussieht.«

Frau Doktor Böttcher geht zu Monika, um die Behauptung mit einem gekonnten Griff an ihre Halsschlagader zu überprüfen. »Das ist korrekt«, bemerkt sie. Dann schweift ihr Blick zu dem, der im Medikamentenschrank steckt, ab. In ihren Augen glaube ich ein wenig Besorgnis lesen zu können. Wenn derjenige auch nur das Bewusstsein verloren hat, haben wir uns umsonst gefreut.

»Und Sie haben Ihre Kollegin trotzdem einfach so liegen

lassen?«, will ich wissen. »Immerhin hätte sie ernsthaft verletzt sein können oder in Gefahr. Wie ein normaler Arbeitsalltag im Seniorenheim sieht das hier zumindest nicht aus. In der Regel wird niemand von einer Schranktür eingequetscht, oder? Ich nehme an, was es mit der Person im Schrank auf sich hat, haben Sie auch nicht geprüft?«

»Mädchen, aufwachen!«, höre ich die Frau Doktor fast schon liebevoll rufen. »Hallo Monika, kommen Sie zu sich!«

Lennox Bergmann zuckt mit den Schultern. »Ich habe mich davon überzeugt, dass Schwester Monika lebt, und gut. Man muss Prioritäten setzen. Bei dem Pflegenotstand, den wir haben, kann ich mir keine Ausfälle erlauben. Monika Löwe gehört zwar nicht gerade zu den Spitzenkräften, aber alles ist mehr als null«, doziert er weiter. »Außerdem dachte ich, Frau Olga weiß besser, was zu tun ist. Stellen Sie sich vor, ich hätte etwas falsch gemacht.« Er bläst die Wangen auf und rollt mit den Augen. »Dann hätte es nur wieder Krankschreibungen gehagelt. Im schlimmsten Fall eine Anzeige wegen Körperverletzung. Damit will ich mich beim besten Willen nicht auch noch herumschlagen. Es reicht schon, dass …« Er ist so klug, den Satz nicht zu beenden.

Ich rekapituliere. Schwächelnde oder tote Arbeitskräfte sind der Untergang unseres Pflegesystems. Aber womöglich ist es wirklich besser, dass Bergmann das mit der Ersten Hilfe den Profis überlassen hat. Unsachgemäßes Vorgehen kann so einigen Schaden anrichten.

»Monika, nun aber mal los«, ruft die Frau Doktor ungeduldig. Dann versetzt sie unserer Pflegerin eine Ohrfeige, die sich gewaschen hat. Ohne auf deren Reaktion zu warten, folgt eine zweite.

»Das hätte ich auch gekonnt …«, bemerkt Bergmann

nicht ohne eine gewisse Schadenfreude angesichts seiner derangierten Kollegin.

»Dann hätten Sie es tun sollen. Erste Hilfe ist eine Pflicht und keine Kür«, antworte ich. »Das gilt auch für den im Schrank.«

»Der gehört nicht zu unseren Angestellten«, entgegnet Bergmann kurz.

Immerhin verfügt er gegenüber seinen Kollegen noch über den Hauch einer Fürsorgepflicht. Dass mich das tröstet, kann ich jedoch nicht behaupten.

»Jetzt ist mal Schluss hier mit dem sinnfreien Herumliegen«, erregt sich die Frau Doktor weiter, während sie Schwester Monika an den Schultern packt und schüttelt. »Kriminalhauptkommissar Katuschek braucht Platz für seine Arbeit. Wir dürfen keine Zeit verlieren.« Sie dreht sich sehnsuchtsvoll zum Medikamentenschrank um. »Da ist noch jemand, der nicht zu lange warten sollte. Wer soll das überhaupt sein?«

»Steven.« Schwester Monika scheint zu sich zu kommen. »Steven«, haucht sie noch einmal.

»Doktor Schröter, der Heimarzt«, erklärt Bergmann leidlich interessiert. »Wie gesagt, von extern. Ich vermute, bei dem ist nicht mehr viel zu machen.«

»Nie gesehen«, kommentiert die Frau Doktor, erhebt sich, geht zum Waschbecken und lässt kaltes Wasser über das dort hängende Handtuch laufen. »Aber immer schön der Reihe nach.« Dann geht sie zurück zu Monika und schleudert ihr den Lappen ins Gesicht.

Monika reißt die Augen weit auf und schnappt nach Luft wie eine Ertrinkende. Dabei versucht sie immer wieder, sich aufzurichten, aber irgendetwas Unsichtbares scheint sie daran zu hindern. Zumindest knallt sie mehrfach hintereinander wieder zurück auf den Fußboden. Die Frau Doktor bringt derweil das Handtuch zurück an seinen Platz. Ich kann sehen, wie sie beiläufig den vermeintlichen Steven taxiert. Schließlich schaut sie mich kurz an und schüttelt kaum merklich den Kopf.

»Doktor Steven Schröter«, murmle ich und betrachte die rückwärtige Seite unseres Heimarztes. Margots Liebling hat auch schon mal besser ausgesehen.

»Ich vermute zumindest, dass es sich um ihn handelt«, sagt Bergmann. »Immerhin trägt er Golfbekleidung und es ist sein Schrank.«

Die Frau Doktor wirft mir einen alles sagenden Blick zu.

»Steven«, meldet sich Schwester Monika erneut und ihre Stimme klingt dabei schon etwas fester. Zudem hat sie es geschafft, ihren Oberkörper aufrecht zu halten. »Er braucht meine Hilfe.«

Das kann man so oder so sehen.

»Kaltes Wasser wirkt Wunder.« Frau Doktor Böttcher zuckt mit den Schultern, als hätte sie nichts anderes erwartet. Dann fällt ihr Blick wieder auf den Mann am Schrank. »Nicht bei allen.«

»Mir war nicht klar, dass Schwester Monika und der Doktor Duzfreunde sind«, wirft Bergmann ein. Er schaut mich dabei nicht an, aber ich weiß natürlich, wem der dezente Hinweis gelten soll. »Eine derartige Verbrüderung wird unter den Mitarbeitern nicht gern gesehen. Die beiden müssen also einen Grund haben.« Nun nickt er mir wiederholt zu, als würde auf diese Weise meine Auffassungsgabe gestärkt.

Ich bin alt, aber nicht begriffsstutzig. Deswegen gehen

bei mir auch die Alarmglocken an, wenn Bergmann versucht, Schwester Monika in irgendetwas hineinzuziehen. Auch wenn er so tut, er hält das alles hier keineswegs für normal. Deswegen hat er auch die Frau Doktor und mich konsultiert. Aber dass er schon die Leute denunziert, bevor die Profis eine Expertise abgegeben haben, ist unerhört. »Sie haben die beiden also gefunden«, konstatiere ich.

Lennox Bergmann nickt.

»Was wollten Sie im Arztzimmer?«, frage ich nach. »Die Sprechstunde beginnt erst in knapp zwei Stunden.« Das weiß ich, weil ich der erste Patient gewesen wäre.

»Was für Sie ein sorgenfreies Leben bedeutet, ist hinter den Kulissen knallharte Arbeit«, entgegnet Bergmann. Er schwenkt weibisch die Hand hin und her. »Wir vom Personal sind natürlich darauf geschult, dass unsere Bewohner nicht belästigt werden …« Er macht einen großtuerischen Atemzug. »Wie die Rädchen eines Uhrwerkes laufen bei uns die Dinge zusammen, versteckt und unbemerkt.« Er zeigt erst auf die Uhr an meinem Handgelenk und dann streckt er den Finger in die Luft. »Wir arbeiten nur für Ihr Wohl.«

Das ist mir zu blöd.

Der Frau Doktor wohl auch. Sie lacht lauthals.

»Steven. Oje«, jammert Schwester Monika, während sie versucht aufzustehen. Ihr Kreislauf scheint dafür nicht stabil genug und sie verharrt auf allen vieren.

Die Frau Doktor ist derweil an ihren eingequetschten Berufskollegen herangetreten. »Es muss Ewigkeiten her sein, dass ich einen so jungen Allgemeinmediziner gesehen habe«, murmelt sie. »Ich dachte, die sind ausgestorben.«

»Noch einmal, was hatten Sie hier zu suchen – zu unser

aller Wohl?«, frage ich den schnöseligen Assistenten der Geschäftsleitung. Nebenbei behalte ich Schwester Monika im Auge. Zumindest scheint sie auf ihren Knien sicher zu sein. Ich würde ihr gern behilflich sein, aber mein Anstand und meine Bandscheiben kommen nicht überein.

»Es gibt einen engen Austausch zwischen der Heimleitung und dem Vertrauensarzt unserer Bewohner, unverzichtbare behördlich vorgeschriebene Dokumentationen«, erwidert Bergmann. »Herr Schröter kam nur zweimal in der Woche zu uns ins Haus. Deswegen bin ich immer bemüht, vor seiner Sprechstunde alles Wichtige mit ihm zu klären.«

»Und Monika?«, frage ich weiter.

Bergmann wirft ihr einen mitleidigen Blick zu. »Die Pflegekräfte sind in diese Interna nicht eingeweiht.«

»Und Ihnen ist nichts aufgefallen?«, will ich wissen. »Ist Ihnen jemand auf dem Flur begegnet? Gab es ein ungewöhnliches Geräusch?«

Er verneint. »Ich wollte mit dem Doktor sprechen, bin ins Zimmer gekommen und habe die beiden so vorgefunden.«

Ich mustere ihn. »Und Sie haben alle Patientendaten im Kopf?«, frage ich skeptisch. »Immerhin sollte man doch meinen, dass zumindest ein Blatt und ein Stift für eine Besprechung zweckdienlich wären.«

»Vielleicht zu Ihrer Zeit«, entgegnet Bergmann. »Ich weiß auch ohne Hilfsmittel, was ich zu tun habe.«

Ich erkenne jemanden, der mir eine plumpe Ausrede auftischen will, mit verbundenen Augen. Demnach sollte ich mich sehr irren, wenn Lennox Bergmann wegen seiner lieben Gäste beim Doktor vorstellig gewesen wäre. So verkniffen, wie er ist, würde ich auf Hämorrhoiden tippen. Aber auch das werde ich herausbekommen.

»Ich brauche meine Ausrüstung«, sagt die Frau Doktor mit starrem Blick auf Schröter. »Der Mann ist tot.«

Monika schreit auf und gleitet wieder in die Bodenlage.

Lennox Bergmann nimmt das nicht einmal zur Kenntnis. Auch Schwester Monikas unvorteilhafte Position scheint ihn nicht zu interessieren.

Ich schaue ihn auffordernd an.

»Das kleine Freizeitbesteck«, redet die Frau Doktor weiter. »Es steht gleich auf meinem Nachtkasten.«

»Wenn Sie dann mal bitte ...«, fordere ich Bergmann auf. »Wir müssen ohnehin bis zum Eintreffen der Polizei den Fundort absperren.«

»Die Polizei«, wiederholt Bergmann leise.

»Unvermeidlich«, erwidere ich. »Es soll ja alles korrekt ablaufen.«

»Korrekt ablaufen«, bestätigt Bergmann.

»Würden Sie nun bitte ...« Ich weise ihm mit ausgestrecktem Arm die Richtung.

Lennox Bergmann ist über die Hinauskomplimentierung offenkundig wenig begeistert. Er spielt nicht gern den Laufburschen. Schon an der Tür angekommen, dreht er sich noch einmal herum. »Schwester Monika, ich hoffe, Sie sind in diese Angelegenheit nicht involviert«, sagt er mit spitzem Ton. Dann richtet er mittels eines strengen Blickes die gleiche Warnung an mich.

Ist das denn zu glauben? So ein Rotzlöffel!

»Äh.« Monika, die nun auf dem Bauch liegt und furchtbar heult, macht einen kläglichen Eindruck. Während Bergmann die Tür hinter sich zuknallt, helfe ich ihr auf.

»Ich wollte nur eine Kopfschmerztablette«, haucht sie noch immer benommen.

»Aus dem Schrank?«, frage ich befremdet. Das Pflegepersonal verfügt bei uns über einen eigenen Aufenthaltsraum, in dem auch die notwendige Arznei für die Bewohner aufbewahrt und vorsortiert wird. Sollte sich dort keine billige Kopfschmerztablette finden, würde ich mich doch sehr wundern.

»Darin werden die Medikamente aufbewahrt, ja«, sagt sie kraftlos.

»War der Mann zu diesem Zeitpunkt schon drin?«, will die Frau Doktor, ohne uns anzusehen, wissen.

»Ich weiß nicht«, barmt Monika. »Vielleicht.« Von dem anstrengenden Nachdenken bleibt ihr der Mund offen stehen. »Könnte sein.«

»Monika!« Die Ermahnung der Frau Doktor lässt Monika erneut in sich zusammenfallen. »Ich wollte doch nur etwas gegen meine Kopfschmerzen«, jammert sie. »Steven weiß das.«

»Den können wir aber nun nicht mehr fragen, Mädchen«, entgegnet die Frau Doktor für meine Begriffe ein wenig zu forsch. Sie hat kein Verständnis für Monikas unsicheres Wesen, aber das macht es nun einmal nicht besser.

»Haben Sie eine Tablette bekommen?«, mische ich mich ein.

Monika schaut mich an, als spräche ich eine andere Sprache. »Äh, nein«, sagt sie nach langem Zuwarten.

»Der Doktor will Monika die Tabletten reichen und verstirbt ohne Ankündigung im Schrank. Womöglich hat er sich erschreckt oder ihm ist schlecht geworden. Ein plötzlicher Herztod ereilt auch junge Menschen, vor allem wenn sie einen stressigen Beruf haben«, spreche ich meine Gedanken laut aus. »Oder er hatte irgendein anderes Leiden.« Ich streiche mir übers Kinn. Es ist wichtig, die Dinge zunächst einmal positiv zu sehen. Zumal ich nicht wie ein unterforderter Senior daherkommen will, der um jeden Preis auf eine Beschäftigung hofft. Das ist nicht anständig.

»Er könnte sich auch selbst umgebracht haben, indem er sich die Halsschlagadern abdrückt«, erwidert die Frau Doktor provozierend. »Wenn man nur lange genug mit dem Kopf in einer Tür steckt und ordentlich zudrückt, kann das passieren.«

»Aber er hat sich doch gerade erst so ein schönes Auto gekauft«, wirft Monika ratlos ein.

Im Gegensatz zu ihr weiß ich, was die Frau Doktor mir damit sagen wollte. »Ist so etwas möglich?«, frage ich. »Ich dachte immer, jeder verfügt über einen Überlebensreflex.«

»Alle, die man nicht an einen Ort wie diesen verbracht hat«, antwortet die Frau Doktor. »Unter den jungen Leuten ist das mittlerweile sogar ein Trend. Durch das Drosseln der Blutzufuhr ins Gehirn gelangt man in einen Rausch. Bei gewissen Sexualpraktiken nutzt man ebenfalls diesen Effekt. Allerdings ist es etwas ungünstig, wenn man den richtigen Moment des Absprungs verpasst.«

Ich verstehe.

Monika sieht nicht so aus, aber sie nickt. »Sex«, haucht sie ergriffen. »Ach, Steven.«

»Sie denken aber nicht, dass Doktor Schröter hier …«, hebe ich an.

»Herr Katuschek, ich bitte Sie!«, fällt mir die Frau Doktor ins Wort. »Hier hat jemand nachgeholfen. Ganz eindeutig.« Sie deutet auf die Male an seinem Hals. »Man sollte doch meinen, dass er sich hätte wehren können. Niemand lässt sich einfach so von einem Schrank erdrücken. Und so schmächtig ist er nun auch wieder nicht.«

»Jetzt weiß ich, wieso Kai Uwe immer das Tuch um seinen Hals trägt«, vermeldet Schwester Monika noch immer vollkommen neben sich. »Aber so einer ist Steven nicht. Ganz sicher. Er trägt ja nicht mal eine Krawatte.«

Die Frau Doktor seufzt.

»Sie denken, er könnte bewusstlos gewesen sein«, schlussfolgere ich. »Aber wie …?«

»Das hätte Steven im Dienst niemals gemacht«, mischt sich Monika ein.

»Herr Katuschek, wenn ich ihn aufgemacht habe, wissen wir mehr«, entgegnet die Frau Doktor entschlossen. Dann scheint sie meinen skeptischen Blick zu bemerken. »Nur ein bisschen, wenn Sie verstehen.«

Die Illusion werde ich ihr nicht nehmen. Schlimm genug, dass uns jede Professionalität in der Gesellschaft versagt wird.

Schwester Monika wird derweil von ihren Gefühlen überwältigt. »Herr Helmut, was läuft bei mir nur schief? Ich kann machen, was ich will. Überall, wo ich bin, sterben die Menschen«, sagt Monika und schaut mich aus verzweifelten Augen an.

Tja, Seniorenheime sind nun mal kein Ponyhof.

***

»Hi, Leute!« Kai Uwe steht breitbeinig im Raum. »Ich soll das für die Gaga-Oma abgeben.« Er hat die Tasche der Frau Doktor mit beiden Händen umklammert und lässt sie vor seinen Beinen hin und her schwingen.

Ich werfe der Frau Doktor einen flüchtigen Blick zu, aber die ist gerade dabei, dem Toten einen Kugelschreiber in den Mund zu schieben. Das scheint ihre komplette Konzentration zu benötigen, sodass sie die Unverschämtheit unseres Heim-Nomaden nicht mitbekommt. Möglicherweise liegt das auch noch an etwas anderem. Ich wische mir den Schweiß von der Stirn. Dass der Schalter in ihrem Kopf aber auch immer zur Unzeit umgelegt wird. Ich muss mich um sie kümmern, aber zunächst gilt es, den unmöglichen Kerl loszuwerden. Dass er sie so sieht, ist absolut unangemessen.

»Das ist eine medizinische Ausrüstung, die ausschließlich befugten Personen vorbehalten ist«, fahre ich ihn an und reiße ihm die Tasche der Frau Doktor aus den Händen. »Was wollen Sie überhaupt hier? Das ist privat.« Ich gebe zu, meine Ansage hätte der Sachlage angemessener sein können. Aber der Umgang mit stressigen Situationen ist nun einmal nichts, was man in einem Seniorenheim trainieren kann. Noch dazu bin ich von dem schmierigen Lappen, den er um seinen Hals trägt, ein wenig abgelenkt. Wenn ich mir vorstelle, dass sich der Junge als Opfer seiner Triebe damit an das Sofabein im Fernsehzimmer knotet oder an den Phono-Wagen, dann vergeht mir geradewegs die Sportschau.

Kai Uwe lässt seinen Kopf kreisen. »Äh, ich wohne hier, also da vorn«, leiert er. Er zeigt mit dem Daumen hinter sich in Richtung der Verwaltungsräume. »Du kannst mich mal besuchen. Ich habe einen echt riesigen Fernseher mit voll vielen bunten Farben drin.«

Den kenne ich. Der steht im Fernsehraum, der sich in der entgegengesetzten Richtung eine Etage unter uns befindet. Kai Uwe campiert dort illegalerweise, seit er eine Liaison mit unserer Küchenhilfe Selma hatte. Selma ist zu meinem tiefsten Bedauern nicht mehr da, aber der Schmarotzer klebt an uns wie Fliegendreck. Ich kann nicht verstehen, wie ein junger, gesunder Mann seine Zukunft auf der Couch einer Altenresidenz suchen kann, aber die Jugend ist mir ohnehin fremd geworden. Die Früchte zu ernten, die man nicht gesät hat, scheint das Credo dieser Generation zu sein. Aber mich geht es nichts an. Ich bin statistisch gesehen in fünfeinhalb Jahren ohnehin unter der Erde. Kai Uwe geht den anderen zusammengepferchten Grauköpfen auf den Wecker.

»Du hast coole Füße«, redet Kai Uwe weiter und starrt auf die weißen Püschel zwischen meinen Zehen. »Wie schnell fliegst du damit?« Er stoppt und betrachtet seine ausgetretenen Turnschuhe, als wäre er in einen Hundehaufen getreten.

Aus der Ecke des Medizinschranks dringt das Kichern der Frau Doktor herüber. Dann höre ich, wie sie leise anfängt zu singen. »Flieger, grüß mir die Sonne, grüß mir die Sterne und grüß mir den Mond …«

Da eine Frau wie Doktor Böttcher sich nichts aus einfältiger Unterhaltungsmusik macht, noch dazu, wenn sie chauvinistisch angehaucht ist, ahne ich, dass sie mich gerade komplett geistig verlassen hat. »Sie verschwinden auf der Stelle«, sage ich. »Hier finden wichtige Untersuchungen statt.«

Kai Uwe benötigt eine Weile, um mich wahrzunehmen. »Ist gut«, nuschelt er schwerfällig, rührt sich aber keinen Millimeter von der Stelle.

Was Margot mengenmäßig an Streichkäse konsumiert, nimmt der Junge an Drogen zu sich. Er versteckt das Zeug überall bei uns im Heim, vorzugsweise in den großen Blumenkübeln im Foyer. Im Wandkasten des Defibrillators liegt auch was. Durch die Glastür sollte er auch keine großen Schwierigkeiten haben, es wiederzufinden. Aber vermutlich bin ich, was das angeht, einfach zu zuversichtlich. Jedenfalls hoffe ich, dass er das Kraut nicht wieder bei der Frau Doktor erstanden hat. Sie verwendet es gelegentlich, um ihre Nerven zu beruhigen, und irgendwie schafft der Bursche es doch immer, ihr etwas abzuschwatzen. Dass sie die Einnahmen aus einem Drogengeschäft nötig hat, glaube ich kaum. Abgesehen davon verfügt Kai Uwe nur über das Geld, das er vorher irgendwo bei unseren Leuten geklaut hat, und nicht einmal er ist so blöd, es bei uns wieder zu reinvestieren.

»Ich habe Hunger«, redet er weiter. »Hast du vielleicht etwas zu essen in deinem Koffer?« Er deutet auf die Instrumententasche.

»Gehen Sie in die Küche«, sage ich und staune selbst über meine Großzügigkeit.

»Nöö«, entgegnet er lang gezogen. »Da sitzt eine dicke Frau und heult. Nachher steckt die mich noch an. Außerdem versteckt sich dort ein Monster.« Er nimmt sich eine Strähne seiner zotteligen Mähne und wickelt sie um seinen Zeigefinger wie ein kleines Mädchen. »Eines mit ohne Haare. Das brüllt den ganzen Tag und will mich immer hauen. Hast du wirklich nichts?«

»Nein.« Langsam werde ich ungehalten.

Schwester Monika sollte sich um das Mittagessen kümmern, damit es im Haus nicht zu Unruhen kommt. Es ist wichtig, in einer Krisensituation die normalen Abläufe soweit möglich beizubehalten. Außerdem braucht sie in ihrem Zustand etwas Ablenkung. Hoffentlich ist Janko Varga, unser halb ungarischer Küchenmeister, wenigstens so geistesgegenwärtig und erkennt ihre mentale Notlage.

Das ist bei Monika nicht so einfach, da sie irgendwie immer in einer zu stecken scheint. Monster, dass ich nicht lache. Janko trägt einen kahl rasierten Kopf, ganz ohne Not, denn Haare gäbe es da wohl noch genug. Trotzdem ist er der einzig normale Mensch in dem Haufen, von der Frau Doktor abgesehen, also meistens. Ich schaue auf Kai Uwe und dann auf meine geschätzte Kollegin. Zwei Leute mit verknoteten Synapsen sind entschieden zu viel für mich. Noch dazu haben wir einen Mord aufzuklären. »Himmel, Arsch und Zwirn«, poltere ich.

»Du bist böse aggressiv«, bemerkt Kai Uwe. »Hat dir das schon mal jemand gesagt? So wie das Monster bei den Töpfen, nur dass du nicht stark bist, eher ein bisschen trocken.« Er sieht aus, als würde er jeden Moment zu greinen anfangen.

»Geh in den Fußpflegeraum«, sage ich. »Dort sitzt eine andere dicke Frau, die hat Kekse.« Das ist nur Notwehr. Ich schwöre es.

»Mit Schokolade?«, will Kai Uwe wissen.

Ich nicke. Bei Margot rangiert Schokolade gleich hinter Streichkäse.

»Schokoladenkekse bei der Fußpflege«, wiederhole ich mit zusammengekniffenen Lippen.

Kai Uwe hat es endlich geschnallt. Er tänzelt zur Tür. »Dicke Frau, ich komme!«, kreischt er in einem quietschenden Singsang.

Lennox Bergmann war sich also zu fein, um uns bei unserer wichtigen Tätigkeit zur Hand zu gehen, schlussfolgere ich. Das sagt einiges über seine Moral aus. Er hat den Lehrjungen Peter Bause damit beauftragt. Dass der irgendetwas von dem tut, was er soll, hätte mich gewundert, aber dass er teure medizinische Instrumente in die Hände eines solchen Schmarotzers gibt, schlägt dem Fass den Boden aus.

»Tschüssi«, ruft Kai Uwe schon vom Flur aus und winkt wie ein kleines Kind. Dann bin ich mit der Frau Doktor wieder allein. Ratlos beobachte ich sie. Da sie gegen das Gebiss von Doktor Schröter offenkundig nicht angekommen ist, steckt der Stift jetzt in seinem Ohr. Ich kann unmöglich zulassen, dass sie sich weiter an der Leiche abarbeitet. Aber wenn ich sie auf ihr Zimmer bringe, verlasse ich einen vermeintlichen Tatort und öffne damit jedem neugierigen Heimbewohner Tür und Tor, seine Gelüste zu befriedigen. Abgesehen davon könnte der Mörder noch in der Nähe sein und zurückkommen, um Spuren zu verwischen. So ein Ungemach aber auch! Ich muss nachdenken.

»Ups!« Frau Doktor Böttcher klatscht in die Hände. Unglücklicherweise hat sie die Tür des Arzneischrankes bis zum Anschlag aufgerissen, was unseren Heimarzt ungebremst hat zu Boden knallen lassen hat. Jetzt stellt sie ihren Fuß auf seinen Brustkorb, macht eine selbstgefällige Pose und schreit: »Das Schwein ist tot!«

Jutta muss her. Dringend. Ich haste zum Schreibtisch des Doktors und greife mir den Telefonhörer. Kaum ist das erste Freizeichen verklungen, ist Jutta schon am Apparat.

»Hallöchen, schöner Mann«, flötet sie. »Da hat wohl jemand Sehnsucht nach der knackigsten Patientin auf dem Planeten.« Sie kichert. »Sie werden sehen, was ich für ein braves Mädchen war. Alle Wunderkapseln habe ich restlos weggeputzt. Den Erfolg dürfen Sie gleich persönlich in Augenschein nehmen. Aber ich warne Sie, zehn Jahre sind nichts, rein gar nichts. Ich kann nicht versprechen, dass Sie mich auf Anhieb erkennen werden.«

»Jutta!«

Schweigen.

»Helmut?«, fragt sie zögerlich. »Bist du das?«

»Wer sonst?« Ich gebe zu, für jemanden, der von einem anderen Anschluss aus anruft, ist die Frage etwas einfältig. »Hier spricht Helmut Katuschek«, füge ich schnell noch an.

Jutta räuspert sich angestrengt. Sie braucht etwas Zeit, um sich eine Ausrede für die soeben entstandene Peinlichkeit einfallen zu lassen. »Helmut, es ist nicht so …«

»Jutta«, fahre ich ihr über den Mund. »Es ist nicht der richtige Zeitpunkt, um abzuschweifen. Die Frau Doktor befindet sich im Ausnahmezustand.« Ich atme schwer. Unbefugte in Dienstgeheimnisse einzuweihen, wird mir bis zum Ende meiner Tage widerstreben. Aber in dem speziellen Fall komme ich nicht umhin. Jutta, die, sieht man von ihren vielen Ehen ab, absolut integer und verschwiegen ist, gehört zwangsläufig dazu. Sie begreift sich sogar als Teil eines Trios. Für mein Dafürhalten ist sich das Duo Böttcher/Katuschek vollumfänglich genug, aber ich werde mich hüten, das vor unserem zeitweiligen Annex Jutta auszusprechen. Jutta ist furchtbar empfindlich. »Wir haben eine Leiche«, sage ich vollkommen ruhig.

»Normal oder du weißt schon?«, fragt sie mit vibrierender Stimme.

»Es heißt, natürliche oder unnatürliche Todesursache«, verbessere ich sie. »In diesem Fall ist es unnatürlich, genauer gesagt, Mord.«

»Helmut!« Jutta hat als knackigste Patientin des Planeten nicht verzückter geklungen. Und da behaupten die Leute immer, es dreht sich alles nur um Sex. Bei uns wird das Glück aus etwas anderem gemacht. »Oh! Es gibt eine Leiche.«

»Behandlungsraum Doktor Schröter. Umgehend«, befehle ich. Dann lege ich auf.

»Karl Heinz, ich weiß, eine Fehlinterpretation der Situation deinerseits ist schier unmöglich, aber das ist allein dein Problem«, sagt die Frau Doktor nicht ohne eine gewisse Hochnäsigkeit. Sie sitzt nun auf dem Boden neben dem toten Schröter und streichelt ihm den dunklen Schopf. »Es sind schon immer jüngere Männer gewesen, die mir nachgestellt haben. Ich kann mich ihrer einfach nicht erwehren.«

»Wollen Sie sich nicht vielleicht lieber hier auf den Stuhl setzen?«, frage ich vorsichtig. Das würde die Spurenlage womöglich weitaus weniger manipulieren. »Die kalten Fliesen sind bestimmt nicht sonderlich bequem.«

Sie reißt die Hände hoch und wiegelt energisch ab. »Du kannst uns nicht trennen. Nichts kann das. Nicht einmal Fliesen. Ich werde gehen, Karl Heinz. Ich verlasse dich.« Dann wirft sie sich über ihn wie Julia über ihren sterbenden Romeo.

Wie erkläre ich das nur den Kriminaltechnikern?

Das Telefon klingelt. Wenn das jetzt Jutta wegen einer Nachfrage ist, lege ich mich neben Schröter und die Frau Doktor.

»Helmut. Hier ist Janko«, höre ich und atme erleichtert aus. »Schwester Monika sagt, du hast noch länger zu tun.« Pause. »Da wollte ich fragen, ob ich dir dein Mittagessen warm halten soll?« Pause. »Es gibt ungarisches Hühnerpörkölt mit Paprika von meiner Nagymama. Das isst du doch so gern.« Betretenes Schweigen.

»Janko«, japse ich. »Danke.«

»Für dich immer gern«, antwortet er. »Komm einfach in die Küche, wenn die den Schröter abgeholt haben. Ich warte auf dich.«

»Janko!«

»Schon verstanden, Helmut«, entgegnet er. »Ich sage Monika noch einmal, dass sie den Mund halten soll. Aber du weißt doch, wie sie ist, wenn sie aufgeregt ist. Trotzdem, Helmut, sei bitte nicht so streng mit ihr. Wirklich, Helmut.«

»Sperr sie in die Kühlzelle«, sage ich und bereue es sofort. Womöglich bin ich momentan wirklich etwas dünnhäutig. Schwester Monika ist vielleicht manchmal etwas naiv, aber sie ist im Umgang mit uns höchst anständig. Und sie ist schon genug mit sich geschlagen. Ich meine, die hemmungslose Heulerei, die sie regelmäßig auch ohne ersichtlichen Grund erfasst, ist garantiert nicht gesund.

»Deine Stimme klingt gut, Helmut«, sagt Janko. »Viel kräftiger als in den letzten Wochen. Ich habe mir schon Sorgen gemacht.«

»Musst du nicht«, knurre ich und frage mich, wer sonst noch von meiner Verstimmung Kenntnis hat.

»Wir sind Freunde«, sagt er. »Das ist normal. Ich koche jetzt erst mal eine große Kanne Kaffee. In den Filmen trinken Polizisten immer Unmengen davon. Und deine Kollegen kommen doch gleich, oder?«

»Hm.«

»Ich merke schon, du hast Stress«, redet Janko in seiner gutmütigen Art weiter. »Ich freue mich jedenfalls, dass der alte Helmut zurück ist. Und unter uns: Der Doktor Schröter war ohnehin eine Flitzpiepe, aber das ist nur meine Meinung. Ach so, und wenn es Kai Uwe war, dann koche ich eine Woche dein Lieblingsessen, egal ob Frau Mehltau mich abmahnt oder nicht. Der Kerl ist in einer Justizvollzugsanstalt besser aufgehoben als in einer Seniorenresidenz. Aber das ist nur meine Meinung. Viel Erfolg, Helmut!«

Ich kann nur noch ungläubig nicken, aber da hat Janko schon aufgelegt. Was ist der Unterschied zwischen einer JVA und einem Altenarrest? Das ist dann wohl eine Preisfrage. Ob ich die meinem alten Mitarbeiter Weidmann einmal stellen sollte? Lieber nicht. Für Ironie sind seine Gehirnzellen nicht gemacht. Für kriminalistische Arbeit auch nicht.

Trotzdem muss ich ihm Bescheid geben. In meiner Position kann ich mir keine Heimlichtuerei erlauben, nicht noch einmal und vor allem nicht, wenn Lennox Bergmann derzeit hier allein regiert. Man kann ihm einfach nicht trauen. Welche Position habe ich eigentlich? Ich komme nicht dazu, den Gedanken weiterzuspinnen. Für das, was sich neben mir gerade abspielt, ist Sodom und Gomorrha noch eine viel zu schwache Umschreibung. Frau Doktor Böttcher hat die Leiche des Allgemeinmediziners entkleidet, was an sich angesichts der notwendigen Abläufe keine Ungewöhnlichkeit wäre, wenn sie nicht selbst nachgezogen hätte. Da liegt sie nun, die Koryphäe der Rechtsmedizin, die vier Jahrzehnte anhaltende Stütze meiner Arbeit und loyale Kollegin, die Blöße lediglich mit einem weißen Feinrippschlüpfer bedeckt, auf dem Fliesenboden eines Seniorenheimes und liebkost eine Leiche.

»Ach, Frau Doktor«, seufze ich und senke meinen Blick.

»Also dass der Steven so wenig zu bieten hat, hätte ich nicht vermutet. Unten herum, meine ich.«

»Jutta, verdammt noch eins!«, rufe ich erschrocken aus. »Willst du mich umbringen? Wieso schleichst du einfach so hier herein?« Erst jetzt hebe ich den Blick und schaue sie an. Das hätte ich nicht tun sollen. »Was soll das sein?«, frage ich irritiert.

Jutta streckt den Hals, um besser sehen zu können. »Delikat.«

»Das ist ekelhaft«, sage ich. »Und unpassend. Außerdem meinte ich dich.«

»Sehe ich jünger aus?«, will sie wissen. »Wie viel?«

Jutta trägt einen Plastikoverall mit Kapuze und dazu eine Atemschutzmaske nebst pinken Gummistiefeln.

»Bist du so durch das ganze Haus gegangen?«, frage ich.

Jutta senkt betreten den Kopf. »Ich habe nicht nachgedacht, Helmut. Entschuldige bitte«, sagt sie nun tonlos. Ganz offenkundig ist ihr nun aufgegangen, was mich stört. »Du sagst immer, wir müssen professionell arbeiten. Da habe ich mir die kriminaltechnische Standardausrüstung besorgt.«

»Wo kriegt man denn die?«, frage ich und kann sie wegen ihres vorauseilenden Gehorsams nicht einmal maßregeln. Sie will einfach alles richtig machen. Dass jeder, dem sie begegnet ist, nun hellhörig sein muss, hätte sie trotzdem bedenken müssen.

»Mein vierter angeheirateter Enkel hat sich als Schädlingsbekämpfer selbstständig gemacht. Er hat mir ein paar seiner Anzüge überlassen«, gesteht sie und dreht mir kurz den Rücken zu.

»Wir befreien Sie von allem, außer von Ihrer Frau. Ihr Kammerjäger«, lese ich in neongrünen Buchstaben.

»Das ist ja nur die Rückseite«, wiegelt Jutta unter mehrfachem Abwinken ab. »Entscheidend ist, wie ich vorn herum daherkomme. Hinten guckt keiner. Und ich hinterlasse keine DNA.« Sie hebt erst den einen und dann den anderen Fuß. »Die sind nagelneu. Nach unserem Einsatz bürste ich sie gründlich ab und lasse sie mir von Janko in der Küche vakuumieren. Dann sind sie beim nächsten Mal taufrisch.« Sie zwinkert mir keck zu. »Ich lerne jedes Mal dazu, Helmut. Merkst du das?«

Das mag wohl stimmen.

»Ich bin übrigens noch schnell bei Janko in der Küche vorbeigegangen«, redet sie aufgedreht weiter. »Nicht dass die denken, wir kommen nicht. Du weißt, wie schnell vier Portionen verschwunden sein können.«

»Vier?«, frage ich nach.

»Steven«, haucht Jutta ergriffen. »Ich konnte ja nicht wissen, dass er es ist …« Sie seufzt. »So ein schöner Kerl. Was für eine Verschwendung.« Sie beäugt ihn ungeniert. »Wenigstens habe ich am Ende noch das Vergnügen, ihn nackt zu sehen. Lebendig hat er sich ja immer dagegen gesträubt.«

»Jutta! Und überhaupt, der Doktor hat bei uns gegessen? Freiwillig?«, hake ich nach. Janko kocht ganz hervorragend, also wenn man ihn lässt. Aber da er zu unserem Wohl nur äußerst eingeschränkt scharfe Gewürze, Salz und tierische Streichfette verwenden darf, kommt das Essen meistens so fad daher wie die Batterie an beigefarbenen Jacken an der Garderobenleiste im Gemeinschaftsraum.

Jutta nickt, ohne mir recht zugehört zu haben.

Die Versorgung des Doktors erfolgt unter Garantie wieder ohne Entgelt, denke ich. Es wäre einmal interessant herauszubekommen, wie viele Leute eigentlich auf unsere Kosten durchgefüttert werden. Kein Wunder, dass die Pflegekosten ständig ansteigen, wenn die Jungen wie Nattern an den Alten hängen.

»Wir können später essen. Es ist alles geklärt. Ich weiß doch, wie gern du die ungarische Küche magst«, redet Jutta weiter. »Außerdem brauchst du jetzt mehr denn je deine Nervennahrung.« Sie mustert mich ungeniert. »Du hast übrigens gleich mehr Gesichtsfarbe. Erstaunlich, wie lebendig du wirst, während andere …« Sie zuckt mit den Schultern.

Jutta ist ein Kumpel und ihr Pragmatismus hat etwas Bewundernswertes. Das muss man ihr lassen. »Warst du in diesem Aufzug in der Küche?«, frage ich vorsichtig.

»Ich durfte schließlich keine Zeit verlieren«, entgegnet sie. Dann hat sie sich scheinbar an dem Doktor sattgesehen. Jedenfalls schafft sie es, die Frau Doktor von dem Leichnam zu lösen. Da diese sich vehement weigert, ihren dunkelgrünen Overall wieder anzuziehen, legt Jutta ihr den übergroßen Kittel aus Schröters Ausrüstung um. Die Sachen der Frau Doktor stopft sie in ihren Plastikanzug. Schlussendlich setzt sie die Rechtsmedizinerin sogar auf den Schreibtischsessel von Schröter. In dem wuchtigen Möbel verliert sich die kleine Person fast. Dennoch habe ich den Eindruck, dass eine Frau wie Doktor Olga Maria Böttcher genau dort hingehört. Das Leben kann überaus unfair sein, aber das Alter ist wie ein Möwenschiss auf einem weißen Jackett, während man auf einer Bananenschale ausrutscht und sich den warmen Champagner in die Augen kippt.

»Was weißt du über den Mann?«, frage ich. Diesbezüglich hat Jutta recht. Eine Mordermittlung verlangt zügiges Arbeiten.

»Steven?« Jutta bläst sich eine vereinzelte Locke aus dem Gesicht. »Er ist unser Arzt, kommt zweimal in der Woche zu uns, golft … und er steht nur auf Jüngere.« Sie zieht einen Flunsch.

»Mehr nicht?«, frage ich nach. »Wo befindet sich seine eigentliche Praxis? Ist er verheiratet? Es muss doch irgendetwas geben, was er dir erzählt hat. Die Leute erzählen dir doch immer irgendetwas, ob sie es wollen oder nicht.«

»Das mag sein, Helmut«, erwidert Jutta. »Aber Steven war wie die Brotvorräte meiner dritten Schwiegermutter, luftdicht verpackt.« Ihre Enttäuschung ist auffällig. »Der hat nichts rangelassen und auch nichts raus. Ich habe es versucht, das kannst du glauben. Womöglich hat er einfach Zeit gebraucht, um warm zu werden. Manche Leute fremdeln ja in der Anfangszeit.«

»Wie lange bist du schon bei ihm in Behandlung?«, will ich wissen.

»Fast fünf Jahre, also seit meinem Einzug«, antwortet sie.

Das ist eine ziemlich lange Einlaufkurve, denke ich. Aber vielleicht gehörte er auch zu denjenigen, die Berufliches und Privates konsequent trennen. Dass sich jemand freiwillig zum Gesprächsstoff in einem Altenheim macht, nehme ich jedenfalls nicht an. Zumal jeder weiß, wie gründlich die Alten in dieser Hinsicht sein können. Ist man einmal enttarnt, finden die immer wieder einen neuen Angriffspunkt. »Was hast du eigentlich vorhin damit gemeint, als du gesagt hast, du hättest alle Wunderpillen brav aufgefuttert?«, frage ich. »Bekommst du Mengenrabatt auf Blutdrucksenker?«

Jutta schließt verlegen die Augen. »Darüber möchte ich nicht reden, nicht einmal mit meinem besten Freund.«

Wen meint sie damit? »In einem Mordfall gibt es kein Patientengeheimnis«, sage ich autoritär. »Du bist doch nicht ernsthaft krank, oder?«

Juttas Gesichtszüge hellen sich schlagartig auf. »Du machst dir Sorgen um mich«, sagt sie sichtbar ergriffen. »Das ist so lieb von dir.« Sie will nach mir fassen, aber ich trete einen Schritt zurück. »Aber das ist ganz unnötig. Mir geht es so prima wie nie zuvor im Leben.«

Etwas Ähnliches habe ich Margot auch schon sagen hören.

Ihre Stimme wird nun ganz leise. »Aber kein Wort zu irgendjemandem. Meine Medizin ist nur schlecht zu bekommen und ich will nicht in die Klemme geraten, weil sich alle darauf stürzen. Die Wirkung erreicht man nur durch eine langfristige Einnahme, weißt du.« Sie tritt dicht an mich heran. »Vitaminkur«, flüstert sie.

Margot schmiert Schlappohrencreme und Jutta schluckt Vitamine. Jeder, wie er es mag. »Und die hast du von Schröter bekommen?«, frage ich nach. Immerhin führt meines Wissens jeder Drogeriehandel derartige Nahrungsergänzungsmittel. Dafür braucht man keinen Arzt.

»Aber ja, exklusiv. Steven verfügt als Mediziner doch über ganz andere Kontakte«, erklärt Jutta überzeugt. »Die muss man nutzen.«

Das muss man wohl, wenn man alt ist und nach jedem Strohhalm greift, um es nicht zu merken, denke ich.

»Meine Power-Bombs kommen aus Übersee«, redet Jutta weiter. »Das ist das Beste, was derzeit auf dem Markt ist. Du solltest auch mal darüber nachdenken …« Sie stoppt und schaut auf die Leiche. »Ich glaube, ich muss eine neue Quelle auftun.«

»Die Vitamine …«, frage ich, »waren die eine Kassenleistung?«

Jutta schüttet sich aus vor Lachen. »Ich bin gesetzlich versichert. Meinst du, die wollen, dass ich lange lebe?«

»Hm. Was hast du dafür bezahlen müssen?«

»Ach, Helmut, es ist nur Geld«, entgegnet sie und ich kann sehen, wie sie sich windet.

»Wie viel hat Schröter kassiert?«, frage ich nach.

»Dreißig Dragees für unter hundert Euro, ein Schnäppchen«, versichert sie mir. »Woanders rufen die ganz andere Preise für die jugendliche Frische auf. Da hatte ich wirklich Glück, dass Steven …« Sie hält inne und seufzt. »Na ja, wenigstens habe ich mich letzte Woche erst eingedeckt.«

Ich bin unschlüssig, ob ich mich für Jutta freuen soll.

»Was ist dein Plan, Helmut?«, fragt Jutta schließlich mit in die Hüfte gestützten Händen.

»Wir suchen den Schlüssel, verriegeln das Zimmer und gehen mittagessen«, sage ich, ohne großartig darüber nachzudenken. Mir ist klar, dass dies keinesfalls die korrekte Vorgehensweise ist, aber in der Zwangslage, in der ich mich befinde, verschafft es mir etwas Zeit. Mit einem gut gefüllten Magen kann ich mich hoffentlich auch eher dazu überwinden, Andreas Weidmann, meinen alten Assistenten, anzurufen. Außerdem habe ich womöglich eine Chance, dass die Frau Doktor zurückkommt, also geistig, meine ich. Mit dem Halbwissen jedenfalls kann ich keine fundierte Ermittlungsarbeit sicherstellen.

»In der Schreibtischschublade«, sagt Jutta, noch ehe ich meinen Satz beendet habe. Sie ist komplett im Bilde. Wie immer. »Soll Steven so … also nicht, dass sein Anblick nicht wirkt … aber …?«, will Jutta wissen, nachdem sie den Schlüssel an sich genommen hat.

Ich überlege kurz. »Du hast recht«, sage ich schließlich und gemeinsam ziehen wir dem Kerl seine Klamotten über. Als wir fertig sind, betrachtet Jutta eingehend das Ergebnis.

»So habt ihr ihn gefunden, ja?«, fragt sie schließlich.

Ich schaue sie schweigend an. Dann greife ich ihm unter

die Achseln und wuchte ihn in Richtung Medizinschrank. Jutta hilft dabei, seinen Oberkörper hineinzuschieben.

»Das Detail mit Schwester Monika lassen wir weg. Sie hat es schwer genug«, beschließe ich. Dann verlassen wir den Tatort.

»Die Sprechstunde ist zu Ende«, konstatiert die Frau Doktor beim Hinausgehen.

»Aber der Wahnsinn steht gerade erst am Anfang«, erwidere ich.

»Dann haben wir ja alles richtig gemacht«, bemerkt die Frau Doktor und lächelt selig.

Helmut Katuschek!« Margot klingt nicht nett.

»Wo sind denn alle?« Jutta schaut sich verwundert im Speiseraum um. »Sonst rennen sie sich fast über den Haufen, um so schnell wie möglich auf ihre Plätze zu kommen, und heute …«, sagt sie mit herabhängenden Schultern und besorgter Stimme. »Ist denn irgendetwas passiert?«

»Eine dicke Frau bei der Fußpflege«, keift Margot von ihrem Platz aus quer durch den ganzen Raum. »Das ist passiert.«

»Was ist daran ungewöhnlich? Du sitzt doch dreimal in der Woche dort.« Ohne jemanden anzusehen, kommt Hannelore hereingehatscht, setzt sich an ihren Tisch und greift sich das Besteck. Immerhin sie ist pünktlich. Aber da sie nichts auslässt, was sie bezahlt hat, sollte mich das nicht wundern.

Margot bekommt Schnappatmung. »Allemal besser, als vor sich hinzugammeln«, kontert sie.

»Das kommt aber erst nach dem Platzen«, schießt es aus Hannelore heraus.

Ich weiß nicht, ich habe in meinem langen Berufsleben viele menschliche Abgründe kennengelernt, aber das ist alles nichts gegen den Streit zwischen zwei Frauen. Verbrechen basieren immer auf einem Grund. Das macht sie erklärbar. Aber wie verhält man sich bei aus dem Nichts auftauchendem weiblichem Hass?

»Da hören wir gar nicht hin, nicht wahr, Frau Olga? Das ist viel zu viel schlechte Energie für uns«, sagt Jutta in einem Tonfall, mit dem man auch Kleinkinder anspricht. Sie hakt die Frau Doktor unter und führt sie zu Hannelore. Die drei Frauen teilen sich den Tisch normalerweise mit Rolf Jürgen, aber der scheint heute nicht zu kommen. Ich trete mit schweren Füßen meinen Gang zu Margot an. Wir sitzen seit Ewigkeiten allein.

»Wenn der alte Zausel nicht kommt, kannst du doch bei uns sitzen«, haucht Jutta mir im Vorbeigehen zu. »So laut, wie Margot spricht, kannst du sie auch am Nachbartisch gut verstehen.«

»Untersteh dich, Helmut Katuschek!«, zetert Margot, noch ehe ich mich bei Jutta für das Entgegenkommen bedanken kann. Seit sie ihre Ohren cremt, scheinen die besser zu funktionieren. »Wir haben Paarzeit!«

Hannelore stößt einen lang gezogenen Pfiff aus. »Ach, so heißt die Drangsal jetzt.«

Mir bleibt nichts anderes übrig, als die Mahlzeit mit meiner Ehefrau einzunehmen.

»Ich verstehe überhaupt nicht, wieso heute niemand ein Mittagessen haben will«, hebt Jutta erneut an, während sie den Mundschutz und die Kapuze ablegt und ihre Frisur richtet. »Nicht einmal Kai Uwe.« Sie schnauft. »Ich komme mir ja schon wie eine Aussätzige vor.«

Die Frau Doktor schüttet sich aus vor Lachen. »Mit Röteln darf man nicht ins Kino«, sagt sie begeistert. »Unsere Nachbarin hat umsonst auf ihn gewartet. Ich hätte sie auch noch infizieren müssen, aus pädagogischen Gesichtspunkten.«

Jutta nestelt an ihrem Plastikkragen. »Um Gottes willen!«, ruft sie aus. »Nachher ist bei uns wirklich eine Seuche ausgebrochen. Das ist gefährlich, vor allem in unserem Alter.« Sie schaut zu der Frau Doktor, als bräuchte sie einen dringenden medizinischen Rat.

Ich kann es ihr nachfühlen. Auf mich wartet eine Leiche. Die Seuche ist allerdings schon da. Sie heißt Siechtum und sie lässt keinen aus.

»Alle tot«, freut sich die Frau Doktor und hämmert wie wild mit ihren Fäusten auf die Tischplatte. »Die gehen herum und metzeln die Grauköpfe nieder. Die Schieflage unseres Rentensystems lag Bismarck schon im Magen. Nun hat die Regierung endlich eine Lösung dafür gefunden.«

»Meinen Sie, liebe Olga?«, fragt Jutta und schaut sich um, als läge das im Rahmen des Möglichen.

Nun gut, bei uns handelt es sich um die bedauernswerten Insassen einer Altenresidenz, aber dass gleich zwanzig auf einen Streich das Zeitliche segnen, würde mich wundern, Rentensystem hin oder her. Das bringt nicht mal das Bundeskanzleramt fertig.

Im nächsten Augenblick kommt Rolf Jürgen hinter seinem Rollator um die Ecke. Er pfeift fröhlich vor sich hin. »Was uns nicht umbringt, macht uns hart«, ruft er voller Tatendrang.

Jutta bekommt rote Flecken im Gesicht. »Ich weiß nicht, ob ich mich heute hier so wohlfühle«, sagt sie und fummelt unentwegt an ihrem Kragen. »Rolf Jürgen hat ja nichts zu verlieren.«

»Alle tot«, resümiert die Frau Doktor erneut. »Für die

meisten ist es besser so.« Sie lacht schrill. »Dann gibt es endlich mehr Englein. In den letzten Jahren hat die Population mehr und mehr abgenommen. Dagegen sollte das Umweltamt mal etwas tun. Aber die interessieren sich ja nur für mein Abwasser. Dabei habe ich Karl Heinz gleich gesagt, dass Körpersäfte nichts im Klo zu suchen haben, also nicht in den Mengen. Aber was soll man machen, wenn man mit einer Kleinkrämerseele zur Welt gekommen ist. Nicht wahr?« Sie stockt und sieht mit einem Male noch verwirrter aus. »Hat es eigentlich mittlerweile einen durchschlagenden Erfolg bei der Seelentransplantation gegeben? Das müssen Sie in Erfahrung bringen. Dafür werden Sie bezahlt.« Sie schaut Jutta auffordernd an. »Ein solcher Fortschritt kann die Menschheit retten. Karl Heinz war ja glücklicherweise kein Organspender. Da habe ich schon aufgepasst.« Sie scheint zu überlegen. Nun rüttelt sie an Juttas Arm. »Liegt seine Leber eigentlich noch in der Gefriertruhe?«

»Wenn wir gegessen haben, sehen wir mal nach«, verspricht Jutta.

Im nächsten Augenblick kommt Schwester Monika mit den Getränken herein. Ihre Augen sind rot, aber wenigstens frei von Tränen. Ich freue mich für sie, denn es scheint ihr etwas besser zu gehen. Das hat auch den Vorteil, dass ich noch einmal mit ihr reden kann. Monika scheint mir eine wichtige Zeugin zu sein. »Verehrte Frau Margot, verehrter Herr Helmut …«, hebt sie mit gebrochener Stimme an, während sie uns stilles Wasser einschenkt.

Wenn es so losgeht, dann wird das eine offizielle Mitteilung, denke ich, sage aber nichts, da Kai Uwes Kindermund schon genug für heute angerichtet hat. Margot jedenfalls scheint Monika auch so zu verstehen und nimmt Haltung an.

»Die Engel sterben aus. Hört das denn niemand?« Die Frau Doktor ist nur eine zierliche Person, aber auf ihr Organ trifft das nicht zu. »Wir brauchen gute Seelen.«

Schwester Monikas angekratztes Nervenkostüm ist gegen solch einen Ausraster nicht gewappnet. Sie scheint bewegungsunfähig.

»Gibt es einen Grund, warum wir heute hier allein speisen?«, fragt Margot, bevor Monika wieder zu sich kommt. Solange ich denken kann, befürchtet Margot, zu kurz zu kommen oder etwas zu verpassen. Allein der Anschein dessen genügt, um sie vollkommen durchdrehen zu lassen.

Ich schließe kurz die Augen und atme durch.

»Nein«, antwortet Monika zeitversetzt und es braucht nicht viel, um ihr die Lüge anzusehen. Dann dreht sie sich leicht zur Seite und streckt ihren Arm aus. »Es hat einige organisationsbedingte Änderungen gegeben, sodass ab heute Frau Elwira und Herr Bert Bo bei Ihnen am Tisch sitzen.« Erst jetzt bemerke ich den Mann. Er steht wie ein Schuljunge in einigen Metern Entfernung und wartet darauf, dass er herangerufen wird. Im nächsten Moment betritt Frau Elwira den Gemeinschaftsraum. Eigentlich marschiert sie eher auf. Immerhin wären wir im Ernstfall damit schon einmal sieben Überlebende. Was die Organisation des Ladens angeht, können die meinetwegen machen, was sie wollen. Wenn die Heimleitung besser weiß, mit wem ich Geselligkeit halten soll, dann ist das so. Das heißt aber noch lange nicht, dass ich das dann auch tue. Die innere Emigration ist immer noch das Vernünftigste in einem Seniorenheim. Das sehen bedauerlicherweise nicht alle Insassen so.

»Wieso das denn?« Margot flippt vollkommen aus. »Ich

bestehe auf die Privatsphäre mit meinem Mann. Wir sind Eheleute!«

»Dann hätten wir in unserem Reihenhäuschen bleiben sollen«, rutscht es mir heraus.

Hannelore lässt ihrer Schadenfreude vollen Lauf. Sie lacht so schallend, dass sie sich sogar verschluckt. Schwer hustend liegt sie halb auf der Tischplatte.

»Haben Sie vielleicht einen Engel gesehen?«, fragt die Frau Doktor noch immer erregt.

Hannelore ringt nach Luft.

»Ich verstehe.« Die Frau Doktor fährt mit ihrem Messer über Hannelores Rücken.

»Stich zu!«, flüstert Margot neben mir. »Du bist schuldunfähig.«

»Das ist Anstiftung zum Mord«, raune ich Margot empört zu. »Und ein Engel wird Hannelore am Ende auch nicht.«

»Was weißt du denn davon?«, faucht Margot, offenkundig ein wenig zu laut. »Hauptsache, sie ist weg.«

»Aber liebe Frau Margot, ich habe direkte Anweisung von unserer Heimleitung«, erklärt Schwester Monika, ohne auf unser Gespräch einzugehen.

Margot ist wieder bei der Sache, hat aber weder Augen noch Ohren für die Nöte einer kleinen Altenpflegerin.

»Nichts gegen Sie persönlich«, sagt sie in Richtung der beiden Neuen. »Aber ich habe meine Prinzipien und darauf bestehe ich, vor allem wenn ich horrende Summen für dieses Etablissement bezahlen muss. Wo kommen wir denn hin, wenn wir dafür löhnen sollen, dass das Personal die Regeln macht?«

Jutta schaut mich voller Unverständnis an. Ich frage

mich, wo Margot die letzten fünfhundertzweiunddreißig Tage war. Dann komme ich darauf. Wenn jemand wie Elwira Kowalksi den Aufstand proben kann, dann ist das für eine Margot Katuschek nur recht und billig. Meine Frau befürchtet, dass sich die Neue an die Spitze einer Bewegung setzen könnte, bei der sie außen vor wäre. Dann nimmt sie das Zepter lieber selbst in die Hand. Ausgerechnet Margot. Bisher hat sie alles in diesem Hort der Ausgestoßenen ausnahmslos ganz reizend oder superb gefunden, sogar den Blödsinn mit den unverriegelten Appartements. Von wegen größtmögliche Sicherheit für die Bewohner, ein Überwachungssystem ist das. Jetzt scheint meine Frau ihre Meinung jedoch geändert zu haben.

»Wir haben nichts dagegen«, sage ich an Monika gewandt. »Ganz im Gegenteil.«

»Helmut!« Margot läuft dunkelrot an. »Wie kannst du für mich sprechen?« Sie schiebt die Ober- über die Unterlippe und schaut über uns alle hinweg.

»Da siehst du mal, wie das ist.« Hannelore lacht nun vorsichtiger, wobei sie die Frau Doktor nicht aus den Augen lässt. »Jetzt befindet sich sogar dein vertrottelter Ehemann im Widerstand.«

Ich weiß nicht, was ich damit zu tun habe.

»In nichts befindet er sich, in rein gar nichts, du vertrocknete Klapperschlange«, kontert Margot.

»Warte nur ab!«, orakelt Hannelore verheißungsvoll.

Margot streicht wieder und wieder mit ihren Fingerspitzen die Tischdecke glatt. So wie ich sie kenne, überlegt sie, ob was an Hannelores Hinweis dran sein könnte und was davon ihr entgangen ist.

»Ich habe es Ihnen gesagt, die Eheleute Katuschek sind

ganz reizende Personen«, beschwichtigt Schwester Monika und lässt unsere neuen Tischnachbarn Platz nehmen.

Herr Bert Bo nickt mir zu. Ich erwidere das Nicken. Damit ist zwischen uns alles geklärt.

»Ich habe es Ihnen schon mal gesagt, junges Fräulein«, beschwert sich Elwira. »Ich habe die Mahlzeiten nicht mitgebucht, also werde ich sie auch nicht zu mir nehmen. Nassauern habe ich nicht nötig.« Widerwillig greift sie sich den Stuhl, lässt sich auf seiner vorderen Kante nieder und verschränkt die Arme. »Ich lasse mich nicht bevormunden. Allein hierherzitiert zu werden, ist eine Unverschämtheit. Um die Zeit habe ich auf meiner Hantelbank zu liegen.«

»Wir werden pauschal abgerechnet«, ruft Jutta herüber.

»Das merkt man«, antworte ich. Ich muss sagen, das Adrenalin eines neuen Ermittlungsfalles lässt mich ein wenig übermütig werden. »Damit kann man gut die vielen Kostgänger kaschieren.«

Margot würde mir am liebsten eine Szene machen. Das ist deutlich zu sehen. Aber ich habe Glück, noch befindet sie sich in der stillen Abwägung ihrer weiteren Strategie.

Schwester Monika streichelt Elwira sanft über die Schulter, die sich daraufhin unangenehm berührt abwendet. »Bei Ihrem Sportpensum können Sie sich nicht nur von Fitnessgetränken und Energieriegeln ernähren«, sagt sie. »Sie werden sehen, unser Koch versteht sein Handwerk. Und eine ausgewogene Ernährung ist gerade im Alter unverzichtbar, um fit zu bleiben. Außerdem sind gemeinsame Mahlzeiten doch schön. Man plaudert mit Gleichgesinnten, erfährt etwas Neues, manchmal lachen auch alle zusammen.«

Ich schaue mich um. Unter Garantie wird das hier eine richtige Sause.

»Ich gehe dreimal in der Woche zu Kalle in die Frittenhütte. Da sind genug Gleichgesinnte, nämlich solche, die Pommes mögen und nicht so ein Palaver um die Vitamine machen«, erklärt Elwira voller Inbrunst. »Der Rest ist Intervallfasten mit Gemüsebrühe. Verzicht und Disziplin haben noch nie jemandem geschadet.«

Margot entfaltet ihre Papierserviette und bedeckt damit eine ihrer Speckrollen.

Schwester Monika kann nicht glauben, was sie da gehört hat. »Der Ernährungsplan für unsere Gäste ist penibel zusammengestellt und auf die Bedürfnisse abgestimmt. Jeden Tag mindestens dreimal frisches Obst und Gemüse, wenig Zucker, der Verzicht auf Salz und Fertigprodukte … Er ist Teil unserer Philosophie. So wie auch das soziale Erleben …«

»Tsss, eine halbe Tomate und Schweinskram mit Rolf Jürgen«, entfährt es mir, worauf Monika umgehend verstummt. Es tut mir leid. Ich wollte sie nicht angreifen, aber die Dinge müssen einmal auf den Tisch und mit Lennox Bergmann kann man ohnehin nicht reden.

»Helmut! Wir mischen uns da nicht ein«, maßregelt mich Margot.

Das gilt dann wohl auch für die Zuteilung unserer Tischnachbarn, denke ich. »Wie sind die Pommes bei Kalle?«, frage ich Elwira.

Sie macht einen Kussmund, berührt mit den Lippen die aufeinandergelegten Daumen und Zeigefinger und gibt einen lauten Schmatzer von sich. »Erste Sahne. Nur seine Currywurst toppt das noch.«

»Salz und Fett«, mischt sich Hannelore ein. »Damit stirbt man schneller. Hervorragende Idee.«

Solange ich Hannelore kenne, beschäftigt sie sich intensiv mit ihrem Tod. Sie scheint es regelrecht darauf angelegt zu haben. Aber der liebe Gott ist nun mal kein Auftragskiller.

Elwira hebt die Augenbrauen. »Ich habe seit vierzig Jahren meine Essgewohnheiten nicht verändert. Wieso sollte ich im Ruhestand damit anfangen? Lächerlich!« Sie richtet sich auf. »Ich bin dynamischer als je zuvor.«

Beneidenswert.

»Sie sollten trotzdem bei uns im Haus essen«, hebt Monika zögerlich an. »Bitte. Die Heimleitung müsste sonst die Pommes und die Currywurst im Labor prüfen lassen. Das ist auch eine versicherungstechnische Frage …« Sie atmet schwer, denn Elwira macht nicht den Eindruck, als wäre sie für irgendeine Diskussion offen. »Außerdem haben Sie doch bei dem abwechslungsreichen Freizeitangebot keine Zeit, außer Haus zu gehen. Sie würden so viel verpassen.«

»Wie gesagt, dreimal in der Woche«, sagt Elwira in meine Richtung. »Der Speiseplan hängt an meiner Tür, falls Sie sich anschließen wollen. Ich bekomme Sonderrabatt.« Sie reibt sich die Hände. »Eine Voranmeldung ist nicht notwendig, Kalle hat genug Kapazitäten.« Dann beugt sie sich nach vorn und hebt den Zeigefinger. »Seniorenportionen können Sie sich aber abschminken. Wer das erfunden hat, hat einmal zu oft Tafeldienst gehabt.« Sie zwinkert mir zu. »Und wenn Sie darüber hinaus etwas für Ihren Körper tun wollen, sagen Sie einfach Bescheid. Wir finden noch ein Zeitfenster für Ihren Muskelaufbau.«

»Auf das Angebot komme ich zurück, Mausi«, freut sich Rolf Jürgen.

»Du nicht!«, blafft Elwira zurück, während sie mir ein strahlendes Lächeln schenkt.

»Das wäre wirklich …«, sage ich, angestachelt von den Fritten, komme aber nicht weit.

»Mein Mann verträgt keine Kartoffeln«, fährt Margot dazwischen. »Salz auch nicht. Und er hat körperlich schon sehr abgebaut. Er kann unmöglich durch die halbe Stadt laufen. Außerdem muss man sagen, bei allem, was uns in dieser reizenden Residenz geboten wird, wäre es ziemlich dumm, nicht zuzugreifen.« Sie rümpft die Nase.

Elwira schaut mich nur an. Dabei fühle ich mich wie ein weißer Straßenhund mit Diarrhö.

»Wir können ja zu Ihrem Geburtstag eine Ausnahme machen«, bietet Schwester Monika an. »Dann sorge ich auch für die Begleitung. Denn es soll ja niemandem etwas passieren. Aber ab heute essen wir alle hier gemeinsam, Frühstück, Mittag- und Abendessen. Nicht wahr?«

Elwiras Blick ruht noch immer auf mir. Vermutlich erwartet sie Widerworte. Aber ein Trauschein kann auch das abtrainieren.

»Waren Sie schon bei Doktor Schröter zum Gesundheitscheck?« Monika hat den Satz kaum ausgesprochen, da bemerkt sie, wie töricht ihre Bemerkung ist. Sie verzieht den Mund und ihre Unterlippe fängt an zu zittern. Dann rennt sie schluchzend davon.

»Die jungen Frauen von heute sind schon mit ihren ganz normalen Aufgaben überfordert«, bemerkt Margot herablassend. »Wenn wir damals so empfindlich gewesen wären, würde unser Land heute ganz anders aussehen. Man muss auch mal etwas aushalten können. Kritik stärkt den Menschen.« Entsetztes Kopfschütteln.

»Sie waren Hausfrau, oder?«, will Elwira wissen.

Ich feixe innerlich. Die Frau Oberstudienrätin beginnt, mir zu gefallen. Immerhin kann man ihr nichts vormachen.

Margot zögert einen Moment. »Postangestellte«, sagt sie schließlich. »Im Außendienst.«

Elwira will ihr das offenkundig nicht so recht glauben. Sie sagt zunächst nichts mehr. Stattdessen schenkt sie sich ein Glas Wasser ein und trinkt es in einem Zug aus. »Wir Frauen verkaufen uns nach wie vor unter Wert«, sagt sie und es klingt nach einer Kampfansage.

»Genau so ist es«, ruft Jutta herüber. »Leider ist mir das erst nach meiner dritten Scheidung aufgegangen.« Sie lacht laut auf.

»Helmut und ich sind immer gut ausgekommen mit seinem Gehalt als Kriminalhauptkommissar.« Margot schreit das letzte Wort förmlich heraus. Der Dünkel muss an die Luft. Außerdem muss sie sichergehen, dass die beiden Neuzugänge spätestens nach einer Woche wissen, mit wem sie es zu tun haben.

»Auch ein Beamter a. D.«, erwidert Elwira und nickt anerkennend. »Dann vertrete ich die Spezies hier nicht allein. Sehr schön! Man muss ja wissen, wo seine Verbündeten sitzen.« Sie zwinkert mir keck zu.

»Darf man bei Kalle rauchen?«, frage ich, da mir Margots Wichtigtuerei peinlich ist. »Heutzutage ist das ja fast überall in den gastronomischen Einrichtungen verboten, also nach allem, was man so hört.« Nicht dass mich das sonderlich interessieren würde. Meine Vorliebe für Tabak beschränkt sich allein auf die gepafften Zigarren in der Gemeinschaft mit der Frau Doktor. Der subtile Vorwurf richtet sich an Margot, denn sie weigert sich, das Haus auch nur für eine Stunde zu verlassen. Deswegen bekommen wir das normale Leben nur noch aus dem Fernseher mit.

»Ich rauche nicht«, antwortet Frau Elwira und mustert mich dabei ungeniert. »Laster sind nur etwas für schwache Menschen. Wie steht es damit bei Ihnen?«

Ich weise das entschieden von mir und denke an meine unvollendete Zigarre im Aschenbecher der Frau Doktor. Aber wenn Elwiras Stimmbänder nicht durch den Dauerkonsum von Tabakkraut in Mitleidenschaft gezogen worden sind, wie kommt die Frau dann an ein derartiges Organ? »Absolut meine Meinung. Bewundernswert, wenn jemand seine …«, hebe ich an.

»Tsss.« Margot verdreht die Augen. Sie möchte nicht, dass ich Kennenlerngespräche führe, vor allem nicht mit einer Frau. »Was sind Sie denn von Beruf, wenn ich neugierig sein darf?«, fragt Margot an Bert Bo gerichtet.

Der Herr, der für mein Empfinden für die Rahmenbedingungen, in denen wir uns befinden, mit einem Sakko nebst Binder und seidenem Einstecktuch viel zu vornehm gekleidet ist, schaut Margot freundlich an, räuspert sich und sagt: »Ich war am Theater.«

Margots Perplexität äußert sich in abruptem Schweigen.

»Ein Schauspieler«, ruft Jutta vom Nachbartisch herüber. Jutta hat keine Probleme damit, Räume zu füllen, die ihr geboten werden. »Ich wusste gar nicht, dass so etwas möglich ist.« Sie klatscht begeistert in die Hände.

»Intendant«, sagt Bert Bo knapp und ich kann ihm ansehen, dass seine Grenze an Selbstoffenbarung damit überschritten ist.

»Das gibt es doch nicht!« Jutta flippt vollkommen aus. »Ein echter Intendant.« Sie wendet sich der Frau Doktor zu. »Das sind die, die alles bestimmen, sogar die Snacks in den Pausen.«

»Dann sind die auch für die Engel zuständig«, weiß die Frau Doktor. »Wir müssen auf den Gefrierschrank aufpassen. Heutzutage verschwindet so eine Leber schneller, als man ein Bier trinken kann. Haben Sie gehört!«

Bert Bo hat nun ein leichtes Zucken um die Mundwinkel.

»Dann kennen Sie bestimmt viele berühmte Schauspieler.« Jutta kann sich wie gewohnt nicht beruhigen. »Sie müssen uns alles darüber erzählen. Ich brenne darauf. Man hört ja so wenig Klatsch und Tratsch aus Prominentenkreisen. In meinem Horoskop hat es gestanden.« Jutta legt den Kopf in den Nacken und lässt die Arme mit weichen Bewegungen vor ihrem Oberkörper kreisen. »Du wirst einer Berühmtheit begegnen«, haucht sie ergriffen.

»Schauspieler?« Hannelore rümpft die Nase. »Alle drogensüchtig und depressiv. Wenigstens werden die damit nicht alt.«

»Wenn Klaus Kinski im Institut ist, bitte ich darum, ihn sofort in mein Büro zu führen«, sagt die Frau Doktor. »Ich dränge auf einen intellektuellen Austausch. Außerdem würde ich gern noch ein paar Proben nehmen, für meine Sammlung.« Sie lacht schräg. »Für den Leberfleck von Gert Fröbe hat man mir tausend Euro geboten. Dagegen war der Zehennagel von René Kollo ein Schnäppchen.«

»Das mache ich, meine Liebe«, erwidert Jutta abgeklärt. »Kollo lebt auch noch, das heißt, er kann für Nachschub sorgen.« Sie streichelt der Frau Doktor über die Wange.

Die Frau Doktor scheint mit der Information nichts anfangen zu können. Und ich frage mich, wieso sie mir von dieser Sammelleidenschaft nie etwas erzählt hat. Bisher habe ich angenommen, dass die unzähligen Laborgläser, die sie überall stehen hat, lediglich eine Reminiszenz an Karl Heinz sind.

Jutta bemerkt davon nichts, denn ihre Augen kleben förmlich an meinem neuen Tischnachbarn. »In Ihrem Metier ist man für alles Übersinnliche sehr aufgeschlossen, nicht wahr? Nach allem, was man hört, lässt sich Gustaf Gründgens jeden Morgen aus dem Kaffeesatz lesen.«

Herr Bert Bo scheint auf seinem Stuhl immer kleiner zu werden. Offenkundig geht ihm mehr und mehr auf, wo er hingeraten ist. »Ich weiß nicht. Ist Gründgens nicht lange tot?«

Jutta schüttelt die Frage ab. »Wer interessiert sich schon für Gründgens? Ich würde mich dazu gern einmal mit Ihnen austauschen, so von einer Aura zur anderen«, schlägt sie vor.

Bert Bo wirkt ratlos.

Margot öffnet den Mund und schließt ihn sofort wieder.

Glücklicherweise naht Janko mit den ersten Tellern.

»Ach, da kommt ja unser Essen«, rufe ich aus, was mir einen dankbaren Blick von Bert Bo einbringt.

»Mahlzeit, Helmut«, sagt Janko mit knirschenden Zähnen, während er mir zuerst den Teller aufträgt.

»Aber es gibt heute keine Leber, oder?«, frage ich, um die Runde etwas aufzuheitern.

Elwira Kowalski ist die Einzige, die über meinen Witz lachen kann. Herr Bert Bo tut es ganz offensichtlich innerlich, aber immerhin.

»Wieso?«, fragt Janko mürrisch. »Du weißt genau, Innereien sind für euch tabu. Obwohl ich über ein hervorragendes Rezept verfüge. Dafür streichst du die Leber vor dem Braten ganz vorsichtig mit Kastanienhonig ein, nur ganz dünn, aber das Geschmackserlebnis ist bombastisch.« Er hebt und senkt die Schultern. »Eure Heimleitung will davon nichts wissen. Sie sagt, eure alten Mägen verdauen nicht mehr so gut. Noch dazu könnt ihr im schlimmsten Fall eure Finger nach dem Essen nicht mehr bewegen. Was soll ich machen?«

»Karl Heinz mochte keinen Honig«, höre ich die Frau Doktor sagen.

»Seine Leber ist auch nicht gemeint«, beschwichtigt Jutta leise.

Ich signalisiere Janko mein vollstes Verständnis. »Was ist hier los?«, frage ich mit gedämpfter Stimme. »Wo sind die anderen?«

»Irgendjemand hat die Kammerjäger bei mir gesehen und nun behaupten alle, in meiner Küche gäbe es Kakerlaken«, antwortet er schwer gestresst. »Nun wollen alle auf ihren Zimmern essen. So ein Aufwand. Dabei könnte ich mein Essen auf den Küchenboden schmeißen, damit ihr es aufleckt. Natürlich nur diejenigen, die noch auf die Knie kommen.« Er wirft Hannelore einen giftigen Blick zu. »Ich kann mir schon denken, wer diesen Bockmist verbreitet hat«, flüstert er. »Sie rechnet vermutlich auf zurückgegebene Portionen. Ehe die etwas abbekommt, werfe ich alles in den Park. Die Tauben sind freundlicher. Die scheißen einen nicht bei jeder Gelegenheit an.«

Ich schaue zu Jutta hinüber. Der bloße Anschein genügt, um eine Gruppe alter, gelangweilter Menschen aus ihrem Tagestrott zu reißen. Es sollte mich nicht erstaunen, wenn der Gedanke an Küchenschaben meinen Mitbewohnern den Appetit verdirbt, aber er tut es nicht. Gegessen wird trotzdem. »Das klärt sich alles auf«, tröste ich Janko, der dankbar nickt und seine Runde fortsetzt. Dann schaue ich mich um. Fraglos hat die Heimleitung bei einem hygienischen Ausnahmezustand alle informiert. Dass Hannelore sich nicht abschrecken lässt, liegt an dem in Aussicht stehenden Nachschlag. Den gibt es nicht beim Zimmerservice. Margot verfügt über keinerlei Sozialkontakte mehr. Wenn sie die Ansage der Heimleitung verpasst hat, bleibt sie außen vor. Elwira Kowalski steht essenstechnisch unter verstärkter Beobachtung. Sie muss runterkommen, ob mit oder ohne Ungeziefer. Rolf Jürgen stellt Elwira nach. Jutta, die Frau Doktor und ich waren aus den bekannten Gründen nicht greifbar, aber was stimmt mit Bert Bo nicht? Innerhalb der letzten fünf Tage ist jeder unserer Leutchen mindestens einmal bei ihm im Appartement vorstellig geworden. Er muss dutzende Angebote für Bastelarbeiten, Fernsehabende, Glücksspielrunden und noch Schlimmeres haben. Für gewöhnlich prügelt sich die Greisengesellschaft förmlich um neue Reize. Dass sich nicht irgendeiner mit ihm zum Mittagessen verabredet hat, kann ich kaum glauben. Und wenn Jutta bis gerade eben nicht gewusst haben will, dass wir einen Theaterintendanten a. D. in unseren Reihen haben, dann fresse ich einen Besen. Sie wollte sich, ganz wie es ihre Art ist, nur noch einmal in Erinnerung bringen. Ich schaue ihn von der Seite an. Er löffelt mit spitzen Lippen die Soße aus dem Gulasch und wirkt dabei alles andere als auffällig.

»Blut ist etwas Wunderbares«, schreit die Frau Doktor in meine Gedanken hinein.

»Das ist Paprikasoße, verehrte Freundin«, antwortet Jutta und fasst nach den Händen der Frau Doktor, um ihr das Besteck wieder hineinzulegen. Die Doktorin denkt jedoch nicht daran. Sie rührt mit den Fingern in ihrem Essen und verteilt alles auf ihrem weißen Kittel. Ob sie dabei an die Knopfleiste gekommen oder Jutta beim Verschließen selbiger zu hastig vorgegangen ist, kann ich nicht sagen. Jedenfalls klafft das Kleidungsstück nun bis zu ihrem Bauchnabel auf, was ihre Brüste freilegt.

»Kann ich das Essen haben?«, fragt Hannelore an Elwira gerichtet. Die hat Jankos leckeres Gulasch nicht einmal angerührt.

»Es heißt, kann ich bitte das Essen haben«, verbessert Elwira, fasst nach dem Tellerrand und schaut Hannelore unter Hervorschnellen ihres Kinns auffordernd an.

»Meinetwegen«, antwortet Hannelore. »Bitte.«

Elwira springt gerade noch rechtzeitig vor Monikas Rückkehr auf und tauscht die Teller.

»Na, sehen Sie, Frau Elwira«, sagt Monika, noch immer etwas neben sich. »So schlimm war es doch nicht.« Sie tätschelt Elwira die Wange, was die unwirsch abwehrt. »Wem darf ich denn schon Pudding auftragen?« Monikas Verantwortungsbewusstsein ist wirklich bewundernswert. Sie nimmt uns wichtiger als ihr eigenes Wohlergehen.

»Es ist gut, wenn Pudding nicht umkommt«, konstatiert Jutta gewitzt. »Immerhin handelt es sich um ein schnell verderbliches Lebensmittel. Wie händelt man das in einer Theaterkantine, Herr Bert Bo?« Nebenbei versucht sie, die nackte Haut der Frau Doktor zu verdecken, was ihr nur leidlich gelingt, denn diese leistet Gegenwehr. Selbst die zu Hilfe eilende Monika hat nur mäßigen Erfolg.

»Helmut Katuschek, wieso trägt Olga keinen BH?«, will Margot empört wissen. »Was hast du wieder angestellt?«

Darauf fällt selbst mir nichts ein.

»Tragen Sie etwa einen?«, fragt Frau Elwira scharfzüngig und mit deutlich hörbarer Geringschätzung.

Margot wirkt wie vor den Kopf geschlagen.

»Frauen mit Büstenhaltern haben ihren Selbstrespekt eingebüßt«, konstatiert Elwira. »Man sollte schon wissen, was man sich wert ist.«

Ich sehe die nächste Gegenspielerin meiner Frau die Arena betreten.

Hannelore zieht derweil den Kragen ihres Shirts nach vorn und schaut hinein.

Währenddessen befeuert die Frau Doktor Jutta und Schwester Monika mit den Fleischstückchen aus ihrem Essen. Juttas vermeintliche Arbeitskleidung durchläuft damit ihren ersten Härtetest.

»Wenn man blutverschmiert ist, war der Tag ein Gewinn«, jubiliert die Frau Doktor.

Elwira scheint kurzzeitig abgelenkt. Sie schaut über meine Schulter hinweg.

»Tag, Chef.«

Die Stimme wird mich noch verfolgen, wenn ich vor das Jüngste Gericht treten muss. »Weidmann.«

»Frau Margot.« Weidmann nickt Margot freundlich zu. Sie kann es nicht sehen, da er seit ihrer Verhaftung für sie nur noch aus Luft besteht.

»Weidmann«, wiederhole ich und hebe den Kopf. Mein ehemaliger Assistent scheint nun seinerseits einen Gehilfen zu haben. Jedenfalls steht ein Mann neben ihm, der so unscheinbar ist, dass ich einen kurzen Moment benötige, um ihn zu erkennen. »Und der Friseur«, sage ich. Nun erinnere ich mich wieder an den unverschämten Kerl, der auf dem zweiten Bildungsweg bei der Truppe eingestiegen ist.

Weidmann ist die Anrede etwas unangenehm. Das kann ich sehen. »Entschuldigen Sie die Störung. Ich sehe, Sie essen.«

Ich schiebe meinen leeren Teller ein wenig von mir weg. »Ja, das tue ich.«

»Wir hatten da einen Anruf von oberster Stelle«, hebt Weidmann an.

Ich schaue kurz auf Margot, unterdrücke dann aber den Reflex.

»Sie und die Frau Doktor sollen da wohl …, na ja …«, stammelt er. »Sie haben nach mir rufen lassen.«

Weidmann versucht krampfhaft, nicht zur Frau Doktor zu sehen. Er kennt sie seit vielen Jahren und möchte nicht indiskret sein. Das ist anständig von ihm. Dafür stiert sein Friseur umso unverschämter. Offenkundig glaubt er aufgrund des weißen Kittels, die Frau Doktor gehöre zum Personal.

»Wenn Sie das sagen«, entgegne ich und ärgere mich, dass Bergmann mir mit dem Anruf bei den Kollegen zuvorgekommen ist. Das war so nicht abgesprochen. Außerdem entspricht seine Aussage nicht den Tatsachen. Hier scheint uns offenbar jemand den Schwarzen Peter zuschieben zu wollen.

»Können wir kurz reden?« Weidmann klingt nervös, aber das ist er immer, wenn ich in seiner Nähe bin.

»Andi, wollen wir nicht lieber …« Weidmanns Friseur schluckt eingeschüchtert. »… hier scheint es keinen Unterschied zwischen denen, die eine Zwangsjacke tragen, und denen mit dem Schlüsselbund zu geben«, stellt er fest.

Ich erhebe mich langsam, natürlich nicht, ohne dem Friseur einen maßregelnden Blick zuzuwerfen.

»Helmut, wo willst du hin?« Margot fühlt sich durch die Anwesenheit von Frau Elwira unbehaglich. Das kann ich spüren. »Es gibt doch noch Pudding.«

»Darauf würde ich an Ihrer Stelle verzichten«, bemerkt Elwira. »Nur als ein gut gemeinter Rat von Frau zu Frau.«

Margot bekommt ihre Wutbleiche, die bei mir unweigerlich Fluchtreflexe hervorruft.

Ich nutze meine Chance und bedeute Weidmann, dass er mir folgen soll. Ohne die umfassende Expertise der Frau Doktor kann ich ohnehin keinen Dienst tun. Dann soll Weidmann den Fall eben übernehmen. Aber ohne seinen Friseur. Darauf muss ich bestehen.

* * *

»Fräulein Irenka?«

»Herr Heimpolizei Helmut«, erwidert die junge Polin, die seit einiger Zeit als Reinigungskraft bei uns arbeitet. Sie scheint wirklich erfreut zu sein, mich zu sehen. »Gleich alles bereit für Sie, halbe Minute. Polizei immer guckt auf Uhr.« Sie lächelt. »Wie Papa. Ich weiß. Ich kenne.« Sie stoppt. »Habe ich erzählt, wie Papa …?« Sie streckt die Zunge heraus, schließt die Augen und legt den Kopf zur Seite.

Ich räuspere mich verlegen. Weidmann muss nicht wissen, welche Reputation mir in der Seniorenresidenz anhaftet. Außerdem wird der Tod von Irenkas Vater nicht besser, je öfter sie davon erzählt. Im Dienst umgekommene Kollegen sind nichts, was meine Gemütslage verbessert. »Was tun Sie hier?«, frage ich entgeistert, ohne auf ihre Frage einzugehen.

Irenka steht mitten im Arztzimmer und drückt einen Wischmopp mit kräftigen Bewegungen mehrfach hintereinander auf den Siebaufsatz eines Eimers. »Ich angehalten, Fußboden nicht schwimmt.« Sie freut sich. »Ihr Deutsche habt seltsame Sprache. Fußboden kann nicht schwimmen, ich weiß. Aber Monika sagt immer so, ich also mache, dass Fußboden nicht schwimmt. Dann bleiben Gäste auch aufrecht und ohne Verwundung. Alter Körper geht schnell zerbrochen.« Der Mopp erscheint ihr offenkundig nun brauchbar, denn sie schiebt ihn in ausladenden Armbewegungen über den Boden. »Ich will Sprache mit allen Fehlern lernen. Herr Helmut versteht?« Sie zwinkert mir zu. Irenka macht nebenbei eine Ausbildung zur Altenpflegerin und ich kann nur hoffen, dass ihr bei uns nicht die Motivation dazu abhandenkommt.

»Aber wenn Sie hier putzen, dann sind doch alle Spuren weg …«, sage ich und spüre, wie mir die Worte im Hals stecken bleiben.

Irenka hält inne. »Das Plan. Alles muss blitzeblank, wenn Doktor kommt und alte Gäste betrachtet. Der Himmel weiß«, sie bekreuzigt sich flüchtig, »was in so einem Zimmer alles rumfliegt und euch krank machen kann.« Sie stützt sich entschieden auf den Stiel des Wischmopps. »Herr Helmut nun auch Gesundheitspolizei?« Sie bläst die Wangen auf. »Das viel Verantwortung für alte Mann. Aber auf mich ist Verlass. Ich helfe immer.« Sie wirft Weidmann einen schiefen Seitenblick zu, beugt sich leicht nach vorn und schirmt ihren Mund mit der Hand in seine Richtung ab. »Ihr Sohn muss nicht alles hören.« Sie macht einen verschwörerischen Augenaufschlag. »In der Küche laufen Kakerlaken spazieren. Bevor ich nicht mit denen fertig bin, hat Herr Helmut lieber keinen Hunger.« Nun schließt sie die Lider und nickt sanft. Dann putzt sie weiter.

»Ich weiß, ich weiß, Irenka«, hauche ich. »Auf Sie ist Verlass. Genau da liegt der Hase im Pfeffer.«

Irenka schüttelt den Kopf. »Heute Gulasch, kein Hase mit Pfeffer«, sagt sie. »Schmeckt aber genauso gut, wenn Kakerlaken erst gegangen sind.« Sie nimmt den Eimer auf und geht zur Tür. »Bitte aufpassen, dass nicht fallen. Fußboden schwimmt, aber nur noch langsam.«

»Sie haben hier nicht zufällig etwas gefunden?«, frage ich unsicher.

Sie stutzt. »Was suchen Herr Helmut?«, fragt sie und schaut sich demonstrativ um. »Papa Pistole verloren, viele Jahre vergangen. Halbes Dorf gesucht, drei Tage.« Sie macht dicke Wangen und winkt ab. »Das Aufregung. Ich glaube, Mama suchen noch heute. Aber Papa immer besoffen, deswegen wohl niemals finden. Soll ich Herr Helmut helfen?«

»Hm.«

»Ich finden immer eine Menge. Letzte Woche ich hatte Gebiss«, plappert sie. »Und Schraube. So lang.« Der Abstand zwischen ihrem hoch gehaltenen Daumen und Zeigefinger beträgt etwa fünf Zentimeter. »Ich Angst, dass irgendwo fehlt. Doktor Schröter mich beruhigt. Er gesagt, wenn niemand unserer Gäste klappert, alles fest.« Sie lächelt, stellt es aber umgehend wieder ein. »Scherz schlecht. Schraube von Schrank. Ich weiß wohl. Doktor nicht immer nett mit abgelaufenen Menschen.« Sie hält inne. »Man sagt doch so, abgelaufen, wenn etwas alt ist? Wie bei Joghurt?«

Ich kann im Augenwinkel sehen, wie Weidmann schmunzelt.

»Nun …« Es gibt derzeit Wichtigeres als Nachhilfe in Deutsch. »Ich meinte, etwas viel Größeres«, sage ich.

Sie zuckt ratlos mit den Schultern. »Da nichts war. Ich

hätte gesehen. Aber wenn ich große Sache finde, ich komme sofort zu Herr Helmut. Ehrenwort.«

»Hm.« Ich kratze mich an der Stirn. »Wie sind Sie eigentlich hereingekommen?«

»Schlüssel«, sagt sie leicht verwundert. Dann huscht sie aus dem Zimmer, beugt ihren Oberkörper jedoch noch einmal herein und poliert mit der Ecke ihrer Schürze die Türklinke.

»Danke, Irenka«, sage ich leise. Apathisch lasse ich meine Augen durch das Arztzimmer wandern. Aber ich kann suchen, so viel ich will. Doktor Steven Schröter ist wie vom Erdboden verschluckt. Nicht einmal der Arzneischrank steht noch offen. Auf wackligen Knien gehe ich zu dem Möbel hinüber und fasse nach der Tür. Sie ist nicht verschlossen. Immerhin. Mit mir selbst uneins, stehe ich da und starre auf die Fliesen.

»Chef?«, meldet sich Weidmann. »Alles okay bei Ihnen? Wollen Sie sich nach dem Essen vielleicht erst einmal hinlegen? Ich komme dann später wieder.«

»Weidmann!«, entfährt es mir. »Seit wann machen wir bei einem frischen Leichenfund ein Nickerchen?«

»Nun, ich nicht, aber …«, sagt er und schluckt den Rest des Satzes angesichts meiner Mimik lieber runter. Jetzt ist er es, der sich den Raum eingehend betrachtet, wobei er dabei so dermaßen hölzern vorgeht, dass mich die Übertreibung förmlich anspringt. »Und der soll hier gewesen sein?«, fragt er ungläubig. »Oder wollten Sie sich vor der großen Aufregung erst noch ein bisschen Medizin holen?« Seine Stimme überschlägt sich fast. »Ich könnte das verstehen. Tote Menschen können einem ganz schön aufs Gemüt schlagen.«

Bei mir ist das Gegenteil der Fall, denke ich.

»Dann warten wir auf den Doktor. Und wenn Sie meinen, Sie stehen das durch, zeigen Sie mir das Problem. Wir haben ja keine Eile.« Weidmann war schon immer viel zu geduldig für den Job. Und zu leichtgläubig.

»Der Doktor ist das Problem«, sage ich mürrisch und mein Blick fällt automatisch dorthin, wo er vor einer knappen Stunde noch gelegen hat.

»Ahh.« Weidmann schaut mich eine Weile ein. »Wenn Sie etwas brauchen, was man Ihnen hier nicht verschreibt, dann sagen Sie einfach Bescheid. Ich gehe einfach bei uns …«

»Man hat Doktor Steven Schröter, den Heimmediziner, umgebracht, mit seinem Schrank, genau hier«, insistiere ich.

»Ahh.«

»Fällt Ihnen noch etwas anderes ein?«, frage ich wütend.

»Nein, Chef«, antwortet Weidmann verwirrt. »Und Sie sind sich sicher, dass es hier war? Vielleicht gibt es noch ein zweites Sprechzimmer bei Ihnen im Heim und Sie verwechseln etwas. Das kann doch mal vorkommen, vor allem direkt nach dem Mittagessen.«

»Weidmann, ich bin kein Tattergreis, der nach einem Löffelchen Brei ins Delirium fällt«, blaffe ich ihn an. »Außerdem war die Leiche schon vor dem Gulasch da.« Ich beginne, im Zimmer umherzulaufen und mich genauer umzusehen. Irgendetwas muss doch zu finden sein, was meine Beobachtung von vorhin bestätigt. »Frau Doktor Böttcher war auch zugegen«, sage ich wie zu meiner weiteren Rechtfertigung.

»Ahh.«

Ich taxiere ihn. Nach allem, was Weidmann beim Mittagessen mitbekommen hat, bildet die Frau Doktor wohl nicht gerade eine verlässliche Stütze meiner Integrität. »Lennox Bergmann, der Assistent unserer Heimleitung, hat den

Mann gefunden und uns zu Hilfe geholt. Er war es auch, der Sie kontaktiert hat.«

Weidmann kratzt sich das unrasierte Kinn. »Herr Bergmann hat uns wegen eines unsachgemäß geöffneten Medikamentenschranks kontaktiert«, sagt Weidmann, der nun ebenfalls an das Möbel tritt und das Schloss begutachtet.

»Die Kripo?«, entfährt es mir.

»Nun, Chef, er hat angegeben, Sie hätten ihn an mich verwiesen«, antwortet Weidmann. »Ich dachte, Sie brauchen mich, und habe mich sofort auf den Weg gemacht. Wir hatten doch immer ein gutes Verhältnis und irgendwie bin ich Ihnen das schuldig, jetzt, wo Sie im Hei…, also, wo Sie alt si…, na ja, nach Ihrem Ablaufdatum.« Wieder zuckt es um seine Mundwinkel.

Mir hingegen fällt vor Schreck die Kinnlade runter. »Dieser hinterhältige …« Ich schlucke den Rest des Satzes herunter. »Mehr hat er nicht gesagt, nur ein aufgebrochener Schrank?«

Weidmann nickt.

Ich betrachte den Medikamentenschrank. »Der da?«, frage ich. Dass hier keine Einbruchspuren vorliegen, sieht man von Weitem.

»Sagen Sie es mir, Chef«, bittet Weidmann. Dann läuft er bedächtig alle im Raum befindlichen Möbel ab und bleibt schließlich beim Schreibtisch stehen. Ich kann sehen, wie er seine Augen über dessen Oberfläche wandern lässt. Die Schreibtischunterlage scheint ihn zu interessieren. Jedenfalls schaut er sie sich etwas genauer an. »Und was ist nun mit dem Doktor Schröter?«, will er, ohne den Blick zu heben, zögerlich wissen.

»Der Mann ist tot«, antworte ich. »Von der Tür seines

Medikamentenschrankes erwürgt. Die Frau Doktor …« Das lasse ich lieber.

»Ahh. Nun dann.« Weidmann hat den Kopf leicht zur Seite geneigt und lässt den Finger über das Papier fahren. »Und das hat hier stattgefunden, in diesem Zimmer, ja?«

»So viele andere Behandlungsräume gibt es hier nicht. Schwester Monika lag neben ihm«, rede ich weiter, wobei mir ein wenig unbehaglich wird.

»Schwester Monika lag daneben«, wiederholt Weidmann. »Das war doch die Dame, die vorhin der Frau Doktor geholfen hat, oder?«, fragt er mit weicher Stimme. »Klein, etwas untersetzt und so um die fünfzig Jahre alt. Sie trägt einen rosafarbenen Kasack.«

»Ich weiß, wie Monika aussieht«, empöre ich mich.

»Natürlich, Chef«, bestätigt Weidmann.

»Monika war nicht tot. Sie lag nur neben dem Doktor. Sie wollte Kopfschmerztabletten, aber da steckte der Doktor schon im Schrank.« In der Aufregung kommen die Worte wohl etwas zu schnell aus meinem Mund. Vermutlich lässt mich das wenig souverän wirken. »Sie war verwirrt.«

»Das kann alles passieren«, antwortet Weidmann und tritt hinter dem Schreibtisch vor. »Wir beide sind aber lange genug im Geschäft, dass uns das nicht beunruhigt. Wie viele Mörder haben wir eigentlich gemeinsam überführt, Chef? Bestimmt eine ganze Menge. Und dann Ihre junge Freundin aus der Küche, die Fleischgabelnase … hm … bei Ihrem Ostseeurlaub gab es doch auch einen Zwischenfall. Wann war das noch mal genau? Haben Sie das Datum noch im Kopf?«

Ich stutze. Irgendwie habe ich den Eindruck, dass Weidmann mich testen will oder, schlimmer noch, er nimmt mich nicht für voll. Ich mache zwei Schritte auf ihn zu. »Weidmann! Die Lage ist ernst. Und immerhin sollte der Schrank mit der Medizin nicht offen stehen.«

»Selbstverständlich, Chef«, gibt er mir recht. »Aber dafür war ja das Zimmer abgeschlossen, und wenn der Doktor nachher kommt, können Sie ein ernstes Wörtchen mit ihm reden.«

»Da wird nichts rauskommen«, murmle ich.

»Wie Sie immer sagen, je komplizierter der Fall, desto besonnener muss man vorgehen.« Weidmann tritt einen Schritt zur Seite und streckt die Hand nach mir aus. »Ich würde sagen, wir setzen uns jetzt gemeinsam in Ihr schönes Foyer und unterhalten uns ein wenig, der alten Zeiten wegen. Außerdem würde ich zu einer guten Tasse Kaffee nicht nein sagen. Sie doch auch nicht, Chef, oder? Trinken Sie Ihren Kaffee eigentlich noch immer mit viel Milch? Vielleicht finden wir auch noch einen Keks. Sie mögen doch Süßes. Danach sieht die Welt schon ganz anders aus.«

»Kai Uwe kann meine Aussage bezeugen«, füge ich in meiner hoffnungslosen Position noch an. »Er war auch im Raum. Und Jutta ...«

»So viele Leute an einem vermeintlichen Tatort. Sieh an. Und das haben Sie durchgehen lassen?« Weidmann nickt andächtig. Dann legt er die Stirn in Falten. »Kai Uwe, das ist doch der Drogensüchtige, der bei Ihnen im Fernsehzimmer wohnt. Wollte der auch was gegen Kopfschmerzen?«

Aus vielen Jahren Ehe weiß ich, dass es nichts nützt zu diskutieren, wenn es nichts zu diskutieren gibt. Ich füge mich und trete den Gang ins Foyer an. Auf der Höhe von Schröters Schreibtisch fällt mir ein Gekritzel ins Auge. »Helmut Katuschek, depressive Episode nebst erheblichen

Wahnvorstellungen, äußerst bedenklich«, lese ich. Die drei Ausrufungszeichen, mit denen der Doktor seinen Befund versehen hat, entgehen mir selbstverständlich nicht. Der Umgang mit Patientengeheimnissen scheint nicht jedem in die Wiege gelegt zu sein. Dabei wollte ich nur eine Salbe für meine Füße, denke ich. So schnell kommt man also allein durch Fußpflege in Verruf. Schuld ist Margot. Aber wo ist Doktor Schröter abgeblieben? Und was ist, wenn ich mir seinen Tod wirklich nur eingebildet habe?

* * *

»Was machst du da?«, fragt Margot.

»Ich schlafe«, entgegne ich, den Blick konsequent an die Decke unseres Schlafzimmers gerichtet.

»Am helllichten Tag?«, will sie wissen.

»Das tun alte Leute derweil nach dem Mittagessen«, sage ich, ohne mich auch nur einen Millimeter zu rühren.

»Du aber nicht«, entgegnet Margot. »Bist du krank?«

Ich strecke meine Zehen.

»Wenn du wirklich krank bist, rufe ich Herrn Doktor Schröter«, verkündet Margot wenig überzeugt. »Dann macht er einen Krankenbesuch und du musst nicht hinuntergehen. Das kostet zwar extra, aber es ist ja ohnehin dein Geld.«

Schröter? Das kann sie ruhig einmal versuchen, denke ich. Dann wissen wir zumindest gleich, wie es um meinen Geisteszustand bestellt ist. Weidmanns Urteil jedenfalls steht fest, auch wenn er so höflich war, es vorhin nicht auszusprechen. Stattdessen sind er und sein Friseur unverrichteter Dinge wieder abgezogen. Ich würde mal vermuten, dass Weidmann sich nun eine neue Leitfigur zulegt. Vom Ersten Kriminalhauptkommissar a.D. Katuschek ist nichts weiter als die Hülle geblieben und die zeigt auch schon Auflösungserscheinungen.

»Ich muss jetzt los«, redet Margot weiter. »Du kommst ja allein klar.«

»Hm.« Seit wann geht Margot eigentlich wieder allein irgendwohin, freiwillig? Habe ich etwas verpasst?

»Aber dass du um diese Zeit den Fernseher anmachst, ist keine gute Idee. Hast du verstanden, Herr Katuschek!« Ich höre Margots Absätze über den Fußboden klappern. Auch ihre Stimme ist nicht mehr so deutlich. »Tagesfernsehen kommt in unserem Alter gleich nach dem Oberschenkelhalsbruch.« Es raschelt, als suchte sie etwas.

»Hm.«

»Wir müssen agil bleiben, auch im Kopf. Ich weiß, wovon ich rede …« Die Tür unseres Appartements fällt ins Schloss. Margot ist weg.

Ich zähle meine Atemzüge. Wenigstens in dieser Hinsicht kann ich keine Veränderungen feststellen. Dann hebe ich meinen linken Arm und betrachte meine Hand. Fünf Finger, keiner mehr und keiner weniger. Die andere Seite sieht auch so aus. Nun drehe ich leicht den Kopf. In dem Schirm meiner Nachttischlampe spiegelt sich mein Gesicht. Das bin ich, Helmut Katuschek, ganz eindeutig. Ich habe keine Ahnung, wie sich Wahnvorstellungen bemerkbar machen, aber so schlecht scheint es um mich noch nicht bestellt zu sein, also nicht, solange ich mich wiedererkenne. »Ich, Helmut Katuschek, habe eine Leiche gesehen, die siebenundzwanzigste in meinem Leben«, murmle ich leise vor mich hin. »Plus Mutter, aber die ist ohne fremdes Zutun gestorben«, füge ich der Richtigkeit halber noch an. Ich kann mich an alles erinnern. »Die Katze unseres Nachbarn saß unter meinem Auto«, rede ich mit monotoner Stimme weiter. »So wie sie nach dem Ausparken aussah, hat sie nicht viel gespürt. Margots Wellensittich auch nicht. Er hieß Piper und sollte mich tagsüber ersetzen. Der Vogel hat es keine zwei Wochen mit Margot ausgehalten. Im Himmel gibt es wenigstens keine Volieren. In Summe ist der Tod neunundzwanzig Mal in mein Leben gekommen. Neunundzwanzig. Und ein Gott in Weiß. Ich, Helmut Katuschek, habe ihn gesehen. Alles habe ich gesehen. Die Dinge sind tatsächlich so passiert. Dann war er nicht mehr da. Aber der Arzneischrank war nicht verschlossen. Das hätte definitiv der Fall sein müssen. Wir sind in einem Seniorenheim und müssen vor uns selbst beschützt werden. Aber Doktor Schröter ist tot. Ich habe ihn mit eigenen Augen gesehen.«

»Du liebe Güte, Helmut, du betest doch nicht etwa?«

Von Juttas Stimme aus meinen Überlegungen gerissen, sitze ich nun kerzengerade in meinem Bett. »Mein Risiko zu versterben ist von Natur aus um zwanzig Prozent höher als deins. Wenn du so weitermachst, liegt es bei hundert Prozent«, japse ich, die flache Hand auf mein rasant schlagendes Herz gelegt. »Was machst du in meinem Schlafzimmer?«

Jutta lehnt am Fußteil unseres Ehebettes und begutachtet ausgiebig Margots Inneneinrichtung. »In diesen Farben stirbst du ohnehin schneller, als dir lieb ist«, sagt sie abschätzig. »Wieso schlaft ihr in einem Erdloch?«

Ich lasse meinen Kopf wieder auf meinem Kissen nieder und widme mich erneut der Zimmerdecke. »Das musst du Margot fragen«, antworte ich.

»Wenn ihr schon immer so genächtigt habt, erklärt das

einiges«, redet Jutta weiter. »Ein Schlafzimmer ist ein Ort des Rückzugs, der Geborgenheit und der Lust. Bei euch kriegt man Beklemmungen. Also wirklich, Helmut, dass es in den Nuancen aus Dunkelbraun keine erotischen Spannungen zwischen euch gibt, ist doch vorprogrammiert. Angesichts der Gesamtsituation brauchst du dich über deine Verfasstheit nicht wundern. Der Frohsinn braucht eine helle, freundliche Umgebung. Die Libido auch.«

»Meine Libido interessiert sich nicht für Farben, auch nicht dafür, ob ich in Eichenmöbeln oder auf dem Fußboden schlafe«, knurre ich.

»Sie ist beleidigt«, antwortet Jutta besserwisserisch. »Die Kunstblumen tun dabei ihr Übriges. Du tust mir so leid, Helmut.« Sie läuft nun vor meinem Bett auf und ab. »Ich wette mit dir, das Beleuchtungskonzept stimmt auch nicht.« Sie stutzt. »Hast du Albträume in der Bettwäsche?«

»Jutta, warum stehst du in meinem Schlafzimmer?«, frage ich zunehmend ungehaltener.

»Weil du nicht mehr im Foyer sitzt«, entgegnet Jutta.

»Jutta!«

»Ich dachte, wir haben einen Fall und ich wollte nicht, dass die Frau Doktor und du ohne mich anfangt«, gibt sie betreten zu. »Außerdem war euer Badezimmer leer.«

»Du hast auf dem Klo nach mir gesucht?«, frage ich entgeistert.

»Du bist ein Mann, wo hättest du direkt nach dem Essen hingehen sollen?«, hält Jutta entgegen.

Ich richte mich auf, bleibe aber auf der Bettkante sitzen. »Jutta, bist du dir sicher?«, frage ich.

Sie zuckt mit den Schultern. »Ich war dreimal verheiratet und hatte Dutzende Affären. Es gab keine Ausnahme …«

»Ich meine, mit dem Fall«, unterbreche ich sie.

Sie schaut mich aus großen Augen an. »Doktor Schröter wurde ermordet«, sagt sie.

»Woher weißt du das?«, frage ich nach.

»Du hast es gesagt«, antwortet sie unsicher.

»Hast du den Mann gesehen, also den toten?«, hake ich nach.

Sie mustert mich kritisch. »Wir haben ihn gemeinsam angezogen und wieder in den Schrank gesteckt.« Sie macht dicke Wangen. »Puh! Die Farben setzen dir noch mehr zu, als ich dachte. Mir wird ja schon nach fünf Minuten ganz blümerant.«

Ich springe auf und schlüpfe in meine Pantoffeln. »Wir müssen die Frau Doktor suchen«, sage ich entschlossen und gehe los. »Komm mit!«

»Können wir vorher schnell über den Plüschbezug eurer Toilette reden?«, bittet Jutta, während sie mir folgt. »Ein Badezimmer ist ein Ort der …«

»Der Leichnam ist verschwunden«, sage ich mehr zu mir selbst als zu Jutta. Da sie jedoch direkt neben mir ist, bleibt es nicht aus, dass sie mich hört. Der WC-Sitz rückt schlagartig auf der Skala der Prioritäten nach unten.

»Man hat den Schröter geklaut?«, entfährt es ihr entgeistert. »Unsere Leiche? Wer kommt denn auf eine solche Idee? Wir sind in einem Altenheim. Da ist so etwas doch keine Rarität.«

Kollege Katuschek«, ruft die Frau Doktor erfreut aus, als sie mich kommen sieht. »Jutta? Das ist ja eine Überraschung.« Sie schaut mich fragend an, nickt mir dann aber wohlwollend zu. Sie weiß, dass ich strikt gegen eine Einbindung Juttas in unsere Dienstgeschäfte bin und dass ich damit nur ihrer Bitte folge.

»Frau Doktor«, grüße ich und halte nach dem Telefonbuch Ausschau. Sie hat es nicht bei sich. Stattdessen liegt eine aufgeschlagene Zeitschrift auf ihrem Schoß. Gerade als ich sie fragen will, warum sie den Nachmittag ungewohnterweise im Park und nicht auf ihrem Balkon verbringt, ergreift sie das Wort. »Ich brauchte mal etwas Weite. Auf den sechs Quadratmetern nimmt mir Karl Heinz zunehmend das Licht, wenn Sie verstehen.«

Jutta lacht übertrieben auf. »Und das, obwohl es durch seine Rippen scheint. Ihr Humor ist wirklich delikat, liebste Frau Doktor.« Sie lässt sich etwas plump neben die Frau Doktor auf die Bank fallen und schiebt ihren Hintern so lange hin und her, bis sie offenkundig die bequemste Position ausgemacht hat. Dann richtet sie ihre Bluse und schaut voller Erwartung in die Runde. Juttas aufgekratzte Art schlägt bei einem neuen Fall immer noch einmal stärker durch. Manchmal erinnert sie mich damit an Weidmann. Nicht dass mein ehemaliger Assistent Temperament besitzen würde, dafür aber genügend ziellosen Aktionismus. Ich betrachte die Illustrierte, die die Frau Doktor bei sich hat, und bin mir nicht sicher, ob ich schon wieder auf ihren klaren Verstand zählen kann. Eine Frau wie Olga Maria Böttcher würde niemals nur eine Sekunde ihre Nase in ein derartiges Boulevardblatt stecken, geschweige denn, dass sie damit gesehen werden möchte. So zerfleddert, wie es aussieht, scheint sie es jedoch tatsächlich vollkommen ausgelesen zu haben. Unglaublich.

»Hm.« Ein wenig verstimmt setze ich mich neben Jutta.

»Eine konspirative Sitzung im Park«, jubiliert Jutta hippelig. »Davon habe ich schon immer geträumt. Wie in den alten Geheimdienstfilmen. Wie lauten unsere nächsten Schritte?«

»Die sterblichen Überreste von Doktor Schröter sind verschwunden«, sage ich notgedrungen, wobei ich mir die Hand vor den Mund halte. Immerhin gibt es auch alte Lippenleser und was ich zu sagen habe, ist nichts für den öffentlichen Raum.

Die Frau Doktor hält sich das Heft vor ihre Mundpartie. »Dann haben wir ein veritables Problem, Kollege Katuschek«, sagt sie. »Der Mann war bei unserem Eintreffen schon mindestens eine Stunde nicht mehr am Leben. Er kann also kaum weggelaufen sein.«

»Da bin ich mir gar nicht mehr so sicher«, sage ich grübelnd.

Jutta, deren Blicke zwischen uns hin- und hergewandert sind, schaut mich länger an, als mir lieb ist.

»Herr Katuschek, wir wissen beide aus langjähriger Erfahrung, dass dies unmöglich ist«, erwidert die Frau Doktor. »Derartige Annahmen gehören ins Reich der Legenden. Niemand, dessen Herz eine geraume Zeit aufgehört hat zu schlagen, steht noch einmal auf, um aus dem Zimmer zu gehen. Ein paar Muskelkontraktionen lasse ich mir noch gefallen, aber mehr …«

»Der Seeräuber Störtebecker schon«, wendet Jutta ein. »Nach seiner Enthauptung ist er noch etliche Meter marschiert.«

Die Frau Doktor macht tiefe Atemzüge. »Das wollen vor allem labile Frauen gern glauben. Der Mythos des Helden ist so alt wie die Menschheit selbst. Bei einem Allgemeinmediziner würde ich das jedoch als eher vermessen abtun.«

»Die haben das im Fernsehen aber gezeigt, im Öffentlich-Rechtlichen«, widerspricht Jutta. »Außerdem bin ich überzeugt, dass mit der richtigen Energie alles möglich ist.«

»Jutta! Die Öffentlich-Rechtlichen, da können Sie auch gleich an die allumfassende Unschuld der katholischen Kirche glauben. Ich bitte Sie.« Die Frau Doktor gerät in Rage. »Bei niederen Wirbeltieren, bei denen die Bewegungen nicht ausschließlich vom Gehirn gesteuert werden, kann das vorkommen. Ein geköpfter Hahn flattert noch einmal, meinetwegen«, doziert sie. »Nach dem Tod von Karl Heinz war ich zugegeben etwas vorsichtig. Bei seiner Veranlagung kann man nicht wissen, ob sich gewisse Körperteile nicht noch einmal verselbstständigen. Aus dieser Sicht war er zweifelsfrei schon immer ein niederes Wirbeltier, aber …«

»Jedenfalls war Schröter da und nach dem Mittagessen eben nicht mehr, obwohl ich das Arztzimmer verschlossen habe«, sage ich eilig und ärgere mich, dass ich so unbesonnen war, einen vermeintlichen Tatort zu verlassen, ohne entsprechende Vorkehrungen zu treffen. Wenigstens seine persönlichen Sachen hätte ich an mich nehmen müssen, wenn ich schon neuerdings ohne einen Tatortfotografen arbeiten muss. Eine derartige Schluderei habe ich mir in den vielen Jahren bei der Polizei nicht zuschulden kommen lassen. Das muss an dem Umfeld liegen. Ein bejahrter Mensch in einem Heim ist auch nur wie ein Huhn in einer Legebatterie, alle wissen, dass es sie gibt, aber niemand guckt so genau hin. Entsprechend spielt für einen selbst einfach alles keine Rolle mehr. Man stumpft ab. Und wie ich die Sachlage einschätzen würde, verflüchtigen sich meine Disziplin und mein Schneid so langsam dorthin, wo sich mein dichtes Haupthaar längst befindet.

»Helmut befürchtet, er habe Wahnvorstellungen. Deswegen hat er vorhin auch im Bett gelegen«, wirft Jutta ein. »Steven hat das diagnostiziert, quasi als letzte Amtshandlung vor seinem Tod.« In dem letzten Satz liegt eine nicht von der Hand zu weisende Dramatik, die mir nicht behagt.

»Jutta, ich darf doch sehr bitten!«, entfährt es mir. »Welchen Wert hat ein auf einer Schreibtischunterlage dahingeschmierter Krankheitsbefund? Vor allem wo er doch nicht wissen konnte, dass er bald stirbt? Das ist lächerlich. Noch dazu, da ich wegen meiner Füße bei ihm vorstellig war.«

»Für seine körperlichen Schwächen muss sich niemand rechtfertigen, erst recht nicht du, lieber Helmut. Du warst immer ein Zugpferd dieser Gesellschaft, ein Vorbild für andere«, sagt Jutta verständnisvoll.

Ich erröte.

»Wahnvorstellungen kommen in unserem Alter nun mal vor«, fährt sie fort. »Das Gehirn alter Menschen ist vollgestopft mit Erlebtem. Irgendwann verhält es sich dann wie mit den Haaren im Abfluss der Dusche, das Knäuel wird immer größer und man weiß nicht so richtig, wann man das Bad überschwemmt. Und wenn du nicht mehr daran denkst, kommt alles hoch.« Sie beginnt, mit ihrem Oberkörper hin und her zu wackeln. »Manchmal sehe ich meinen ersten Mann durch mein Appartement gehen. Ich will ihn ansprechen und rauswerfen, aber mir fällt sein Name nicht mehr ein. Ich muss natürlich zu meiner Verteidigung sagen, die Ehe liegt fast fünfzig Jahre zurück und war so kurz, dass ich sie eigentlich noch hätte annullieren lassen können, aber trotzdem. Am Anfang war mir das unheimlich, mittlerweile kommt er öfter, vorzugsweise nach zwei Gläsern Prosecco. Da muss man sich keine Sorgen machen, Helmut.«

»Vielleicht bringt er das nächste Mal Klaus Störtebecker mit«, sagt die Frau Doktor trocken. In ihrem Kopf tickt es geradeaus, worauf ich mich erleichtert zurücklehne.

»Und Doktor Schröter«, bemerke ich.

Wir lachen.

Jutta schmollt. »Ich wollte dich nur mental mit einem guten Flow ausstatten«, sagt sie. »Außerdem kennen sich die Männer überhaupt nicht, wieso sollten sie mich dann gemeinsam besuchen?«

»Ich weiß deine Anteilnahme zu schätzen«, presse ich hervor. Juttas Lebensklugheit erstaunt mich immer wieder.

Die Frau Doktor macht ein nachdenkliches Gesicht. »Ein halluzinatorischer Leichnam? Wie äußerst interessant. Herr Katuschek, wären wir noch im normalen Leben, würde ich Ihnen dringend zu einer Psychoanalyse raten. Aber das sind wir nicht.« Sie gluckst vor guter Laune. »Hier drin wird man ja auch nicht schief angeguckt, wenn man sich für Karl Marx oder Herzogin Kate hält. So gesehen sparen wir den Krankenkassen mächtig Geld, wenn wir unsere Macken behalten.« Sie lacht herzfrischend.

»Wer hält sich denn für Herzogin Kate?«, will Jutta angetan wissen. »Die finde ich toll. Allein die schicken Kleider, die sie trägt, und die Grübchen. Ach, und die Frisur erst.« Jutta gerät ins Schwärmen. »Die Sterne sagen, sie wird einmal eine wundervolle Monarchin. Das habe ich natürlich längst gegengeprüft.« Sie legt sich die Hand vor den Mund und zieht die Stirn in Falten. »Auguste ist schon eine, oder? Die kann ziemlich fein tun.«

Die Frau Doktor schaut sie irritiert an. Dann lässt sie es dabei bewenden. »Spaß beiseite, Herr Katuschek, wenn es Sie tröstet, ich habe den Mann auch gesehen, also nicht den von Jutta, sondern unseren Heimmediziner«, redet die Frau Doktor weiter. »Dass Ihnen das nicht sonderlich hilft, ist mir klar, aber es war ein Versuch, nicht wahr?« Wieder lacht sie.

Die Frau Doktor ist heute erstaunlich gut aufgelegt.

»Können wir noch einmal kurz zu Herzogin ...«, wirft Jutta ein.

»Nein«, entgegnen die Frau Doktor und ich wie aus einem Mund.

»*Wir* haben den toten Schröter gesehen«, fasse ich nachdenklich zusammen.

Jutta hebt die Hand, macht eine Faust und lässt einen Finger nach dem anderen hochschnippen. »Viereinhalb«, konstatiert sie. »Viereinhalb haben ihn gesehen.«

»Die halbe Olga, wie herzig«, ruft die Frau Doktor amüsiert aus. »Aber immerhin.« Sie räuspert sich. »Wie dem auch sei, mindestens vier Leute haben die Leiche gesehen. Ich weiß nicht, wo Ihr Problem liegt, Kollege Katuschek.«

»Hm.« Die Frau Doktor hat recht. Es gibt mehr Zeugen, als man bei einem Leichenfund für gewöhnlich erwarten kann. Ich habe mir da vermutlich etwas einreden lassen, was daran liegen mag, dass ich derzeit zu wenig Haut zwischen den Zehen habe. »Lennox Bergmann treibt übrigens Schabernack mit uns«, setze ich nach.

»Wie kommen Sie darauf, verehrter Kollege?«, fragt die Frau Doktor.

Ich berichte von Weidmanns Stippvisite und dem Medikamentenschrank.

»So sehr, wie unser Möchtegernheimleiter auf seinen Ruf bedacht ist, traue ich ihm auch zu, dass er diesen Schröter versteckt, bis Frau Mehltau sich um ihn kümmern kann«, sagt die Frau Doktor. »Außerdem wissen Sie doch, welch schwaches Nervenkostüm der junge Mann hat, wenn es um den blödsinnigen Tag der offenen Tür geht. Man sollte meinen, er hätte sich daran gewöhnt, so oft wie wir präsentiert werden.«

»Dann hätte er sich auch die Polizei sparen können«, werfe ich ein. »Damit riskiert er in jedem Fall Unruhe.«

»Nun ja, er agiert nicht ganz falsch und nicht ganz korrekt. Das passt doch zu seinem Charakter. Damit hält er sich alles offen«, antwortet die Frau Doktor. »Er steht am Ende gut da. Das glauben Sie wohl.«

»Er hätte wenigstens Irenka aufhalten können«, sage ich. »So viel Verantwortung muss man doch haben.«

»Wir haben also eine katastrophale Spurenlage«, schlussfolgert die Frau Doktor und ich kann hören, wie unzufrieden sie mit sich ist.

»Das ist nicht schlimm«, sage ich und bekomme Wut auf all die Krankheiten, die man bekommen kann, nur weil man alt ist. Als ob die Ansammlung von Lebensjahren nicht ausreichen würde, um einem die Tage zu vermiesen.

»Der Medikamentenschrank war offen, sagen Sie, verehrter Katuschek?«, will die Frau Doktor wissen.

»Nur angelehnt. Genau«, bestätigte ich.

»Das hätte Steven niemals zugelassen«, meldet sich Jutta, die bis dahin unserem Gespräch schweigend gefolgt ist. »Was seine Arznei angeht, war er pingelig. Man muss ja auch mal überlegen, wie viel Schindluder damit getrieben wird, und Steven hatte nur die besten Sachen, von allem das Feinste. Er wusste, was wir verdient haben, und er hat es wie seinen Augapfel gehütet.«

»Nach seinem Ableben wird sich das relativiert haben«, erwidert die Frau Doktor keck.

»Derjenige, der die Leiche verräumt hat, wobei ich hier von dem Mörder ausgehen würde …«, denke ich laut, »… hat den Schrank vergessen. Damit es aussieht, als wäre nichts passiert, hätte er abgeschlossen sein müssen.«

»Absolut korrekt, lieber Kollege«, bestätigt die Frau Doktor. »Damit hätten wir den ersten Fehler. Mörder machen immer Fehler, wie wir wissen.«

»Dann hat Lenni den armen Steven schon mal nicht entsorgt«, stellt Jutta fest. »Er hätte darauf geachtet, dass wir nicht ungehindert an die vielen schönen Muntermacher kommen.«

Da ist was dran, denke ich. »Der Täter hatte keinen Schlüssel zu der Arznei, dafür konnte er sich mühelos Zutritt zum Behandlungsraum verschaffen«, überlege ich weiter.

»Ein interessantes Detail, Kollege Katuschek«, antwortet die Frau Doktor angetan. »Das Attribut Bewegungsfreiheit trifft ja wohl auf die wenigsten von uns zu, also auf die Alten schon mal gleich überhaupt nicht.«

Ich taste nach dem in meiner Hose steckenden Generalschlüssel. Ich sollte ihn behalten, nur zur Sicherheit.

»Ach du Schreck«, entfährt es Jutta. Ohne ein weiteres Wort springt sie auf und rennt davon.

»Jutta nimmt Vitaminpräparate, von Doktor Schröter«, sage ich und versuche, dabei nicht so zu klingen, als ob ich hinter ihrem Rücken tratschen würde, aber ich muss meine Beobachtungen teilen, bevor mir wieder nur die Hülle der Frau Doktor bleibt.

»Bei ihrem Temperament würde ich dafür plädieren, die Dosis zu halbieren«, erwidert die Frau Doktor.

»Margot hat eine Salbe gegen schlabberige Altersohren …«, fahre ich fort.

»Was wollen Sie mir sagen, Herr Kollege?«, fragt die Frau Doktor. »Wenn das eine versteckte Kritik an den Ohren Ihrer Frau sein soll, kann ich Sie trösten. Margot verfügt mit Sicherheit über schlimmere Körperteile, vornehmlich die Stimmbänder.« Ein beschwingtes Zucken überkommt sie. »Sollten Sie andenken, gegen die Pharma- und Schönheitsindustrie zu Felde zu ziehen, kann ich Ihnen nur abraten. Solange die Menschheit nicht den Lauf der Dinge zu respektieren lernt, wird sie ihr Geld für die vermeintlich ewige Schönheit und Jugend hinauswerfen.«

»Hm. Dass auch Ärzte damit Geld verdienen, halten Sie also für legitim«, sage ich nachdenklich.

»Natürlich. Solange die Kollegen nicht auf die Idee kommen, ein Herzmedikament gegen eine Dosis Vitamin C auszutauschen, weil sie mit Letzterem mehr verdienen. Die moralischen Grenzen setzt jeder für sich selbst. Und Sie dürfen nicht vergessen, es gehören immer zwei dazu.« Sie schaut mich fragend an. »Sie denken, Doktor Schröter war in dieser Hinsicht empfänglich.«

Wenn ich an Margots und meinen Besuch bei ihm denke, kann der Eindruck durchaus entstehen. Und nach allem, was Jutta erzählt hat … »Hm.«

»Der Mann verspricht einen Jungbrunnen, und nachdem einer von den Greisen bemerkt hat, dass dem nicht so ist, bringt er ihn um«, schlussfolgert die Frau Doktor aus meinem Schweigen.

»Denkbar wäre es doch«, sage ich.

»Dann müsste einer von uns nicht nur alt, sondern auch ziemlich einfältig sein«, kontert sie. »Und wir haben einen nicht zu unterschätzenden Kreis an Verdächtigen, abzüglich uns beiden und natürlich Jutta. Sie gibt zweifelsohne lieber den Doktor Jekyll als den Mister Hyde.«

Ich will etwas sagen, aber sie kommt mir zuvor.

»Schon gut. Alles ist möglich. Inwieweit das Motiv trägt, müssen Sie herausfinden, werter Kollege. Sie genießen diesbezüglich mein vollstes Vertrauen und meine uneingeschränkte Unterstützung.« Sie nickt mehrfach hintereinander entschlossen. »Aber die vielen Alten machen es nicht leichter. Das ist gewiss. Und bitte bedenken Sie die fehlende Bewegungsfreiheit. Schröter umzubringen, ist die eine Sache, seine eingeschlossene Leiche abzutransportieren, eine andere.«

»Das Sinnbild unserer Gesellschaft«, murmle ich. Wie die geprellten Senioren allerdings in den Besitz eines Generalschlüssels kommen sollten, erschließt sich mir nicht. In dieser Hinsicht würde meine Theorie mit dem Personal eher greifen. Aber was haben die von Schröter zu erwarten?

Frau Doktor Böttcher klatscht begeistert in die Hände. »Sie sind hervorragend aufgelegt, wie mich das freut.«

Wie man es nimmt. »Gibt es so etwas wie eine Gesundheitsmafia?«, frage ich gedankenversunken.

»Leute, die mit Anti-Aging-Präparaten handeln und den kleinen Dealern den Finger abschneiden oder sie in den Schrank stecken, wenn sie ihre Rechnung nicht begleichen können?«, fragt die Frau Doktor. »Mich würde es nicht überraschen.«

»Dann sollte man meinen, es sind Profis, also wegen der Leichenverbringung«, gebe ich zu bedenken. »Und die unbezahlten Pillen haben sie gleich wieder mitgenommen. Das würde das Durcheinander erklären.«

»Heutzutage müssen nicht einmal mehr die Kriminellen was draufhaben«, erwidert die Frau Doktor. »Das gesunkene Bildungsniveau schlägt in allen Milieus durch. Dessen können Sie gewiss sein.«

Da mag sie wohl recht haben. »Zunächst aber müssen wir den Mann finden. Ohne Leiche gibt es keinen Mord«, stelle ich fest. Dass in dem Fall der Eindruck verfestigt wird, wir wären wunderlich, unterschlage ich. »Wie weit kommt man denn mit einem Toten, ohne aufzufallen?«

»In einem Altenheim?« Die Frau Doktor lässt kurzzeitig das Magazin sinken und lacht erneut herzerfrischend. »Scherz beiseite«, fährt sie fort, als sie wieder genug Puste hat. »Wird der Arzt denn schon vermisst?«

Ich fahre mir mit der Hand über mein lichtes Haupthaar. »Nicht dass es mir zu Ohren gekommen wäre«, sage ich und schaue auf meine Armbanduhr. »Um eins hätte seine Sprechstunde begonnen. Ich wäre sein erster Patient gewesen …«

Der Frau Doktor entfährt ein tiefer Seufzer.

»Ich danke Ihnen dafür«, sage ich.

Sie deutet ein Nicken an.

»Dann sollten mittlerweile die ersten Beschwerden bei der Heimleitung vorliegen«, rede ich weiter. »Unsere Leute stehen immerhin vor verschlossener Tür. Das geht niemals leise vonstatten. Senioren meinen doch per se, dass sich die Welt allein um sie dreht. Margot war vorhin auch schon wieder ganz aufgedreht.«

»Wenn das mal nicht einen anderen Grund hat«, mutmaßt die Frau Doktor und deutet in die Ferne.

* * *

»Was ist das?«, frage ich, während ich die Szenerie in dem unweit von uns befindlichen Rosenpavillon unschlüssig betrachte.

»Ihre Frau«, antwortet die Frau Doktor.

»Ich meine, was hat sie da in der Hand?«, will ich wissen.

»Ein Buch«, antwortet die Frau Doktor.

»Ein Buch, genau«, entgegne ich. Irgendetwas kam mir komisch vor. »Ich dachte, sie wollte zu Doktor Schröter.«

»Die Ohren müssen heute einmal warten, also so oder so«, sagt die Frau Doktor hörbar amüsiert. »Der Geist ist gefragt.«

»Der Geist?« Bass erstaunt sehe ich zu, wie Margot die Sitzgelegenheiten im Pavillon neu arrangiert. Sie baut tatsächlich ein kleines Auditorium auf, wobei sie an dessen Frontseite einen einzelnen Stuhl platziert, auf dem sie sich, nachdem alles gerichtet scheint, niederlässt. Schließlich schlägt sie das Buch auf und beginnt zu lesen. »Was macht sie da?«, frage ich und klinge zugegeben ein wenig dümmlich, zumal deutlich zu erkennen ist, was sie tut.

»Verehrter Herr Katuschek, vertrauen Sie mir, das könnte einer unserer besten Nachmittage in diesem Etablissement werden«, sagt die Frau Doktor mit einem breiten Grinsen im Gesicht.

Ich betrachte sie von der Seite. »Sie sind eingeweiht?«, frage ich. »Deswegen sitzen Sie im Park, noch dazu mit dem Schmierblatt, das Sie als Tarnung benutzen.«

Sie schlägt sich vor Vergnügen auf die Schenkel. »Man kann Ihnen nichts vormachen«, jauchzt sie. »Es ist schon erstaunlich, wie das Personal uns mit derartig banaler Information überschüttet, nur dass wir unsere eigene Leere nicht mitbekommen.« Sie rollt die Illustrierte zusammen. »Ich hoffe nur, dass ich den Weg in den Park nicht umsonst gemacht habe und dass ich bei mir bleibe. Es wäre zu schade, wenn ich das verpasse. Ihre Frau …«, sie schüttet sich aus vor Lachen, »… Margot … Katuschek …«, sie schnappt nach Luft, »… sie liest Schoppenhauer … in ihrem eigenen Literaturzirkel.« Die Frau Doktor lacht so inbrünstig, dass ihr die Tränen über die Wangen kullern. »In solchen Momenten denke ich, man hat uns mit dieser Verbringung einen Gefallen getan. Das bekommt man im normalen Leben nicht geboten«, japst sie zwischen diversen weiteren Lachern. Dabei wischt sie sich mehrfach hintereinander die Augen. »Das Leben ist eine einzige Komödie. Man muss nur wissen, an welchen Stellen man lachen soll.«

Sie ist wieder in ihr intellektuelles Nirvana abgedriftet, denke ich. Doktor Olga Maria Böttcher befindet sich in einer neuen Phase des Nichts. Es ist ein Jammer.

»Herr Katuschek, an meinem Verstand können Sie Messer schärfen«, höre ich sie sagen. »Momentan zumindest.«

»Ähh. Ich …«, stammle ich.

»Man konnte Ihnen Ihre Skepsis ansehen«, erwidert sie und bedenkt mich mit einem gespielt strengen Blick. »So leid es mir tut, die Fakten sind korrekt. Ihre Frau doziert heute aus Schopenhauer und ich werde Mäuschen spielen.« Sie drückt die Lippen fest aufeinander, um nicht wieder loszulachen. »Sollte ich Sie mit meiner Ausgelassenheit gekränkt haben, bitte ich um Verzeihung.«

»Margot hat sich noch nie für Bücher interessiert, erst recht nicht für philosophische«, gebe ich zu bedenken. Die Frau Doktor würde mich niemals brüskieren, meine Sorge liegt also eher bei Margot. »Ich weiß überhaupt nicht, was das alles soll.« Ich ertappe mich dabei, wie ich mir wünsche, sie hätte sich lieber bei Doktor Schröter noch irgendein überteuertes Verjüngungselixier gekauft.

»Sie hat Schopenhauer nie und nimmer gelesen«, sagt die Frau Doktor.

»Aber …?« Nun verstehe ich überhaupt nichts mehr.

»Ich habe es ihr erst vorhin geborgt«, erklärt die Frau Doktor. »Sie hat mir begeistert von ihrer Idee des Literaturzirkels berichtet und mich um eine Empfehlung gebeten. Nun, für mich ist Schopenhauer immer eine große Freude und sie war auch gleich Feuer und Flamme.«

»Sie hat doch gar keine Ahnung«, sage ich.

»Lesen bildet«, entgegnet die Frau Doktor. »Und Sie wissen doch wohl am besten, dass man, wenn man Ihrer Frau etwas ausreden will, genau das Gegenteil erreicht.«

»Hm.«

»Sehen Sie, da kommt schon ein erstes begeistertes Mitglied des Literaturzirkels«, frohlockt sie. »Ihre Frau findet Andrang.«

»Wer ist die Dame im Rollstuhl, die da gebracht wird?«, frage ich.

»Keine Ahnung«, antwortet die Frau Doktor. »Wir dürfen aber guter Dinge sein, dass sie bis zum Beginn der Veranstaltung wieder wach ist.« Sie gluckst.

Über den Kiesweg nähert sich Herr Bert Bo.

»Oh! Das kann interessant werden.« Die Frau Doktor benimmt sich wie bei einem Pferderennen, bei dem sie ihr Geld auf einen Außenseiter gesetzt hat. Voller Spannung beugt sie den Oberkörper nach vorn. »Was macht der Herr noch mal beruflich?«

»Theaterintendant«, murmle ich.

»Es hat schon immer Berufe gegeben, an deren Sinnhaftigkeit ich Zweifel hege«, antwortet sie. »Aber das ist wohl mit allem im Leben so. Es gibt Menschen, die ohne Muskat in ihrem Kartoffelbrei nicht auskommen können, während ich mich frage, wieso diese Leute nicht gleich ihr Erbrochenes essen.«

»Hm.«

»Dennoch war er möglicherweise in seinem Tun nicht sehr versiert«, fährt sie fort. »Sind Sie sicher, dass wir nicht einem Hochstapler aufsitzen?«

»Wieso?«, frage ich nach.

»Ich habe nie großen Wert auf eine private Rentenabsicherung gelegt«, entgegnet sie. »Eine weise Voraussicht, wenn man bedenkt, wer heute die Verfügungsgewalt über meine Finanzen hat.« Sie verzieht den Mund. »Dass mein einziger Abkömmling mich nicht in irgendeinem U-Bahn-Schacht parkt, schreibe ich jedoch lediglich seiner pathologischen Furcht vor der öffentlichen Meinung zu. Ich gebe zu, dass ich die mit dem dezenten Hinweis auf eine kleine Fotoserie in den Briefkästen der Regionalzeitungen geschürt habe, aber was nützt es. Nicht wahr, verehrter Herr Katuschek?«

Die Frau Doktor sagt nichts mehr. Sie scheint über etwas anderes nachzudenken, tippt mich kurz an und bedeutet mir, dass ich ihrem Blick folgen soll.

Am anderen Ende des Parks läuft Frau Elwira auf, gefolgt von sieben oder acht unserer Mitbewohner.

»Noch ein Literaturzirkel?«, frage ich zähneknirschend.

»Sie haben das Problem wieder einmal treffsicher und pfeilschnell erkannt«, freut sich die Frau Doktor. »Aber so einfach machen es sich die beiden Damen dann doch nicht. Frau Elwira setzt auf einen Seniorengarten«, berichtet sie, als wäre es das Normalste der Welt.

»Elwira leitet eine Garten-AG?«, frage ich verdutzt.

»Sie dürfen die Sozialisierung dieser Frau nicht vergessen. Da sind wir mit der Garten-AG schon gut dran. Sie hätte uns auch die deutschen Mittelgebirge abfragen oder uns zwingen können, Styropor-Modelle zur Plattentektonik zu bauen. Ich weiß nicht, wie sattelfest Sie darin sind, verehrter Herr Kollege.« Sie schaut mich über den Rand ihrer dunklen Brille an. »Ich schrecke nicht davor zurück, mich bei Bedarf in meine geistige Umnachtung zurückzuziehen.« Sie zwinkert mir zu. »Das schafft ungemeine Freiräume.«

»Schulgarten«, sage ich mit schwacher Stimme. »Mit Greisen.«

»Das trifft es wohl«, bestätigt die Frau Doktor.

»Ist das erlaubt?«, frage ich nach.

»Lennox Bergmann hat bestimmt nichts dagegen, wenn

die Ersten schon vor dem Abendessen vor Erschöpfung schlafen. Das kommt seinem Spardrang entgegen«, witzelt die Frau Doktor. »Außerdem kann die Grünanlage durchaus etwas Pflege vertragen. Der Hausmeister kommt, wie man sieht, nur unzureichend nach. Frau Elwira jedenfalls mischt die Alten ordentlich auf. Mir geht das Faible für derartige Gruppendynamiken vollkommen ab, was mir noch einmal mehr Respekt für die Frau abverlangt.«

Um die auf einem Rasentraktor thronende Elwira drängen sich zunehmend die Massen. Der Seniorengarten scheint den Nerv unserer gelangweilten Mannschaft zu treffen. Hannelore ist ganz vorn mit dabei. Sie ist kräftig genug und übernimmt die Grabearbeiten. Ein paar jäten Unkraut oder verschneiden Buchsbäume. Rolf Jürgen weist Gertrude und Auguste in die Handhabung von Unkrautvernichtungsmitteln ein. Die entsprechende Ausrüstung befindet sich im Transportkorb seines Rollators. Zu meinem Erstaunen scheint er jede Flasche einzeln zu prüfen, indem er sie aufschraubt und deren Ausdünstung tief inhaliert. Das ist bei seinen über neunzig Lenzen sicherlich nichts, worüber man sich sorgen muss. Schließlich muss er an irgendetwas sterben.

Mein Blick fällt wieder in Richtung Rosenpavillon. Margot liest, wobei Herr Bert Bo und die Dame im Rollstuhl nach wie vor ihre einzigen Zuhörer sind. Hin und wieder merkt der Neuzugang auf und stellt, soweit ich das deuten kann, eine Frage, die Margot dann unter intensivem Gestikulieren beantwortet. Meine Frau interpretiert Schopenhauer. Wenn das meine Mutter sehen könnte. Aber die hat Margot ohnehin immer für eine Schauspielerin gehalten.

»Puh, das war knapp.« Jutta steht schwitzend vor uns.

»Sie konnten sich wohl nicht entscheiden, welchem Zirkel Sie sich anschließen«, sagt die Frau Doktor.

Jutta schaut kurz zu Margot und dann zu Elwira. »Ich bin bei beiden angemeldet«, erwidert sie, ohne richtig bei der Sache zu sein. Dann reicht sie mir einen Schlüssel. »Für den Medizinschrank. Steven hat ihn immer bei sich getragen, in seiner Kitteltasche. Glücklicherweise hat sich Irenka noch nicht an der Wäsche zu schaffen gemacht.« Sie schließt kurz die Lider und deutet ein zaghaftes Kopfschütteln in Richtung der Frau Doktor an.

»Hm.« Ich verstehe. Es geht um den Kittel, den sich die Frau Doktor heute Vormittag ausgeliehen hatte. Dann hatte der Mörder offenkundig keine Chance, den Medizinschrank in seinen Ursprungszustand zu versetzen, so ganz ohne Schlüssel. Das Team Böttcher/Katuschek hat ihm ein Schnippchen geschlagen. Ich grinse in mich hinein.

»Ihr wollt euch doch sicherlich noch einmal am Tatort umsehen«, redet Jutta weiter. Wieder dreht sie sich kurz nach den anderen um. »Ich würde hierbleiben und aufpassen, dass euch keiner nachkommt. Niemand erwartet, dass ihr beiden euch den Gemeinschaftsaktivitäten anschließt, aber wenn ich fernbleibe, würde es auffallen.«

»Da ist was dran«, wirft die Frau Doktor ein. »Allerdings halte ich eine andere Strategie für sinnvoller.«

Sie will sich unter keinen Umständen Schopenhauer entgehen lassen, denke ich.

»Eine Dreiteilung erscheint mir unseren Aufgaben zuträglicher«, sagt die Frau Doktor und richtet sich auf, wobei sie die Zeitschrift mit Karacho neben sich in den Papierkorb pfeffert. »Kollege Katuschek untersucht das Arztzimmer, Sie, meine Liebe, behalten die gärtnernden Senioren im

Auge und ich für meinen Teil halte mit meiner Anwesenheit beim Literaturzirkel den Groll einer Frau Katuschek flach.« Sie schaut in die Runde. »Und nach dem Abendessen suchen wir gemeinsam die Leiche. Na, wie wäre das?«

»Ein hervorragender Plan«, antworte ich. »Das Beste kommt immer zum Schluss.« Ich zwinkere der Frau Doktor zu.

»Ich wollte aber lieber …«, hebt Jutta an und wirft einen zaghaften Blick in Richtung von Herrn Bert Bo. »Ich mag mir nicht meine Nägel mit der Erde ruinieren.«

»Sie sind uns dort aber nützlicher«, wendet die Frau Doktor ein. »Der liebe Gott hat nun einmal Vorgaben gemacht, über die man sich trotz aller Bemühungen nicht hinwegsetzen kann. Nicht wahr?« Sie marschiert ohne ein weiteres Wort davon.

»Wie meint sie das?«, fragt Jutta.

Ich beschränke mich auf ein Schulterzucken und verschwinde.

* * *

Der Behandlungsraum ist zu meinem Erstaunen wieder verschlossen. Einen Hinweis auf den Ausfall der Sprechstunde suche ich vergebens. Trotzdem ist der Flur menschenleer. Da man jedoch nie wissen kann, ob nicht aus irgendeiner dunklen Ecke ein Rentner auftaucht, der seine tote Zeit mit dem Ausspähen anderer Leute füllt, beeile ich mich, im Zimmer zu verschwinden. Der Zitrusduft, den Irenka überall im Haus hinterlässt, liegt noch in der Luft. Sollte ich jedoch insgeheim die Hoffnung gehabt haben, dass Doktor Schröter wieder im Schrank steckt, werde ich enttäuscht.

Der Raum ist so unschuldig wie die überlebensgroßen Fotos der Tierbabys, die die Wände auf dieser Etage zieren. Nun ist es nicht so, dass ich Tiere nicht mag, aber wieso man ausgerechnet uns mit Welpen und Kälbchen konfrontiert, leuchtet mir nicht ein. Vermutlich denken die Jüngeren, dass der Anblick einer Seekuh mit weißem Bart uns trübsinnig werden lässt, zumal wir von so etwas quasi tagtäglich umzingelt sind, aber was wissen die schon. Doktor Schröter hingegen scheint beim Dekorieren seines Behandlungszimmers nicht auf die vermeintlichen Befindlichkeiten seiner Patienten Rücksicht genommen zu haben. Die Wände sind weiß und es gibt wenig Persönliches von ihm. Verständlich. Denn für die meisten ist die bloße Vorstellung, Familienbilder und Andenken in einem Altenheim aufzubauen, ein guter Grund, früher zu sterben. Ich beschließe, mich zuerst dem Medikamentenschrank zu widmen. Immerhin handelt es sich dabei um das Mordinstrument. Die Tür ist nach wie vor nur angelehnt. Vorsichtig ziehe ich sie auf und schaue hinein. Schröters unfreiwillige Verbringung hat für einige Unordnung gesorgt. Diverse Fläschchen sind umgefallen und Packungen zur Seite geschoben. So ein Doktor im Arzneischrank verfügt nun mal über ein nicht zu verachtendes Verdrängungspotenzial. Was sich mir allerdings nicht erschließt, ist, wieso es in allen drei Fächern wie Kraut und Rüben aussieht. Wenn ich alles korrekt abgespeichert habe, hat Schröters Kopf im oberen Bereich gesteckt. Auf den drei darunter befindlichen Etagen sieht es jedoch mindestens genauso unordentlich aus. Sollte der Doktor wirklich so wenig Sinn für Ordnung gehabt haben? Ich versuche, mich an meinen ersten Besuch bei ihm zu erinnern. Er hat Margots Ohrenpaste sofort zur Hand gehabt. Meine Fußcreme auch. Nach allem, was ich hier sehe, muss sich selbst jemand, der den Inhalt kennt, zum Zielobjekt durchwühlen.

»Da hat jemand etwas gesucht«, spreche ich meine Schlussfolgerung leise aus. Allerdings kann das kaum passiert sein, während Schröters breites Kreuz den Zugang versperrte. Nehmen wir einmal an, es handelt sich um einen Medikamentendieb, der von Schröter erwischt wurde. Beide geraten in ein Handgemenge. Schröter verliert und landet im Schrank. Die Verschleierung einer Straftat wäre immerhin ein handfestes Motiv. Da die Entdeckung des Täters droht, verschwindet er, um, nachdem die Luft rein ist, zurückzukommen und die Leiche abzuholen. Bei der Gelegenheit nimmt er sich auch den Medikamentenschrank vor. Geht man von einem Diebstahl aus, würde das bedeuten, Schröters Arzneischrank müsste offen gewesen sein beziehungsweise der Eindringling hat einen Schlüssel besessen. Das ist allerdings, wenn Juttas Einschätzung stimmt, kaum anzunehmen. Und auch so taugt die Theorie nicht, denn es liegen keine Einbruchspuren vor. Warum auch immer Schröter sterben musste, der Täter hat klar Schiff gemacht und ihn mitgenommen. Letzteres wird sich vermutlich während des Mittagessens zugetragen haben. Dann sind alle abgelenkt, normalerweise. Heute haben die meisten aufgrund des Ungezieferalarms auf ihren Zimmern gegessen. Dann gibt es eventuell sogar Zeugen? Jedenfalls reden wir von einem Zeitfenster von maximal einer Stunde, denn als ich mit Weidmann hier ankam, war Irenka schon in vollem Gange.

»Der Mörder kommt zum Tatort zurück«, murmle ich. Er will die Leiche loswerden. Das ist lange keine Selbstverständlichkeit mehr. Heutzutage macht sich kaum einer mehr die Mühe, die eigenen Opfer zu entsorgen, ob am Stück oder in Einzelteilen. Sogar die Mörder sind bequem geworden. Alles bleibt liegen und die Polizei kann sehen, wie sie aufräumt. In dem Fall scheint es dem Mörder jedoch ein besonderes Anliegen gewesen zu sein. Das spricht für seinen Ordnungssinn, aber womöglich noch mehr für die Tatsache, dass er in einem derartig kleinen Subsystem wie dem unseren die eigene Entdeckung fürchtet. Dass es ihm aber gelungen ist, einen Mann von der Körpergröße des Doktors unbemerkt hier hinauszubefördern, ist schon erstaunlich. Noch dazu, wenn genügend Zeit geblieben sein muss, Arzneimittel zu stehlen. Dass er sich mittels eines Schlüssels Zugang zum Arztzimmer verschafft hat, gehört dabei zweifelsfrei zu den noch wundersameren Vorgängen. Mit Schlüsseln verhält es sich nämlich in unserem Altenarrest wie mit Salamischeiben auf einer Tiefkühlpizza, sie sind ein Privileg. Und das kommt nur dem Personal zu. Wo kämen wir denn hin, wenn alte Menschen sich frei bewegen könnten? Das will doch niemand. Ich beuge meinen Oberkörper leicht nach vorn, um die Medizin näher in Augenschein zu nehmen. Keiner der Namen sagt mir irgendetwas. Wie ärgerlich, dass die Frau Doktor Schopenhauer vorgezogen hat, aber sie wird schon wissen, was sie tut. Wenn Jutta richtigliegt, und Doktor Schröter gewissenhaft mit seinen Präparaten war, dann wird es irgendwo eine Inventarliste geben. Ich begebe mich an den Schreibtisch. Schröters Mobiltelefon nebst Brieftasche hat der Täter schon mal nicht mitgenommen. Die Sachen brauchen eine intensive Begutachtung und ich lasse beides in meinen Hosentaschen verschwinden. Ansonsten geben die Schubfächer nicht mehr her als ein verstaubtes Stethoskop, eine zerschlissene Blutdruckmanschette nebst Manometer und verschiedene Prospekte zu Golfplätzen. In der hinteren Ecke finden sich noch ein paar eingeschweißte Kanülen und die dazugehörigen Einwegspritzen. Ich kann nicht mit Sicherheit sagen, was ein Allgemeinmediziner in einem Seniorenheim für seine gewissenhafte Arbeit benötigt, aber das hier erscheint mir doch etwas dürftig. So wie die Gesellschaft heutzutage mit alten Menschen umgeht, kann ich mir gut vorstellen, dass Schröter nur als Alibi-Mediziner fungiert hat. Eine allumfassende, fundierte medizinische Betreuung macht sich nun mal in einem Werbeprospekt für eine Seniorenresidenz ganz hervorragend, vor allem wenn man den Preis nach oben treiben will. Am Ende war Schröter vermutlich nichts weiter als das Fertiggebäck, das man uns im Vorfeld als Konditorware angepriesen hat, ein teurer Schein. Dass der Mann medizinisch bei den Alten etwas gerissen hat, glaube ich nach dem, was ich sehe, und angesichts meiner eigenen Erfahrungen keinen Moment mehr. Meine brennenden Füße und die Altersohren meiner Frau sind der beste Beweis dafür. Wenn er nur den Pro-forma-August gespielt hat, um seine Patienten an ordentliche Ärzte zu überweisen, mag ich mir das gefallen lassen. Alles andere, nämlich ein konsequentes Sterbenlassen der älteren Generation, nachdem sie mit überteuerten Cremes einbalsamiert wurde, kann ich unter keinen Umständen dulden.

Ein Klopfen reißt mich aus meinen Überlegungen.

»Herr Doktor, Karl Heinz braucht eine Tollwutspritze. Er hat schon Schaum vor dem Mund«, höre ich die Stimme meiner geschätzten Kollegin Olga Maria Böttcher durch die Tür.

Eilig gewähre ich ihr Einlass.

»Frau Doktor?«, sage ich bass erstaunt.

»Kollege Katuschek«, sagt sie schwer atmend und drückt sich flink an mir vorbei ins Zimmer. »Es gibt da eine neuere Entwicklung, von der Sie Kenntnis haben sollten …«

Dass sie ihre geistigen Ausfälle für eine verdeckte Ermittlungsarbeit nutzt, daran muss ich mich erst noch gewöhnen. »Können Sie bitte erst einen Blick auf die Medizin werfen«, unterbreche ich sie zugegeben etwas rüde. »Ich befürchte, nicht der Theaterintendant könnte ein Betrüger sein, sondern unser dahingeschiedener Doktor«, schiebe ich zur Erklärung noch nach.

Die Frau Doktor schaut mich aus großen Augen an. »Kollege Katuschek, Sie nehmen die Patientenakten nebst Terminkalender.« Sie bedeutet mir mit einem schnellen Blick durch den Raum, was sie meint. »Wir werden das Zeug schon irgendwie unbemerkt in mein Appartement bringen können.« Dann tritt sie zielgerichtet an Schröters Schreibtisch heran, reißt das oberste Blatt von der Unterlage und zerknüllt es.

»Aber …«, versuche ich mich in einem Einspruch. Den Kriminaltechnikern wird das nicht gefallen.

»Herr Katuschek, Ihre Korrektheit in allen Ehren, aber in unserem Stadium müssen wir andere Prioritäten setzen. Wir Alten befinden uns in einem ständigen Kampf zu beweisen, dass wir noch sauber ticken. Nun, ich habe das Rennen verloren, aber Sie, verehrter Freund, noch lange nicht. Wir müssen ja nicht anfangen, Gegenteiliges zu streuen. Nicht wahr?« Sie lässt das zerknüllte Papier in der Tasche ihres Overalls verschwinden und geht mit langen Schritten zum Medikamentenschrank hinüber, um den Inhalt zu inspizieren.

Ich gebe zu, ich bin ein wenig ergriffen. Dann fällt mir die neben der Tür stehende Golftasche auf und ich folge ihrer Bitte. »Etwas Auffälliges?«, frage ich.

»Nein«, antwortet sie kurz. »Und nun beeilen Sie sich.«

»Diese Eile sehe ich nicht als notwendig an«, gebe ich zu bedenken und trete neben sie. Da bei uns im Haus schnell mal was Beine bekommt, ziehe ich den Schlüssel hervor und verriegle den Schrank. Das zumindest hat nun wieder seine Ordnung und niemand muss wegen des Medizinschrankes noch einmal nach der Polizei rufen.

»Wie viele Notizbücher aus dem Jahr 2015 haben Sie?«, fragt die Frau Doktor sichtbar unter Zeitdruck.

»Das ist das Jahr meiner Pensionierung«, entgegne ich verständnislos. »Da war verbrechenstechnisch in der Stadt insgesamt nicht viel los, also eins, aber wieso …?«

»Sie nutzen es aber noch, oder?«, hakt sie nach.

Ich nicke. »Mit meinem Ausscheiden aus dem Dienst war es nicht einmal halb gefüllt. Das wäre doch Verschwendung, die vielen weißen Seiten, aber …?«

»Dann sollten wir uns sputen«, entgegnet sie. »Ihre Frau ist bei ihrem Vortrag gerade bei Ihrem Dienstende angekommen.«

»Mit Schopenhauer?«, frage ich nach, noch immer unwissend, was mir meine alte Kollegin die ganze Zeit sagen will.

»Bei Ihren Aufzeichnungen«, antwortet die Frau Doktor etwas blass um die Nase. »Noch zwei Leichen und sie trägt die ersten Erkenntnisse zu unserem aktuellen Fall vor.«

* * *

»Wieso bist du eigentlich noch da?«, frage ich zwischen zwei Schlucken von meinem Bier.

»Extraschicht«, antwortet Janko, unser Küchenmeister. »Monika schafft es heute nicht, euch das Abendbrot zu machen. Da helfe ich aus, immerhin müsst ihr ja wenigstens essen. Außerdem gibt es eine Extrazahlung.« Er grinst.

»Schwester Monika schafft es nicht? Wieso? Die Scheibe Bierschinken sollte doch schnell verteilt sein«, entgegne ich noch immer angesäuert. »Oder macht das Abmessen der Tomaten mehr Aufwand, als ich annehme?«

»Nimm es Margot nicht krumm, Helmut«, sagt Janko verständnisvoll. »Sie ist nun einmal, wie sie ist.« Er zuckt mit den Schultern. »Frauen. Sie sind einfach andere Leute. Möglicherweise hat sie nicht einmal bemerkt, dass es nicht das Buch war, das sie eigentlich lesen wollte.« Er tippt mit seiner Flasche leicht gegen meine und trinkt.

Meine Frau kennt den Unterschied zwischen Schopenhauer und ihrem Mann nicht, denke ich. »Das waren Dienstgeheimnisse«, sage ich. Außerdem bin ich mir sicher, dass das Buch, mit dem sie in den Park gekommen ist, viel dicker und größer war als mein Notizbuch. Irgendwann während ich meiner Ermittlungstätigkeit nachgekommen bin, muss sie es getauscht haben. Was hat sie sich nur dabei gedacht?

Janko scheint darauf nichts einzufallen.

»Auch die Sache mit Selma befindet sich in diesem Heft.« Ich umklammere das Notizbuch, das ich Margot vorhin unter großem Gezeter abgenommen habe, noch fester. Selma war die Küchenhilfe bei uns im Heim und sie war ein echter Kumpel. Dass ausgerechnet sie meine erste Pensionsleiche sein sollte, werde ich nie begreifen können. Früher habe ich immer mit ihr hier gesessen. Zum Gartenausgang der Küche verirrt sich so gut wie nie jemand. Das bedeutete mindestens ein ungestörtes Bier für mich und eine Zigarette für Selma. Ich spüre, wie die Erinnerung mich wehmütig werden lässt.

»Du hast alles aufgeschrieben«, sagt Janko, der nun ebenfalls bedrückt scheint. »Sie fehlt mir immer noch. Ich habe seit ihr keine andere Frau mehr gehabt. Aber vermutlich liegt es an der langen gemeinsamen Zeit. Fast fünf Monate, das will schon etwas heißen. Aber trotzdem ist es seltsam, oder?«

»Hm.«

»Wie lange seid ihr zusammen, Margot und du?«, will Janko wissen.

»Sechsundvierzig Jahre«, antworte ich und versuche, nicht resigniert zu klingen.

Janko haut sich auf die Schenkel. »Dass es das gibt. Helmut, das ist ein Rekord. Ganz sicher. Ich kenne niemanden, der … Aber außer zu euch habe ich auch kaum so alte Kontakte.« Er freut sich. Dann beugt er sich leicht zu mir herüber. »Und du hast nie …, na ja, … nur ein bisschen …, du weißt schon.«

»Ich weiß, dass die Polizei am Ende jedem auf die Schliche kommt. Da hätte nicht mal der kleinste Gedanke daran Sinn ergeben«, sage ich.

Janko kann sich kaum auf dem Hintern halten, so sehr schüttet er sich aus. »Nicht ermorden, Helmut. Fremdgehen.« Er klopft mir freundschaftlich auf die Schulter. »Du hast guten Humor, wirklich.« Er trinkt, hält inne und schaut mich von der Seite an. »Jetzt sag, hast du oder hast du nicht?«

»Es hat sich nichts ergeben«, sage ich knapp.

»Das ist gut«, entgegnet Janko. »Ich freue mich, wenn so

etwas geht. Aber bedenke, das ist keine Selbstverständlichkeit. Diese Versagung nimmt ein Mann nur auf sich, wenn er die Richtige an seiner Seite hat.«

»Oder wenn er sicher sein kann, dass sie ihm im Falle des Auffliegens die Hütte anzündet«, erwidere ich trocken. Margots vermeintlicher Buchclub fuchst mich nach wie vor. Vermutlich hat sie nach zwei Sätzen Schopenhauer bemerkt, dass sie diese niemals fehlerfrei vortragen kann. Um sich nicht ganz zu blamieren, hat sie sich das einzige Buch gegriffen, das in den Rudimenten unseres Hausstandes noch vorhanden ist, mein Notizbuch. Was mich dabei wirklich wurmt, ist das Kalkül, der bewusste Plan B sozusagen. Sie muss meine Aufzeichnungen von Anfang an im Blick gehabt haben. Normalerweise trage ich sie immer bei mir, zumal es einen neuen Fall gibt, aber Juttas Auftauchen in meinem Schlafzimmer hat mich irgendwie aus dem Konzept gebracht. Immerhin kommt es nicht so häufig vor, dass Fremde sich zu uns verirren. Margot wünscht das nicht. Zweifelsohne gilt das auch für unser Schlafzimmer. Jedenfalls hätte ich das fehlende Buch ansonsten sofort bemerkt.

»Margot ist nicht so übel, wie du denkst. Ich würde sagen, sie ist einfach anders«, sagt Janko. »Irgendwie speziell.« Er grinst breit. »Dafür, dass du dich so über sie ärgerst, vergesse ich heute Abend einfach mal ihren Streichkäse.«

Nun heben sich auch meine Mundwinkel. »Sie mag keine Teewurst, also wenn du welche hättest ... Weißbrot ebenfalls nicht.«

»Abgemacht!« Janko hält mir seine Hand hin und ich schlage ein.

»Warum fällt Monika aus?«, frage ich dann. Ich muss dringend noch einmal mit ihr reden. Dass sie wider Erwarten verschwunden ist, behindert meinen Zeitplan. Außerdem ist Derartiges, seit ich hier lebe, noch nie vorgekommen. Monika Löwe ist die Zuverlässigkeit in Person. So wie ich sie einschätze, könnte sie es niemals ertragen, uns vernachlässigt zu haben. Sie ist quasi ständig hier, nur um sicherzugehen, dass es uns auch wirklich an nichts mangelt. Wenn Monika etwas zu sagen hätte, würden wir im Paradies leben.

»Bergmann hat sie schon vor dem Mittagessen nach Hause geschickt«, antwortet Janko. »Sie wollte nicht, aber er war der Meinung, dass sie nach dem Schock mit Schröter Ruhe braucht.«

»Aber beim Essen war sie doch noch da«, bemerke ich.

»Alles illegal, Helmut«, antwortet Janko. »Da sich Bergmann bei den Mahlzeiten nie sehen lässt, ging das schon. Monika kann nicht aus ihrer Haut. Es wäre ohne sie auch nicht gegangen, wegen des Ungezieferalarms.« Er macht ein grimmiges Gesicht. »Mir kannst du es sagen, Helmut. Du weißt es doch. Das war Hannelore, nicht wahr? Sie hat sich den Mist mit den Kakerlaken ausgedacht.«

»Hm.«

»Das habe ich mir schon gedacht. Wenn die nicht Gift spritzen kann, fehlt ihr was«, regt er sich weiter auf. »Ich habe ganz schön geschwitzt heute Mittag.«

»Du hattest ja Monika«, sage ich, um ihn auf das eigentliche Thema zurückzubringen. Und was Hannelore angeht, so denke ich, ist dieses Biest niemals unschuldig.

»Monika, genau«, fährt Janko fort. »Ich weiß nicht, was der Rauswurf sollte. Abgesehen davon hat Monika, seit Bergmann ihr die Anweisung gegeben hat, höchstens noch zweimal geweint. Das bedeutet in ihrem Fall doch, dass es ihr gut geht. Bergmann hat sie trotzdem förmlich zur Tür hinausgeschoben. Er zieht ihr dafür übrigens Überstunden ab. Und er hat ihr Konsequenzen angedroht.«

»Wofür?«, frage ich nach. »Sie hat doch nichts falsch gemacht.« Mich beschleicht der Eindruck, dass Bergmann sie loswerden wollte. Aber warum?

»Das hat er nicht gesagt«, antwortet Janko. »Aber du weißt doch, Bergmann muss sich immer aufspielen, das ist Teil seiner Mitarbeiterführung. Er ist einfach ein Blödmann, aber seine Rechnung wird nicht aufgehen. Er kriegt das am Mittwoch ohne Monika nicht hin. Wenn sie nicht so freundlich mit den potenziellen neuen Gästen wäre, käme niemand wieder.«

Wir sitzen eine Weile schweigend nebeneinander. Ich denke an die neben der Leiche liegende Monika. Dass sie der Anblick eines toten Menschen so vollkommen aus den Schuhen haut, mag ich kaum glauben. In ihrem Beruf ist sie darauf konditioniert, zartbesaitet hin oder her. Aber ganz offenkundig muss es so gewesen sein. Ich würde mal vermuten, das lag an der besonderen Leiche namens Steven. Deswegen auch das blöde Gerede von Bergmann am Tatort. Aber was hat Monika mit dem Heimdoktor zu schaffen?

»Prost, Helmut.« Janko nickt mir zu.

Ich nicke zurück. »Danke für das Bier.« Ich bin froh, dass es in meinem Leben noch jemanden wie Janko gibt. Dann bin ich wenigstens noch ein bisschen an den Alltag außerhalb des Greisenghettos angeschlossen. Außerdem ist er neben Herbert Grusche der Einzige, mit dem ich gern ein Bier trinke und plaudere. Janko ist pfiffig, auch wenn ich das mit seinem selbstgewählten kahlen Schädel nicht verstehe. Wenn man jung ist, hat man alles Wesentliche im Überfluss, Zähne, Gelenkknorpel, Hormone und eben auch Haare.

Irgendwie meint man immer, der Zustand währt ewig. Aber das tut er nicht. Am Ende bleibt einem nur die Erinnerung an das Vergangene. Entsprechend sollte man sich den Luxus der Jugend nicht einfach so vergeben. Ich mustere Janko aus dem Augenwinkel. Er bemerkt es.

»Ich möchte nicht über meine Haare reden, Helmut«, sagt er. »Mir gefällt meine Frisur. Das haben wir schon ein paar Mal besprochen. Es ist modern. Und ihr könnt sicher sein, niemals ein Haar von mir in eurer Suppe zu finden.« Er schmunzelt.

»Dann bin ich also auch *up to date*«, sage ich.

»Nun, ich würde sagen, du bist auf dem besten Weg dahin«, entgegnet Janko unter dem Hin- und Herwiegen seines Kopfes. »Wenn du willst, bringe ich morgen meine Schermaschine mit und erledige den Rest. Dann siehst du auch noch cool aus.« Er nickt mir auffordernd zu.

Dafür, was Margot sich heute mit meinem Notizbuch geleistet hat, könnte ich es wagen, denke ich. Wenn ich dazu dann noch das dunkelrote Poloshirt anziehe, das Ingeborg mir aus dem Nachlass ihres verstorbenen Mannes geschenkt hat, flippt Margot vollkommen aus.

Durch die geöffnete Küchentür hört man jemanden hantieren.

»Was ist denn da los?«, wundert sich Janko und schaut über seine Schulter. »Wieso meint hier eigentlich andauernd jemand, er könnte durch meine Küche spazieren? Wenn das wieder dieser Kai Uwe ist, die alte Stinkmorchel, zerre ich ihn in den Garten. Dann verpasse ich ihm eine und du stehst Schmiere, Helmut. Ich habe es ihm angedroht. Beim nächsten Mal, wenn ich ihn in meiner Küche erwische, ist er fällig.« Janko steht auf und lugt vorsichtig um die Ecke.

»Niemand zu sehen. Der wird doch nicht in die Kühlzelle gestiegen sein, um sich Wurst zu klauen«, sagt er mit gedämpfter Stimme. »Neuerdings packt er sich ganze Fleischwurstringe ein.«

Bei uns gibt es Fleischwurst?

Schnelle Schritte werden laut.

»Der Gang passt nicht«, flüstere ich. »Kai Uwe schiebt seine Füße über den Boden, und das in Zeitlupe.«

»Egal. Ich knöpfe ihn mir vor«, beschließt Janko und schleicht sich in die Küche.

Ich folge ihm.

Tatsache, die Tür der Kühlzelle steht sperrangelweit offen. Janko dreht sich zu mir um und macht ein Handzeichen, das mir verdeutlichen soll, mich im Hintergrund zu halten. Es hat in meinen vielen Jahren bei der Truppe niemals einen Zugriff gegeben, den ich nicht angeführt habe. Es fühlt sich seltsam an, die Rückendeckung zu sein. Aber was erwarte ich eigentlich noch?

»Eine Runde Schockfrosten gefällig? Das macht den Kopf klar.« Janko hat den letzten Satz noch nicht vollendet, da hat er die Tür auch schon zugedrückt und verriegelt. Zufrieden grinst er mich an. »Eine Stunde sollte lehrreich sein.« Er scheint mein verschrecktes Gesicht zu sehen und fügt an: »Sechs Grad, wie Kühlschrank. Wir wollen ihn ja nur ärgern und nicht umbringen.«

Ich nicke. Das kann ich mit meinem Gewissen vereinbaren. Schade nur, dass das Getier, das auf dem Kerl nistet, sich von den Temperaturen nicht abschrecken lässt.

Janko klatscht in die Hände. »Komm, bevor unser Bier warm wird.« Er schickt sich an, wieder in den Garten zu gehen.

Ich rühre mich nicht.

»Was hast du?«, fragt Janko. »Sind es wieder deine Füße? Soll ich dir helfen?«

Ich winke ab und bedeute ihm, dass er leise sein soll. »Hörst du was?«, flüstere ich nach einer kurzen Weile.

Janko hebt und senkt die Schultern. »Der Kühlschrank brummt«, sagt er.

»Wieso schreit er nicht?«, frage ich.

»Weil er die Backen voll hat«, antwortet Janko. »So eine Gelegenheit bekommt er doch nie wieder. Ich habe den Kartoffelsalat für morgen schon vorbereitet, die Rote Grütze auch. Er wird sich wie im Schlaraffenland vorkommen.«

Ich schüttele den Kopf. Dann halte ich inne. »Kartoffelsalat mit Schnitzeln?« Ich verziehe den Mund. Selbst das tollste Nationalgericht kann einem über sein, wenn man es regelmäßig aufgetischt bekommt.

Janko grinst kopfschüttelnd. »Erst wieder am Donnerstag. Morgen gibt es Kabeljau.« Er bedeutet mir, dass ich ihm nach draußen folgen soll.

Ich rühre mich nicht und denke nach. Kai Uwe ist ein etwa dreißigjähriger junger Mann mit dem übertriebenen Hang zur Theatralik eines Kleinkindes, das seinen Willen nicht bekommt. Er wird bei der kleinsten Gelegenheit laut, auch ohne Grund. Dass er sich allein in einem dunklen, verschlossenen und noch dazu stark gekühlten Raum befindet, müsste ihn durchdrehen lassen. Irgendetwas stimmt hier nicht. »Mach wieder auf«, bitte ich.

»Häh? Wieso willst du uns den Spaß verderben?«, fragt Janko vorwurfsvoll. »Du kannst den Typ doch auch nicht leiden und der Denkzettel war lange fällig«, er wird leiser, »schon allein, weil er einmal mit Selma zusammen war.«

»Wen auch immer wir eingesperrt haben, es ist nicht Kai Uwe«, sage ich.

»Der ist zugedröhnt. Er schläft. Was weiß denn ich?«, echauffiert sich Janko. »Wer soll es denn sonst sein? Rolf Jürgen? Nee! Den hörst du durch die quietschenden Reifen seines Rollators schon von Weitem. Margot mit ihrem Streichkäsezieps? Die traut sich nach der Nummer vorhin im Park garantiert erst mal eine Weile nicht her. Wir sind Freunde, Helmut, schon vergessen? Hannelore? Die kommt erst, wenn sie mein Auto auf dem Parkplatz nicht mehr stehen sieht. Die törnt das irgendwie an, wenn sie meint, ich kriege ihre Klauerei nicht mit. Dass ich ihr die abgelaufenen Sachen quasi direkt vor die Nase stelle, hat die alte Krähe aber noch nicht geschnallt.« Der Gedanke gefällt ihm sichtbar. Dann stemmt er die Hände in die Hüften. »Nee, Helmut. Das kann nur der Vollassi aus dem Fernsehraum sein.«

Interessant, wer sich so alles heimlich bei uns in die Küche schleicht. Und meine Frau darf nicht fehlen, aber mir ständig Vorträge über mein Gewicht halten. Dabei habe ich seit meinem Abitur kein Kilogramm zugenommen, während sich Margot quasi verdoppelt hat. Mit dem Wissen wird es mir kaum möglich sein, mein Salzgebäck weiterhin vor ihr zu verstecken. Na warte, Margot Katuschek! »Bitte mach die Tür auf«, sage ich noch einmal.

Janko ist ganz und gar nicht begeistert, aber er tut mir den Gefallen.

»Um Himmels willen!«, entfährt es ihm. »Helmut, du hattest recht!«

Zwischen den Obstkisten und den dicken Schüsseln mit Kartoffelsalat steht eine verschreckte Schwester Monika. Dicke Tränen kullern über ihre Wangen.

Janko macht zwei lang gezogene Schritte auf sie zu, hakt sie unter, führt sie behutsam aus der Zelle und setzt sie auf den nächstbesten Stuhl. Währenddessen entschuldigt er sich in einem fort.

»Müssten Sie nicht längst zu Hause sein?«, frage ich. Man muss auf der Hut bleiben, wenn es jemanden freiwillig an den Ort eines Verbrechens zurückzieht, selbst wenn dieser Jemand Schwester Monika heißt.

Janko tätschelt ihre Hand, wobei er mich besorgt ansieht. »Wir müssen ihr einen Schnaps geben. Sie ist ganz erfroren.«

»Keinen Schnaps«, entgegne ich schnell. Ich weiß, was passiert, wenn Monika mit Alkohol in Berührung kommt. Außerdem kann sie sich in den zwei Minuten nicht wirklich verkühlt haben.

»Herr Helmut hat recht«, wiegelt Monika ab. »Ich möchte nicht auch noch alkoholisiert sein, wenn man mich schon nicht haben will. Das macht alles nur noch schlimmer.« Sie schnieft. »Und ich habe gedacht, es ist Bergmann, der mich einsperrt.«

Interessant, was man unserem stellvertretenden Heimleiter so alles zutraut.

»Was machst du hier?«, will Janko wissen. »Du hast doch die Ansage von Bergmann gehört. Außerdem sind deine Überstunden nun weg.«

Monika schnieft. »Aber irgendjemand muss die Tomaten vierteln«, antwortet sie gequält.

Die Tomaten, genau.

»Ich bin da«, erklärt Janko voller Inbrunst. »Du kannst dich auf mich verlassen. Das weißt du doch.«

»Und Herr Rolf Jürgen braucht seine Tabletten«, redet sie weiter. »Von den rosafarbenen zwei Stück und die weiße wird geteilt. Da darf nichts schiefgehen. Er ist darauf angewiesen.«

Sollte es sich dabei um die Beruhigungsmittel handeln, die sein sexuelles Temperament dämpfen sollen, die spült er ohnehin im Klo runter, denke ich. »Monika!«, sage ich streng. »So wie ich Sie kenne, haben Sie die Pillendosen längst alle vorbereitet.«

Sie senkt den Kopf und schweigt.

»Ich koche einen Tee«, beschließt Janko, da ihm offenkundig nichts Besseres einfällt.

»Monika, vor wem wollen Sie uns beschützen?«, frage ich. »Was haben Sie gesehen?« Dass Monika bei den Anweisungen von Frau Mehltau ein wenig flexibel ist, glaube ich gern, aber sie würde es niemals wagen, den Zorn von Bergmann auf sich zu ziehen. Der Kerl ist imstande und wirft sie hochkant raus. Für Monika käme das einem Verstoß aus der eigenen Familie gleich.

Janko schaut mich mit großen Augen an. »Soll ich den Tee der Frau Doktor aufbrühen?«, fragt er arglos.

Janko also auch. Ich schüttele den Kopf. Eine instabile Person wie Schwester Monika könnte mit Hanf vollkommen aus der Bahn geworfen werden. Das können wir nicht riskieren. »Monika, was wollten Sie wirklich bei Doktor Schröter?«, frage ich weiter. »Was haben Sie gesehen? Reden Sie, Mädchen!«

Monika starrt apathisch auf den Fliesenboden.

»Monika! Es geht um Mord«, sage ich beharrlich.

»Ich weiß nichts davon«, flüstert sie, ohne mich ansehen zu können.

»Ich habe Sie und den Leichnam zusammen gesehen«, sage ich. »Sie haben neben dem toten Schröter auf dem

Boden gelegen. Sie können nicht einfach so tun, als wäre nichts gewesen.« Wenn Monika nun auch noch von der Fahne geht, bleiben bei Lichte betrachtet nur noch Jutta und ich als verlässliche Zeugen übrig. Der Gedanke lässt zugegeben ein ungutes Gefühl in mir aufkommen.

»Es ist ein ganz normaler Montag, ohne besondere Vorkommnisse«, sagt sie und man kann hören, dass ihr die Worte eingetrichtert wurden. »Ich hatte lediglich Probleme mit dem Kreislauf. Das kommt vor in den Wechseljahren. Steven hat das bestätigt. Und Kopfschmerzen. Kopfschmerzen hatte ich auch.«

Angesichts meines tadellosen Geisteszustandes unterstelle ich Lennox Bergmann, dass er ihr einen Maulkorb verhängt hat. Deswegen musste sie lange vor Dienstende das Haus verlassen. Die Sorge um ihr Wohlbefinden konnte es kaum sein. Er wollte sichergehen, dass sie mit niemandem mehr von uns redet. Er will die Angelegenheit totschweigen. »Monika, wir wissen beide, dass das nicht wahr ist. Sie sind eine wichtige Zeugin. Bitte helfen Sie mir!«

Monika drückt die Lippen so fest zusammen, dass sie nur noch einen schmalen Strich bilden. Zudem schüttelt sie den Kopf. »Sie sind kein Polizist mehr.«

Dass Monika beleidigend wird, habe ich noch nie erlebt. »Einmal Polizist, immer Polizist«, sage ich fuchtig.

»Aber …« Monika hat hoffentlich nun aufgegeben.

»Bergmann entlässt dich nicht«, mischt sich Janko ein.

Sie seufzt.

»Es gibt doch kaum jemanden, der deinen Job machen will«, redet Janko weiter. »Du hast viel mehr Macht, als du glaubst.«

Ein interessanter Ansatz, aber Monika ist niemand, der

mit dem Begriff Macht etwas anfangen kann. »Doktor Steven Schröter ist tot«, sage ich, um den Ernst der Lage in ihr Bewusstsein zurückzurufen. »Sie haben ihn gefunden.«

Es funktioniert nur eingeschränkt. »In den Wechseljahren kann es zu Gedächtnisproblemen kommen«, klärt uns Schwester Monika auf. »Man kann sich dann an nichts mehr erinnern.«

Janko schaut sie unschlüssig an. Dann trifft sein fragender Blick mich. »Gibt es so etwas tatsächlich?«, fragt er in einer Art, als wäre Monika nicht anwesend. »Dann sind die Frauen unzurechnungsfähig, oder?«, will er wissen. »Meine Güte, wenn man vorher wüsste, auf was man sich mit dem Leben so einlässt.« Er bläst die Wangen auf. »Dann ist es besser, immer jüngere Frauen zu daten.«

»Das hilft mir nun ganz und gar nicht«, murmle ich mürrisch und bedenke ihn mit einem vorwurfsvollen Blick.

Er fährt sich mit der Hand über sein kahles Haupt und scheint zu überlegen, wie er mir helfen kann. »Monika war verliebt in Schröter«, sagt er schließlich, von einem tiefen Seufzer begleitet.

»Das war ich überhaupt nicht«, widerspricht sie und klingt dabei so überzeugend wie Lennox Bergmann, wenn er uns »meine lieben Gäste« nennt. Dass sie dabei unentwegt ihren ganzen Körper schüttelt, als würde sie von einer Mückenplage heimgesucht, macht es auch nicht besser. Aber immerhin kann sie sich wieder an irgendetwas erinnern.

Janko schaut mich an und nickt in einem fort. »Es war nicht zu übersehen«, flüstert er.

»Monika, hatten Sie ein Verhältnis mit Doktor Steven Schröter?«, frage ich. Liebe ist noch immer das schlagkräftigste Mordmotiv.

Jankos Blick klebt an mir. Nun schüttelt er mit der gleichen Vehemenz den Kopf, mit der er soeben noch zugestimmt hatte. »Schröter wollte nichts von ihr wissen.«

Schwester Monikas Greinen dringt unter Garantie bis hinaus zu den Passanten auf der Straße.

»Allein der Altersunterschied«, redet Janko ungefragt weiter. »Und dann ...« Er blickt mitleidsvoll auf Monika und dann wieder zu mir. »Wie ich immer sage, Schröter war ein Idiot, ein oberflächlicher noch dazu. Der wollte keine patente Frau, lieber lange Beine und ...« Glücklicherweise schenkt er sich den Rest.

»Das ist gar nicht schlimm«, wimmert Monika. »Es finden eben nicht alle Töpfchen und Deckelchen zusammen. Dafür waren wir gute Freunde. Das ist viel mehr wert.« Sie schnieft. »Ich finde irgendwann den Richtigen.«

»Freunde waren sie nicht«, verbessert Janko schonungslos. »Schröter hat immer gemeint, er ist etwas Besseres. Ich weiß, wovon ich spreche. Mit mir war er auch so.«

»Monika, was wollten Sie heute Vormittag im Arztzimmer?«, frage ich weiter. Fast schon automatisch blicke ich auf Janko, aber der bleibt still.

Monika braucht einen Moment. »Eine Tablette, wie ich gesagt habe.«

»Gegen Ihre Kopfschmerzen, natürlich«, antworte ich. »Haben Ihnen die aus Ihrem eigenen Medizinschrank nicht genügt?« Im Personalaufenthaltsraum steht ebenfalls ein Arzneischrank. Aus dem verteilt Monika täglich die Mittelchen. Wenn wir auf Schröter angewiesen wären, dann wären hier längst die Lichter ausgegangen, aber alle.

Janko macht große Augen.

»Herr Helmut, es ist nicht so wie ...«, jammert Monika.

»Warum waren Sie bei Schröter?«, sage ich betont langsam und wie jemand, dessen Geduld am Ende ist.

»Abnehmpillen«, haucht sie nahezu tonlos.

»Wieso machst du das?«, erregt sich Janko. »Ich habe dir gesagt, dass allein eine gesunde Ernährung und Sport ausreichen. Der Schröter wollte nur Kohle machen. Wer weiß, was er dir für einen Blödsinn aufgeschwatzt hat. Unter Garantie war das nur Chemie und hinterher bist du noch dicker als jetzt.«

Ich bedeute Janko mit dem Schließen meiner Lider, dass es reicht.

»Ich meine ja nur«, mault er entschuldigend.

»Doktor Schröter hat Ihnen Abnehmpillen verkauft«, fasse ich zusammen. Monika ist also nun die Dritte im Bunde, die von Schröters Extraservice profitiert hat. Das kann kein Zufall sein. Und sie gehört zum Personal, was meiner Theorie einen vollkommen neuen Blickwinkel gibt.

»Algenpresslinge aus Tansania, die er extra hat einfliegen lassen«, murmelt Schwester Monika beschämt. »Nur für mich und meine individuellen Bedürfnisse.«

»Was für ein Bockmist!«, schimpft Janko.

Schwester Monika schaut ihn aus treuen Augen an. »Die helfen. Ich merke es schon«, beteuert sie und wie zum Beweis fasst sie sich an den Bauch.

Ich lasse Monika in dieser Hinsicht zufrieden. Sie hat es schwer genug. Entscheidend ist, dass vermutlich auch das Personal zu Schröters Kunden gezählt hat, von wegen, nur die Alten fallen auf den Enkeltrick rein. Ich überlege. Die Seniorensprechstunde hätte um dreizehn Uhr begonnen. Zwanzig nach elf lehnte Schröter schon tot im Schrank. »Monika, wissen Sie, wann Herr Schröter an seinen Behandlungstagen normalerweise ins Haus kommt?«, frage ich. »Und wann Sie zu ihm gegangen sind?« Ich habe keine Ahnung, wie lange Monika bei unserem Eintreffen schon bewusstlos war, aber wenn es um ihr Alibi geht, kann die Uhrzeit hilfreich sein. Was den genauen Todeszeitpunkt des Arztes angeht, ebenfalls.

»Steven kommt immer pünktlich«, schluchzt sie. »Zehn vor elf. Halb elf endet seine Golfrunde. Dann läuft er zu uns. Er hat sich immer gern bewegt.«

»Und wann sind Sie zu ihm gegangen?«, hake ich nach.

»Um elf«, antwortet sie leise.

Monika scheint tatsächlich nur auf seine Ankunft gewartet zu haben. Armes Ding. Nur der Mörder war noch einen Ticken schneller. Interessant. Lennox Bergmann wiederum muss kurz nach ihr eingetroffen sein, höchstens zehn Minuten. Denn um zwanzig nach elf standen die Frau Doktor und ich schon bei der Leiche. Bei dem Andrang ist dem Mörder verständlicherweise keine Zeit zum Wegräumen seines Opfers geblieben. Allerdings sollte man meinen, dass er bei der zeitlichen Knappheit irgendjemandem begegnet sein könnte. Vermutlich hat er Monika sogar kommen gehört und ist daraufhin verschwunden. »Ich frage mich, was ein so vielbeschäftigter Mann wie unser Heimdoktor geschlagene zwei Stunden vor Beginn seiner Sprechstunde bei uns macht«, will ich wissen. »Das muss für ihn doch verlorene Zeit gewesen sein, rein abrechnungstechnisch gesehen.« Ich habe eine Vermutung, warum der gute Doktor so emsig mit uns war, möchte es aber gern von Monika hören. Dass sie mehr weiß, als sie bisher gesagt hat, liegt auf der Hand.

»Aber Herr Katuschek, Steven hatte keine Helferin«, erklärt sie überzeugt. »Er musste alles selbst vorbereiten, die

Untersuchungsgeräte, die Dokumentationen, die Terminführung …« Sie fasst in die Tasche ihrer Schürze und zieht ein Taschentuch hervor. Nachdem sie es auseinandergefaltet hat, schnäuzt sie lautstark hinein. »Wenn die Sprechstunde erst angefangen hatte, war dafür keine Zeit mehr. Außer Frau Elwira gehen alle unsere Gäste regelmäßig zu ihm. Sie fremdelt noch etwas, aber erfahrungsgemäß gibt sich das mit der Zeit.«

Ich weiß nicht, ob man von Regelmäßigkeit sprechen kann, nachdem ich den Mann in meinem Leben gerade eben zweimal gesehen habe, aber das ist wohl eher zweitrangig. Ob mit oder ohne Helmut Katuschek, der Doktor hatte es in den wenigen Stunden, die er hier war, mit einer geballten Ladung greiser Patienten zu tun, ein Wunder, dass der Mann sich nicht selbst erstickt hat. »Und das Personal besucht ihn auch?«, hake ich nach.

Sie nickt. »Er war immer sehr hilfsbereit.«

Da haben wir es! »Dann gab es besondere Sprechzeiten für die Angestellten?« Die Befragung von Schwester Monika gestaltet sich immer etwas zäh, aber das kenne ich schon.

»Immer vor den Gästen, aber das waren keine richtigen Sprechzeiten. Wenn wir etwas hatten, konnten wir einfach zu ihm gehen«, gibt sie zu. »Zwischendurch ist er zum Mittagessen gegangen und um ein Uhr kamen unsere lieben Gäste.«

»So wie Sie mit Ihrem besonderen Medikament. Sie sind einfach zu ihm gegangen«, werfe ich ein.

Sie läuft knallrot an.

Die haben sich alle mit Schröters Wundermitteln versorgt, denke ich. Einen lukrativeren Markt hätte er sich kaum vorstellen können. Allein die Horde Greise, die jede überreichte Pille als Liebenswürdigkeit verbucht, ungeachtet dessen, dass sie dafür gelöhnt haben. Und dann das Personal. Die waren unter Garantie nicht weniger empfänglich, immerhin haben sie das Siechtum jeden Tag vor der Nase und würden alles geben, selbst nicht so zu enden. Im Ergebnis bedeutet das aber, dass jeder, der zu Schröters Patienten zählt, grundsätzlich der Mörder sein kann. Es sei denn, ein Fremder hat sich hereingewagt. Aber wie oft passiert das schon, vor allem unbemerkt? Nein, ich bin mir sicher. Es muss einer von uns beziehungsweise den Angestellten gewesen sein. Aber wenn Schröter um elf Uhr routinemäßig die Personalsprechstunde abgehalten hat, dann hat der Mörder einiges riskiert. Der Täter hätte, um ganz sicherzugehen, die Leiche umgehend nach der Tat entsorgen müssen. Es sei denn, er wusste nichts von der Extrasprechstunde, was wiederum gegen einen Mörder aus dem Kreis der Angestellten sprechen würde. Aber wer von uns Insassen kannte das Arrangement? Ich jedenfalls nicht. »Danach Mittagspause«, sage ich, um Monikas Aussage wieder aufzunehmen.

Schwester Monika deutet ein Nicken an.

Ich höre Janko ausatmen. »Ich war nie dort«, sagt er.

Im Geiste streiche ich Janko von der Liste der Verdächtigen. Er ist nicht der Typ, der sein hart verdientes Geld für Unsinn hinauswirft. Außerdem hat er Schröters Wundermittelchen schlichtweg nicht nötig.

»Ich kann Leute nicht leiden, die mein Handwerk kritisieren und sich dann zwei Portionen einpacken lassen«, wettert er. »Wenn du mich fragst, hat der zu Hause jeden Montag abends einen auf dicke Hose gemacht. Kerzenschein, schicke Flasche Wein und mein Essen auf den Tellern, von dem er hundertprozentig behauptet hat, er hätte es selbst gekocht.«

»Steven war nicht verheiratet«, wirft Monika zaghaft ein.

»Das macht meine Theorie noch wahrscheinlicher«, sagt Janko.

»Gut, Monika«, hebe ich an. »Sie haben den Doktor wegen der Abnehmalgen aufgesucht. Sie sind einfach in den Behandlungsraum gegangen, nehme ich an, weil das so üblich war. Zu diesem Zeitpunkt war er aber schon tot. Da Sie dem Mann sehr zugetan waren, ist Ihnen schwarz vor Augen geworden und Sie sind umgefallen.«

»Woher wissen Sie das, Herr Helmut?«, haucht sie und nachdem ich nicht antworte, hebt und senkt sie zaudernd den Kopf.

»Hat der Doktor, als Sie bei ihm waren, seinen Kittel getragen?«, will ich wissen. Bei seinem Auffinden jedenfalls hat er ihn nicht angehabt.

»Nein«, haucht sie lang gezogen. »Steven mochte die Farbe nicht. Außerdem hätte der doch gar nicht zu seinen schicken Golfsachen gepasst.«

Geizig, eitel und unredlich, alles Eigenschaften, mit denen man sich eine Menge Freunde macht. »Er behandelt die Angestellten also in Zivil?«, hake ich nach. Ich hatte gleich gewusst, dass man die medizinische Kompetenz des Mannes nicht ernst nehmen kann.

Monika weiß offensichtlich keine Antwort.

Ich frage mich derweil, warum Schröter den Schlüssel für den Medizinschrank in seinem Kittel verwahrt, wenn er ihn ohnehin ungern trägt. Und wieso öffnet er den Schrank und deponiert den Schlüssel danach wieder in den an der Tür hängenden Kittel, obwohl man doch meinen sollte, dass er stecken bleiben müsste, um den Schrank nach der Entnahme des Gewünschten umgehend wieder abschließen zu können? Das klingt doch alles reichlich umständlich. Aber womöglich war es das sogar. »Haben Sie Doktor Schröter nach seinem Ableben noch einmal gesehen?«, frage ich. Ich weiß selbst, wie doof sich das anhört, aber unser Heim ist nicht gerade der Buckingham Palast und es gibt bestimmt keine Ecke, die Monika nicht täglich aufsucht.

Jankos Stirnrunzeln sagt mir, dass er sich gerade fragt, ob ich mich bei der Frau Doktor angesteckt haben könnte.

»Sie meinen, ob ich noch einmal bei ihm war?«, fragt Monika sichtlich verwirrt.

»Waren Sie?«, hake ich nach.

Sie verneint. »Ich gehe nicht allein an seine Sachen. Das gehört sich nicht. Vielleicht nehme ich auch ohne seine Kapseln ab. Ganz bestimmt sogar. Außerdem musste ich mich um unsere Gäste kümmern.«

»Und sonst?«, will ich wissen. »Gab es irgendwelche ungewöhnlichen Vorfälle am heutigen Tag?«

Kurzes nachdenkliches Schweigen. »Nein«, haucht sie schließlich fast tonlos.

Ich überlege, ob sie die Aufregung um die Kakerlaken für nicht erwähnenswert hält oder nicht darüber reden darf. In beiden Fällen ist meinem Vertrauen in diese Einrichtung damit nicht geholfen.

»Es war alles wie immer, Herr Helmut«, bekräftigt sie noch einmal und fängt fürchterlich an zu heulen.

»Gut«, antworte ich. »Was ist passiert?«

»Das kann ich Ihnen nicht sagen«, schluchzt sie. »Das gehört zu den schlimmsten Dingen, die einem in meinem Beruf widerfahren können.«

»Ist noch jemand gestorben?«, fragt Janko arglos.

Daran würde ich auch denken, also wenn man die Altenpflege einmal von der emotional-menschlichen Seite aus betrachtet.

»Viel schlimmer«, presst Monika zwischen ihren angestrengten Atemstößen hervor.

Janko schaut mich ratlos an. »Du bist schuld daran?«

Schwester Monika reißt die Augen weit auf und schüttelt den Kopf. »Mein Schlüssel ist verschwunden«, haucht sie nahezu tonlos.

Was ist unerquicklicher als ein toter Greis? Ein freier.

»Und?«, sagt Janko schulterzuckend. »Wo ist das Problem? Wir sind ja hier schließlich nicht im Gefängnis.«

Janko hat keine Ahnung.

»Wenn Bergmann das herausbekommt, feuert er mich auf der Stelle«, schnieft Monika. »Und er wird es herausbekommen.«

»Seit wann ist der Schlüssel weg?«, frage ich und habe dabei das Gefühl, dass das Exemplar in der Tasche meiner Hose anfängt zu glühen. Der allerdings gehörte ganz eindeutig Schröter. Jutta hat ihn vor meinen Augen aus dem Sekretär genommen.

»Am Montag zum Mittagessen hatte ich ihn nicht mehr«, flüstert sie mit hängendem Kopf.

»Und vorher?«, hake ich nach.

Sie nickt.

»Wo bewahren Sie den Schlüssel für gewöhnlich auf?«, will ich wissen.

»An einem rosafarbenen Schlüsselband in der Tasche meiner Schürze«, jammert sie. »Früher habe ich ihn um den Hals getragen. Das fand ich besser. Aber Herr Bergmann meint, das weckt nur Begehrlichkeiten.«

Na klar, wenn wir so etwas vor die Nase bekommen, greifen wir automatisch zu. Dabei wissen doch unter Garantie die meisten, wo Schwester Monika ihre Sachen aufbewahrt. Wie gesagt, gelangweilte Senioren registrieren mehr, als man sich vorstellen kann. Ich schaue Monika eine Weile an. Sie weint still vor sich hin. Ich brauche nicht lange nachdenken, wann genau ihr der Generalschlüssel abhandengekommen ist. Während sie bewusstlos war, hatte der Täter leichtes Spiel. Das bedeutet aber, dass er noch schneller zurückgekommen sein muss, als ich bislang angenommen habe, was wiederum nur möglich ist, wenn er sich in direkter Nähe befunden hat. Allerdings hat ihm das nichts genützt, denn kaum war Monika umgefallen, kam Bergmann angelaufen. Er musste sich erneut verstecken. Immerhin hatte er genug Zeit, Monika den Schlüssel abzunehmen, ein überaus cleverer Schachzug. Ich fasse in meine Tasche und reiche Monika den Schlüssel. Schröter braucht ihn definitiv nicht mehr und sie kann damit vielleicht wieder ruhig schlafen. Mit etwas Glück hört sie sogar mal für ein oder zwei Stunden auf zu heulen. »Nehmen Sie den, Monika«, sage ich.

»Aber …« Sie schaut mich mit offenem Mund an. »Woher …?«

»Nehmen Sie ihn einfach und sobald Sie Ihren wiederhaben, schließen Sie ihn weg«, sage ich. »Er ist ohnehin übrig.«

Janko nickt mir anerkennend zu.

»Herr Helmut … Sie sind … Sie haben«, stammelt Monika. »Das vergesse ich Ihnen nie.«

Früher in der Dienststelle gehörte ich zu denjenigen, die mit allen Vollmachten ausgestattet waren, auch bezüglich der Zugänge, denke ich wehmütig. »Wenn das so ist, dann noch einmal kurz zu Ihrem Besuch bei Doktor Schröter«, sage ich. »Wer war vor Ihnen dort?« Ich bemerke Jankos bewundernden Blick und straffe die Schultern. Was ein Helmut Katuschek einmal gelernt hat, behält er sein ganzes Leben.

»Ich weiß es nicht genau«, presst sie mühevoll heraus. »Vermutlich niemand so richtig.«

»Wen haben Sie dort gesehen?«, insistiere ich. »Ich muss auf einer Antwort bestehen.«

»Herrn Klausen«, antwortet sie nach langem Ringen. »Aber Herr Katuschek, bitte, bitte, Sie dürfen mich nicht verraten. Ich will über niemanden schlecht reden, vor allem nicht über Kollegen. Er scheint sehr nett zu sein, wirklich.« Nun weint sie bitterlich. »Ich will hierbleiben. Was soll denn aus unseren lieben Gästen werden, wenn ich weg bin? Und ich muss Peterlein noch so viel beibringen.« Sie scheint sich jetzt richtig hineinzusteigern. »Man muss immer den Strunk der Tomate richtig herausschneiden. Die kleine weiße Ecke, die muss weg. Das sieht nicht so aus, aber die ist total ungesund. Alte Menschen sind empfindlich und sie sterben schneller, als man es für möglich hält.«

Ich sehe, wie Janko die auf dem Zubereitungstisch liegenden Tomaten begutachtet. »Sie können sich auf mich verlassen, Monika«, sichere ich zu. »Aber wer ist nun Herr Klausen? Ich kenne niemanden mit dem Namen.«

»Der neue Hausmeister, ist erst seit einer Woche da«, erklärt Janko. »Hast du sicher nicht mitbekommen, zumal es dir nicht gut ging.«

Möglicherweise. Ein wenig erschreckend ist das schon, denn ein anderes Gesicht sollte in dem Einerlei der Grauköpfe doch herausstechen. »Was hat Herr Klausen gemacht?«, frage ich.

Monika wischt sich die Tränen aus den Augen. »Er war

auf dem Flur und wollte das Bild mit den Elefantenbabys gerade rücken«, antwortet Monika arglos.

»Hier hängen auf jedem Flur andere Fotos, damit ihr eine Orientierung habt«, klärt mich Janko auf. »Ist nicht schlimm, wenn du noch nicht …«

»Janko!«, knurre ich. Ich weiß sehr wohl, welche Strategie hier angewandt wird, um uns zu disziplinieren und dadurch den Aufwand, den wir produzieren, so gering wie möglich zu halten. Und mir sind natürlich die einfältigen Tierfotos geläufig. Deswegen weiß ich auch, dass alles vertreten ist, außer Elefanten.

***

»Legen Sie das Schreiben einfach auf den Haufen dort«, sagt Lennox Bergmann, als ich sein Büro betrete. Da er sich dabei nicht für einen Augenblick von seinem Bildschirm lösen kann, bemerkt er weder, dass ich nichts abzugeben habe, noch, dass ich mich auf dem erstbesten Stuhl niederlasse. Die Minuten vergehen. Es klopft erneut und Herr Bert Bo steht im Zimmer. Er wirkt ein wenig irritiert, mich zu sehen, sagt aber kein Wort.

»Legen Sie das Schreiben einfach auf den Haufen dort«, wiederholt Bergmann und selbst für unseren Neuling kann er nicht einmal einen Blick oder einen Gruß erübrigen. Wenn der Mietvertrag erst unterschrieben ist, fallen alle Hemmungen. Herr Bert Bo tut wie ihm geheißen, nickt mir zu und verschwindet. Bergmann und ich sind wieder allein, aber da er nur mit sich zu tun hat, fällt ihm das nicht auf. Ich frage mich derweil, wieso jemand mit seinem Charakter den Weg in einen sozialen Beruf genommen hat. Dass selbst in einer Leitungsfunktion eines Altenheimes der Kontakt zu den Arrestanten nicht ausbleibt, hätte ihm doch klar sein müssen. Schlau genug ist er jedenfalls. Auch wenn das nicht automatisch mit Menschlichkeit einhergeht. Dass er es war, der Doktor Schröter umgebracht hat, halte ich jedoch für unwahrscheinlich.

Er und der Heimarzt standen nicht in Konkurrenz zueinander und das wäre vermutlich das Einzige, was Bergmann aus der Reserve locken könnte. Die Menschen dürfen ihm auf seinem Weg nach oben nicht in die Quere kommen, nicht einmal die toten. Aber was Bergmann vermutlich noch eher zur Unschuld gereicht, ist die Tatsache, dass Doktor Schröter jung war. Wenn überhaupt, würde unser ehrgeiziger Assistent der Heimleitung wohl nur jemanden ermorden, der die meiste Zeit ohnehin schon hinter sich hat. Denn krank und schwach sind Zustände, die ihn zutiefst anwidern. Insofern müssen wir sein permanentes Schreckensszenario sein.

Wieder möchte jemand unseren stellvertretenden Heimleiter sprechen. Es ist Rolf Jürgen. Ohne mich zu bemerken, schiebt er mit seinem Rollator herein. Dabei hat er das Gefährt nicht ganz unter Kontrolle, denn er bremst erst, als er mit voller Wucht gegen Bergmanns Schreibtisch knallt.

»So, Jüngelchen, damit du mal Bescheid weißt«, verkündet er, während Bergmanns Schreibtischlampe von dem Aufprall noch immer wackelt.

»Legen Sie das Papier einfach da vorn ab.« Bergmann bleibt unbeeindruckt.

Rolf Jürgen zieht eine dicke Kladde aus dem Transportkorb seiner fahrbaren Gehhilfe und knallt sie in den besagten Postkorb. Dann drückt er die Brust heraus. »Ich hoffe, einer von euch kann lesen. Seit die Wehrpflicht abgeschafft wurde, kann die Jugend nicht das Simpelste mehr. Besondere Beachtung gilt Punkt siebenundzwanzig. Der Zählappell. Über dessen Einführung diskutiere ich nicht. Er ist für eine straffe Organisation obligatorisch. Der Aufwand für mich, jeden Morgen die einzelnen Zimmer abzufahren und nachzusehen, wer von der Kompanie noch am Leben ist, steht in keinem Verhältnis zum Ergebnis. Wir haben uns verstanden!« Er wendet sein Fahrzeug, was ihn einiges an Mühe kostet. Zehn Minuten später ist er endlich verschwunden, ohne von mir Notiz genommen zu haben. Bei dem Tunnelblick muss ich seine Treffsicherheit beim morgendlichen Prüfen der Truppe auf Vollständigkeit stark anzweifeln, aber auf einen Senior mehr oder weniger kommt es in dieser Gesellschaft ohnehin nicht an.

Ich höre Jutta anrauschen. Sie singt. Im nächsten Augenblick tritt sie ein und nimmt förmlich von allem um sie herum Besitz. Jutta gleicht, was das angeht, einem Nilpferd in einer Pfütze, sie ist raumfüllend. »Lenni, Liebes …«, flötet sie, schweigt jedoch abrupt, als sie mich wahrnimmt. Ich bedeute ihr, mich zu ignorieren. Jutta versteht. »Lenni, Liebes …«

»Einfach auf den Stapel legen«, antwortet er ungerührt.

Jutta befolgt seine Bitte brav. »Es sind nur ein paar Kleinigkeiten, allesamt Vorschläge, die unsere Residenz noch lebenswerter machen«, sagt sie mit wachsweich wedelnder Hand. »Nichts Wildes. Für den Buddha im Eingangsbereich würde ich auch sammeln. Ansonsten verlasse ich mich ganz und gar auf dich.« Sie hält inne und zwinkert mir zu. »Kannst du schon sagen, wann Doktor Schröter aus seinem Urlaub zurück sein wird? Er müsste sich einmal meinen Ballenzeh ansehen.«

Beim Namen des Heimarztes durchzuckt es Bergmann kurz. Mehr nicht. »Ich kümmere mich«, sagt er, was Jutta fröhlich zur Kenntnis nimmt. »Du bist ein Schatz«, säuselt sie und hüpft wieder hinaus.

Alte Leute beschweren sich immer. Das liegt wohl in der Natur der Sache. Aber die Schlagzahl, mit der meine unfreiwilligen Mitbewohner agieren, fällt auf. Noch dazu hat das Vorgehen etwas, das mich wirklich verwundert. Einigkeit. Unsere Leute schaffen es die meiste Zeit nicht, sich auf den kleinsten gemeinsamen Nenner zu verständigen, wenn man einmal vom Schnitzeldonnerstag absieht, aber hier scheinen die Fronten glasklar. Das mutet nach einem Aufstand an, in schriftlicher Form, aber man weiß ja, wie schnell so etwas zu Ausschreitungen führt. Was ist hier bloß los? Und wer hat eine solche Aktion zuwege gebracht? Mir fällt nur eine ein. Elwira »Feuerwalze« Kowalski. Die Neue will den Laden aufmischen, um jeden Preis. Aber sie hat nicht mit Teflontypen wie Lennox Bergmann gerechnet. Im nächsten Moment streckt unser Assistent der Heimleitung seinen Arm aus, angelt sich den Posteingangskasten und kippt den Inhalt, ohne hinzusehen, neben sich in den Papierkorb. Die Geste ist für mich das Sinnbild dafür, wie man mit alten Menschen in der Gesellschaft umgeht.

»Sie lesen es später, nehme ich an«, sage ich vollkommen ruhig, aber durchdringend genug, damit in ihm wenigstens der Hauch eines schlechten Gewissens aufkommt.

»Herr Helmut«, ruft er lächelnd aus und wirkt dabei nicht einmal ertappt. »Warten Sie schon lange? Das tut mir leid, aber die Formalitäten ...« Er hebt und senkt die Schultern, als wäre er ein hilfloses Opfer seiner Vielbeschäftigung. »Wie kann ich Ihnen behilflich sein?«

»Doktor Schröter hat heute keine Sprechstunde gehalten und wir wissen beide, warum«, sage ich.

»Wissen wir das?«, fragt er schmierig nach.

»Wo haben Sie die Leiche hingebracht?«, will ich wissen.

»Verehrter Herr Helmut«, er lehnt sich zurück und verschränkt die Arme vor seiner Brust, »Sie können gewiss sein, dass ich nichts dergleichen getan habe. Wenn die Polizei im Haus war und nichts Anstößiges gefunden hat, dann wird das wohl alles seine Richtigkeit haben. Sie selbst wissen doch wohl am besten, wie gut man sich auf das Urteil der Beamten verlassen kann.«

Der aalglatte Kerl sitzt das aus, denke ich.

»Sie behindern eine Mordermittlung«, werfe ich ihm vor.

Er hebt die Hände und lächelt selbstzufrieden. »Ganz sicher nicht. Abgesehen davon wissen wir nicht einmal, ob der Mann wirklich tot ist. Immerhin ist Schwester Monika auch wieder aufgestanden. Die Dinge können ziemlich verwirrend sein, vor allem in Ihrem Alter, noch dazu, wenn sie auf einem intensiven Wunsch beruhen. Ihre, ich nenne es einmal Leidenschaft für Mordfälle, könnte dazu führen, dass Sie die Dinge womöglich anders interpretieren, als sie eigentlich sind. Nichts gegen Ihr waches Auge, Herr Helmut. Im Fall unserer toten Küchenhilfe und dem …«, er schnippt mit den Fingern, aber das hilft seinem Gedächtnis auch nicht auf die Sprünge, »… na ja, dem Gast, Sie wissen schon … Wie dem auch sei. Jedenfalls sind wir Ihnen für die Mithilfe innerhalb der unschönen Angelegenheiten dankbar. Dennoch sind wir eine Seniorenresidenz und nicht das Bahnhofsviertel. Die Schlagzahl, mit der Sie hier Mordfälle sehen wollen, ist schlichtweg unrealistisch.«

Erwin Zentgraf. Der ermordete Gast hieß Erwin Zentgraf. Aber was interessieren schon Namen, wenn sie keinen Dauerauftrag mehr eingerichtet haben? Tot und abgehakt, denke ich. Ich werde mich hüten, Bergmann zu erinnern. Nachher gebe ich ihm indirekt auch noch recht damit, was meine vermeintlichen Leidenschaften angeht. Und was heißt überhaupt Mithilfe? Diese Herabwürdigung meines Tuns verbitte ich mir. Hatte ich erwähnt, dass es während meiner gesamten Laufbahn nur ein Tötungsdelikt am Bahnhof gab? Na, wer ist nun unrealistisch? »Das liegt sicherlich daran, dass mir das Ginseng aus Kalkutta ausgegangen ist, was Doktor Schröter mir für meine Nerven verschrieben hat«, schauspielere ich. »Fehlt Ihnen auch etwas? Immerhin war er bereits tot, als Sie ihn wegen Ihrer Mittelchen aufgesucht haben.« Helmut Katuschek, du bist noch immer ein Fuchs.

Bergmann schaut mich aus schmalen Augen an. Dann nestelt er an seinem Hemdkragen. Volltreffer.

»Was Doktor Schröter angeht«, hebt er schließlich windelweich an, »bitte ich Sie aber um Zurückhaltung. Vermutlich wurde er zu einem Notfall gerufen. Ich bin sicher, morgen haben sich Ihre Befürchtungen in Luft aufgelöst. Und Sie wollen doch nicht der Spielverderber sein, wenn es um unseren Tag der offenen Tür geht, oder? Sie wissen doch, wie sehr sich alle unsere Gäste darauf freuen. Also bitte, lieber Herr Helmut.«

Er plädiert auf meine Unzurechnungsfähigkeit und mein soziales Gewissen. Wie beides zusammengeht, habe ich nicht zu beurteilen. »Das ist natürlich nicht auszuschließen«, heuchle ich.

»Seine Golftasche jedenfalls steht nicht mehr an ihrem Platz, was nur bedeuten kann, er ist aushäusig. Unser lieber

Doktor geht keinen Meter ohne das gute Stück.« Er lächelt wie ein Heizdeckenverkäufer auf einer Butterfahrt.

Um dem Risiko etwaiger Zimmerkontrollen vorzubeugen, sollten wir besagte Tasche aus dem Appartement der Frau Doktor entfernen, denke ich. Wer weiß, was der Kerl uns anhängt, wenn er sie dort findet. Dass ihn die Geschehnisse umtreiben, liegt ja wohl auf der Hand. Oder wieso sollte er sonst noch mal zum Tatort gegangen sein?

Schröter ist weg. Egal in welche Richtung ich meine Gedanken schiebe, ich kann es mir nicht schönreden. Der Leichnam unseres Heimarztes bleibt verschwunden. Dank des Generalschlüssels aus Juttas Fundus waren wir sogar in den Verwaltungsräumen. Ich bin zwar nicht davon ausgegangen, dass Lennox Bergmann unseren Arzt zu seinen Akten gelegt hat, aber Jutta hat darauf bestanden, auch dort zu suchen. Wäscheschränke, Gefriertruhen, Abstellkammern, sogar im Geräteschuppen haben wir nachgesehen. Bei aller Gewissheit darüber, dass sich eine Person nicht in Luft auflösen kann, spüre ich, wie meine Skepsis in der Angelegenheit so langsam wieder Oberhand gewinnt. Was ist, wenn der Mann im Schrank nur eine abgekartete Sache war, quasi eine Finte, um Zweifel an meinem Geisteszustand zu schüren? Nachdem Schröters Diagnose im Raum steht, fängt man an, sie durch gezielte Aktionen zu untermauern, und am Ende glaubt Helmut Katuschek selbst daran, dass sein Verstand nur noch eine Nebelblase ist. Was dann folgt, liegt auf der Hand. Ich werde abgeschoben und Margot macht sich ein schönes Leben. Den Blick an die Decke unseres tief schwingenden Schlafzimmers gerichtet, liege ich auf dem Bett und grüble über mein Schicksal. Margot pflegt ein gutes Verhältnis zu Lennox Bergmann und auch zu Doktor Schröter. Das war ihr von Anfang an wichtig. Eine Margot Katuschek denkt nicht an das Entkommen, sondern sie verbündet sich mit ihren Entführern. So war sie schon immer. Den beiden Geschäftemachern kann man ihr Entgegenkommen nicht einmal verdenken. Margot bringt allein schon aufgrund der Extraleistungen mehr ein als die Eheleute Katuschek zusammen. Noch dazu, da sie nicht auf das große Appartement verzichten wird. Außerdem ist Margot eine willfährige Kundin, die die Machenschaften in der Altenpflege nicht einmal ansatzweise durchschaut. Je mehr ich darüber nachdenke, umso logischer erscheint mir der Plan. Dazu ist er nicht einmal blöd gemacht. Helmut Katuschek lässt sich durch nichts so triggern wie durch eine Leiche. Wenn man so will, bin auch ich nur ein Opfer meiner Leidenschaften. Wie ich es auch drehe und wende, ich könnte die Zielscheibe in einem Komplott sein, dessen Urheberschaft meiner Ehefrau zukommt.

»Helmut, würdest du bitte die Schlafzimmertür schließen. Dein apathisches Starren verdirbt mir den schönen Fernsehabend«, höre ich Margot aus dem Wohnzimmer sagen.

Da haben wir es wieder. Jetzt starre ich auch schon apathisch. »Ich ruhe«, sage ich, ohne mich zu rühren.

»Du hast die Augen offen«, widerspricht Margot und dreht die Lautstärke des TV-Gerätes auf.

Wenn ich gewusst hätte, dass Margot hier ist, wäre ich ins Foyer gegangen. Dort ist es gemütlicher. »Ich dachte, heute ist großer Krimiabend«, sage ich.

»Tsss. Nur weil jemand wie Elwira Kowalski«, sie spricht den Namen voller Ekel aus, »ruft, muss ich ja noch lange nicht springen. Ich bitte dich, Kriminalfilme, wer schaut sich das denn heutzutage noch an?«

Margot. Jeden zweiten Abend. Normalerweise.

Sie ist erstaunlicherweise noch nicht am Ende ihrer Rede angekommen. »Kaum ist die Leiche im Bild, weiß ich, wer der Täter ist. Das ist ja alles wirklich kein Hexenwerk«, sagt sie. »Die müssen mich bei dem Fernsehen doch für total debil halten.«

Vermutlich.

»Nein, nein. Da lobe ich mir doch ein eher anregendes Programm. Im Zweiten bringen sie eine Dokumentation über Schildkröten auf den Galapagosinseln. Das interessiert mich schon lange. Nun habe ich endlich mal die Gelegenheit, mir alles in Ruhe anzuschauen.« Wieder fummelt sie am Lautstärkeregler.

Natürlich. Bei dem Stress, den sie immer hat, freut man sich auf einen entspannten Reptilienabend. Vermutlich wird sie demnächst einen Vortrag über die Tiere halten, höchstwahrscheinlich wenn Elwira zu einem Marathonlauf, Bockspringen oder Pommeswettessen lädt.

»Hi. Was geht bei dir?«

Ich muss mich verhört haben. Dass Kai Uwe, unser Heimnomade, eine Fernsehsendung moderiert, ist absolut abwegig.

»Uwchen, komm rein«, flötet Margot hörbar erfreut über den Besuch.

Du lieber Himmel! Was will der denn hier? Unwillkürlich fasse ich an die Geldbörse in meiner Hosentasche, an die von Schröter auch. Im Gegensatz zu mir hat unser Heimquacksalber ein ganzes Bündel Geldscheine einstecken. Tausend Euro hat Jutta vorhin gezählt. Sie meint, das wäre für einen Mann seines Formates usuell, aber ich würde dem gern nachgehen. Ich rieche förmlich, dass da etwas nicht stimmt. Mit so viel Geld geht niemand zur Arbeit. Jedenfalls habe ich die sichere Verwahrung der Barschaft zugesichert. Jutta hingegen kümmert sich mittels eines ihrer Enkel um das Knacken seines Mobiltelefons. Heutzutage tragen die Leute ihr halbes Leben in den kleinen Kisten spazieren. Mit etwas Glück dürften wir also fündig werden, zumindest was eine Freundin oder einen Verwandten angeht. Irgendjemand wird den Mann wohl vermissen. Er war ja noch keine achtzig.

»Cool. Du, Margot«, sagt Kai Uwe und die Nebengeräusche klingen, als hätte er sich auf meinen Sessel fallen lassen, »kann ich bei dir abhängen? Das wäre echt mega. Meine Bude ist voll mit so Leuten und die eine … Alter, die ist voll krass und ich habe echt Schiss vor der.«

»Aber Uwchen, selbstverständlich. Wir beide machen uns einen richtig schönen gemütlichen Abend«, erwidert Margot begeistert. »Möchtest du etwas trinken oder vielleicht Salzgebäck?«

»Helmut ist nicht da, was?«, krächzt er hoffnungsvoll.

»Nebenan im Schlafzimmer«, antwortet Margot desinteressiert. »Aber umso besser, dass du da bist, Uwchen.« Sie klatscht in die Hände.

»Margot, du bist voll die coole Sau, echt! Du feierst mich total«, jauchzt Kai Uwe und so wie die Gläser klirren, hat er gerade seine Füße auf unseren Couchtisch gelegt. »Q würde ich aber lieber hören. An so einen Künstlernamen muss man sich eben auch erst gewöhnen. Ich will da nicht durcheinanderkommen. Mein Business ist hart genug.«

Der Junge spielt Flöte in der Fußgängerzone, aber vermutlich wird sogar das von irgendjemandem gebraucht.

»Wenn ich einem jungen Menschen bei seiner Karriere helfen kann, tue ich das gern«, antwortet Margot selbstgefällig und schenkt ihm von meiner Brause ein. »Helmut, wo sind die Chips?«, ruft sie zu mir herüber.

Ich beschließe, nichts mitzubekommen.

»Ach, ist ja auch egal. Ich habe meine eigenen«, sagt sie.

Gut zu wissen.

»Schön, dass wir mal so zusammensitzen«, redet sie weiter.

»Hm.« Kai Uwe scheint sich eher für die flimmernden Bilder in der Kiste als für die traute Gemeinschaft zu interessieren. Dazu schmatzt er.

»Da wohnt man schon unter einem Dach und hat kaum Kontakt«, plappert Margot. »Es ist wirklich eine Schande, wie schnell die Tage verfliegen und man das Wesentliche aus den Augen verliert. Ich finde, wir sollten öfter mal etwas zusammen unternehmen.«

Margot sammelt Verbündete. Aber was hat der Schmarotzer mit dem Wesentlichen zu tun? Und wieso riecht es hier mit einem Male so penetrant? Mit ziemlicher Sicherheit hat Margot das Raumspray ausgepackt, um den Eigengeruch des Kerls zu übertünchen. Wenn man für seine Körperhygiene auf das Handwaschbecken in der öffentlichen Toilette eines Altenheimes angewiesen ist, verliert man fraglos die Kontrolle.

»Äh, Margot«, sagt er mit vollem Mund. »Kann ich mal die Fernbedienung haben? So schlammiges Zeugs ist nicht meins, vor allem nicht, wenn es läuft.«

Er müsste mal seine Haare sehen.

»Aber selbstverständlich, Q«, erwidert Margot. »Ich wollte ohnehin gerade zappen.« Das letzte Wort klingt aus ihrem Mund eigentümlich. »Tiersendungen sind ohnehin nur was für alte Leute.« Sie kichert. »Ich möchte einmal wissen, wer das eingestellt hat. Also wirklich!«

»Hm.« Kai Uwe scheint nun im Besitz der Fernbedienung zu sein, denn er braucht einen Moment, um zu reagieren. »Ich sage dir, Margot, keine zwei Minuten, und die ganze Hütte war so was von voll. Das sah aus wie die Invasion der Zwergaffen aus dem Zeichentrick. Da sind auch alle grau und laut. Aber echt, du gehst pinkeln und zack, krallen die sich dein ganzes Eigentum.«

Seinen Rucksack? Zu mehr hat er es doch noch nicht gebracht.

»Ich hätte mich ja auch auf den Fußboden geknallt, kein Ding, zumal die voll die Sixpacks ausgepackt haben und Käse«, redet er weiter.

»Käse?« Margot rümpft die Nase. »Und Bier?«

»Hm. Ganze Türme aus Käse«, bestätigt er. »Geil.«

»Käseigel«, sagt Margot angefressen.

»Genau«, freut er sich. »Das hat Elwira gesagt, äh, Frau Kowalski, ich muss ja Frau Kowalski sagen. Käseigel mit Weintrauben. Und Bier. Dafür hätte ich mir auch den alten Schinken mit reingezogen. Aber dass die dann so austickt. Oh Mann! Die erinnert mich total an die Frau, die jeden Tag zu uns in die Schule gekommen ist, um uns komisches Zeugs zu erzählen.«

Seine Bewährungshelferin?

»Elwira?«, fragt Margot mit hoher Stimme nach.

»Genau«, stimmt Kai Uwe zu. »Was meint die denn, was ich für einen Energiebedarf habe, Mensch?«, echauffiert er sich. »Ich wachse noch.«

Anzunehmen mit Anfang dreißig.

»Wegen des einen Tellers mit dem Igelkäse«, schimpft er

weiter. »Für die Greisenmannschaft war noch genug da. So viel können die doch gar nicht am Stück kauen. Da leiern doch die Dritten aus, oder?«

»Natürlich nicht«, gibt ihm Margot recht. »Das war sehr rücksichtslos von Elwira.«

»Siehst du!« Er zieht die Nase hoch. »Und nachher bleibt wieder alles übrig und kommt in die Tonne. Hauptsache, Frau Kowalski hat sich als Bestimmer aufgespielt. Wenn die dann wegen den angetrockneten Resten bei mir anfragt, stelle ich aber auch auf stur. Das kann sie wissen. Da muss sie schon ganz schön betteln, damit ich sie nehme. Wer bin ich denn?«

»Möchtest du Schokoladenkekse?«, fragt Margot wie eine besorgte Mutter.

»Margot, du bist eine so dermaßen coole Sau«, wiederholt er. »Gegen dich kann Frau Kowalski nicht anstinken. Da kannst du einen drauf lassen.« Er schmatzt. »Dir kann ich es ja sagen. Ich habe Schiss vor der. Ich glaube nämlich, die hat es auf mich abgesehen. Bestimmt hat sie schlechte Erfahrungen gemacht, mit einem Sohn oder so. Jetzt erinnert sie sich durch mich an den und ich muss es ausbaden. Ich habe neulich im Fernsehen gesehen, dass Frauen ein viel besseres Gedächtnis haben als Männer. Irgendeiner hat das untersucht. Stell dir mal vor, Margot, wenn das so ist, dann kannst du dir alles merken, was du jemals erlebt hast. Boah! Ich weiß manchmal schon nicht mehr, was ich gestern zum Mittag hatte. Aber mit der Elwira, das gibt nichts. Das sage ich dir. Die bedeutet Stunk, aber auf der ganzen Linie.«

»Ach, Q«, sagt Margot gerührt. Kai Uwe spricht ihr aus der Seele.

»Sie hat gesagt, ich solle mir eine anständige Arbeit

suchen«, fährt Kai Uwe fort. »Kannst du dir das vorstellen? Dabei baue ich mir gerade ein Business auf. Das ist wirklich hart. Angeblich nutze ich nur Frau Mehltau aus und euch, irgendwie. Solche wie ich kommen nur durch, weil es Frauen gibt, die mich mitziehen. Verstehst du das? Ich kapiere es jedenfalls nicht.« Er klingt nun, als drückte er ein paar Tränen hervor. »Weißt du, was? Die hasst alle Männer. So eine ist das.« Kai Uwes Worte überschlagen sich nun fast, so sehr scheint ihn die Erkenntnis mitzunehmen. »Die kriegt keinen ab und deswegen ist sie stinkig. Dann müssen Leute wie ich dafür bluten.«

»Das ist schon möglich, mein Junge«, antwortet Margot und ich brauche ihr Gesicht nicht zu sehen, um zu wissen, wie angetan sie von dem üblen Tratsch über Elwira ist.

Mein Junge? Es fehlt nicht mehr viel, dann holt sie mein Sparbuch.

»Es gibt Frauen, die ihre gesamte Unzufriedenheit an den Männern auslassen müssen«, sagt Margot.

Wenn es nicht so traurig wäre, würde ich jetzt loslachen.

»Das macht echt was her bei euch«, redet Kai Uwe munter weiter. Offenkundig treibt ihn noch etwas anderes um. »Die Couch im Fernsehraum ist nämlich schon ziemlich runter. Ich muss etwas auf meinen Rücken achten, weißt du. Das habe ich denen auch aufgeschrieben.« Er lacht dreckig. »Da war Elw–, Frau Kowalski, clever. Sie nennt es Eingabe, aber ich denke, man muss ja auch mal sagen, wenn einem was stinkt. Jedenfalls bekomme ich nun ein neues Sofa und einen Sessel, also nicht einfach so ein Stinoteil, sondern mit elektrisch, zum Verstellen. Was den Kühlschrank angeht, bin ich noch nicht klar, was ich nehme. So ein Eiswürfeldings wäre schon nicht übel. Das Zeug, was ihr so trinken müsst, ist immer lauwarm. Aber eines ist mal klar, Margot. Du kannst dir bei mir so viele Eiswürfel abzapfen, wie du magst. Ehrensache!«

Da Margot nicht gleich antwortet, vermute ich, sie war nicht im Bilde, was Elwiras Neuerungsvorschläge angeht, oder sie ist von dem liebreizenden Angebot geplättet. »Das muss man …«, haucht sie, wobei es im nächsten Augenblick nur so aus ihr herausschießt. »Was bildet sich diese Elwira eigentlich ein? Noch nicht mal ein vollwertiges Mitglied in unserer Gemeinschaft, aber alles auf den Kopf stellen? Jetzt ist mir auch klar, wieso man mir Weißbrot und Teewurst auf den Abendbrotteller gepackt hat. Frau Ich-weiß-immer-alles-Besser bestimmt nun auch noch unsere Ernährung. Damit will sie mich mürbemachen, um meinen Willen zu brechen. Aber da kann sie lange warten.«

Teewurst zur psychologischen Kriegsführung. Das muss ich Janko erzählen. Der kann morgen gleich die doppelte Portion auftragen.

»Ist Helmut da?« Rolf Jürgens Rollator knallt irgendwo gegen. »Ich muss dringend mit ihm reden.«

»Kannst du nicht aufpassen?«, faucht Margot ihn an. »Das Vertiko stammt noch von meiner Mutter.«

Eher aus dem Möbelhaus. Wir haben uns für unseren neuen Lebensabschnitt im Alten-Sing-Sing vollkommen neu einrichten müssen.

»Mitteldicke Faserplatte«, kommentiert Rolf Jürgen trocken. Wenn man fast hundert Jahre auf dem Buckel hat, fällt man nicht einmal auf Echtholzfurnier mehr rein. »Ich will zu Helmut. Jetzt.«

»Du kannst doch nicht einfach so hereinplatzen«, empört sich Margot. »Das ist privat.«

»Helmut ist im Schlafzimmer«, mischt sich Kai Uwe kauend ein. »Irgendetwas stimmt in seinem Kopf nicht. Halluzies oder so. Es weiß keiner, was er noch mitbekommt.«

Sogar Kai Uwe ist im Bilde.

Wieder scheppert es. Ich schlussfolgere daraus, dass sich Rolf Jürgen auf den Weg gemacht hat. Für einen Mann jenseits der neunzig gibt es keine Hindernisse. Margot quittiert das mit dem erneuten Aufdrehen der Lautstärke am Fernsehapparat.

Ich frage mich derweil, wie viele Leute uns in den nächsten Tagen noch besuchen werden. Das übertrifft jetzt schon die Nachfrage der letzten Jahre.

»Helmut!«, schreit Rolf Jürgen wie zum Fahnenappell. Dann knallt die Tür zu.

Ich setze mich auf und schaue ihn fragend an.

»Ich brauche deinen Rat«, sagt Rolf Jürgen, umkurvt unser Ehebett und lässt sich neben mir nieder. Er scheint was sagen zu wollen, wird aber von irgendetwas abgelenkt. Aufmerksam schaut er sich um. »Und hier wohnst du, ja?«

»Leider«, antworte ich.

»Alle meine Frauen hatten bei der Wohnungseinrichtung freie Hand. Die Weibsbilder haben in der Hinsicht einfach ein besseres Händchen als unsereins.« Er kratzt sich das schlecht rasierte Kinn. »Na ja, es gibt eben auch Ausnahmen. Ich muss ja nicht hier drin sterben, und wenn es dir entgegenkommt.«

Darüber habe ich, ehrlich gesagt, noch nie nachgedacht.

Rolf Jürgen testet nun durch ausgiebiges Auf- und Niederhüpfen die Matratze. »Na ja, wie gesagt, dir muss es gefallen. Schwung kriegst du hierauf garantiert nicht.« Er grinst schmierig.

»Wieso bist du nicht bei den anderen im Fernsehraum?«, frage ich, um Rolf Jürgen auf andere Gedanken zu bringen.

»Wegen der Abstimmung. Es war knapp, aber demokratisch«, antwortet er.

»Welche Abstimmung?«, will ich wissen.

»Eins zu einundzwanzig für den Pornokanal«, antwortet Rolf Jürgen ohne jegliche Scheu. »Ich war kurz davor, den Lumpensack da drüben«, er bedeutet mir mit einer Kopfbewegung in Richtung Nachbarzimmer, wen er meint, »noch rüberzuziehen, aber der geht ja schon für Schnittkäse von der Fahne. Stell dir mal vor, wir hätten mit dem den Krieg gewinnen müssen. Absolut aussichtslos.«

Elwira hat also ein Abstimmungssystem eingeführt, mit dem alle einverstanden waren. Erstaunlich. »Und jetzt willst du wissen, ob ich mit dafür stimme?«, frage ich.

»Hm. Machst du?«, fragt er.

»Nein.«

»Im Fernsehraum läuft ohnehin kein Pornokanal. Angeblich ist das zu kostspielig.« Er reibt sich die Hände. »Mal sehen, was mein Vorschlag bei der Heimleitung bringt. So etwas schafft ja auch Geselligkeit.« Er scheint kurz nachzudenken. »Aber mal was anderes, Helmut. Muss man einen Mitbewohner in seinem Appartement dulden, auch wenn er keine Miete zahlt?«, fragt er.

Ich schaue auf die geschlossene Schlafzimmertür, hinter der sich Kai Uwe befindet. »Wie meinst du das?«, frage ich.

»Gegen einen kurzen Besuch habe ich nichts einzuwenden«, erklärt Rolf Jürgen. »Die Mädels kommen ja auch immer mal und verschwinden nach getaner Sache.« Er zwinkert mir lüstern zu. »Aber man muss doch wissen, wann es genug ist.«

»Ich verstehe nicht«, sage ich.

»Doktor Schröter«, sagt Rolf Jürgen verärgert. »Seit ich heute vom Mittagessen gekommen bin, hockt er bei mir. Am Anfang dachte ich, der will so eine Dauer-EKG-Messung. Damit geht ja einige Zeit hin. Ich habe auch erwogen, dass er für seine Studien eine Testperson braucht. Der kranke Greis in seinem natürlichen Umfeld oder so etwas. Professor Grzimek hat das ja mit den Schimpansen vorgemacht. Irgendwann war mir das dann zu bunt und ich bin meiner Wege gegangen. Du weißt ja, ich halte mich nie großartig auf meinem Zimmer auf. Ich dachte, wenn dem langweilig wird, haut er von allein ab. Aber als ich zum Krimiabend losmarschiert bin, war der immer noch da, mit wollte er auch nicht. Na ja, eine Schlaftablette war der ja schon immer. Weißt du, Helmut, ich denke, der will nur Geld für eine eigene Wohnung sparen. Das Fernsehzimmer ist ja nun mal belegt und dann hängt der sich einfach bei uns dran. Wenn das hier einreißt, dass schon die Ärzte schnorren, dann können wir dichtmachen, Helmut. Immerhin sind wir Alten die Letzten, die die Gesellschaft noch am Laufen halten.«

»Seit dem Mittagessen, bist du sicher?«, frage ich nach.

»Bei mir geschlafen hat er jedenfalls nicht«, entgegnet Rolf Jürgen.

Natürlich nicht, denn da hat er auch noch gelebt, denke ich.

Er scheint kurz nachzudenken. »Ich bin nach dem Frühstück sofort zu den Mädels gegangen, danach aufs Klo oder war es davor?« Er schaut mich an, als könnte ich ihm auf die Sprünge helfen. »Jedenfalls muss er irgendwann bei mir aufgetaucht sein.«

»Hm.« Wenn ich Rolf Jürgen in sein Zimmer begleite und

dort nicht auf unseren Heimarzt treffe, bin ich wirklich verrückt. Vielleicht sollte ich mich einfach wieder hinlegen und so tun, als hätte ich nichts mitbekommen. Mit etwas Glück hat Rolf Jürgen die Angelegenheit in einer halben Stunde wieder vergessen.

»Der Kerl kann doch nicht sauer sein, weil ich heute nicht in seiner Sprechstunde war«, redet Rolf Jürgen weiter. »Aber wenn hier schon mal die Post abgeht, muss ich mich doch nicht zu dem hocken. Das zarte Reh im Trainingsanzug bringt den Laden ordentlich auf Vordermann.« Er freut sich. »Außerdem habe ich noch genug blaue Pillen. So viele Bräute gibt es hier drin ja nun auch nicht.« Die Tatsache scheint ihm ernsthaft zu missfallen. »Die Quoten habe ich auf meiner Liste auch angesprochen. Es gibt hier einfach noch zu viele Stehpinkler. Dabei sollte man doch denken, die Natur hat das im Griff.« Er boxt mir mit seinem Ellenbogen in die Seite. »Nichts gegen dich, Helmut. Du bist wie ein Ochse in einem Bullenstall.« Nun schüttet er sich aus vor Lachen.

»Und ansonsten hast du nichts bemerkt?«, frage ich nach. Dass Rolf Jürgen noch irgendetwas im Stehen hinbekommt, bezweifle ich, aber das ist nebensächlich. Immerhin weiß ich nun, dass auch er zu Schröters Kunden zählt.

Rolf Jürgen schaut mich knurrig aus dem Augenwinkel an. »Was denn?«

»Geräusche? Laute Stimmen? Irgendetwas, das dir heute Vormittag seltsam vorkam«, erkläre ich.

»An der Wand auf unserem Flur hängt neuerdings ein Elefantenfoto«, sagt Rolf Jürgen sichtbar verblüfft. »Meinst du das?«

»Was ist daran seltsam?«, will ich wissen.

Er zuckt mit den schmalen Schultern. »Ich bin mehr der Löwen-Typ.«

»Und du bist dir sicher, dass es Schröter ist, der bei dir sitzt?«, hake ich nach.

»Meinst du, ich habe auch schon so eine Kopfsache?«, fragt er. »Das soll ja heutzutage immer früher anfangen.«

Ich verneine. »Du kennst ihn lange. Du musst es wissen.«

Rolf Jürgen winkt ab. »Ich dachte, wenn er fertig ist, geht er irgendwann, aber als ich vorhin aus dem Fernsehraum kam, war er immer noch da. Kannst du mal mit ihm reden? Nachher kommt Gertrude und die mag keine Zuschauer.«

Ich beschließe, allein zu gehen und kein Wort darüber zu verlieren. Wenn ich wirklich sonderbar bin, dann muss ich das nicht an die große Glocke hängen. Das tun unsere Leute schon von ganz allein.

* * *

Margot röchelt. Vierundsechzig Sekunden. Dann folgt ein tiefes Ausatmen, das nicht gleichmäßig, sondern wie ein Blubbern daherkommt. Jetzt wieder das Röcheln. Fast fünf Jahrzehnte verbringe ich meine Nächte neben einer Blubber-Röchlerin. Ich hatte nie einen Fall, bei dem der Mörder sein Opfer mittels eines Kissens im Schlaf erstickt hat, aber ich hätte Verständnis dafür. Draußen wird es langsam hell und ich fühle mich, als hätte ich kaum ein Auge zugemacht. Vermutlich habe ich das auch nicht, denn immer, wenn ich gerade wegduseln wollte, ist Schröters Gesicht vor mir aufgetaucht, schallend lachend, im Arm von Margot, die ihn mit Geldscheinen füttert. Ich habe es gewusst. Ich hätte nicht in Rolf Jürgens Appartement gehen sollen. Da war kein Schröter, nicht mal irgendein Rest von ihm oder auch nur ein klitzekleiner Hinweis. Rolf Jürgen nehme ich das nicht krumm. Er ist weit über das Verfallsdatum, da darf man alles sehen, auch kleine grüne Männchen. Aber was ist, wenn er Teil von Margots Komplott ist? Wir sind immer gut ausgekommen und ich würde keinen Anlass für so ein Verhalten haben, aber neuerdings kann ich womöglich meiner Sozialkompetenz nicht mehr ganz trauen. Das Schlimme ist, ich habe keine Ahnung, wie ich die Wahrheit herausbekommen soll.

»Helmut.«

Mir muss es gelingen, irgendjemanden aufzutreiben, der Doktor Schröter vermisst oder eben nicht. Der Mann muss außerhalb unseres Heimes ein Leben gehabt haben. Wenn ich mich richtig erinnere, hat er bei meinem Besuch bei ihm seine Praxis erwähnt. Spätestens dort sollte es doch auffallen, wenn er mir nichts, dir nichts verschwindet. Oder eben nicht. In jedem Fall brauche ich Gewissheit.

»Helmut. Bist du wach?«

Da war eine Frauenstimme. Jemand hat mich angesprochen. Ich blicke zu Margot, aber die schläft tief. Dann schließe ich fest die Augen und beschließe, nichts gehört zu haben. Es gibt keine fremden Frauen in meinem Schlafzimmer, hat es noch nie gegeben. Womöglich hat Margot gestern Abend vergessen, den Fernseher auszustellen. Kein Wunder, es muss weit nach Mitternacht gewesen sein, als Kai Uwe endlich gegangen ist. Margot hatte schon zwei Stunden vorher auf dem Sessel vor sich hin geröchelt, während der Kerl alles Essbare vertilgt hat.

»Helmut. Du musst mitkommen. Ich brauche dich. Bitte, wach auf.«

Da war es wieder. Sind innere Stimmen weiblich, selbst

wenn man eigentlich ein Mann ist? Im Alter mag sich das mit dem Geschlecht ein wenig relativieren, aber im Großen und Ganzen bin ich noch ein Mann. Dann müssten doch eigentlich auch meine Wahrnehmungsstörungen männlich sein, oder? Ich denke, es ist ein eindeutiges Zeichen, dass mit mir etwas nicht stimmt. Noch dazu kann niemand außer mir sie hören. Denn wieso sonst wird Margot nicht munter? Normalerweise kann ich nicht einmal mein Kissen zurechtrücken oder zur Toilette gehen, ohne dass sie aufschreckt. Wenn man einmal auf ihren leichten Schlaf zählt, wird man ausgeraubt, entführt oder verliert den Verstand.

»Helmut, es ist dringend. Doktor Schröter sitzt vor meinem Kleiderschrank und ich komme nicht an meine Wäsche«, jammert die Frau. »In zwei Stunden gibt es Frühstück und dort kann ich mich nicht im Morgenmantel sehen lassen. Das ist eine Frage des Stils.«

Ich reiße die Augen auf. Sie hat den Namen des Doktors erwähnt. Mein Herz schlägt mir bis zum Hals. So fühlt es sich also an, wenn der Wahnsinn von einem Besitz ergreift. Aber noch gibt sich ein Helmut Katuschek nicht geschlagen. Vorsichtig hebe ich meinen Kopf und schaue über meine Füße zum unteren Bettrand. Da steht jemand. Tatsache. Wenn es sich dabei nicht um den Geist meiner Mutter handelt, habe ich eine reelle Chance. »Auguste?«, sage ich mit gedämpfter Stimme.

»Helmut?«

»Was machst du hier?« Ich richte mich auf.

»Ist Margot tot?«, fragt sie unsicher, während sie sich ausgiebig umschaut.

Mein prüfender Blick fällt auf Margot, aber sie blubbert friedlich vor sich hin.

»Wie kommst du darauf?«, will ich wissen.

»Euer Schlafzimmer sieht aus wie der Raum, den man für meine Urgroßmutter zur Aufbahrung hergerichtet hatte«, antwortet sie betroffen.

»Was willst du?«, frage ich. Da Margot eine innere Uhr für Unzeiten hat, ist die Gefahr groß, dass sie Auguste entdeckt, und egal, wie ich die Sache erklären würde – Margot duldet keine anderen Frauen in unserem Schlafzimmer.

»Schröter ist bei mir«, flüstert sie und es ist ihr hörbar peinlich. »Aber nicht, was du denkst«, fügt sie schnell noch an.

»Hast du dich mit Rolf Jürgen abgesprochen?«, frage ich vermutlich ein wenig zu unwirsch. Aber wenn Auguste nun auch noch damit anfängt, ist es wirklich einmal genug. Es kann ja nicht angehen, dass Margot die gesamte Belegschaft gegen mich ins Feld führt. Sonst ist sie sozial vollkommen isoliert, aber wenn es darum geht, Helmut Katuschek loszuwerden, dann findet sie problemlos jede Menge Verbündete. Das muss ich mir nicht bieten lassen, nicht in meinem eigenen Schlafzimmer.

»Wieso? Was ist denn mit Rolfi?«, fragt Auguste arglos.

»Bist du eine Patientin von Schröter?«, frage ich und versuche, mich etwas zu sammeln.

»Ja, natürlich«, haucht Auguste und ich kann hören, dass sie zunehmend daran zweifelt, ob es richtig war, mich aufzusuchen.

»Was ist dein Problem?«, will ich wissen.

»Ich bin munter geworden und Doktor Schröter saß vor meinem Schrank«, antwortet Auguste folgsam. »Das ist nicht mein normaler Tagesablauf.«

»Das meine ich nicht«, antworte ich. »Wieso gehst du zu Schröter? Was verkauft er dir?«

»Darüber will ich nicht reden. Das ist privat«, entgegnet Auguste zugeknöpft. Erstaunlicherweise bestreitet sie die Tatsache, dass es so ist, nicht. Schröters Verjüngungsdoping war bei uns in der Wohngemeinschaft demzufolge ein offenes Geheimnis, in das alle einbezogen waren. Außer Helmut Katuschek und die Frau Doktor natürlich.

Ich mache es mir wieder in meinem Bett bequem und ziehe mir die Decke bis an mein Kinn.

»Helmut, der Doktor kann nicht in meinem Zimmer sitzen. Er spricht nicht und macht auf mich auch sonst einen ziemlich seltsamen Eindruck. Vermutlich ist er betrunken. Ich mag ihn ja irgendwie, aber das geht mir zu weit. Ich habe auch keinen Hausbesuch angemeldet. Warum auch, vor allem um diese Zeit? Du weißt, wie die anderen reden, wenn sich das herumspricht. Nachher wollen das die anderen Männer auch. Sonst hilfst du doch auch immer allen.« Auguste scheint den Tränen nahe. »Ich schaffe es nicht allein. Wirklich.«

Ich richte mich auf. »Was verkauft er dir?«, frage ich noch einmal. Ich muss wissen, ob der Tod des Doktors etwas mit seinen Geschäften zu tun hat. Immerhin könnte es sein, dass er nach und nach bei all seinen Kunden auftaucht. Es könnte sich um einen Hinweis des Täters handeln. Vielleicht will er den naiven Alten einen Denkzettel verpassen oder es läuft auf eine Erpressernummer hinaus. Beides jedoch wird für den Urheber eher enttäuschend verlaufen, denn es funktioniert meines Erachtens nur, wenn die potenziellen Opfer auch mitbekommen, dass die Sache heikel ist. Bei Rolf Jürgen und Auguste jedenfalls war das ein Schuss in den Ofen.

»Ich bekomme Spritzen«, sagt Auguste so leise, dass ich

sie kaum verstehen kann. »In meinen Podex.« Sie schluckt. »Damit er fester wird.«

Auguste ist um die achtzig Jahre alt und sie möchte einen straffen Po. Mir fehlen die Worte. Ich denke, sie könnte ihre Rente auch anzünden. Das hätte den gleichen Effekt. Aber ich sage nichts. Es ist ihr Geld und ich möchte sie nicht beleidigen. »Wenn ich Margot so etwas schenken würde, was kostet mich das?«, frage ich und denke an die tausend Euro in der Tasche des Doktors. Ich würde mal vermuten, seine scheinheiligen Besuche bei uns im Heim haben ihm ein anständiges Nebeneinkommen beschert.

»Dreihundert, je Seite«, sagt Auguste schnell und klingt ungemein erleichtert. Vermutlich wähnt sie mich auf ihrer Seite. »Im Monat.«

»Hm.«

»Das ist es wert, Helmut«, versichert mir Auguste. »Du kannst gern mal gucken.«

Das lassen wir lieber.

»Margot wird sich bestimmt freuen«, redet sie weiter. »Sie hat ja an der Stelle auch so ihre Problemchen.«

»Seit wann ist Schröter bei dir?«, sage ich schnell, um das Thema zu beenden. Margots Hintern braucht keine Spritzen. Er hat Streichkäse.

»Ich weiß es nicht«, gibt sie zurück. Ich bin gestern Abend erst spät aus dem Fernsehraum gekommen. Da ich sonst nicht so lange aufbleibe, bin ich gleich zu Bett gegangen.«

»Warst du gestern Vormittag in deinem Zimmer?«, frage ich nach.

»Montags bin ich so gut wie nie auf meinem Zimmer«, antwortet Auguste. »Die gesellschaftlichen Verpflichtungen, weißt du.«

Ich weiß nur, dass Auguste keine brauchbare Zeugin abgibt.

»Und du hast den fremden Mann vor deinem Schrank nicht bemerkt?«, hake ich zweifelnd nach.

»Im Dunkeln, nein«, entgegnet sie schüchtern.

Die stellen neuerdings um zweiundzwanzig Uhr das Licht ab, um Kosten zu sparen, denke ich. Das passt ins Bild.

»Ich mache so spät kein Licht mehr an, um niemanden zu wecken«, erklärt sie. »Das haben mein Ernst und ich immer so gehalten. Irgendwie will ich daran nichts ändern, auch wenn er nicht mehr da ist, denn so ist er noch da.« Pause. »Kommst du mit?«, fragt sie zögerlich.

Wahre Liebe endet nie, geht es mir durch den Kopf, und Margot röchelt in die in mir aufkommende Wehmut.

***

»Dass du mich besuchst, mein lieber Helmut, das werte ich als ganz große Geste«, sagt Jutta mit weicher Stimme. »Das zeigt, wie fest die Basis des Vertrauens ist, auf der wir stehen. Du wirst sehen, das wird unsere gemeinsame Reise in die Welt der Karten ungemein erleichtern.« Nebenbei legt sie mit sanften Bewegungen und dem Gestus einer heiligen Zeremonie ihre Tarotkarten auf den Tisch. »Für dich als meinen Freund und Partner im Geiste ist das natürlich alles kostenlos. Immerhin dient es einem höheren Zweck.«

»Hm.« Mit Gewissheit wird Jutta die vertane Zeit bei jemand anderem draufschlagen, hoffentlich nicht bei Margot. Ich sitze mit meinem Notizbuch auf dem Schoß neben der Frau Doktor auf Juttas Chaiselongue und wir sehen die »Schwarzwaldklinik« in Dauerschleife. Jutta behauptet, die

Serie, die sie als vollständige Videoreihe besitzt, würde die Frau Doktor während ihrer geistigen Nullrunden merklich mehr entspannen als ihr Telefonbuch. Ich bin kein Experte in diesen Dingen, aber dass der Anblick von Professor Brinkmann bei meiner geschätzten Kollegin wahre Schreiattacken auslöst, kann nicht gesund sein. Ich vermute, dass sich Jutta nur einer billigen Ausrede bedient hat, weil sie nicht in das Appartement der Frau Doktor zurückkehren wollte, um das Telefonbuch zu holen. Dort ist nämlich gerade der Teufel los. Frau Doktor Böttcher hat anscheinend in einem Streit versucht, Karl Heinz über die Balkonbrüstung zu werfen. Dass sie es so ernst mit einer Trennung meint, war mir nicht bewusst. Jedenfalls mag Karl Heinz für die vorbeigehenden Passanten ein echter Schreck gewesen sein. Wer will schon ein aus einem Seniorenheim fliegendes Gerippe auf den Kopf bekommen? Die Tatsache, dass Karl Heinz nicht unten aufgeschlagen ist, sondern sich in dem dichten Grün der Cannabispflanzen verfangen hat und nun wie ein Erhängter daran baumelt, macht es auch nicht besser. Der Hausmeister musste antreten, um Karl Heinz zu retten, ob wir ihn danach noch einmal zu Gesicht bekommen, steht in den Sternen. Der Erhalt der Drogenplantage vermutlich auch.

»Wenn du dich auf die Karten einlässt, dann leiten sie dich«, redet Jutta weiter. »Ah, da haben wir es schon«, durchzuckt es sie freudig.

Ein Brinkmann-Schrei unterbricht die Verkündigung der Erkenntnis.

Jutta lässt sich nicht beirren. »Die Karten sagen, du befindest dich auf dem richtigen Weg, auch wenn er dir momentan etwas verworren erscheint.« Jutta macht wichtige

Atemgeräusche. »Der Tod treibt sein Spiel mit dir, aber du wirst gewinnen.«

Dann wäre ich der erste Mensch, dem das gelingt, denke ich.

»Du wirst stark sein und deinen Gegner bezwingen«, redet Jutta weiter. »Es handelt sich um einen geschickten Gegner und er befindet sich ganz in deiner Nähe. Du musst mit List gegen ihn vorgehen.«

Margot?

Wieder ist Brinkmann zu sehen und ich staune, über wie viel Lungenvolumen Frau Doktor Böttcher noch verfügt.

»Warum lässt du sie das anschauen, wenn sie so reagiert?«, frage ich.

»Das ist nur bei dem Professor so. Ich vermute, er erinnert sie an eine alte Liebe. Ansonsten ist sie ganz entspannt«, antwortet Jutta, ohne aufzusehen. »Sie mag gern Leute in weißen Kitteln.«

»Er ist die zentrale Figur des Films«, wende ich ein.

»Also wirklich, diese Karten«, murmelt Jutta vor sich hin. »Da soll einer schlau werden.« Sie scheint sich zu sortieren, dann redet sie weiter. »Wieso hast du nicht gefrühstückt? Du weißt, wie man bei uns auffällt, wenn man die Nahrung verweigert. Über Elwira reden auch schon alle, aber der sind ohnehin nicht einmal die Regeln in einer Seniorenresidenz heilig. Aber du, Helmut! Das machst du noch zweimal und alle denken, du bist tot. Bei aller Anspannung, in der du dich gerade befindest, solltest du auf den äußeren Schein achten. Helmut Katuschek ist eine Führungspersönlichkeit. Das darfst du nicht vergessen. Ganz wie Professor Brinkmann.«

Es ist unverkennbar, dass der Name allein genügt, um die Frau Doktor ausflippen zu lassen.

»Sagen das die Karten?«, will ich wissen. Die sollten doch eigentlich wissen, dass mir nach dem Erlebnis in Augustes Appartement der Appetit vergangen ist. Was auch immer sie dazu veranlasst hat, mich im Pyjama über die Gänge zu schleifen, Doktor Schröter war nicht der Grund, von dem war nämlich weit und breit nichts zu sehen. Nun gehöre ich nicht zu der Sorte Mensch, deren Welt sich durch Verschwörungstheorien sortiert, aber so langsam erschöpft sich mein guter Glauben. Auguste konnte mir zwar überzeugend versichern, Schröter bei sich gehabt zu haben, aber was nützt das, wenn der Kerl immer dann verschwunden ist, wenn ich auftauche? Womöglich kann ich schon froh sein, dass sie nicht behauptet, ihn zu sehen, während ich ins Nichts starre. Das aber ist dann vermutlich die nächste Stufe. Noch dazu gibt sie ansonsten, genau wie Rolf Jürgen, keine brauchbare Zeugin ab. Auguste hat nichts gesehen und nichts gehört, nicht einmal die Elefantenkinder an der Wand sind ihr aufgefallen.

Jutta muss sich offenbar konzentrieren, was sie wortkarg werden lässt.

Dafür nehmen die Brinkmann-Szenen derweil ein wenig überhand. Ich würde zu gern meinen vermeintlichen Krankheitsfall mit der Frau Doktor diskutieren, aber sie hat mit ihrem eigenen derzeit genug zu tun. Wenn die Leiche unseres Allgemeinmediziners tatsächlich existiert, dann frage ich mich, wieso irgendjemand mit ihr eine Abschiedsrunde durch die Residenz dreht. Ein Mörder lässt sein Opfer zurück und verschwindet beziehungsweise versucht, es schleunigst loszuwerden, alles andere ist total bekloppt. Sollte es sich aber tatsächlich um Schröter handeln, was Auguste und Rolf Jürgen, bei allen Defiziten, felsenfest behaupten, dann bedeutet das, der Mann befindet sich noch im Haus. Ganz auszuschließen ist das nicht, zumal wir auf unserer Suche die Privatbereiche ausgelassen haben. Das Aufheben wäre einfach zu groß gewesen, zumal noch keiner vom Ableben des Arzneimitteldealers weiß. Es könnte jedoch durchaus sein, dass wir damit einen Fehler gemacht haben. Sollte einer von uns der Mörder sein, dann ist ein Versteck der Leiche im eigenen Appartement nicht ganz abwegig. Es birgt zwar ein immenses Risiko der eigenen Entdeckung, vielleicht aber im Arztzimmer mehr als in den eigenen vier Wänden. Dann müsste mein Verdacht automatisch auf Rolf Jürgen fallen. Eine gewisse Altersaggression ist ihm nicht abzusprechen. Eventuell war er auch nicht ganz bei sich. Bei den Mitteln zur Kraftstärkung, die er sich tagtäglich einwirft, kann mal was auf der Strecke bleiben. Aber kann er wirklich solche Kräfte aufbringen, vor allem gegen einen wesentlich jüngeren Mann? Noch dazu haut dann sein Plan, die Leiche bei sich im Zimmer auftauchen zu lassen, um sie elegant mithilfe der Polizei loszuwerden, nicht hin. Dann hätte sie bei meinem Eintreffen nicht verschwunden sein dürfen. Kein Mörder lenkt den Verdacht auf sich, um danach in einer Sackgasse zu enden. Noch dazu ist vollkommen unklar, wie der Tattergreis es fertiggebracht haben soll, einen gestandenen Mann wie Schröter in seinem Zimmer zu verstecken. Dazu muss er Hilfe in Anspruch genommen haben. Und die könnte von Auguste gekommen sein. Aber wieso landet der Doktor dann auch bei ihr? Vor allem, wenn sie bei mir am Bett stand, wie hat Rolf Jürgen den Mann dann allein weggeschafft? Noch dazu hatte er dafür kaum fünfzehn Minuten Zeit. Das klingt alles ziemlich unwahrscheinlich.

»Doktor Schröter hatte diverse Freundinnen, aber nichts

Ernstes«, berichtet Jutta, den Blick in die Karten vertieft. »Mein Enkel hat mir die Textnachrichten vorgelesen. Ich würde demnach aber nicht davon ausgehen, dass ihn eine der Frauen vermisst. Das war nur Sex und da keine der Frauen zweimal auftaucht, denke ich, dass Schröters Qualitäten in der Hinsicht nicht sonderlich spektakulär waren.«

»Das ging aber schnell«, sage ich.

»Er ist ein guter Junge. Das mit den paar kleinen Autodiebstählen ist auch lange vorbei. Heutzutage kann man sein Geld bequemer verdienen.«

Ich hüte mich nachzufragen.

»Außerdem war das Telefon wohl nur über einen simplen Code gesichert. Der Doktor war diesbezüglich nicht sehr vorsichtig«, entgegnet Jutta.

Nach einem Profi klingt das nicht, denke ich.

»Also, Helmut. Die Karten sagen es eindeutig. Schröter ist in der Nähe und sein Mörder auch. Was sagt man dazu?« Sie starrt wie gebannt auf das vor ihr liegende Blatt.

»War sonst noch etwas darauf?«, will ich wissen. »Eine Nummer aus dem Ausland vielleicht oder ein öfter auftauchender Kontakt?« Irgendjemand muss unserem Heimquacksalber die Mittelchen verkauft haben.

»Es gab einige Anrufe von einer Arztpraxis«, antwortet Jutta, ohne aufzusehen. »Wie kommst du auf Ausland?« Nun hebt sie doch den Kopf. »Steven hatte internationales Renommee. Natürlich, ich glaube, er hat sogar so etwas erwähnt.«

»Aha!«, rufe ich aus und übergehe ihre Frage. Jutta ist an diesem Punkt zu sehr in die Sache involviert, als dass ich sie einweihen könnte. Noch dazu schwört sie auf das Zeug, was Schröter ihr verkauft hat. Und auf Schröter.

»Ja, ja«, entgegnet Jutta, schon wieder abgelenkt. »Irgendwo ist da auch eine Gefahr, aber das ist alles so unklar ... Hm? ... Was bedeutet denn der schwarze Hahn neben dem Haus der Schlange? Was hat das denn alles mit der Dunkelheit zu tun?«

»Mit der Praxis?«, frage ich nach.

Brinkmann operiert derweil einen Blinddarm und das kann dauern.

»Nein«, wiegelt Jutta ab. »Die Karten sind an manchen Tagen etwas eigensinnig.«

»Was ist mit der Praxis?«, will ich ungeduldig wissen.

»Schröter war dort Partner«, antwortet Jutta. »Ich habe vor dem Frühstück mal ein bisschen mit denen geplaudert, als langjährige Patientin, die ihren Lieblingsdoktor vermisst und unbedingt einen Termin benötigt.« Sie macht eine Pause und schaut mich selbstzufrieden an.

Ich tue ihr den Gefallen und nicke anerkennend. »Was hast du herausgefunden?«

»Schröter wollte gestern Nachmittag noch einmal bei denen vorbeischauen, wegen der Formalitäten oder so. Das macht er wohl immer, wenn er von uns kommt. Er ist aber nicht erschienen und ans Telefon ging er auch nicht. Heute früh haben seine Patienten umsonst auf ihn gewartet. Dem jungen Fräulein am Empfang war das nicht geheuer. Sie schien sich wirklich zu sorgen.«

»Doktor Schröter ist tatsächlich verschwunden«, murmle ich. »Er wird in der normalen Welt vermisst.« Ein breites Lächeln legt sich über mein Gesicht.

»So wie die Karten aussehen, hast du nichts zu lachen«, erklärt Jutta gewichtig. »Eine dunkle Gestalt kommt in dein Leben und sie bringt nichts Gutes.«

Die Frau Doktor schreit auf.

Es klopft an der Tür und im nächsten Moment tritt Herr Bert Bo herein. Er ist vollkommen schwarz gekleidet. »Herr Helmut, es gibt da eine Unannehmlichkeit, die Sie sich vielleicht einmal anschauen sollten, diskret, wenn Sie verstehen«, sagt er mit einer unangenehmen Eindringlichkeit.

Mir bleibt nichts anderes übrig, als ihm zu folgen, und irgendwie ahne ich bereits, was mich erwartet.

* * *

»Ich begreife das nicht«, sagt Herr Bert Bo und schaut sich mit ratloser Miene in seiner Wohnung um. »Gerade war er noch da. Ich war beim Frühstück und an der frischen Luft, ich kam herein und habe ihn gesehen. Dort hat er gesessen.« Er zeigt in Richtung des Fensters. Ich betrachte die Einrichtung. Der schwarze voluminöse Ledersessel gefällt mir. Er ist auch fast das einzige Möbelstück im Raum, wenn man von der Stereoanlage, dem an der Wand hängenden Flachbildschirm, einem kleinen Weinkühlschrank und den Bücherregalen absieht. Letztere sind noch nicht gefüllt, aber bei der Menge der davor gestapelten Kartons wird Bert Bo dafür auch eine Weile brauchen. Ich staune ein wenig über die Extravaganz, die man in einem Haus wie dem unseren nicht erwartet. »Wie haben Sie den Kühlschrank hereingeschmuggelt?«, frage ich zugegeben etwas abschweifend. Aber dass die Hausordnung neuerdings so aufweichbar ist, kann ich mir nicht vorstellen. Margot hat man damals nicht einmal einen Reisewasserkocher zugestanden, da sie damit einen Hausbrand auslösen könnte.

»Man hat mir eine Sondergenehmigung erteilt«, antwortet Herr Bert Bo und klingt dabei wie jemand, der selbst nicht glauben kann, was er da von sich gibt. »Und ich musste schriftlich versichern, keine Alkoholika darin aufzubewahren.«

Ich hebe die Braue. »Was tut man ansonsten hinein?«

»Parfüm«, erwidert er, wobei er meinen verdutzten Gesichtsausdruck wahrzunehmen scheint, der ihn zu einer Erklärung veranlasst. »Ich sammle seit über vierzig Jahren edle Parfüme und die benötigen eine gleichmäßige kühle Temperatur, um ihre Qualität nicht einzubüßen.«

Die Frau Doktor lag mal wieder richtig. Irgendetwas stimmt mit dem nicht, denke ich.

»Ich würde trotzdem gern noch einmal auf die andere Angelegenheit zu sprechen kommen«, sagt Herr Bert Bo. »Den ungeladenen Gast.«

»Wir reden von Doktor Steven Schröter, nehme ich an«, sage ich, ohne eine Regung auf meinem Gesicht erkennen zu lassen.

Herr Bert Bo stutzt kurz. »Ja, Entschuldigung. Ich dachte, ich hatte das erwähnt. Der Arzt tauchte hier auf, ganz offenkundig in der Zeit, in der ich meinen Morgenbeschäftigungen außerhalb meines Zimmers nachgegangen bin. Auch wenn ich nicht viel davon verstehe, der Mann sah nicht sonderlich lebendig aus. Ich denke, man riecht ihn auch noch.« Er hebt seine rechte Hand und reibt Daumen und Zeigefinger auf der Höhe seiner Nase aneinander. Dabei verzieht er das Gesicht.

Ich sage nichts. Den Versuch, seine Wahrnehmung nachvollziehen zu können, lasse ich bleiben. Ich kenne den süßlichen Geruch des Todes.

»Sie wirken darüber nicht sonderlich erschrocken«, redet

Bert Bo weiter und mustert mich ungeniert. »Kommt das hier öfter vor?« Er lässt mich stehen und öffnet eines der Fenster. Danach geht er zu besagtem Kühlschrank und holt einen Flakon heraus. Für den Moment scheint es mir, als würde er die Stirn in Falten ziehen, aber nachdem sich der süßlich-herbe Geruch im ganzen Raum verteilt, konzentriere ich mich lieber auf meine Atmung.

»Wenn Sie erst eine Weile da sind, stumpfen Sie ganz automatisch ab. Der Pflegenotstand treibt seltsame Blüten«, sage ich in sachlich nüchternem Ton. Innerlich würde ich meinen Zustand jedoch eher mit Freude umschreiben. Bert Bo scheint mir ein verlässlicherer Zeuge zu sein als Auguste und Rolf Jürgen. Erst recht, nachdem er sein Mobiltelefon zückt und mir ein Foto des Leichnams präsentiert. »Sie haben ihn fotografiert?«, fragte ich erstaunt und betrachte das Foto. Der abgelichtete Mann wirkt etwas derangiert, aber es handelt sich zweifelsohne um unseren Doktor. Ein kleines Detail sticht mir ins Auge. Jutta und ich hätten wohl etwas mehr Mühe verwenden sollen, als wir ihn ankleideten. Er trägt seinen Pullunder falsch herum. Von den bunten Rauten, die die Frau Doktor gestern Morgen noch so liebevoll auf seiner Brust zurechtgezupft hat, ist nichts zu sehen. Stattdessen prangt das Pflegeetikett unter seinem Kinn. Was so eine kleine Nachlässigkeit doch bei mir für eine immense Freude hervorrufen kann. Zu meinem Erstaunen sitzt der Doktor auf einem Toilettenstuhl. Nun gut, das erleichtert den Transport. Aber müsste es nicht auffallen, wenn eines dieser Teile fehlt? Jedenfalls sind meine Zweifel an den Geschehnissen wie weggeblasen. Alles hat sich genau so zugetragen. Helmut Katuschek ist im Vollbesitz seiner geistigen Kräfte.

»Eine Angewohnheit, die ich mir im Alter zugelegt habe«, erklärt Bert Bo mit langsamem Zungenschlag. Dabei schaut er mich unverwandt an. »Man lebt sicherer, wenn man die Absonderlichkeiten um einen herum bildlich festhält. Früher oder später kommen wir alle dahin, dass wir uns unserer eigenen Haut erwehren müssen. Da können ein paar Bilder wirklich hilfreich sein. Belustigt Sie das?«

Ich bemühe mich, meine Mundwinkel wieder in ihre gängige herunterhängende Position zu bringen. Einem professionellen Ermittler darf man seine Emotionen nicht ansehen. »Wie viel Speicherkapazität hat die Maschine?«, frage ich.

Bert Bo versteht meine Anspielung und lacht. Seine kurzzeitige Verstimmung scheint verflogen. »Sie sind nicht freiwillig hier, nehme ich an?«, fragt er. »Ihre Frau?«

»Hm.«

»Jeder hat wohl seine Circe«, sagt er mühsam lächelnd.

»Sind Sie auch verheiratet?«, will ich wissen. Dass Bert Bo ein Mann ist, den seine Frau hier abliefert, um sich in der Außenwelt ein schönes Leben zu machen, glaube ich kaum. Auch wenn er nicht mehr ganz taufrisch ist, macht er aus Sicht der Damen vermutlich etwas her. Er ist groß, schlank und lässt seine silbrig glänzenden Haare so kurz schneiden, wie das auch ein deutlich jüngerer Mann machen würde. Sein ebenfalls weißer Zwirbelbart bildet einen interessanten Gegensatz zu seiner gebräunten Haut, wobei er je nach Lichteinfall leicht bläulich schimmert. Dass die Natur das von sich aus hinbekommen hat, glaube nicht einmal ich. Außerdem besitzt der Mann einen Parfümkühlschrank.

Er übergeht meine Frage mit einer Geste, die mir glauben machen soll, er hätte sie nicht gehört. »Ich habe ihn gesehen und mich sofort auf den Weg zu Ihnen gemacht«, sagt er, sichtbar verwundert über das Erlebte. »Das Ganze hat keine zehn Minuten gedauert, und auch das nur, weil ich dem Hausmeister begegnet bin und er eine Frage zu meinen Regalen hatte.«

Ich frage mich, wie der Mörder es bewerkstelligt, die Leiche genau auf den Punkt abzulegen und sie dann ebenso zielsicher wieder abzuholen? Die Appartements zu betreten, stellt dabei dank unserer tollen Hausregeln keine Hürde dar. Wir sind eine Wohngemeinschaft, die keine Türschlösser kennt, nur zu unserer Sicherheit natürlich. Aber woher weiß der Mörder, wann er freie Bahn hat? Er kann doch unmöglich andauernd auf dem Flur herumlungern und die Türen im Auge behalten? Nun gut, über Zeit verfügen wir alle ausreichend. Aber wie viel Dreistigkeit muss man besitzen, um so etwas durchzuziehen? Und wo ist Schröter jetzt? »Sie gehen frühmorgens regelmäßig in den Park?«, frage ich. Ich habe ihn ein paar Mal von draußen kommen sehen. Außerdem verspätet er sich konsequent beim Frühstück.

»Ich jogge jeden Morgen ab sechs Uhr etwa anderthalb Stunden«, antwortet er. »Das Grün besänftigt meine Augen und mein Hirn.« Er verzieht den Mund.

Er joggt. Der Mann ist wirklich erstaunlich. Was sollen erst die Leute außerhalb dieser Mauern denken, wenn sie das mitbekommen?

Ihm scheint etwas einzufallen. »Heute war ich allerdings eher zurück, etwa dreißig Minuten. Irgendetwas stimmt mit meinem Knie nicht.« Er reibt sich nachdenklich das Kinn. »Ich werde das wohl einmal untersuchen lassen müssen.«

Wir haben es also mit einem Täter zu tun, der die Gewohnheiten seiner Mitmenschen kennt, schlussfolgere ich.

Rolf Jürgen, der bei jeder Gruppenaktivität mit dabei ist und sein Zimmer nur zum Schlafen beziehungsweise für seine Stelldicheins nutzt, Auguste, die sich geborgener fühlt, wenn sie das Licht nicht einschaltet, und Herr Bert Bo, der den Sport im Park braucht, um nicht Seniorenheimamok zu laufen. »Na ja, man muss sich eben an die Endstation hier auch erst gewöhnen«, sage ich. »Wenn das überhaupt möglich ist. Der Gedanke, dass wir uns in der Vorstufe des Friedhofs befinden, ist alles andere als erquicklich.«

Bert Bo winkt ab. »Es sind oftmals die eigenen Entscheidungen, die uns in den Abgrund stürzen«, sagt er.

Oder die von Margot, denke ich. Aber wieso wählt der Mann diese Wohnstatt, wenn sie ihm ganz offensichtlich nicht behagt? Vielleicht ist er ein Witwer, der seiner Frau den letzten Wunsch erfüllt? Aber welche Frau lastet ihrem Mann eine solche Bürde auf? Nun gut, der Typ Margot ist keine Seltenheit, vor allem ab einem bestimmten Alter nicht. Womöglich ist er auch krank und hat sich uns ausgeguckt, um nicht allein sterben zu müssen. Aus meiner Sicht wäre jede Zugtoilette dafür besser geeignet, aber sei's drum. Der Mann jedenfalls trägt schwer an alledem hier und ich sollte herausbekommen, warum er sich das antut. »Sie waren am Theater?«, frage ich, um etwas mehr über ihn zu erfahren.

»Seit ich denken kann«, entgegnet er knapp.

»Eine interessante Aufgabe«, bestätige ich. »Und man kommt in der Welt herum.«

»Lissabon, Zürich, Stockholm ... immer große Häuser«, zählt er auf und kann die Schwermut in seiner Stimme nur unzureichend unterdrücken.

»Toll«, rufe ich mit ehrlicher Begeisterung aus. »Ich war fünfundvierzig Mal in den Alpen.« Auf das Bauchgefühl einer Doktor Olga Maria Böttcher ist Verlass. Mit dem Mann stimmt etwas nicht. Niemand von seinem Kaliber begibt sich aus freien Stücken in die Abgründe einer solchen Seniorenresidenz. Zweifelsohne sind wir verglichen mit einem normalen staatlichen Heim privilegiert, aber mit einem Professor a. D. oder einem pensionierten Anwalt können wir nicht aufwarten. Für solche Senioren gibt es weitaus bessere Orte.

»Die Alpen sind auch nett«, erwidert er, ohne mir recht zugehört zu haben. »Was haben Sie nun vor, also wegen meines ungebetenen Gastes?«

»Hm.« Ich warte darauf, wann Schröter das nächste Mal auftaucht, denke ich. »Kannten Sie Steven Schröter?«, frage ich.

»Meinen Sie, er wollte mir einen Freundschaftsbesuch abstatten?«, fragt er spitz zurück.

Ich zucke mit den Schultern. »Kannten Sie ihn denn näher?«

Er öffnet kurz den Mund und macht eine Kopfbewegung wie jemand, der verstanden hat, was ihn erwartet. »Wir sind uns am Tag meines Einzuges das erste Mal begegnet«, sagt er. »Eine kurze Untersuchung, vermutlich das normale Prozedere, wenn man hier eincheckt.« Er hebt die Mundwinkel. »Dabei ist es dann geblieben … bis heute.«

»Sie sind nicht regelmäßig bei ihm gewesen?«, frage ich nach. »Immerhin hat Schröter zweimal wöchentlich bei uns praktiziert.«

Er schüttelt den Kopf. »Ich bin in sehr guter körperlicher Verfassung und mit einer gesunden Skepsis gegenüber den Weißkitteln gesegnet.«

Das freut mich für ihn. Dennoch frage ich mich, warum Schwester Monika dann behauptet, dass ausnahmslos alle, außer der Frau Doktor, Frau Elwira und ich, regelmäßig Schröters Hilfe in Anspruch genommen haben? Sollte die eifrige Monika etwas durcheinandergebracht haben?

»Nehmen Sie Nahrungsergänzungsmittel?«

Obwohl meine Frage zweifelsohne etwas unvermittelt kam, verliert Bert Bo nichts von seiner Souveränität. Dabei scheint er sich weder über die Frage an sich noch darüber, dass ich sie ihm stelle, zu wundern. »Bis zu meinem siebzigsten Lebensjahr war ich darauf versessen, jung zu bleiben, aber irgendwann erkennt man, dass es Wichtigeres gibt als Äußerlichkeiten.« Er räuspert sich. »Oder man muss es erkennen.«

Ich senke den Kopf und betrachte die Zellstoffpuschel zwischen meinen Zehen. »Da mag etwas dran sein«, stimme ich ihm zu, wobei ich denken würde, ein Mann, der nicht sonderlich auf sich achtgibt, sollte anders aussehen als er. Außerdem hätte ich ihm nicht einmal die siebzig Lenze angedichtet. »Bitte nehmen Sie es mir nicht übel, aber …«

»Nehmen Sie derlei Dinge?«, fragt er und fällt mir damit ins Wort.

»Meine Frau braucht unser diesbezügliches Kontingent auf«, antworte ich.

Er lächelt verständnisvoll. »Ich heiße übrigens Bert. Den Bo können Sie sich schenken, der war nur eine Laune meiner exzentrischen Mutter.« Er nickt mir freundlich zu.

»Helmut«, antworte ich. »Einfach nur Helmut.«

»Frag mich ruhig nach meinem Alibi«, sagt er. »Das ist es doch, was dich umtreibt. Der Mann scheint mir keines natürlichen Todes gestorben zu sein, dann wäre er wohl kaum in meinem Zimmer gelandet und ebenso schnell wieder verschwunden. Ich würde vermuten, da foppt dich jemand. Denn so wie du aussiehst, rennst du der Leiche schon eine geraume Zeit hinterher.«

Er ist schlau, denke ich, aber wie kommt er darauf, dass der tote Doktor mit mir Katz und Maus spielt? Ich beschließe, mich bedeckt zu halten. »Was hast du am Montagvormittag gemacht?«, frage ich.

»Ich habe Schach gespielt«, antwortet er. »Wie jeden Tag. Man braucht auch im Ruhestand einen festen Rhythmus. Meiner heißt Schach von neun bis kurz vor zwölf, dann die Mittagsmahlzeit, ein kleiner Spaziergang an der frischen Luft, danach das Studium der Tageszeitung und anderer Journaillen nebst Auswahl der in den diversen Feuilletons besprochenen literarischen Neuerscheinungen, Teezeit, Musikstunde, Abendessen, Nachtruhe.«

Für mich klingt das nach purer Verzweiflung. Aufregender wird es hier allerdings nicht. »Gab es irgendetwas Auffälliges, ein lautes Geräusch, einen Schrei?«, frage ich.

»Bei Rolf Jürgen geht es des Öfteren etwas lebhaft zu, aber das ist, wie man mir berichtet hat, wohl nicht ungewöhnlich«, antwortet er. »Ansonsten muss ich leider passen.«

»Gegen wen spielst du?«, hake ich nach. Die Frage ist bei Weitem nicht so abwegig, wie man auf den ersten Blick vermuten könnte. Hier in der Anstalt kenne ich niemanden, der sich etwas aus dem Spiel macht.

Er zögert einen Moment. »Gegen meine Mutter.«

»Besucht sie dich öfter hier?«, will ich wissen. Eigentlich würde ich vermuten, die Dinge müssten andersherum laufen, aber in welcher Familie geht es schon normal zu?

»Wie man es nimmt«, entgegnet er. »Sie ist vor zehn Jahren verstorben.«

Herbert. Wir sind nicht mehr allein.

Frau Doktor?«, rufe ich entsetzt aus.

»Herr Katuschek! Es gibt keinen Grund zur Beunruhigung.« Frau Doktor Böttcher steht auf ihrem Balkon und wirkt ein wenig verloren. Neben ihr hockt an dem kleinen Tischchen Peter Bause, unser Auszubildender. Zu meinem Erstaunen tippt er auf einem ziemlich verschlissenen Mobiltelefon herum, das ich nicht meiner geschätzten Kollegin zuordnen würde. Gegen sein Knie lehnt die Golftasche von Doktor Schröter, aus der nach wie vor die zwei teuren Schläger ragen. Ich erinnere mich daran, die Ausstattung im Auge zu behalten. Die Frau Doktor jedenfalls ist offenkundig an unserem Fall dran. Das freut mich. Die Rolle des Lehrjungen ist mir jedoch unklar. Wenn man meinen sollte, die verlorene Zukunft der Altenpflege lässt sich zu einem kurzen Gruß oder auch nur einem freundlichen Blick in meine Richtung hinreißen, dann liegt man falsch. Dagegen scheint es ihm die Golftasche angetan zu haben. Anders jedenfalls kann ich mir seine permanent darauf schielenden, gierig flackernden Augen nicht erklären.

»Äh, Doc«, leiert er mit dem Ausdruck absoluter Interesselosigkeit. »Das Teil läuft wieder. Was suchst du? Dann checke ich das gleich mal durch.«

Ich räuspere mich. In einem Verhältnis wie dem unsrigen ist die Brüderschaft der Anfang einer rapide um sich greifenden Respektlosigkeit. Da der Junge ohnehin schon unter dem Fehlen sämtlicher Tugenden leidet, muss ich den kleinsten Versuch im Keim ersticken. Erst recht, wenn es sich bei seinem Gegenüber um eine Person wie Doktor Olga Maria Böttcher handelt.

Nun hebt er tatsächlich den Blick und so wie er mich ansieht, hat er keinen Schimmer, was mich stört. Allerdings spricht nur eines seiner Augen mit mir. Das andere wird konsequent von seinem mit Haarspray festgeklebten Pony verdeckt. Manchmal denke ich, die Natur hat es in so mancherlei Hinsicht schlecht mit ihm gemeint, aber Jutta hat mir versichert, dass der Junge kein Zyklop ist. Was er sonst ist, darüber habe ich lange aufgehört zu spekulieren. Er ist absolut ungeeignet für den Job und mehr muss ich nicht wissen.

»Nun komme ich allein zurecht«, antwortet die Frau Doktor. »Vielen Dank, Peter.«

»Wenn man das Passwort aufschreibt, kann das nicht schaden«, antwortet Bause und erhebt sich lustlos. »In deinem Fall gleich mehrfach. Nimm doch dazu einfach dein Telefonbuch.« Er grinst unverschämt.

»Wie recht Sie haben«, freut sich die Frau Doktor. »Und ich werde Ihnen sagen, wo Sie es finden können.«

Er verzieht den Mund. Extraaufgaben überfordern ihn. »Ich fahre dann jetzt in die Stadt«, sagt er und hält ihr seine offene Hand entgegen.

»Die zweihundert Euro stecken in Ihrer linken Hosentasche, seit etwa zehn Minuten«, erwidert die Frau Doktor unbeeindruckt.

Er zuckt mit den Schultern. »Versuch war es wert«, murmelt er. »Kann ich die Tasche da haben, für den Transport oder so?«

Wohl eher für das »oder so«, denke ich und will gerade protestieren, als die Frau Doktor einschreitet.

»Die gehörte meinem verstorbenen Mann«, sagt sie und zu meiner Überraschung zeigt sich auf ihrem Gesicht eine nie zuvor von mir bemerkte Traurigkeit. »Aber wenn ich Ihnen damit helfen kann …« Sie streckt schon die Hand nach der Tasche aus.

Peter Bause bleckt die Zähne und verschwindet. Grußlos natürlich.

»Sie wollten ihm doch nicht allen Ernstes eines unserer Beweismittel geben«, sage ich durchaus ein wenig aufgewühlt, nachdem die Appartementtür ins Schloss gefallen ist.

Die Frau Doktor lacht aus voller Kehle. »Ich bin doch nicht senil«, feixt sie. »Zumindest nicht in den letzten zwanzig Minuten.«

»Aber …?«

»Peterlein«, erwidert sie mit spitzen Lippen, »ekelt sich vor Karl Heinz. Das ist überaus erstaunlich, da er ihn ja nur in seinem halbdurchlässigen Zustand kennt, aber das genügt ganz offenkundig. Der Junge hätte nie auch nur irgendetwas angefasst, was von Karl Heinz stammt.« Sie zwinkert schadenfroh.

Ich verstehe. »Ich hatte schon Sorge, er beklaut Sie.«

»Er versucht es mit einer bewundernswerten Ausdauer«, antwortet die Frau Doktor und winkt ab. »Da ich nicht weiß, was er sich in meinen Ausnahmezuständen klemmt, ahnde ich anderenfalls alles konsequent. Außerdem schreibe ich alle Dinge, die ich unter keinen Umständen entbehren kann, vorsorglich Karl Heinz zu. Wie gesagt, an dessen

Sachen geht er partout nicht ran.« Sie reibt sich die Hände. »Nichtsdestotrotz, in der Gesamtschau macht der Junge seinen Schnitt. Da bin ich mir sicher. Womöglich sollten wir auch froh sein, dass er überhaupt eine Art von Ehrgeiz zeigt. Das ist heutzutage nichts Selbstverständliches.«

»Und das stört Sie nicht?«, will ich empört wissen.

»Was er nimmt, fehlt am Ende bei meinem Sohn«, entgegnet sie schadenfroh. »Außerdem brauchen Sie in so einem Laden einen Verbündeten, also einen, der sich bestechen lässt. Man muss sich ja seine Annehmlichkeiten verschaffen. Gin Tonic?«

»Das wäre mir recht«, erwidere ich und betrachte die Reihe aus dicken dunkelroten Geranien, die ihr Balkongeländer zieren. Überdies scheint sich seit meinem letzten Besuch hier einiges verändert zu haben. Soweit ich weiß, hasst meine alte Kollegin Geranien, aber im Leben muss ja nichts bleiben, wie es einmal war. »Ich weiß, wie ein Langfinger aussieht, der etwas ins Visier genommen hat«, sage ich. »Wir sollten die Golftasche des Doktors zur Sicherheit bei Jutta parken. Sie wissen, wir dürfen uns keine Patzer erlauben.«

»Herr Katuschek, alles, was Sie für richtig halten«, entgegnet die Frau Doktor. »Ich würde mir selbst nicht einmal meinen Schmuck anvertrauen, wenn ich welchen hätte.« Sie seufzt. »Ist Ihnen noch nie aufgefallen, dass ich zu unseren heiteren Vormittagen, ein kleiner Wortwitz von mir ... nicht wahr ...«, sie lacht, »... auf der Höhe meiner Aufgaben bin?« Nun eilt sie in ihr Zimmer und holt die Getränke, während ich auf einem Sessel Platz nehme und mich voller Unbehagen umschaue.

»Auch das ermüdete Gehirn folgt einem Rhythmus«,

redet sie nach ihrer Rückkehr weiter. »So lautet zumindest meine Theorie. Die spannende Frage ist jedoch, ob die Beobachtung auch suggeriert, dass man sich die Regelmäßigkeit zunutze machen kann. Es wäre für unsere Ermittlungen doch von großem Vorteil, wenn Sie meine Fehlzeiten einplanen könnten. Man kann noch so versiert in seinem Tun sein, besser geht immer. Nicht wahr?«

»Hm.« Sie scheint davon auszugehen, dass wir wieder richtig im Geschäft sind. Ich persönlich wäre nicht so optimistisch. Dennoch spüre ich, wie in mir eine leise Vorfreude aufkeimt. Wenn die Frau Doktor recht hätte, dann ergäbe das Leben in unserem Altenknast vermutlich doch einen Sinn.

»Ich sehe, Sie sind einverstanden«, stellt die Frau Doktor fest. »Ich würde einen alten Kollegen konsultieren. Er forscht seit Langem an meinem Krankheitsbild, seit fast zwanzig Jahren übrigens im Privaten in seiner Finca auf Mallorca.« Sie wirft mir einen verschwörerischen Blick zu. »Bisher war ich nicht bereit, mich seinen Experimenten zu stellen, aber nachdem ich durch einen jahrelangen Selbstversuch gut genug präpariert bin, spricht nichts mehr dagegen. Es kann ja nur noch schlechter werden, nicht wahr?« Sie lacht. »Sie haben vielleicht von ihm gehört. Professor Brinkmann.«

»Äh … ja … sicher …«, stammle ich. Oh Lichtschweif, wie warst du schön und wie schnell bist du erloschen.

»Herr Kollege, so langsam mache ich mir wirklich Sorgen um Sie«, erwidert die Frau Doktor, während sie es sich auf ihrem Sessel bequem macht. »Sie sind mit einem Male kalkweiß im Gesicht. Ich dachte, Ihr Unwohlsein hätte sich mit unserer neuen Leiche etwas gegeben. Aber wenn nicht einmal mehr so etwas Sie aufbaut, müssen wir wirklich mit dem Schlimmsten rechnen.«

»Mit Professor Brinkmann?«, hauche ich unsicher.

»Selbstverständlich wird er Sie auch untersuchen«, bestätigt die Frau Doktor. »Ein Wort von mir genügt.«

»Gut«, entgegne ich zögerlich. Dann trinke ich in großen Schlucken. Wenn man sich in meiner Situation befindet, kann es Alkohol auch nicht schlimmer machen. Bemüht unauffällig beobachte ich die Frau Doktor, um irgendetwas zu sehen, was auf ihren Geisteszustand hindeutet. Aber wenn sie mir vollkommen normal vorkommt und trotzdem von einem TV-Arzt behandelt werden möchte, werden wir beide wohl ein neues Stadium erreicht haben.

Sie bemerkt meinen forschenden Blick und schaut mich fragend an. »Herr Kollege?«

»Hm.«

»Also, Herr Katuschek, bei aller jahrzehntelanger gemeinsamer Verbundenheit«, hebt sie die Stimme, »so geht das mit Ihnen nicht weiter. Ich verlange, dass Sie sich disziplinieren. Wir sind zwei optimistische Menschen im Herbst ihres Lebens, bei mir ist schon manchmal Permafrost, aber das soll uns jetzt nicht weiter stören. Nicht wahr? Wir sind satt, haben es warm und werden bei Bedarf auch sediert.« Sie erhebt ihr Glas. »Mehr kann man wirklich nicht verlangen. Wehleidigkeit ist etwas für die jüngeren Generationen. Reißen Sie sich zusammen!«

Ich nicke zögerlich. »Mir geht es gut, Frau Kollegin, und ich habe einiges zu berichten«, sage ich. Dabei bemühe ich mich, sie nicht mehr so kritisch ins Visier zu nehmen. Womöglich hat sie recht und ich sollte dankbarer sein. Und so betrachtet spielt es doch überhaupt keine Rolle, ob ein

Professor Brinkmann zwischen uns steht. Hauptsache, die Schröter-Leiche ist real. »Auf Professor Brinkmann!«, proste ich ihr zu. Nebenbei kann ich nicht verhindern, meine Augen immer wieder zwischen den Gitterstäben hindurch auf die Straße zu richten. Die vollkommen neue Perspektive verunsichert mich nicht weniger als die unberechenbare geistige Anwesenheit meiner Freundin. Soweit ich das beurteilen kann, würde ich davon ausgehen, dass derjenige, den ich sehen kann, auch mich sieht. Kriminalhauptkommissar a. D. Helmut Katuschek sitzt an einem Vormittag in Hausschuhen, aus denen Zewa-Püschel ragen, auf dem geraniengeschmückten Balkon des Seniorenheimes und trinkt alkoholische Mixgetränke. Ich weiß nicht, ob ich mir mein Altenteil so vorgestellt habe. Die Hochglanzbilder von kernigen Senioren mit gestreiften pastellfarbenen Pullovern und weiß leuchtenden Zähnen sowie einem Handicap von Fünf, die man in der Werbung allenthalben sieht, haben mit meinem Leben jedenfalls nichts zu tun.

Die Frau Doktor sieht meine schiefen Blicke, denn sie schlägt sich auf ihre Schenkel und sagt: »Grauenvoll. Ich weiß. Aber was will man von albernen Menschen anderes erwarten als albernes Zierwerk? Sie können nun einmal nicht hinter den Horizont blicken.« Ohne ihre Augen von mir abzuwenden, greift sie neben sich an eine der Pflanzen, zieht sie aus der Erde und pfeffert sie über die Brüstung. Erst jetzt sehe ich, dass ein erster Kasten schon vollständig abgeräumt ist. »Ich habe denen gleich gesagt, dass das hier alles eingehen wird«, erklärt sie selbstzufrieden. »Der Lehrbursche sorgt für neue Gewächse. In einer Stunde sollte es hier wieder annehmbar aussehen.« Sie zwinkert mir zu. »Glücklicherweise habe ich gestern noch geerntet. Mir ist betrüblicherweise nur gerade entfallen, wo ich die Ausbeute eingelagert habe. Aber in dieser Hinsicht ist ja auf den Lehrburschen Verlass.«

»Ich denke, es ist nicht angemessen, wenn man sich an unserem Eigentum vergreift«, sage ich verärgert. »Wir haben schließlich auch Rechte, obwohl wir alt sind.«

»Es ist, wie es ist«, erwidert sie nüchtern und schnappt sich die nächste Pflanze. »Im Alter darf man nicht kleinlich sein, vor allem nicht, wenn man gesetzeswidrigen Hobbys frönt. Man sollte sich nur zu helfen wissen. Nicht wahr?«

Erst jetzt bemerke ich, dass wir allein sind. »Was ist mit Karl Heinz passiert?«, frage ich besorgt.

Sie schaut mich aus klaren Augen an. »Der ist seit etlichen Jahren tot. Wissen Sie das nicht?«

Ich zucke so sehr zusammen, dass ich fast mein Getränk verschütte.

»Herr Katuschek, Sie hätten Ihren Gesichtsausdruck eben sehen sollen«, freut sich die Frau Doktor. »Ich werde Ihnen etwas zur Nervenstärkung aufschreiben.« Sie öffnet ein auf dem kleinen Beistelltisch stehendes Kästchen und zieht einen vergilbten Rezeptblock hervor, dessen erste Seite sie zackig beschriftet. »Wenn Sie jedes Mal eine andere Apotheke wählen, fallen Sie nicht sofort auf. Sie können auch den Azubi darum bitten. Er besitzt eine entsprechende Dreistigkeit.« Verschmitzt lächelnd reicht sie mir das Rezept. »Karl Heinz hat zwei gebrochene Halswirbel«, fährt sie fort. »Wenn ich gewusst hätte, dass hier seine Schwachstelle liegt, hätte ich da schon früher einmal angesetzt. Jedenfalls will der neue Hausmeister, übrigens ein vortrefflicher Herr, ihn reparieren.« Sie gickert schadenfroh. »Selbst nach seinem Tod ist da nichts mehr zu machen, aber der junge Mann ist gutwillig und er möchte mir einen Gefallen tun. Dabei war es ihm ebenfalls überaus unangenehm, Karl Heinz überhaupt anzufassen. Gut, ich habe ein wenig aus dem Nähkästchen geplaudert, aber da muss man doch nicht so empfindlich sein. Die jungen Leute von heute stecken einfach nichts mehr weg. Unsere Generation ist da nicht so zimperlich. Überlegen Sie mal, wie es den zahlreichen Liebschaften von Karl Heinz gegangen sein muss. Und da war das Fleisch noch dran.« Wieder verschwindet eines der Gewächse.

»Hm.«

»Das hier ist übrigens sein Telefon«, sagt sie und deutet auf das vor ihr liegende Gerät. »Ich habe es zufällig zwischen seinen Gewebeproben gefunden. Bei den meisten Leuten ersetzen diese Geräte ja das eigene Gehirn. Karl Heinz machte in dieser Hinsicht keine Ausnahme und ich gehe davon aus, hier auf eine umfassende Ergänzung seines Psychogrammes zu stoßen. Aber das alles tritt natürlich erst einmal hinter unserem Fall zurück. Wie steht es um die Fortschritte Ihrer Ermittlungen?«

Ich berichte kurz von meinen Erkenntnissen zu Schröters Geschäftsmodell. Für mich liegt darin zweifelsfrei das Motiv für seinen Mord. Auch die tausend Euro in seinem Besitz schüren meinen diesbezüglichen Verdacht.

Sie nickt einmal kurz. »Ich habe mir vergangene Nacht die Patientenakten und auch Schröters Terminkalender zu Gemüte geführt«, sagt sie und betrachtet mich mit einem Blick, den ich nicht deuten kann. Dann fasst sie in die Golftasche und zieht einige Papiere heraus.

»Schwester Monika hat Ihnen die Sachlage korrekt geschildert«, fährt sie fort. »Die Liste seiner regelmäßigen Patienten ist fast deckungsgleich mit der unserer Mitbewohner, bis auf Frau Elwira und mich natürlich. Na ja, Sie sind dann …« Sie stoppt. »Es tut mir leid für Sie, aber Sie haben eine eigene Karteikarte.« Sie schiebt mir das Teil herüber.

»Wieso ist meine Kartei so dick?«, frage ich und betrachte ungläubig das Pamphlet in meinen Händen. »Ich habe den Doktor letzte Woche aufgesucht und das nur aufgrund …« Ich betrachte sorgenvoll meine Füße. »Das war erst das zweite Mal, seit ich hier untergebracht bin.«

»Ich denke, wir verschieben das auf später«, sagt die Frau Doktor und schielt auf das halb volle Glas in meiner Hand. »Trinken Sie, Herr Kollege!« Wie nebenbei nimmt sie mir meine Krankenakte ab und legt sie vor sich auf den Tisch.

»Hm.« Sie wird wohl recht haben.

»Interessanterweise lässt sich in den anderen Karteien nichts Ungewöhnliches finden, also nicht das, was wir suchen«, fährt sie fort. »Die Ansammlung der Gebrechen liest sich wie das Who's who der Altersheilkunde. Aber was will man auch in einem Seniorenheim erwarten? Die Diagnosen nebst entsprechender Medikationen erscheinen mir vernünftig, wobei ich bei Herrn Rolf Jürgen die Dosis der Tranquilizer ein wenig nach oben schrauben würde.«

»Die landen auch nur im Klo«, antworte ich, noch immer unschlüssig, was ich von meiner Patientenakte halten soll.

»Wie lobe ich mir doch die Renitenz der Bejahrtheit«, freut sich die Frau Doktor. »Jedenfalls gibt es in Schröters Aufzeichnungen keinen Hinweis auf die von Ihnen angesprochenen Präparate.«

»Hm. Er hat nichts notiert«, antworte ich. »Wie behält man dann den Überblick? Ich meine, er muss doch wissen, wem er was gegeben hat und vor allem wie viel. Das verstehe ich nicht.«

»Wie gesagt, die Unterlagen sind sauber. Unter uns, Herr Kollege, so blöd ist nicht einmal ein Allgemeinmediziner, dass er Schindluder mit der ärztlichen Dokumentation treibt, also nicht bewusst. Sind Sie sicher, dass es sich wirklich um ein groß aufgezogenes Geschäft handelt?«, fragt die Frau Doktor nach. »Die Salbe für Ihre Frau kann irgendeine Fettcreme gewesen sein und, meine Güte, ein Mann wie Rolf Jürgen gibt sich auch mit blauen Pfefferminzdrops zufrieden. Womöglich sehen Sie Gespenster?«

»Ich bin mir sicher«, erwidere ich überzeugt und registriere einen Kratzer auf meiner Ehre. Ausgerechnet die Frau Doktor.

»Wir haben auch keinen Anhaltspunkt dazu, ob Schröter Geld für seine Offerten genommen hat«, fährt die Frau Doktor fort.

Mein Blick verfinstert sich. »Meine Kontoauszüge«, murmle ich.

»Oh, ja, ach so«, entgegnet die Frau Doktor nicht sonderlich überzeugt.

»Und die tausend Euro in seiner Brieftasche«, ergänze ich.

Die Frau Doktor wiegt den Kopf hin und her. »Das wissen wir nicht. Die können sonst wo herkommen. Es gibt durchaus Männer, die sich durch ein fettes Bündel Geldscheine in der Hosentasche aufwerten wollen.«

Ich bin mir sicher, aber ich möchte nicht mit ihr streiten. »Haben Sie etwas zum Inhalt des Medizinschrankes?«, frage ich nach. »Wenn er seine Wundermittel nicht in den Patientendaten vermerkt hat, kann er sie ja trotzdem ausgegeben haben. Margots Ohrenpaste kam aus dem Schrank. Das weiß ich.«

Sie schüttelt den Kopf. »Herr Katuschek, ich kann es nur noch einmal wiederholen«, sagt sie. »Alles, was ich dort gesehen habe, war die gängige Seniorengarnitur. Blutdrucksenker und Hämorridensalbe. Wenn es so ist, wie Sie vermuten, dann hätten die Pharmazeutika darin sein müssen. Oder haben Sie einen anderen Schrank gesehen?«

»Hm.« Irgendwo muss Schröter seine Ware deponiert haben, denke ich, für alle absolut unerreichbar. In einer Einrichtung wie der unsrigen, in der Zeit, Neugier und Einfallsreichtum niemals eine Grenze kennen, muss man sein Eigentum konsequent schützen. Ein abschließbarer Arzneischrank ist insofern keine so dumme Idee, aber offenkundig hat Schröter auf eine bessere Alternative gesetzt. Der Heimdoktor kannte nun einmal seine Kundschaft. Wie ich so überlege, gerät mir meine Patientenakte wieder ins Blickfeld. Was kann man denn über den Zustand meiner Füße alles aufschreiben? »Papier? Ich dachte, heutzutage macht das alles ein Computer?«, staune ich.

»Haben Sie einen im Arztzimmer gefunden?«, will die Frau Doktor wissen.

»Nein, aber ...« Ich schließe meinen Mund, bevor der Satz beendet ist.

»Dass Schröter analog arbeitet, ist nicht auszuschließen. Manche Kollegen sind da eigen und bei einer derart überschaubaren Anzahl an Patienten wie hier im Heim ist das sicherlich problemlos darstellbar. Und es ist ja möglich, dass man alles in seiner Praxis nachhält«, sagt die Frau Doktor. »Aber so ganz ...«

»... ohne Technik?«, ergänze ich. »Der Mörder hat Schröters Computer mitgenommen?«

»Ich würde es nicht ausschließen«, antwortet die Frau

Doktor. Dann könnte sich darauf eine Übersicht über sein Nebengeschäft befinden, das der Mörder vor den Augen der Polizei verbergen wollte. Ich schiele erneut auf meine Patientenakte. »Die Dokumente sind vollständig«, sage ich.

»Wie gesagt, bis auf Frau Elwira und mich«, bestätigt die Frau Doktor.

»Und die Einstellungsuntersuchungen ... äh ... die erste Untersuchung, wenn man hier anheuert«, gebe ich zu bedenken. »Die müssen Sie gemacht haben. Elwira wird sich auch nicht ewig darum drücken können.«

Die Frau Doktor schaut mich über den dunklen Rand ihrer Brille hinweg an. »Wann soll die gewesen sein?«, will sie wissen. »Und wieso sollte so etwas notwendig sein? Wir sind schließlich nicht im Sanatorium.«

Womöglich kann sie sich nur nicht erinnern, denke ich und kratze mir das rechte Ohr. »Das machen alle, wenn sie hier einziehen, schon allein wegen der zu verschreibenden Medikamente. Das nennt sich Service.«

»Kinkerlitzchen«, antwortet die Frau Doktor und ich kann sehen, wie ihr Blick den noch immer auf dem Tisch liegenden Rezeptblock streift. »Dafür bin ich noch immer selbst zuständig.«

Dass Elwira sich in der einen Woche seit ihrem Einzug um die Untersuchung herumgedrückt hat, glaube ich gern. Sie meidet nach wie vor sogar die meisten Mahlzeiten. Ich sehe das gelassen. Elwira mag ein harter Knochen sein, aber unser Tempel des Todes hat noch jeden Willen gebrochen. Aber die Frau Doktor? Das hätte Frau Mehltau niemals zugelassen, schon allein aus versicherungsrechtlichen Gesichtspunkten. Womöglich möchte sie nicht, dass ich an ihre Patienteninformation komme. Sie schämt sich. »Ach, Frau Kollegin«, seufze ich voller Mitgefühl.

»Herr Katuschek?«

Zurück zum Thema, denke ich. Immerhin möchte ich die Doktorin nicht in eine unschöne Situation bringen. Sie wird schon wissen, was sie tut, zumindest manchmal. »Und Schröters Terminkalender?«

»Sie sind am Montag als Erster eingetragen«, antwortet sie. »Nach Ihnen wäre Ingeborg gekommen. Sie schlägt sich wohl seit einiger Zeit mit Schlaflosigkeit herum. Das weiß ich von Jutta, im Kalender steht davon nichts. Danach reiht sich unsere gesamte Mannschaft aneinander, wie die Hühner auf der Leiter.«

Unzufrieden leere ich mein Glas. Sollte die Skepsis der Frau Doktor begründet sein und ich Schröter wirklich umsonst krummer Geschäfte verdächtigt haben? Dann greift mein vermutetes Motiv nicht. Aber warum musste er dann sterben? Und von wem stammen die tausend Euro?

»Sie sehen aus, als hätten Sie einen Ihrer vielen klugen Gedanken«, sagt die Frau Doktor und schaut mich auffordernd an.

Ich freue mich über das Kompliment, auch wenn es derzeit einer Grundlage entbehrt. Damit meine geschätzte Kollegin davon nichts mitbekommt, wechsle ich das Thema. »Die zeitliche Distanz zwischen der möglichen Ermordung Schröters und dem Auftauchen von Schwester Monika ist sehr eng«, spreche ich meine Überlegungen aus. »Angeblich betritt der Doktor immer erst kurz vor elf die Arena. Monika will um Punkt elf Uhr bei ihm gewesen sein. Ich würde damit unserem Mörder höchstens eine Viertelstunde geben.«

»Oh, das ist sportlich«, bemerkt die Frau Doktor. »Eine

Trantüte darf unser Mörder entsprechend nicht sein und alt vermutlich auch nicht. Das Arztzimmer liegt am Ende des Wildtiergeheges …« Sie lacht herzlich. »Die lächerlichen Fotos an den Wänden. Entschuldigung, Herr Katuschek, aber wenn ich bei Verstand bin, dann drängt sich mir die Absurdität unserer Verbringung förmlich auf.«

»Hm. Der Gang ist eine Sackgasse«, sage ich, ihre Gedanken erratend. »In der kurzen Zeit konnte der Mörder ihn kaum ungesehen passieren, ohne Gefahr zu laufen, zum Beispiel Schwester Monika oder auch Lennox Bergmann zu begegnen.«

»Er hat sich in einem der Appartements versteckt«, schlussfolgert die Frau Doktor.

»Rolf Jürgen, Auguste, Bert Bo linker Hand und Ingeborg, Hannelore sowie Werner rechter Hand«, rekapituliere ich.

»Dann wäre es doch mal interessant zu erfahren, wer von denen am Montag gegen elf einen unverhofften Besuch hatte«, frohlockt die Frau Doktor.

»Sie sagen es …«, stimme ich zu. »Rolf Jürgen und Auguste fallen schon mal weg. Die waren nicht auf ihren Zimmern. Werner hat bei Elwira geturnt.«

»Dann hätte ich mich als Täter in die verwaisten Zimmer gehockt. Schön unauffällig«, bemerkt die Frau Doktor.

Ich nicke. »Bert Bo hat bislang nichts von einem Besuch erwähnt. Bleiben nur noch Ingeborg und …«

»Hannelore«, ergänzt die Frau Doktor.

Ich schnaube auf. »Der Mörder kennt sich hervorragend bei uns aus und er ist ein Kunde von Schröter gewesen«, fasse ich zusammen. »Von ihm hat Schröter die tausend Euro bekommen.«

Die Frau Doktor stimmt mir verhalten zu. »Aber wenn

unser Mörder wegen eines Präparates bei Schröter war, er es bezahlt hat und die beiden danach in Streit geraten, der seine Ermordung nach sich zieht …«

»… hätte der Mörder die Geldscheine wieder an sich genommen«, beende ich ihren Satz. »Zumal er mitbekommen haben dürfte, dass Schröter sie in seine Hosentasche geschoben hat.«

»Dann mangelt es ihm an Gier, was für ihn sprechen würde. »Und an Unehrlichkeit. Was er bekommen hat, wird bezahlt. Es gibt durchaus noch Zeitgenossen, die nach diesem Credo leben.«

»Und ein Mord ist legitim«, gebe ich zu bedenken.

»Die Menschen weisen mitunter seltsame Anwandlungen bezüglich ihrer moralischen Dispositionen auf«, entgegnet die Frau Doktor. »Nehmen Sie zum Beispiel Karl Heinz. Er war nicht einmal in der Lage, seiner Mutter auf dem Totenbett die Augen zu schließen. Meine Güte! Ich habe sie ihr herausgeschnitten.«

»Sie haben was?«, schießt es aus mir heraus.

Sie lehnt sich entspannt zurück und setzt einen überlegenen Blick auf. »Man schließt die Augen eines Toten, um zu verhindern, dass er als Wiedergänger zurückkehrt. Ich wollte eben auf Nummer sicher gehen.« Sie hebt die Hände. »Es war das Trauma von Karl Heinz. Nicht meines.«

Mir entfährt ein Seufzer.

»Sollte Ihre Frau vor Ihnen …«, sagt die Frau Doktor und beendet den Satz jedoch nicht. »Vergessen Sie es.« Sie winkt ab.

»Schröter geistert durch die Appartements«, sage ich mit gedämpfter Stimme. Die Intimität hinter einer Hanfplantage sollte man nicht unterschätzen.

Sie schlägt sich die Hände vor den Mund. »Herr Katuschek, das ist ja mal eine Wendung.« Sie hält inne und lässt die Arme sinken. »Trifft er dabei nur auf die wirren oder …«

Ich hebe die Hände und berichte ihr von meiner Odyssee durch die Zimmer.

Sie hört mir nachdenklich zu und nickt hin und wieder wissend. »Wie praktisch, wenn unsere Mitbewohner ihre Erscheinungen bildlich festhalten«, freut sie sich. »Er sitzt auf einem Toilettenstuhl, sagen Sie? Das vereinfacht den Transport erheblich, das Abstellen auch. Und man sollte meinen, da kann es auch mal tropfen. Wie praktisch.«

»Hm.«

»Wie viele dieser fürchterlichen Vehikel gibt es denn bei uns im Haus?«, will sie wissen.

»Ich hoffe, nicht viele«, sage ich mit einem leichten Schmunzeln.

»Wie dem auch sei, irgendjemandem sollte ein Verlust auffallen«, bemerkt sie.

»Hm.«

»Also wirklich, Herr Katuschek, der Toilettenstuhl gibt unserem Fall die richtige Würze«, doziert sie angeregt. »Es läuft einfach nichts daneben. Ob man Fidel Castro seinerzeit auch auf diese Art transportiert hat? Ich für meinen Teil habe den frühen Tod dieses großen Mannes lange vermutet, auch wenn uns die kubanische Regierung etwas anderes weismachen wollte.«

»Äh, Frau Doktor, ich …«, sage ich unsicher.

Sie winkt ab. »Man macht sich nun mal so seine Gedanken.«

»Ich bin gespannt, wo er als Nächstes auftaucht«, sage ich.

»Fidel Castro?« Die Frau Doktor ist heute zu Scherzen aufgelegt.

Ich nicht.

»Im Fahrstuhl«, sagt sie mit absoluter Überzeugung.

»Wie meinen?«, frage ich nach.

»Der Behandlungsraum liegt am Ende der ersten Etage«, doziert sie. »Direkt daneben wohnt Rolf Jürgen. Dort ist die Leiche zuerst aufgetaucht, nachdem sie vom Tatort verschwunden ist.«

Ich nicke.

»Danach verbringt der Mann die Nacht bei Auguste im Appartement nebenan ...«

»Der Nachbar von Auguste ist Bert Bo«, vervollständige ich den Satz. »Dort war er aber auch höchstens eine Stunde.«

»Sie haben es, Herr Katuschek«, freut sich die Frau Doktor. »Damit gibt es auf dieser Seite keine Privaträume mehr. Gut, der Täter kann die Sache noch etwas verzögern und Schröter auch die gegenüberliegenden Appartements abklappern lassen, aber das ergibt keinen Sinn. Er will mit ihm zum Fahrstuhl.«

»Sie meinen also, er hat sein Opfer bei unseren Leuten zwischengeparkt, um es unentdeckt aus dem Haus zu schaffen«, fasse ich zusammen.

»Hausbesuche wird er jedenfalls kaum arrangiert haben«, antwortet sie. Dann neigt sie leicht den Kopf. »Denken Sie nach, Herr Katuschek. Sie können in diesem Etablissement keinen Fuß vor den anderen setzen, ohne dass sie jemanden im Genick haben. Wie wollen Sie mit einem toten Menschen im Schlepptau einen zwanzig Meter langen Flur bewältigen? Da ist es schon praktischer, sich kleine Etappenziele zu setzen. Oder die ständige Laufkundschaft hat ihn schlichtweg dazu gezwungen. Vielleicht wollte der Täter aber auch nur besonders vorsichtig vorgehen, was seine Bandscheiben angeht. Schließlich dürfen wir nicht vergessen, wie schwer ein toter Mensch sein kann. Selbst wenn man ihn nur schiebt. In jedem Fall ist sein Plan aufgegangen.« Zwei weitere Geranien müssen dran glauben.

»Das mag alles sein, aber welchen Sinn macht es, Zeugen zu produzieren?«, frage ich. »Er muss doch davon ausgehen, dass so etwas auffällt und zumindest blöde Fragen hervorruft.«

Die Frau Doktor lehnt sich mit Schwung zurück. »Aber verehrter Herr Katuschek, Sie können doch bei uns kein Normalmaß ansetzen«, freut sie sich. »Auguste und Rolf Jürgen lassen sich von einer Leiche in ihrem Zimmer nicht abschrecken. Wenn man dem Zustand näher ist als allem anderen, verschwimmen die Dinge schon einmal. Beide kannten Schröter und mochten ihn womöglich. Was spricht also dagegen, dass er sie besucht? Wer weiß, mit wem die beiden sonst noch so verkehren. Grace Kelly? Martin Luther King? Helmut Schmidt?« Sie freut sich. »Schade, dass nicht jede Stufe des Irrsinns diagnostiziert werden kann. Dann würden Leute wie ich zweifelsohne nicht mehr so auffallen.« Sie zwinkert verschwörerisch mit den Lidern.

»Herr Bert Bo ist da schon von einem anderen Schlag«, sage ich nachdenklich. »Er hat sofort begriffen, dass der Mann ermordet wurde.«

»Und genau deswegen sollte er die Leiche auch nicht entdecken«, erwidert die Frau Doktor. »Sie sagten doch, er war früher als sonst aus dem Park zurück. Schröter wäre eigentlich längst weg gewesen. Immerhin gibt es nur wenige

Augenblicke, in denen man ungestört über die Flure eines Seniorenheimes wandeln kann. Nicht wahr?«

»Die Mahlzeiten«, murmle ich nachdenklich. »Bert Bo kommt immer zu spät. Der Täter wusste auch das.«

»Das Künstlergehirn«, murmelt die Frau Doktor.

»Wie meinen?«, frage ich nach.

»Solche Leute geben nichts auf die Uhrzeiten. Sie leben nach ihren eigenen«, antwortet die Frau Doktor.

Dann ist ein deutsches Seniorenheim der vollkommen falsche Ort für ihn, denke ich.

»Nun ja, dumm gelaufen, für unseren Täter. Herr Bert Bo ist nicht einmal in seiner Unzuverlässigkeit verlässlich«, sagt die Frau Doktor und hebt den Zeigefinger. »Einen Mann wie Bert Bo braucht man nicht als Zeugen.« Sie kneift die Augen zusammen. »Trotzdem macht mich das Ganze stutzig. Finden Sie es nicht erstaunlich, dass jemand, der noch klar bei Verstand ist, nicht umgehend die Heimleitung alarmiert? Nichts gegen Ihre Kompetenz, verehrter Herr Kollege, aber wie alltäglich ist das Auftauchen einer fremden Leiche in der eigenen Wohnung, also für jemanden, der hier drin noch sauber tickt?« Sie klopft sich mit der flachen Hand gegen ihre Stirn. »Selbst mit der morbiden Fantasie eines Kunstschaffenden sollte ein unerwarteter Leichnam mehr auslösen als einen Plausch mit dem Hausmeister über die Bücherregale. Noch dazu, da Herrn Bert Bo, wie Sie berichten, ganz offenkundig bewusst war, dass Schröter gewaltsam verschieden ist.«

Da ist etwas dran, denke ich. »Es schien ihn nicht im Geringsten anzurühren, solange der Gestank aus seinem Zimmer verschwand«, sage ich.

»Das sage ich ja«, bestätigt die Frau Doktor. »Ich nehme

ihm nicht ab, dass er die Vorkommnisse als die unbekannten Eigenarten einer fremden Welt abtut. Nicht einmal, wenn die Welt Seniorenheim heißt. Haben Sie eigentlich sein komplettes Appartement durchsucht?«

»Nein«, entgegne ich unsicher. »Sie meinen, er hätte uns nur in die Irre führen wollen? Und nachdem ich bei ihm war, hat er sich Schröter geschnappt und ist in den Fahrstuhl ... Hm. Aber das hätte er doch auch tun können, ohne mich vorher zu sich zu bitten. Er wusste, dass wir nach dem Frühstück zu Jutta gegangen sind.«

Die Frau Doktor legt den Kopf leicht zur Seite. »Sagen Sie, wie oft gehen wir zu Jutta?«, fragt sie.

»So gut wie nie«, antworte ich.

»Nun ja«, entgegnet sie mit einem salomonischen Grinsen.

Er spioniert uns aus, denke ich.

»Der Mann erscheint mir nicht geheuer«, redet die Frau Doktor weiter. »Er ist bei Verstand, vermutlich wohlhabend und weltgewandt. Was will er bei uns?«

»Hm.« Das frage ich mich spätestens, seit ich seinen Parfümkühlschrank gesehen habe.

»Streichen Sie Auguste und Rolf Jürgen von Ihrer Liste der Verdächtigen.« Sie wedelt mit wachsweicher Hand. »Das ergibt keinen Sinn.«

Die beiden waren mangels fehlender Motive nie richtig darauf. Genau wie Schwester Monika. Selbst durch eine unglückliche Liebe verliert sie ihre gutmütige Menschenfreundlichkeit nicht.

»Bert Bo allerdings sollten wir im Auge behalten«, ergänzt die Frau Doktor. »Womöglich waren er und Schröter sich aus dem normalen Leben bekannt und er hat sich nur zu uns begeben, um eine alte Rechnung zu begleichen. Sie wissen doch selbst, dass man nirgendwo unauffälliger lebt als in einem Seniorenheim, schlichtweg weil sich niemand außerhalb der Mauern für uns interessiert. Er hat kein Alibi für den Tatzeitpunkt?«

Ich wiege meinen Kopf hin und her. »Wie man es nimmt.«

»Herr Katuschek, wir fangen auf unsere alten Tage nicht an, unpräzise zu werden«, mahnt mich die Frau Doktor. »Entweder man hat eines oder man hat keins. Also was nun?«

»Er hat Schach gespielt«, sage ich leise. »Gegen seine tote Mutter.«

»Die Tatsache an sich beunruhigt mich nicht«, antwortet die Frau Doktor mit zusammengekniffenen Augen. »Wenn die Mutter für ihn existiert. Anderenfalls würde ich eine eigentümliche Form der Anbiederei diagnostizieren.«

»Sie denken, er will mein Vertrauen erschleichen?«, frage ich überrascht.

»Nun, es ist hinlänglich bekannt, dass Sie regelmäßig mit Ihrem alten Freund Herbert eine Partie aufs Brett bringen. Nicht wahr? Wie lange ist er nun schon unter der Erde?« Sie hebt den Zeigefinger. »Alles schon erlebt, verehrter Kollege. Polizisten sind auch nur Menschen und dementsprechend empfänglich für Emotionalitäten. Aber Ihr Blick bleibt ungetrübt, ich weiß. Noch einen Gin Tonic?« Ohne auf meine Antwort zu warten, eilt sie davon.

»Hm.« Ich gebe zu, dass mich die Sache mit seiner Mutter ein wenig angerührt hat. Noch dazu ist Bert Bo kein unangenehmer Mensch. Aber seine Reaktion auf den Mord konnte man durchaus als abgeklärt bezeichnen. Ich habe schon Mörder erlebt, die sich äußerst glaubhaft als hilfreiche

Zeugen präsentiert haben. Und wieso behauptet er so entschieden, kein Patient von Schröter zu sein?

»Also, Herr Kollege, wo waren wir stehen geblieben?« Die Frau Doktor balanciert mit zwei übervollen Gläsern auf mich zu.

»Was stand in der Patientenakte von Bert Bo?«, frage ich.

»Kerngesund, also dem Alter entsprechend«, antwortet die Frau Doktor. »Das war mal eine Befundsammlung, die Spaß gemacht hat. Man wird ja ganz wirr von der geballten Trostlosigkeit.« Sie stoppt und lächelt verschmitzt. »Wenn ich den auf den Tisch bekommen könnte, wäre das eine Herausforderung. Sie machen sich keine Vorstellung, was eine strotzende Gesundheit für ein Ansporn sein kann.«

Wieder fällt mir meine Akte in den Blick. »Eine Krankheit zu finden?«, frage ich.

»Sollte Bert Bo schlagartig versterben, würde ich mich jedenfalls freuen, wenn Sie das für mich arrangieren könnten«, erwidert sie.

Ich nicke zögerlich.

»Allerdings scheint Herr Bert Bo das Thema Gesundheit ernst zu nehmen. Seit seinem Einzug hat er keinen Termin bei Schröter verpasst.« Die Frau Doktor wühlt in der Golftasche und befördert die Unterlagen heraus. Eilig durchforstet sie die Karteikarten, bis sie Bert Bo gefunden hat. »Genau so war es«, freut sie sich. »Mein Gedächtnis funktioniert tadellos. Diese Erkenntnis sollte ich mir als Memo an mich notieren.«

Bert Bo hat mich also angelogen. Das hätte ich nicht erwartet. »An was leidet er denn?«, frage ich nach.

»Wenn Sie mich fragen, nennt man das ausgeprägte Hypochondrie«, entgegnet die Frau Doktor. »Nach der Tauglichkeitsuntersuchung hat er sich ausgiebig nach der Diagnostik bei Blasentumoren erkundigt. Familiär bedingte Risikosteigerung«, liest sie vor. »Schröter hat wohl alles Weitere veranlasst. Beim nächsten Besuch schien sich Bert Bo nicht mehr daran erinnern zu können. Jetzt war es das Herz, was ihn umtrieb ... zumal seine Großtante an einer Insuffizienz gestorben war.« Sie schaut mich an.

»Da kann doch was dran sein«, sage ich.

»Natürlich«, entgegnet die Frau Doktor. »Momentan hat er es auf der Lunge, aber das kann sich wieder geändert haben.« Sie lässt das Blatt sinken. »Der Mann wird in eine schwere psychische Krise verfallen, wenn er ohne ärztliche Behandlung auskommen muss. Wir sollten das beobachten, Kollege Katuschek.« Sie reibt sich die Hände. »Und ich bin ja zur Not auch noch da.«

»Und ich hatte gehofft, hier ist mal einer normal, zumal er ein Schachspieler ist«, gebe ich missmutig zurück. Allerdings könnte vor diesem Hintergrund die Vermutung einer vor unserer Heimzeitrechnung bestehenden Bekanntschaft zwischen den Männern Sinn ergeben. »Sie denken, der nächste Stopp unserer Leiche wird der Fahrstuhl sein, aber dann sind wir zu spät«, sage ich schnell. Ich möchte mit ihr nicht weiter über Bert Bo reden, bevor ich mir nicht selbst ein umfassendes Bild gemacht habe. Ihr Blick verdeutlicht mir, dass sie das akzeptiert.

»Der kürzeste Weg führt über den Fahrstuhl ins Erdgeschoss, noch dazu in einem WC-Stuhl«, antwortet sie. »Von dort würde ich den Weg bis zur Küche und dann in den Garten wählen. Bei Bedarf wäre auch ein kurzer Zwischenstopp im Fernsehraum möglich. Allerdings haust der Sonderling dort, der bei der kleinsten Abweichung von seinem

Alltag ausflippt.« Sie wiegt den Kopf hin und her. »Eher nicht über den Fernsehraum. Jedenfalls, wenn das Opfer einmal im Garten ist, ist die Straße nicht weit ...«

»Die Bushaltestelle von gegenüber«, sage ich. »Da stranden immer mal Leute, die nicht wissen, wohin.«

»Auch eine gute Idee«, stimmt mir die Doktorin zu. »Oder einfach über die Mauer werfen. Statistisch gesehen werden Fußgänger auf der Straße leicht übersehen. Das sollte liegend erst recht gelten. Die zweite Möglichkeit wäre natürlich eine Entsorgung über den Haupteingang. Aber dazu müsste ein Fahrzeug zur Verfügung stehen. Alles andere wird zu riskant. Noch dazu ist hier durchaus mit Publikumsverkehr zu rechnen.«

»Der Hinterausgang«, entscheide ich.

»Rein wissenschaftlich betrachtet«, doziert die Frau Doktor, »bleibt dem Mörder nicht mehr viel Zeit. Die Leichenstarre wird höchstens achtundvierzig Stunden anhalten. Danach beginnt der Verwesungsprozess. Wenn man den Mann schon riechen kann, ist Eile geboten.«

»Wir sollten uns an den neuralgischen Punkten postieren«, schlage ich vor. »Vielleicht ist dem Mörder irgendeiner von unseren Leutchen dazwischengekommen und Schröter befindet sich noch im Haus.«

»Aber natürlich«, ruft die Frau Doktor und reißt die Arme in die Luft. »Nachdem das Zimmer von Herrn Bert Bo wieder geräumt ist, muss die Reise weitergehen. Was werden wir einen Spaß haben! Aber erst trinken wir aus, Herr Katuschek! Wo immer Schröter jetzt steckt, vor dem Mittagessen wird seine Wanderung nicht weitergehen. Noch herrscht viel zu viel Gewusel.« Sie hebt ihr Glas und im nächsten Schwung entledigt sie sich einer weiteren Blume.

»Ihr redet aber nicht über den Fall.« Jutta steht unbemerkt neben uns. Sie japst nach Luft.

Die Frau Doktor und ich schütteln synchron den Kopf.

»Also ich sage euch, das ist heute vielleicht ein Stress hier. Auguste war gerade bei mir. Sie glaubt, ihr Ernst sei in Gestalt eines anderen Mannes zurückgekehrt. Ich sollte sie beraten«, beschwert sie sich übertrieben theatralisch. »Das ist ein Leichtes für mich, aber aufgrund der hohen Nachfrage wird sie sich ein paar Tage gedulden müssen …« Sie schlägt die Lider nieder, als würde die Erschöpfung sie übermannen.

»Lassen Sie mich raten«, scherzt die Frau Doktor. »Er ist um die vierzig Jahre alt, mittelgroß, von schlanker Gestalt und hat in der Medizin promoviert.«

Jutta bleibt der Mund offen stehen. »Olga, wenn ich gewusst hätte, dass Sie auch noch über die Gabe verfügen«, sagt sie beeindruckt.

Frau Doktor Böttcher winkt lachend ab.

»Na, jedenfalls bin ich jetzt schon fix und fertig«, plappert Jutta weiter und wischt sich mit dem Handrücken den Schweiß von der Stirn. »Jetzt richte ich mich erst einmal für das Mittagessen.« Sie macht schnelle Atemzüge. »Der Fahrstuhl ist kaputt und ich muss die Treppen nehmen. Hoffentlich bin ich dann auch pünktlich.«

Die Frau Doktor wirft mir einen alles sagenden Blick zu.

»Nach der Fitnesseinheit brauche ich eine Stärkung«, erklärt Jutta entschieden, macht einen Schritt auf mich zu, nimmt mir mein Getränk aus der Hand und trinkt es gierig aus. »Danke, Helmut.« Dann gibt sie mir das Glas zurück. »Gibt es bei euch etwas Neues?«

»Hm.«

»Und wisst ihr was«, plappert sie so aufgedreht wie immer weiter. »Einer der WC-Stühle wurde gestohlen. Wie ich immer sage, Mangelware ist am begehrtesten. Das muss man sich mal überlegen, drei Toilettenrollis für mehr als zwei Dutzend alte Menschen. Also ich weiß nicht, wie es euch damit geht, aber bei mir taugt ein solches Defizit durchaus dazu, eine kleine Panik heraufzubeschwören.« Sie legt sich die flache Hand auf den Busen. »Unzählige Male habe ich unseren Lenni gewarnt. Tsss. Kostenexplosion – wie aberwitzig. Jetzt freuen sich zwei und der Dritte ...« Sie verzieht ihre dunkelrot bemalten Lippen. »Schwester Monika wird es ausbaden müssen. Na ja, ich komme glücklicherweise auch so ans Ziel. Aber mal ehrlich, wer klaut denn so einen Stuhl, noch dazu einen gebrauchten? So etwas bringt doch nicht einmal im Internet etwas. Das weiß jeder. Na ja, angeblich hat man das Teil im Fernsehraum gesehen. Alle vermuten, dass es Kai Uwe war. Dann muss er seine Trickfilme nicht für einen Gang zur Toilette unterbrechen. Praktisch veranlagt ist der Junge, das muss man ihm lassen. Wenn ich ihn gleich sehe, spreche ich ihn darauf an.«

Wieder wechseln die Frau Doktor und ich einen schnellen Blick.

»Ausgerechnet heute fällt der blöde Fahrstuhl aus. Dabei ist der Tag so voll«, jammert Jutta. Sie stutzt beim Anblick der auf dem Tisch liegenden Utensilien. »Dürfen Sie noch Rezepte ausstellen?«, fragt sie an die Frau Doktor gerichtet.

»Aber meine Liebe, so etwas vergeht doch nie«, entgegnet die Frau Doktor und zwinkert mir zu.

Jutta scheint nachzudenken. »Wenn Doktor Schröter nicht mehr da ist, wird es absehbar zu Engpässen kommen.

Wer weiß, wie schnell die Heimleitung für Ersatz sorgt. Wir könnten für jedes Rezept fünfzig Euro nehmen. Für Privatrezepte hundert. Und wir teilen, fünfzig-fünfzig?«

Die Frau Doktor zuckt nicht einmal.

»Vierzig zu sechzig? Na gut, dreißig zu siebzig, aber das ist mein letztes Wort«, bietet Jutta an. »Ich habe die Lauferei. Das dürfen Sie nicht vergessen, liebe Olga.«

Ich bin sprachlos. Jutta wittert ein Geschäft wie andere Leute einen Bratwurststand. Die Frau Doktor beginnt damit, die Patientenakten aus der Golftasche zu räumen.

»So, meine Liebe, ich möchte Sie bitten, das Beweismittel ordnungsgemäß in Ihrem Appartement zu verwahren«, sagt sie, nachdem sie fertig ist und Jutta die Tasche reicht.

Jutta macht einen langen Hals und schiebt die Augenbrauen nach oben. »Sie haben alles herausgenommen«, sagt sie enttäuscht. Trotzdem fasst sie unversehens nach den Griffen.

Ich deute gegenüber der Frau Doktor Zustimmung an.

»Ihr müsst mich aber schon einweihen«, beschwert sich Jutta nun.

Ich will sie gerade in die Schranken weisen, da ertönt von der Straße ein Ruf zu uns hinauf.

»Herr Katuschek! Hallo!«

»Weidmann«, entfährt es mir. Ein zaghafter Seitenblick durch die Balkonbrüstung bestätigt meine Vermutung. Auf der Straße stehen Weidmann und sein Friseur und sie sehen ganz danach aus, als ob sie uns einen Besuch abstatten wollten.

Jutta macht einen langen Hals. »Na, das ging aber schnell«, kommentiert sie. »Da muss die Dame aus Schröters Praxis ordentlich Rabatz bei der Polizei gemacht haben.«

Dann darf ich gespannt sein, wie Weidmanns Entschuldigung ausfällt, denke ich.

»Prost, Chef!«, ruft er mit der Ausgelassenheit eines Mitarbeiters, der seinen Vorgesetzten bei etwas Unanständigem ertappt hat.

Ich sage es ja, was ich sehe, das sieht auch mich.

Die Frau Doktor winkt den beiden Herren freundlich zu. Noch mit dem Schwung ihres Armes fasst sie nach zwei Geranien, die im nächsten Augenblick in hohem Bogen hinunterfliegen. Dem Aufschreien der beiden Männer nach zu urteilen, hat sie getroffen. »Wir haben höchstens zehn Minuten für eine verdeckte Operation«, lässt sie wissen. »Herr Katuschek, Jutta, auf zum Fahrstuhl!«

* * *

»Jutta, das ist lächerlich!«, protestiere ich aus der Deckung einer Blumenbank heraus.

»Du kannst mir nicht vorschreiben, wo ich Stellung beziehe«, entgegnet Jutta. »Du hast gesagt, wir bewachen den Fahrstuhl, und wenn du mir nicht erklärst, wieso das notwendig ist, bin ich frei in meiner Platzwahl. Außerdem macht ihr es schon wieder.« Jutta steht vor der Tür zum Appartement von Herrn Bert Bo und zieht sich den Lippenstift nach. Ihre Wangen leuchten rot, so sehr scheint sie sich mit der Rückkehr aus ihrem Zimmer beeilt zu haben.

»Das macht keinen Sinn, Jutta«, antworte ich.

»Das sage ich ja«, bestätigt sie unleidig. »Wenn wir ein richtiges Team wären, wüsste ich Bescheid. Schlimm genug, dass ich Schröters Golfsack allein die Treppe hinauftragen musste.«

»Es ist eine Geheimoperation, die davon lebt, so wenig Leute wie möglich im Vorfeld einzubeziehen«, sage ich.

»Dass du dabei bist, sollte dir genügen. Außerdem war der Sack leer.«

»Ein leerer Sack und dafür so einen immensen Aufwand.« Jutta zieht einen Flunsch, was nur bedeuten kann, dass sie meine Antwort nicht zufriedenstellt. »Du könntest es mir trotzdem erklären. Immerhin schnalle ich auch so, dass du Doktor Schröter im Fahrstuhl vermutest.«

»Jutta!«, fahre ich sie an. »Diskretion ist das oberste Gebot eines jeden Ermittlers.« So dicht, wie sie an der Tür von Bert Bo lehnt, sollte er jedes Wort mitbekommen. Da ich noch nicht weiß, wie ich ihn einzuschätzen habe, kann jede zusätzliche Information kontraproduktiv sein.

»Wieso? Wir sind doch unter uns«, antwortet Jutta störrisch.

»Auf dem Flur«, zische ich ungehalten. »Komm jetzt bitte hier herüber. Die Operation findet hier statt.«

Jutta sieht nicht aus, als begriffe sie den Ernst der Lage. »Gleich ist übrigens Mittagszeit«, sagt sie und rührt sich nicht von der Stelle.

Natürlich. Sie rechnet damit, dass Bert Bo jeden Moment heraustreten wird. Wenn es gut läuft, begleitet er sie auch noch hinunter. Wie ich immer sage, mit Laien lässt es sich einfach nicht arbeiten. Unschlüssig äuge ich zum Fahrstuhl hinüber. An dessen Tür klebt ein großes Hinweisschild. »Achtung, nicht benutzen. Lebensgefahr! Ihre Heimleitung« ist darauf zu lesen. Der neue Hausmeister ist fix, das muss man schon sagen. Dennoch weiß ich nicht, was ich davon halten soll. Seit meinem Besuch bei Bert Bo ist so viel Zeit vergangen, dass man meinen sollte, Schröter wäre längst im Erdgeschoss angekommen. Die Frau Doktor überprüft das gerade. Trotzdem hat sie darauf bestanden, dass wir den

Zugang hier oben im Auge behalten. Sie will auf Nummer sicher gehen. Bei dem Aufheben, das Jutta hier veranstaltet, ist er ohnehin schon vorgewarnt. Aber ich schlage der Frau Doktor grundsätzlich nichts ab, auch wenn ich sicher bin, dass ich definitiv eine Etage tiefer gebraucht werde. Nach meinem Dafürhalten hat Schröter bei dem Vorsprung längst das Haus oder sogar das Anwesen verlassen.

Eine Tür klappert.

»Oh!«, ruft Jutta verzückt. »Das ist ja ein Zufall.«

Ich muss meinen Kopf nicht zwischen den Blattpflanzen hindurchstrecken, um zu wissen, wer auf dem Gang erschienen ist. Bert Bo.

»Helmut!« Er hebt die Hand zum Gruß.

Ich ärgere mich, wie leicht er mich entdeckt hat, und tue so, als würde mir der Zustand unserer Heimflora am Herzen liegen. Schließlich nicke ich ihm freundlich zu. »Bert, du bist es«, sage ich. »Der Zustand der Pflanzen ist miserabel. Wenn man sich nicht um alles selbst kümmert.« Ich hebe ein Blatt eines mir vollkommen unbekannten Gewächses an, als würde das meine Worte unterstreichen.

»Das kontrollierst du also auch noch«, entgegnet Bert Bo und ich kann nicht sagen, ob es Anerkennung oder Mitleid ist, was da in seiner Stimme mitschwingt. Er lässt seine Augen auf mir ruhen, als müsste er selbst darüber nachdenken. Schließlich dauert es Jutta zu lange und sie macht einen entschlossenen Schritt nach vorn und schiebt ihm ihre üppige Oberweite förmlich unter die Nase.

»Wollen Sie zu mir, Frau ...?«, fragt Bert Bo sichtbar bedrängt.

»Jutta«, platzt es aus ihr heraus. »Meine Freunde nennen mich einfach nur Jutta.« Sie lacht künstlich. »So ein Zufall aber auch. Ich stehe hier und Sie kommen heraus.« Sie tritt bis auf wenige Zentimeter an ihn heran. »Sie wissen, dass Freud sagt, es gibt keine Zufälle«, haucht sie.

»Wenn Sie auch mit zu Kalle an die Frittenhütte wollen, dann nicht«, entgegnet Bert Bo lässig.

Ich wollte mich eintragen. Jetzt ist das schon heute. Wie ärgerlich.

»Zu Kalle?« Juttas Stimme nimmt drei Oktaven mit einem Male. »Heute? Davon weiß ich ja gar nichts. Kann ich mich da noch anschließen?« Sie versucht, sich bei ihm unterzuhaken, aber Bert Bo scheint plötzlich einen steifen Arm zu haben.

Dafür schaut er wieder zu mir herüber. »Ich bewundere Menschen mit mannigfaltigen Talenten. Ein grüner Daumen ist mir nicht beschert, eher die Kunst des Verwelkens.« Er verzieht den Mund und wirkt mit einem Mal nicht mehr so jugendlich, wie er es wohl gern hätte.

Jutta schaut erst auf ihn, dann zu mir und wieder zu ihm. Sie scheint über die Vertrautheit zwischen uns ein wenig verwundert zu sein. »Wir könnten ja auch hier speisen. Heute gibt es fangfrischen Kabeljau«, flötet sie unter dem Klimpern ihrer Wimpern. »Einem Mann wie Ihnen steht das eher zu Gesicht.«

Ein Kabeljau?

»Wir bekommen nur die allerbesten Lebensmittel«, säuselt sie weiter. »Noch dazu sind wir heute in ganz intimer Atmosphäre.«

Sie wittert ihre Chance. Natürlich. Wenn alle bis auf die Frau Doktor, Margot und ich in der Frittenhütte sind, hat sie genügend Freiraum für einen Frontalangriff.

»Ich bin kein großer Freund von Fisch«, erwidert Bert

Bo und versucht, ihr charmant auszuweichen. »Und du bist sicherlich auch wieder im Einsatz«, wendet er sich erneut an mich. »Hattest du schon Erfolg?«

Ich zucke teilnahmslos mit den Schultern. »Die Palmen müssen gedüngt werden. Etwas Wasser könnte auch nicht schaden.«

»Wir könnten gemeinsam den Fahrstuhl nehmen«, mischt sich Jutta ein.

»Der ist seit dem Frühstück defekt«, antwortet Bert Bo. »Lebensgefahr.«

»In unserem Alter ist das, was man verlieren kann, überschaubar«, entgegne ich. Der Täter hat Schröter in den Fahrstuhl gebracht, denke ich. Und dort sitzt er vermutlich noch.

Bert Bo lacht für meine Begriffe ein wenig zu laut und mit etwas zu viel Zähnen.

Im nächsten Augenblick knallt am anderen Ende des Flures eine Tür. Hannelore. Dass die alte Krähe sich für ein aushäusiges Mittagessen eingetragen hat, grenzt an ein Wunder. Vermutlich geht sie davon aus, dass Elwira zahlt.

»Was soll das hier werden, ein Ausbruchsversuch?«, keift sie und steuert direkt auf mich zu. »Hat dir Margot das erlaubt?« Sie stoppt kurz vor mir und baut sich mit fletschenden Zähnen vor der Fahrstuhltür auf. »Was soll das denn sein?«, fragt sie, nachdem sie offenkundig das Schild gelesen hat. »So etwas fällt denen immer um die Mittagszeit ein. Lebensgefahr? Ich lache später.« Mit einem Faustschlag hämmert sie auf den Knopf. Es dauert kurz, dann leuchtet das grüne Licht und der Aufzug setzt sich hörbar in Bewegung. Wenn Schröter jetzt gleich auftaucht, habe ich drei glaubhafte Zeugen, denke ich noch, dann öffnet sich die Tür. Nichts. Die Kabine ist leer. Bevor Hannelore eintreten kann, beuge ich mich hinein und hole tief Luft. Auch nichts.

»Da hast du die Hosen voll, was?«, feixt Hannelore, versetzt mir einen Rempler, um für sich den Weg freizumachen. Dann steigt sie in den Fahrstuhl.

Noch bevor ich hoffen kann, dass das Schild auch hält, was es verspricht, schließt sich die Tür und sie fährt nach unten. Hannelore ist zweifelsfrei lebensmüde, aber in diesem Fall ist sie kein Risiko eingegangen. Der Fahrstuhl ist nicht defekt. Der Mörder hat sich eine Verschnaufpause bei der Leichenentsorgung verschafft. Ich war nur so blöd, ihm auf den Leim zu gehen.

* * *

»Ich bitte vielmals um Entschuldigung. Ich hätte mich gleich an meinem ersten Tag vorstellen müssen, aber ich bin vor lauter Aufgaben einfach nicht dazu gekommen.« Der Mann, der das sagt, trägt eine schwarze Arbeitslatzhose mit aufgesetzten orangefarbenen Reflektorstreifen und einen um die Hüften geschlungenen Werkzeuggürtel, der so vollgestopft ist, dass die Gerätschaften bei jedem Schritt gegen seine Oberschenkel schlagen müssen. »Es ist meine erste Stelle in einem Seniorenheim.« So vorsichtig, wie er das letzte Wort ausspricht, glaube ich ihm das gern. »Ich kenne mich mit den Gepflogenheiten noch nicht aus. Vorher war ich in der Maschinenwartung, da gab es nicht so viele Menschen.« Er lächelt verlegen. »Man muss sich eben erst eingewöhnen.« Während er seinen Monolog hält, fummelt er unentwegt an einem sich in der Wand neben dem Lift befindlichen Schaltkasten. »Ich verstehe das nicht. Gerade ist er doch angefahren.«

Die Frau Doktor steht direkt vor ihm und starrt ihn gespannt an. Sie wartet offenkundig auf einen Zugriff, was unser Hausmeister als Interesse an seiner Person interpretiert.

»Ist Hannelore noch drin?«, frage ich. Nachdem Jutta gemeinsam mit Bert Bo in Richtung Frittenhütte aufgebrochen ist und der Fahrstuhl wieder lief, habe ich mich über die Treppe nach unten begeben.

»Keine besonderen Vorkommnisse«, teilt mir die Frau Doktor knapp die Sachlage mit. »Wieso Hannelore?«

»Nicht dass Sie denken, es gefällt mir nicht bei Ihnen«, redet der Hausmeister weiter, während er die Sicherungen überprüft. »Es ist wirklich nett.«

Das kann nur jemand sagen, der nicht gegen seinen Willen festgehalten wird.

»Und die Arbeit macht mir Spaß«, fährt er fort. »So handwerkliche Dinge fallen mir nicht schwer, wissen Sie. Das hatte ich schon als kleiner Junge drauf. Mein Großvater hat es mir beigebracht. Ich bin bei ihm und meiner Großmutter aufgewachsen.« Er verzieht den Mund, scheint sich zu genieren. »Deswegen mag ich alte Leute wohl auch besonders. Von daher war der Job hier eine wirklich gute Fügung.«

Ob er das auch noch so sieht, wenn er alle kennengelernt hat, frage ich mich.

»Ist jemand da rausgekommen?«, frage ich noch einmal.

Endlich fühlt er sich angesprochen. »Da ist jemand drin?«, fragt er mit großen Augen und hoher Stimmlage. »Das ist doch gefährlich, solange wir nicht wissen, was mit der Technik nicht stimmt.« Er wischt sich mit dem Handrücken über die schweißige Stirn.

»Hannelore«, entgegne ich. »Die kennt keine Gefahr.«

Ich bedeute der Frau Doktor, dass der Einsatz ins Leere gelaufen ist.

»In die Küche«, raunt sie mir zu.

Ich bitte sie mittels einer kurzen Geste noch um etwas Geduld.

»Ach du lieber Himmel, die Frau wird ersticken. Was mache ich denn jetzt?«, sagt der Hausmeister zunehmend aufgelöst. Was er mit den Kabeln anstellt, wirkt auf einmal nicht mehr so souverän. »War das Schild nicht groß genug? Habe ich etwas falsch gemacht?«

»Was hat es denn mit dem Schild auf sich?«, will ich wissen. »Wann haben Sie denn bemerkt, dass der Aufzug streikt?«

»War ich zu spät?«, fragt er dagegen. Die Angst steht ihm mittlerweile ins Gesicht geschrieben. »Um Himmels willen, die arme Frau. Vielleicht muss ich die Feuerwehr alarmieren. Die kriegen sie über den Schacht evakuiert. Das wird aber etwas dauern. Hoffentlich hält sie so lange durch.«

»Wenn nicht, nimmt sie Ihnen das auch nicht krumm. Hannelore ist tolerant, also solange es um ihr Ableben geht.«

Der arme Mann ist nun weiß wie die Wand.

»Hannelore hat Zeit«, kommentiert die Frau Doktor lapidar. Sie hingegen hat es eilig. Das kann ich ihr ansehen. Sie will den Leichnam so wie ich meine Informationen.

»Sie trifft keine Schuld«, sage ich, um das Gemüt des Hausmeisters zu beruhigen. »Wie hat sich das mit dem Fahrstuhl nun zugetragen?«

Der ihn nun erfassende Argwohn ist unübersehbar. »Sind Sie von der Versicherung?«, fragt er und mustert erst mich und dann die Frau Doktor.

»Er hält uns für Versicherungsvertreter«, jauchzt die Frau Doktor leise, aber für alle hörbar. »Wie herzig.«

»Doktor Olga Maria Böttcher, Appartement drei, und Helmut Katuschek, Appartement vier«, stelle ich uns vor.

»Ah. Die Dame kenne ich schon. Sie sind aber ein reizendes Paar.« Er wirkt sichtbar erleichtert. »Möchten Sie, dass ich Sie nach oben bringe?« Er beugt seinen Oberkörper leicht vor und wackelt mit den Händen. »Das ist kein Problem für mich. Wirklich. Es macht keine Mühen.«

»Ihr vermaledeiten Dummköpfe!«, hört man Hannelore im Fahrstuhl toben. »Ich will meine Fritten!«

»Zu schade, dass wir es eilig haben«, kommentiert die Frau Doktor und tritt von einem Fuß auf den anderen.

»Was ist mit dem Fahrstuhl?«, erinnere ich den jungen Mann noch einmal an das Grundproblem.

»Ich weiß es nicht«, jammert er. »Heute Morgen ging er noch problemlos. Puh!« Er atmet hörbar aus. »Dann wollte ich nach oben fahren, um einen WC-Stuhl zu suchen, und nix tat sich mehr. Ich habe umgehend die Schilder angeklebt. Man weiß doch nie, was solche Geräte haben. Ich habe immerhin einen Fürsorgeauftrag für die Bewohner.«

Meint er das ernst?

»Haben Sie den Stuhl gefunden?«, fragt die Frau Doktor dazwischen.

Das scheint ihn vollkommen aus dem Konzept zu bringen. »Äh … wen … warum?«, stammelt er. Dann spannen sich bei ihm sichtbar alle Muskeln an. »Ich begleite Sie.« Er setzt schon an, nach der Frau Doktor zu fassen, und ich brauche nicht einmal seine schnellen Blicke zwischen ihr und der unweit von uns liegenden Besuchertoilette zu sehen, um zu wissen, was er denkt. Meine geschätzte Kollegin versteht es auch sofort.

»Keine Notdurft«, sagt sie mit gehobenen Händen. »Nicht um diese Zeit.«

»Sicher?«, fragt er nahezu liebevoll.

»Lassen Sie mich nachdenken«, erwidert die Frau Doktor unter zuckenden Mundwinkeln.

Der Hausmeister erstarrt nun förmlich in seinen Bewegungen.

»Nein, kein Zweifel«, sagt die Frau Doktor schließlich, und so wie der junge Mann dreinblickt, sind ihm die letzten Sekunden wie eine halbe Ewigkeit vorgekommen.

Herr Klausen lässt seinen Blick noch einmal sicherheitshalber über die Frau Doktor huschen. Nachdem er sich überzeugt hat, dass nichts Auffälliges von sich geht, ist er zu einer Antwort bereit. »Vermutlich hat jemand den Toilettenstuhl gebrauchen können«, sagt er und macht eine Handbewegung, die uns einen Diebstahl verdeutlichen soll. »Ich suche nachher weiter. Erst ist der Fahrstuhl dran. Die Sicherungen habe ich alle kontrolliert«, fährt er fort. »Und er ging ja gerade wieder. Sie müssen das doch auch gehört haben.« Er schaut sich um, als könnte ihm das irgendjemand bestätigen. »Ich muss den Kundendienst rufen und das kann dauern oder …« Er wendet sich von uns ab und widmet sich wieder dem Kasten für die Elektronik.

Schröter wurde vorhin im Fahrstuhl nach unten gebracht. Dafür besteht für mich kein Zweifel mehr. Heute ist Dienstag. Da steht nach dem Frühstück Basteln auf dem Programm. Wenn Schwester Monika die Reste des Essens beseitigt hat, formt sie Knetmännchen, bindet Trockenblumensträuße oder klebt aus buntem Mais Blumenbilder auf Lederreste, alles Dinge, die alte Leute für gewöhnlich so tun. In der Küche ist dann bis zu Jankos Eintreffen niemand mehr. Der Weg wäre frei. Noch dazu, da die aktiven Vormittage, wie unsere Heimleitung es nennt, alle Bewohner anlocken. Ich denke, das liegt nicht an der Sinnhaftigkeit des Tuns oder der angeblich damit geschulten Fingerfertigkeit, sondern eher an dem exzessiven Tratsch, der damit einhergeht, aber ich bin nie dabei. Die Frau Doktor auch nicht. Nach allem, was ich gehört habe, kommt Bert Bo auch ohne selbst gemachte Namensschilder aus. Frau Elwira sowieso.

»Wir sind zu spät«, murmle ich unzufrieden.

»Wir werden sehen«, entgegnet die Frau Doktor angespannt.

»Kann man den Fahrstuhl aus dem Inneren stoppen, wenn er bereits gerufen wurde?«, frage ich unseren Hausmeister. Damit könnte man prima etwaige Zeugen abhalten.

Der Mann hört mich nicht.

Ich räuspere mich so ausdauernd, bis er sich wieder zu uns umdreht. Just in dem Augenblick fährt der Lift wieder an.

»Ja, es könnte ein Notfall vorliegen«, beantwortet er meine Frage und atmet dabei erleichtert aus. Der Zustand hält nicht lange an, denn kurz darauf öffnen sich die Türen und Hannelore erscheint auf der Bildfläche.

Ihr böser Blick trifft erstaunlicherweise nur mich. »Das ist mal wieder typisch«, mault sie. »Da steht der Tölpel, begierig darauf, mich an den Füßen hier herauszuziehen.«

»Ich hätte dich nicht angefasst«, antworte ich.

Die Frau Doktor grinst vielsagend.

Hannelore stampft mit dem Fuß auf und setzt sich in Bewegung. Auf der Höhe des Hausmeisters stoppt sie. »Wenn ich zu spät bin, wirst du dir wünschen, niemals geboren zu sein«, raunt sie ihm mit tiefer Stimme zu. Dann zieht sie von dannen.

Der arme Mann schaut, als hätte man ihm ins Bier gespuckt. »Aber … ich habe doch … Es war nur …«, stammelt er. »Eine nette alte Dame?«

Vermutlich bekommt er gerade einen ersten blassen Vorgeschmack dessen, was er sich hier aufgehalst hat.

»Ich hätte sie gern aufgemacht«, kommentiert die Frau Doktor. »Aber so habe ich noch etwas, auf das ich mich freuen kann. Nun kommen Sie, Herr Katuschek. Wir haben ein Ziel.«

Ich nicke dem ziemlich perplex wirkenden Hausmeister freundlich zu. »Eine Frage hätte ich noch, junger Mann«, sage ich, im Gehen begriffen.

»Ja«, haucht er und klingt dabei deutlich weniger motiviert.

»Wo waren Sie gestern Vormittag zwischen zehn und elf Uhr?«

Er überlegt kurz. »Die Glühbirnen vor dem Arztbereich waren kaputt«, antwortet er und scheint nebenbei noch abzuwägen, ob seine Auskunft korrekt ist. »Das muss so um die Zeit gewesen sein.« Dann durchzuckt es ihn. »Sind Sie dort zu Fall gekommen, weil es zu düster war?«

»Normalerweise kriege ich auch bei Dunkelheit ein Bein sehr gut vor das andere, vor allem auf glatter Strecke«, sage ich gleichmütig. Er übertreibt es für meine Begriffe ein wenig, aber gut, in einer neuen Stelle will man nichts falsch machen. Vermutlich gibt sich das schneller, als uns allen lieb sein kann.

»Sie haben sich eine Scherbe eingetreten?«, entfährt es ihm mit entsetztem Blick.

Ich senke meinen Kopf demonstrativ in Richtung meiner Füße.

Er tut es mir gleich. »Sie haben sich die Zehen aufgeschnitten. Alle!«, ruft er bestürzt aus. Dabei macht er den

Eindruck, als wollte er sich umgehend auf den Boden werfen, um mich zu verarzten.

»Nein«, antworte ich.

»Ich habe sogar noch den Staubsauger geholt, um alles wegzubekommen«, erklärt er mit zittriger Stimme. »Nun habe ich doch jemanden verletzt.«

»Sie haben mir nichts getan«, versichere ich. »Ich laufe nicht barfuß, erst recht nicht im Haus. Wo kamen die Scherben her?«

»Wirklich nicht?«, will er wissen.

»Nein.«

»Ich habe den Bilderrahmen schon bezahlt«, sagt er. »Die blöde Leiter war schuld. Ich muss dagegen gekommen sein. Das geht so schnell mit den häuslichen Unfällen.« Er wackelt mit dem Kopf hin und her, als könnte er es selbst nicht glauben.

Ihm ist eines der scheußlichen Tierkinder heruntergefallen, denke ich.

»Ich repariere das wieder, selbstverständlich«, versichert er. »Glücklicherweise habe ich noch ein Bild gefunden. So eine nackte Stelle an der Wand sieht ja nicht schön aus, vor allem wenn sie die lieben Gäste irritieren könnte.«

»Elefantenkälbchen«, sage ich tonlos.

Er ist begeistert. »Genau. Die sind niedlich. Nicht wahr? Ich hätte nicht gedacht, wie wichtig so ein paar bunte Bilder für Sie sind«, fügt er noch an. »Aber ab jetzt passe ich besonders darauf auf. Versprochen!«

Die Frau Doktor schüttet sich aus vor Lachen.

»War jemand bei Ihnen oder haben Sie während Ihrer Arbeit dort jemanden gesehen?«, frage ich nach.

Er zögert. »Sie stellen komische Fragen«, sagt er und im

nächsten Augenblick scheint er den Satz zu bereuen. »Entschuldigung, das war nicht so gemeint.« Dann reibt er sich nachdenklich das Kinn und stiert über meine Schulter ins Nichts. »Herr Bergmann hat gesagt, ich sollte mir abgewöhnen, mich zu wundern. Die Normalität kommt bei uns im Gewand des grenzenlosen Schwachsinns daher, das hat er gesagt, genau.« Nachdem er die Frechheit vermutlich verinnerlicht hat, kann er mich wieder ansehen. »Ich arbeite grundsätzlich allein«, beantwortet er meine Frage. »Die Residenz hat nur einen Hausmeister.« Über die Tatsache scheint er erfreut zu sein.

»Trotzdem, ist Ihnen auf dem Flur jemand begegnet?«, hake ich nach.

Er denkt angestrengt nach. »Ich bin zwischendurch immer mal im Keller gewesen«, sagt er. »Mein Großvater hat immer gesagt, was man nicht im Kopf hat …« Er lächelt ein wenig verschämt. »Ich bin nicht ganz sicher. Eigentlich war da nur der nette Herr aus dem Theater, aber der hatte sich wohl auf der Etage geirrt«, sagt er. »Jedenfalls war er schnell wieder weg.«

Auf der Etage geirrt, trotz einfältiger Fotografien an den Wänden, denke ich. Bert Bo hätte ich mehr Orientierungssinn zugetraut.

»Und Doktor Schröter?«, will ich wissen.

»Ach.« Er fasst sich an die Stirn. »Da sollte ich mich letzte Woche schon vorstellen und ich habe es einfach nicht geschafft. Dabei hat Frau Mehltau mir gesagt, wie wichtig es ist, dass ich über einen einwandfreien Gesundheitszustand verfüge.« Er wird ganz geschäftig. »Bei Marlon war das auch so. Sonst hätte ich ihn nicht mit nach England in den Urlaub nehmen dürfen. Die Kontrollen sind streng.«

»Marlon ist Ihr Haustier, nehme ich an?« Die Frau Doktor sagt das vollkommen wertfrei.

Hausmeister Klausen nickt mit leuchtenden Augen. »Mein Kleiner, genau. Ein weißer Spitz. Wirklich weiß, also nicht dieses angegilbte Fell, das die meisten haben. Er mag England. Deswegen fahren wir auch wieder hin.« Er hebt den rechten Zeigefinger. »Aber nur mit einem erfolgreich bestandenen Gesundheitstest.« Seine Mimik schlägt auf besorgt um. »Ich gehe umgehend zu Doktor Schröter. Ich verspreche es Ihnen. Ehrenwort.«

»Seuchenfreies Britannia«, ruft die Frau Doktor belustigt aus.

Herr Klausen nickt.

Marlon, der Name wird mir wohl im Gedächtnis bleiben. »Haben Sie Schröter auf dem Flur gesehen oder irgendetwas gehört?«, will ich wissen.

Hausmeister Klausen schaut mich aus großen Augen an. »Sie veranstalten so etwas wie ein Krimispiel, nicht wahr?«, sagt er. »Das machen jetzt alle.« Er lächelt wie jemand, der sich freut, in ein Geheimnis eingeweiht zu sein. »Sie suchen den Doktor«, schlussfolgert er. »Ist er der Mörder? Mir können Sie es ruhig sagen. Ich spiele nicht mit.«

»Wir auch nicht«, kontere ich. »Was ist nun, haben Sie Herrn Schröter gestern gesehen oder nicht?«

Der Mann tritt nah an mich heran und flüstert: »Die Zielperson war auffällig gekleidet. Ich würde sagen, Golf. Sie hatte eine große Tasche bei sich, auch Golf. Ein netter Mann, aber schwer gestresst.« Er winkt ab. »Das kann man bei Ärzten verstehen. Die finden bei den vielen Kranken ja niemals ein Ende.« Er denkt offenkundig kurz nach. »In der Tasche befindet sich das Diebesgut? Ich habe es mir schon gedacht, so schwer, wie er sich damit getan hat. Dabei hätte er sich ja von mir helfen lassen können. Angeboten habe ich es ihm jedenfalls. Wenn ich etwas sehe, melde ich mich bei Ihnen. Wie viele Mannschaften gibt es eigentlich und was ist der Preis?«

»Eine eigene Wohnung«, sagt die Frau Doktor.

Herr Klausen scheint die Antwort nicht einordnen zu können.

»In der Tasche befindet sich das Diebesgut«, wiederhole ich leise den Satz.

Die Frau Doktor wirkt im gleichen Moment wie gebannt. »Herr Katuschek«, sie fasst an meinen Unterarm, »ich hatte die ganze Zeit das Gefühl, dass irgendetwas nicht stimmt. In der Tasche befanden sich keine Golfutensilien. Müssten die nicht eigentlich …«, sagt sie und wird jäh unterbrochen.

»Guten Tag, Chef.«

Weidmann. Das hat länger gedauert, als ich angenommen hatte.

»Haben Sie was vergessen?«, frage ich, ohne seinen Gruß zu erwidern. Wir haben lange genug zusammengearbeitet, sodass er meine Ironie vermutlich verstehen wird.

»Na ja, Chef, wie man es nimmt«, erwidert Weidmann bedröppelt. Obwohl er sich zweifelsohne gesäubert hat, kann man die erdigen Flecken auf seinem hellen Hemd noch gut erkennen. Seinen Friseur scheint es aber noch schlimmer getroffen zu haben. Das Personal muss sich viel Mühe gegeben haben, den Blumenschmuck der Frau Doktor intensiv zu wässern. Mit grimmiger Miene starrt er die Frau Doktor an. »Es geht noch einmal um Ihren Doktor. Wir müssen da etwas überprüfen.«

»Machen Sie nur, Weidmann«, antworte ich kurz angebunden.

»Eventuell brauche ich dabei Ihre Hilfe«, redet er weiter und seine Stimme wird immer leiser. »Als wichtigen Zeugen.«

»Wenn ich einen kleinen Anfall simuliere, sind wir ihn schneller los«, flüstert mir die Frau Doktor zu.

»Ich bin jetzt zu Tisch. Eine pünktliche Nahrungsaufnahme ist bei alten Leuten unerlässlich«, sage ich und lasse die Herren stehen. Die Frau Doktor folgt mir.

»Ich habe schon befürchtet, Sie werden wieder schwach«, flüstert sie grinsend.

»Hm.«

»Er kann sich getrost an dem abgeräumten Tatort umsehen. Wir sichern die Leiche. Ich freue mich schon auf sein Gesicht, wenn wir ihm Schröter präsentieren«, sage ich entschieden.

»So kenne ich Sie, Herr Katuschek, dann wollen wir uns den Korpus mal schnappen.« Sie klatscht in die Hände. »Ui! Ich kann ihn schon riechen.«

Es war nicht Doktor Schröter. Es war der Kabeljau.

»Herr Katuschek, ich bin untröstlich«, sagt die Frau Doktor und nimmt einen Schluck von dem Gin Tonic, den sie uns gerade gemixt hat.

»Bitte grämen Sie sich nicht. Es gibt keinen Grund«, antworte ich und spitze die Ohren. Weidmann und sein Friseur machen noch immer ihre Runde durch unsere Anstalt. Selbst wenn Janko sie aufhält, um ein paar Stückchen des übrig gebliebenen Fischs loszuwerden, werden sie über kurz oder lang nach mir suchen. Weidmann hat ein schlechtes Gewissen, Redebedarf und einen unklaren Vermisstenfall. Der Aufenthalt im Appartement der Frau Doktor verschafft mir lediglich einen kleinen Vorsprung. Denn so einfach, wie Weidmann gestrickt ist, wird er mich in meiner eigenen Wohnung zuerst suchen. Da Margot dort gerade angestrengt ruht, die Schmach der ausgebliebenen Extraeinladung in die Frittenhütte macht müde, wird Weidmann sich fühlen, als würde er die Hölle besuchen, um dem Teufel persönlich ein Haar aus dem Schwanz zu ziehen. Aber die Polizei wird kommen und sie werden Antworten haben wollen, die ich mir nicht einmal selbst geben kann.

»Sie meinen, den Unterschied zwischen einer Mittagsmahlzeit in einem Seniorenheim und einer abgestandenen Leiche nicht mehr ausmachen zu können, ist keine Schande«, sagt sie ungläubig.

Ich nicke.

»Und dafür habe ich studiert«, seufzt sie.

Der Leichnam bleibt verschwunden. Ich denke, wir hätten bis hinaus zur Bushaltestelle gehen müssen. Vielleicht wäre auch ein Durchkämmen des kompletten Straßenzuges angezeigt gewesen. Eine klitzekleine Chance hätten wir womöglich gehabt. Wenn ich es nüchtern betrachte, war die verschwindend gering. Wir waren schlichtweg zu spät. Und was kann ein alter Mann wie ich schon noch ausrichten, vor allem in Hausschuhen mit Zellstoff-Püscheln zwischen den Zehen? Im schlechtesten Fall hätte man die Frau Doktor und mich womöglich aufgegriffen als zwei vermeintlich verwirrte Ausreißer, deren Beschreibung über die Radiosender läuft und die dann im Polizeiauto zurück ins Heim gebracht werden. Nein, danke. Unter den Bedingungen verzichte ich sogar auf eine Leiche.

»Kabeljau. Der Sargnagel meiner Kompetenz«, sagt die Frau Doktor zu sich selbst und stürzt ihren Drink hinunter.

Ich weiß darauf nichts zu sagen und begnüge mich mit dem Getränk und meinen Gedanken. Der Hausmeister, ein umgänglicher, wenn auch für meinen Geschmack übereifriger Mensch, will Bert Bo um die Tatzeit in der Nähe des Arztzimmers gesehen haben. Noch dazu bastelt er nicht, womit er genügend freie Kapazitäten gehabt hätte, die Leiche aus seinem Appartement verschwinden zu lassen. Dass er sie dort geparkt hat, um von sich abzulenken, erscheint mir mittlerweile nicht mehr abwegig. Er musste davon ausgehen, dass Rolf Jürgen und Auguste sich wegen des seltsamen Gastes an mich gewandt haben. Vor diesem Hintergrund wollte er vermutlich nicht auffallen. Damit und mit der intuitiven Skepsis, die ich seit meiner letzten Unterhaltung mit der Frau Doktor hege, habe ich endlich einen Hauptverdächtigen. Was sein Motiv angeht, tappe ich zwar noch im Dunkeln, aber womöglich ist er der Hypochonder, für den ihn die Frau Doktor hält, und als solchem sind ihm seinem Arzt gegenüber die Nerven durchgegangen. Das scheint mir zumindest nicht ausgeschlossen. Von den Ärzten kriegt man nicht immer das, was man gern hätte, die Diagnosen inbegriffen. Ob die Vermutung jedoch irgendetwas mit der Abzocke des Doktors zu tun hat, ist noch offen, aber auch dahinter werde ich noch kommen.

»Olga. Helmut!« Margot ist auf unseren Balkon getreten und ihr spitzer Mund signalisiert mir, dass ihr etwas gewaltig gegen den Strich geht. »Hier ist ein Herr, der mit euch sprechen will.«

Ich bin nicht einmal schnell genug, mein Glas hinter der Lehne des Sessels verschwinden zu lassen, da rauscht sie schon wieder davon.

»Aber liebe Frau Margot«, höre ich Weidmann verzweifelt sagen. »Wir kennen uns nun schon so lange und ...«

»Für Sie immer noch Frau Katuschek«, keift Margot. »Und an einer Unterhaltung bin ich nicht interessiert. Ich relaxe.« Sie verzeiht ihm ihre Tage in der Untersuchungshaft nie. Noch dazu, da sie ihn, solange sie ihn kennt, nur für meinen willfährigen Handlanger gehalten hat. Von so einem Mann weggesperrt zu werden, ist weit unter der Würde einer Kriminalhauptkommissarsgattin a. D.

Es dauert etwas, dann erscheint Weidmann auf unserem Balkon. Er sieht uns und bemüht sich um ein Lächeln, aber das misslingt. »Ich muss mit Ihnen beiden reden«, sagt er verschüchtert.

Die Frau Doktor scheint ihn nicht zu bemerken. Sie ist vermutlich gerade wieder dabei, ihr System herunterzufahren. Da sie ihr Telefonbuch nicht bei sich hat, kann ich ihren Zustand nicht richtig deuten und mein Anstand verbietet mir, danach zu fragen. Wie dem auch sei. Mit Weidmann werde ich allein fertig. Dass er nach einem zweistündigen Einsatz hier im Haus irgendetwas Brauchbares zur Sachlage beisteuern kann, glaube ich kaum. Selbst ich kann keine tragfähigen Ergebnisse vorlegen, trotz vierundzwanzig Stunden Vorsprung.

»Chef, Doktor Steven Schröter wird seit gestern vermisst«, sagt er und ich kann nicht beschwören, ob er es nicht zuvor schon mal erwähnt hat. Ich habe nicht genau hingehört. »Seine Sprechstundenhilfe hat uns benachrichtigt. Er hat seine Patienten nicht versorgt.«

Ich wusste das gestern schon, aber da hatte ich angeblich Wahnvorstellungen.

»Sie haben es mir gestern schon gesagt. Ich weiß«, fährt Weidmann fort, wobei er nervös mit seinen Handflächen über die Balkonbrüstung fährt. »Würden Sie mir bitte noch einmal genau erzählen, was gestern Vormittag passiert ist? Sie haben Doktor Schröter vermutlich zuletzt gesehen, tot.«

Ich lege die Hände auf die Taschen meiner Hose, rechts befühle ich Schröters Geldbündel und links mein Notizbuch. Kriminalhauptkommissar a.D. Helmut Katuschek macht noch immer niemand etwas vor. »Ich dachte, bei vermissten Erwachsenen gilt die Achtundvierzig-Stunden-Regel?«, frage ich betont naiv.

»Schon«, gibt Weidmann mit gesenktem Kopf zu. »Aber

nur, wenn es keine Hinweise gibt, die auf ein Verbrechen hindeuten. Und nachdem Sie sowie auch die Frau Doktor und andere ...«, das letzte Wort verschluckt er fast, »eine Leiche gesehen haben, müssen wir handeln. Wie Sie immer sagen, Chef, ein Polizist muss immer auf der Hut sein.« Er tritt von einem Bein auf das andere. »Möchten Sie einen Kaffee trinken?«, fragt er unbeholfen.

Ich hebe abwehrend die Hand.

»Ihre Heimleitung, also Herr Bergmann, hat ausgesagt, dass Schröters Sprechstunde am Montag ausgefallen ist. Er konnte mir jedoch nicht sagen, was der Grund dafür war. Angeblich sei er sehr unzuverlässig gewesen. Ich habe das Gefühl, der Mann lügt. Was sagen Sie, Chef?«

»Hm.«

»Es gibt Zeugen, die den Arzt am Morgen auf dem hiesigen Golfplatz gesehen haben«, redet Weidmann weiter. »Er soll sich zeitiger als sonst verabschiedet haben, um seinen Dienst hier anzutreten, angeblich schon kurz nach zehn. Man läuft höchstens zwanzig Minuten vom Golfplatz hierher, also gemächlichen Schrittes.«

»Und Schröter ist immer gelaufen«, murmle ich in Gedanken an Monikas Aussage.

»Was meinen Sie, Chef?«, fragt Weidmann, und nachdem ich nicht reagiere, redet er weiter. »Schröter soll ungefähr ab halb elf im Haus gewesen sein und er hatte eine Golftasche bei sich. Wie wir gestern gemeinsam im Arztzimmer waren, ist mir die Tasche aufgefallen. Der Mann muss also im Haus gewesen sein.«

Weidmann arbeitet neuerdings gründlich. Sieh an. Aber wenn die Uhrzeit korrekt ist, dann war Schröter, vorausgesetzt, er hat keinen Zwischenstopp eingelegt, gestern überpünktlich. Eventuell war er mit jemandem verabredet, den er noch vor einem möglichen Auftauchen der Mitarbeiter treffen wollte. Ungestört.

»Gerade habe ich mich noch einmal im Arztzimmer umgesehen. Die Golftasche ist nicht mehr da«, sagt Weidmann und irgendwie kann ich an seinem Tonfall hören, was er mir unterstellt. »Es gibt dort auch keine Patientenunterlagen oder einen Computer«, ergänzt er noch und taxiert mich dabei so intensiv, wie es einem Mann von seinem Format möglich ist. »Ebenfalls auch keine sonstigen Hinweise. Das ist schon sehr ungewöhnlich.« Pause. »Chef?« Pause. »Wissen Sie dazu was?«

Ich hebe und senke die Schultern und bemühe mich um ein unschuldiges Gesicht.

»Der Mann war am Montag hier, wahrscheinlich mit dem Ziel, seine Sprechstunde abzuhalten. Dazu ist es dann aber vermutlich nicht mehr gekommen«, stellt Weidmann fest. »Niemand geht in ein Altenheim und kommt dann nicht mehr raus.«

Ich drehe langsam meinen Kopf und schaue ihn an. »Was, denken Sie, ist sonst die Logik hinter einer Einrichtung wie dieser?«

Weidmann sieht nun aus wie ein getretener Hund. »Ich meine, irgendetwas muss ihm hier zugestoßen sein, nach allem, was Sie beobachtet haben.« Wieder lässt er sich bis zum nächsten Satz eine ganze Weile Zeit. »Wir haben im Haus des Doktors eine erhebliche Summe Bargeld und diverse Medikamente sichergestellt. Die Kollegen werten das noch aus, aber da sind schon richtige Kracher dabei, Botox, Amphetamine und Co. Es sieht alles ganz danach aus, als ob der Mann damit gehandelt hätte, unter der Hand, versteht sich.«

Ich wusste es, jubiliere ich innerlich.

Weidmann beugt sich weit über die Brüstung, wobei er seine Hände auf dem Geländer abstützt. »Sie haben mit allem recht gehabt, Chef«, sagt er beschwichtigend. »Es gibt allerdings keinen Anhaltspunkt für den Tod des Mannes, nicht einmal seine Leiche. Ich kann mich lediglich auf Ihre Aussage stützen.« Er wird unruhig. »Nicht dass das nicht genug wäre, selbstverständlich, also für den Anfang. Aber irgendwann will der Staatsanwalt etwas Handfestes. Wem erkläre ich das?« Seine Stimme überschlägt sich fast, sodass ich sicher bin, was jetzt kommt. »Chef. Wo soll ich denn ansetzen?«

»Er weiß noch immer nicht, was er tun soll«, kommentiert Margot aus dem Inneren unseres Appartements überheblich.

Ich atme tief durch.

Weidmann tut es mir gleich. Dann sagt er leiser: »Es tut mir leid, wirklich, also wegen gestern. Es kommt nicht wieder vor. Wenn Ihnen das nächste Mal ein Leichnam vor die Füße gerät, stehe ich hinter Ihnen, voll und ganz. Ehrenwort, Chef.«

»Hm.«

Die Frau Doktor hebt den Kopf und schaut Weidmann an. »Können Sie von sich behaupten, den Unterschied zwischen einer Vierundzwanzig-Stunden-Leiche und einem Kabeljautellergericht zu riechen?«, fragt sie.

Weidmann schluckt. »Äh …«

»Frau Doktor Böttcher! Herr Katuschek!« Hausmeister Klausen steht unbemerkt in der Balkontür und lächelt frohgemut. »Ich habe geklopft, aber niemand hat reagiert. In meinen Unterweisungspapieren steht, ich solle in einem solchen Fall eintreten und mich davon überzeugen, dass es unseren Gästen an nichts fehlt.«

»Der Gin Tonic ist alle«, erwidert die Frau Doktor und wiegt das leere Glas in ihrer Hand. Im nächsten Augenblick scheint sie eingenickt zu sein.

Klausen macht zwei Schritte vor und freut sich noch mehr. Erst jetzt bemerke ich Karl Heinz, der hinter ihm heranrollt. Ich frage mich, wieso sich das Skelett bewegt, ohne dass er es in irgendeiner Form zu berühren scheint. Dann fällt mir die Kordel auf, mit der Klausen sein Handgelenk und auch den Hüftknochen von Karl Heinz umwickelt hat. Der Mann weiß sich offenkundig zu helfen. Auf diese Weise muss er die Replik nicht berühren. »Da ist er wieder«, sagt er, tritt einen Schritt zur Seite und führt Karl Heinz mittels der Bewegung seines Armes herein. »Wie neu.« Eilig löst er seine Hand aus der Schlaufe. »Ein paar Schrauben, etwas Gips … Wer hätte gedacht, dass ich mal … na ja.« Er klatscht in die Hände. »Lassen Sie ihn bitte noch etwas trocknen. Dann können Sie auch den Schutz abnehmen. Alles andere ist ein Geschenk des Hauses.« Er bedenkt mich mit einem aufrichtigen Lächeln.

Ich brauche etwas, bis ich sehe, was er meint. Karl Heinz trägt eine Halskrause. Das könnte der Frau Doktor gefallen, wenn sie wieder wach ist. Der rosa Kasack, den man dem Gerippe angezogen hat, sollte weniger ihren Geschmack treffen. »Das ist sehr zuvorkommend von Ihnen«, sage ich.

»Schwester Monika hat mir gesagt, wie wichtig der Mann für die Frau Doktor ist«, erklärt er. »Es ist schlimm, wenn man viele Jahre seines Lebens mit jemandem verbracht hat, und dann ist der geliebte Mensch von einem Tag auf den anderen nicht mehr da. Mit den Fähigkeiten der Frau

Doktor kann man den Verlust ein wenig leichter machen. Habe ich das richtig formuliert?«

»Absolut treffend«, antworte ich. »Sein Name ist übrigens Karl Heinz.«

Herr Klausen schaut nun auf das Skelett und nickt, als hätte man sich gerade einander vorgestellt. Dann widmet er sich wieder mir. »Ich hätte ihn auch in einen der Rollstühle gesetzt, das ist irgendwie netter als das Brett. Aber irgendetwas stimmt mit seinen Hüften nicht. Sie sind steif.«

»Das kann in unserem Alter vorkommen«, erwidere ich.

Herr Klausen reißt die Augen weit auf. »Das tut mir sehr leid.« Er dreht sich zu Karl Heinz, als bräuchte auch er seine Anteilnahme. »Jedenfalls kann Karl Heinz nicht mehr sitzen. Ich möchte nur, dass die Frau Doktor weiß, dass ich ihn nicht kaputt gemacht habe. Das muss schon vorher so gewesen sein.«

»Hm.« Ich vermute, die Frau Doktor hat Karl Heinz nicht für den normalen Gebrauch konzipiert. Auch eine Anziehpuppe wird sie damit nicht im Sinn gehabt haben. Aber das kann ich einem Fremden nicht auf die Nase binden.

»Sind Sie auch verheiratet?« Die Frage klingt, als würde er auch mir liebend gern meine Angetraute an einer Kordel ziehend hereinführen.

»Margot Katuschek«, sage ich und deute auf das Appartement von nebenan. »Sie ist aber nicht auf ein Brett genagelt. Und sitzen kann sie auch, immerhin tut sie das die meiste Zeit des Tages.«

Klausen amüsiert sich köstlich. »Das kann ja noch kommen, also das mit dem Brett. Jedenfalls finde ich mich gut ein«, versichert er mir. Dann schaut er auf Weidmann. »Sie beraten sich wegen des mörderischen Gewinnspiels, oder?«

Weidmanns Kinnlade gibt der Schwerkraft nach.

»Hm.«

»Ich habe Schwester Monika gefragt, aber die sagt, ich darf nicht mitmachen. Mitarbeiter sind ausgeschlossen, na ja, oder so ähnlich. Dabei bin ich wirklich gut in so was. Den WC-Stuhl habe ich auch wiedergefunden.«

Ich horche auf. »Wo war er?«, schießt es förmlich aus mir heraus.

Er macht ein paar ungelenke Bewegungen mit seinen Armen, die das, was er sagen will, vermutlich wichtiger machen sollen. »Dort, wo er hingehört, im Aufbewahrungsraum für die Hilfsmittel. Ich habe Ihr Sozialprojekt aus dem Fernsehraum in Verdacht. Das bleibt aber unter uns, bitte.«

»Unser Sozialprojekt?«, frage ich nach. Zugegeben komme ich nicht sofort darauf, was er meint.

Hausmeister Klausen nickt und macht dabei ein Gesicht, als redeten wir über eine ansteckende Krankheit, vor der niemand gefeit ist. »Herr Kai Uwe«, flüstert er. »Schwester Monika hat mich eingeweiht. In Ihrem Alter braucht man eine Aufgabe, eine sinnvolle, wohlgemerkt. Sich eines jungen Menschen anzunehmen und ihn in die Mitte der Gesellschaft zurückzuholen, kann so etwas sein. Ich finde das höchst bewundernswert. Wirklich.«

»Sieht das hier aus wie die Mitte der Gesellschaft?«, frage ich nach. Das Personal findet doch wirklich die absonderlichsten Gründe, die Anwesenheit des Schmarotzers vor anderen zu rechtfertigen.

»Die Mitte vom Ende«, kontert er schlagfertig. Er grinst. »Mir gefällt es bei Ihnen.«

Scherzkeks. »Aha.«

»Es ist alles so normal«, redet er weiter. »Niemand verstellt sich. Alles sagen das, wonach ihnen der Sinn steht. Und sie benehmen sich auch so. Man muss nicht mehr so tun, als ob einem das Essen schmecken oder das Kulturprogramm gefallen würde. In der Zeit, die einem noch bleibt, will man keine Kompromisse machen. Ich glaube, wenn wir von Anfang an so leben würden, gäbe es viel mehr glückliche Menschen.«

Ein interessanter Denkansatz. »Sie meinen, Senioren sind per se glücklich?«, frage ich.

»Sind Sie das nicht?«, entgegnet er.

»Hm.«

»Na ja, jedenfalls will ich Sie gern dabei unterstützen. Deswegen habe ich auch den Toilettenstuhl wiedergefunden«, redet er weiter. »Alles wieder paletti. Keine Kompromisse!« Er legt die flache Hand an seinen Mund. »Falls mal Not herrscht.« Dann zwinkert er mir zu.

Ich richte mich auf und straffe meine Schultern. Keine Kompromisse. An unserem Hausmeister ist ein Philosoph verloren gegangen. »Weidmann, lassen Sie sich den Stuhl zeigen und dann sollen die Kriminaltechniker das Ding auseinandernehmen. Gleiches gilt für den ärztlichen Behandlungsraum. Besonderes Augenmerk: Arzneischrank! Und von dem Herrn hier …«, ich deute auf unseren Hausmeister, »nehmen Sie bitte die Fingerabdrücke, zur Sicherheit, weil er das Gefährt angefasst hat. Und dann befragen Sie unseren Heimleiter in spe, aber auf die spezielle Art. Er hat die Leiche gefunden, also lassen Sie sich nicht abwimmeln. Ach so, und halten Sie mir diesen Friseur vom Leib.«

»Wow!«, entfährt es unserem Hausmeister mit vor Begeisterung weit aufgerissenen Augen. »Ich bin dabei!«

»Na endlich!«, höre ich Margots hämische Stimme. Die

vermeintliche Demütigung Weidmanns ist ihr eine Herzensangelegenheit.

»Aber Chef? Woher? Wieso?« Weidmann wirkt dankbar, auch wenn er mit meinem Tempo noch immer nicht mitkommt.

»Weidmann, ich habe zu tun«, stelle ich fest. Dann verlasse ich mit festen Schritten den Balkon. Helmut Katuschek ist nicht mal durch ein läppisches a.D. mehr aufzuhalten. Aber vorher steuere ich noch schnell den Abort an.

***

»Gut, dass du kommst.« Bert Bo steht unschlüssig vor seinem geöffneten Parfümschrank, wobei er zwei Flakons in den Händen hält. »Ich wurde bestohlen. Eine meiner Raritäten fehlt.«

»Kai Uwe«, entgegne ich ungerührt.

Bert Bo steht das Erstaunen ins Gesicht geschrieben. »Bist du immer so flink?«

»Bei Diebstählen in diesem Haus schon«, antworte ich. »Kai Uwe, immer.« Eventuell übertreibe ich damit ein wenig. Mit Hannelore verfügen wir immerhin noch über einen zweiten Langfinger. Ihr Fokus liegt allerdings auf Essbarem und den Utensilien einer Totenfeier. Kai Uwe wiederum kann alles gebrauchen. Das Bert Bo zu erklären, würde jetzt jedoch zu weit führen. Noch dazu, da ich bei ihm Eindruck schinden will, vor allem weil ich ihn gleich in die Mangel nehmen werde. Abgesehen davon habe ich gestern Abend schon bemerkt, dass Kai Uwes Körpergeruch vom normalen abweicht. Da hatte ich allerdings noch Margots billiges Raumspray im Verdacht.

»Dann werde ich dem jungen Mann etwas Manieren beibringen müssen«, sagt Bert Bo hörbar verärgert. »Er ist im Fernsehzimmer, nicht wahr?«

»Meistens«, entgegne ich. »Aber ihn schreckt nicht viel. Wieso sollte er sonst bei uns wohnen?«

Bert Bo grinst. »Ein verschwundenes Netzkabel wird ihn auf den Pfad der Tugend zurückbringen.«

Der Mann hat meinen Humor. Das muss ich schon sagen. Aber das hilft ihm jetzt auch nicht. »Du wurdest am Montagvormittag weit vor Beginn der Sprechstunde in der Nähe des Arztzimmers gesehen«, sage ich und bedenke ihn mit meinem Polizistenblick. »Was hat dich dorthin geführt?«

Bert Bo stellt seelenruhig die Flakons zurück in den Schrank, schließt die Tür, wischt einmal behutsam über den Griff und schaut mich an. »Ich werde ein Schloss für den Kühlschrank kaufen müssen«, sagt er. Dann schaut er sich in seinem Zimmer um. »Literatur wird ihn vermutlich nicht begeistern. Über mehr Wertsachen verfüge ich nicht.«

Ein Helmut Katuschek hat Zeit.

»Mir fehlt das Motiv für einen Mord«, sagt Bert Bo schließlich. »Außerdem kannte ich den Doktor nicht einmal.« Der letzte Satz klingt verdammt nach halbherziger Lüge.

Die Beobachtungen des Hausmeisters sind also zutreffend, schlussfolgere ich. »Du warst seit deinem Einzug sein Patient«, entgegne ich ungerührt. »Ein regelmäßiger.«

Bert Bo versteht meine Anspielung. Das kann ich ihm ansehen.

»Das ist korrekt«, antwortet Bert Bo mit durchgedrücktem Kreuz. »Bitte verzeih mir meine Notlüge. Es ist nicht meine Art, mit meinen Schwächen hausieren zu gehen.« Er atmet tief durch. »Ich habe ihn am Montag ins Haus gehen sehen. Er ist früher als sonst gekommen und ich dachte, das könnte eine Gelegenheit sein, etwas ausführlicher mit ihm zu reden. Du weißt doch, dass die Ärzte nie genügend Zeit für einen haben. Noch dazu herrscht bei seinen Sprechstunden ein unangenehmes Gedränge im Wartezimmer, von der schonungslosen Offenheit der Gespräche, die dort stattfinden, einmal abgesehen. Ich bin niemand, der sich hier einreihen kann. Die gemeinsamen Mahlzeiten strapazieren mich in dieser Hinsicht schon ausreichend.«

»Hm. Was heißt früher?« Bert Bo kennt sich erstaunlich gut mit den Gepflogenheiten unseres Heimarztes aus, schlussfolgere ich. Und das schon nach so kurzer Zeit. Wahrscheinlich hat er ihm schon öfter aufgelauert.

»Halb elf«, antwortet Bert Bo knapp. »Ich habe Schröter zu meinem Bedauern nicht angetroffen. Er war nicht in seinem Zimmer, zumindest war es verschlossen und es war niemand zu hören«, fährt er fort.

Der Doktor muss also im Haus unterwegs gewesen sein, denke ich. Aber warum und wo? Der Tatzeitraum weitet sich damit auf höchstens eine halbe Stunde aus. Das ist nach wie vor nicht besonders viel. »Was hast du dann gemacht?«

»Schach gespielt«, antwortet er. »Halb zwei habe ich es noch einmal versucht, da hatte ich meinen Termin, mit dem gleichen Ergebnis. Die Sprechstunde hat nicht stattgefunden. Und ich gehe mal davon aus, dass die nächste auch ausfallen wird.« Er formt seinen Mund zu einem gequälten Grinsen. Dann macht er zwei schnelle Schritte auf mich zu. »Meinst du, wir bekommen zeitnah eine Vertretung?«, will er sichtlich aufgewühlt wissen. »Das wäre sehr wichtig für mich.«

Mir fallen die Worte der Frau Doktor bezüglich des

Hypochonders wieder ein. »Kann das jemand bezeugen, also außer deiner Mutter?«, will ich wissen.

Er schaut mich an, als hätte er meine Frage nicht verstanden.

»War am Montagvormittag jemand bei dir, vielleicht auch nur sehr kurz?«, setze ich meine Befragung fort. »Sagen wir, derjenige hat einfach mal den Kopf zu deiner Tür hereingesteckt?« Wenn Bert Bo nicht der Mörder ist, dann hat er mit etwas Glück wenigstens irgendetwas gesehen.

»Helmut, du weißt doch besser als ich, wie es hier zugeht«, entgegnet er abgeklärt. »Seit dem Tag meines Einzuges gibt sich das Publikum bei mir die Klinke in die Hand. Dabei war das Angedeihenlassen von Kürbiskernen noch das Geringste.«

Ingeborg. Sie versucht, jedem auf der Zielgeraden zum Tod das vermeintliche Blasenproblem zu erleichtern. Kürbiskerne sollen dabei wohl Wunder wirken. »Nach einem halben Jahr lässt das langsam nach«, sage ich abgeklärt.

»Wie bitte?« Bert Bo zieht die rechte Braue nach oben. »Da kann ich ja gleich auf der Bahnhofstoilette die Tür offen stehen lassen.«

»Du hast das Prinzip unserer Wohngruppe der Hinfälligkeiten erkannt«, gebe ich mit einem Augenzwinkern zurück.

»Du hast mich gefoppt«, stellt Bert Bo amüsiert und zugleich sichtbar erleichtert fest.

»Ein wenig«, gebe ich zu und komme zurück zu meinem eigentlichen Anliegen. Sympathie einem vermeintlich Verdächtigen gegenüber schwächt den scharfen Blick des Ermittlers. »Du willst mir also sagen, dass am Montagvormittag alle Bewohner irgendwann einmal bei dir aufgetaucht sind.«

»So war es«, antwortet er. »Ingeborg sogar zweimal, auch eine der anderen Damen, deren Namen ich mir einfach nicht behalten kann. Sie wollte wissen, ob sie mir aus der Hand lesen soll.«

»Jutta.«

»Natürlich. Jutta«, erwidert er missmutig.

Jutta befindet sich ohne Unterlass auf militanter Partnersuche. Neuerdings steht ihr die von Rolf Jürgen quasi vor dem Traualtar sitzen gelassene Ingeborg darin offenkundig in nichts nach.

»Wie konnte ich den Namen nur vergessen?«, murmelt Bert Bo geistesabwesend. »Jutta.« Nun verzieht er das Gesicht, als hätte ihn eine furchtbare Erinnerung gepackt.

»Ist das auch der Name deiner Ex-Frau?«, will ich ins Blaue geschossen wissen. Normalerweise bin ich, was intime Fragen angeht, nicht so forsch, also soweit sie nichts mit einem Mordfall zu tun haben. Aber irgendwie hat es mir das Lebensleid dieses Mannes angetan, vermutlich weil ich Parallelen zu meinem eigenen erahne.

Bert Bo deutet ein Nicken an. »Nummer zwei.«

Ich verstehe. »Eine Margot Katuschek ist glücklicherweise nur einmal in meinem Leben aufgetaucht«, sage ich.

»Und geblieben«, gibt Bert Bo zurück.

Wir lachen und klingen dabei vermutlich wie zwei zum Tode Verurteilte auf dem Weg zum elektrischen Stuhl.

Er wird nachdenklich. »Wenn ich es mir recht überlege, haben zwei gefehlt.«

»Zwei Fürwitzige?«, hake ich nach.

Er nickt. »Hannelore und Elwira. Seltsam. Normalerweise gibt es bei mir keine Ausnahmen, also nicht, was die Frauen betrifft.« Ein Schmunzeln huscht über sein Gesicht.

»Hannelore ist verschmerzbar, glaube mir. Sie interessiert sich mehr für eine warme Mahlzeit als für andere Menschen«, antworte ich. Dass Elwira nicht aufgetaucht ist, wundert mich ebenfalls nicht großartig. Sie scheint es gewohnt zu sein, dass man bei ihr anklopft. Noch dazu wirkt sie nicht wie jemand, der sich etwas aus Belanglosigkeiten oder gar profaner Neugier macht, von Männern ganz zu schweigen. Absolut erstaunlich finde ich es hingegen, dass meine Frau ganz offenkundig das tiefe Bedürfnis verspürt haben muss, Bert Bo aufzusuchen, und mehr noch, dass sie mir gegenüber anders als sonst absolut nicht mitteilungsbedürftig war. Eifersucht ist mir fremd, aber interessieren würde es mich schon, was Margot hinter meinem Rücken mit Bert Bo treibt. Ich mustere ihn ungeniert, aber das scheint vollkommen an ihm vorbeizugehen.

»Wie kann man denn heutzutage einen Arzt umbringen? An der Berufsgruppe herrscht Mangel. Wieso kann nicht irgendjemand daran glauben, dessen Profession zuhauf vorkommt?«, echauffiert er sich, wobei er mit langen Schritten Kreise in seinem Zimmer zieht. »Das ist unverantwortlich. Man muss doch auch an die anderen Menschen denken, an die Kranken.«

»Mörder haben es im Allgemeinen nicht so mit der Nächstenliebe«, entgegne ich, noch nicht so recht von seiner Unschuld überzeugt. Zweifelsohne schneidet sich jemand wie er mit der Ermordung seines Arztes ins eigene Fleisch, solange der Arzt seine Angst bedient. Was aber, wenn Schröter das nicht getan hat? Auf der anderen Seite hat Schröter nach allem, was ich weiß, vermutlich fast alles gemacht, was ihm Geld gebracht hat.

Er lässt sich auf den teuren Ledersessel fallen, um im nächsten Augenblick wieder aufzuspringen und seine Runde erneut zu beginnen. »Ich brauche einen Arzt. Es ist dringend.«

»Hm.«

»Helmut, ich habe den Mann nicht umgebracht. Das musst du mir glauben«, beschwört er mich nun. »Wieso hätte ich die Leiche in meinem Zimmer unterbringen und dich dann auch noch dazurufen sollen? Traust du mir so viel Dummheit zu?«

Ich zucke mit den Schultern.

»Ich kannte den Mann kaum«, rechtfertigt er sich weiter. »Er war nicht sonderlich sympathisch, aber immerhin engagiert und kompetent. Wenn man wie ich mit diversen Krankheiten geschlagen ist, weiß man das zu schätzen. Ich hatte wirklich den Eindruck, dass er mir helfen kann.« Er wirkt nun aufrichtig verzweifelt.

»Warum bist du hier?«, frage ich. »Du bist wie ein Kanarienvogel in einem Hühnergehege.«

»Meine Ex-Frau wollte unser Haus behalten«, antwortet er leise. »Und mein übriges Vermögen.«

»Aber …?«

»Ich bin kein Mensch, der gut allein leben kann, und eine neue Frau …«, sagt er und hebt und senkt die Arme. »Dafür reicht mein Geld nicht mehr. Und hier gibt es eine hervorragende medizinische Betreuung. Gab es. Bis gestern.«

* * *

»Was machst du da?«, frage ich.

»Einen Häkelkurs. Das siehst du doch«, entgegnet Hannelore, während sie die Schaufel noch tiefer in die Erde rammt.

Ich für meinen Teil finde es befremdlich, wenn eine ältere Dame im Garten eines Seniorenheimes ein Loch aushebt, aber Hannelore scheint Vergnügen dabei zu empfinden. »Du bereitest dich vor«, provoziere ich sie.

Hannelore hält in ihrem Tun inne und schaut mich giftig an. »Meinst du, ich will euch noch im Tod um mich haben?« Sie lacht höhnisch auf. »Manchmal frage ich mich wirklich, woher du dein Selbstbewusstsein nimmst.« Sie schnaubt auf. »Aus deiner tollen Ehe jedenfalls nicht.«

»Vielleicht sind die Grabstätten hier umsonst«, antworte ich. »Das käme dir doch gelegen.« Mit Hannelore kann man einfach kein vernünftiges Wort wechseln. Ich zumindest nicht. Es ist mir nach wie vor schleierhaft, wie Margot eine intensive Freundschaft zu ihr pflegen konnte. Die Frau ist eine Psychopathin. Allerdings ist sie auch meine letzte Hoffnung, wenn es darum geht, Schröters Mörder zu schnappen. Irgendjemand aus der Nachbarschaft des Behandlungszimmers muss ihn doch gesehen haben. Noch dazu, da nicht einmal Ingeborg mir weiterhelfen konnte. Während Schröter ermordet wurde, saß sie bei der Kosmetik. Bert Bo war auch nicht sonderlich hilfreich. Aber immerhin glaube ich mittlerweile, dass ihm ein lebender Schröter, egal ob er seine zwanghafte Angst vor Erkrankungen ernst genommen hat oder nicht, lieber wäre. Das Panische, das ich vorhin in seinen Augen gesehen habe, kann man nicht vortäuschen. Im Ergebnis bleibt nur noch Hannelore als Zeugin.

Sie stoppt ihre Arbeiten und schaut mich aus funkelnden Augen an. »Du hast keine Ahnung, wie immer.«

»Ich staune nur«, entgegne ich.

»Worüber?«, will Hannelore wissen, wobei sie die Erde von ihrem Spaten klopft.

»Über dein Interesse an Gartenarbeit«, erwidere ich.

»Da kannst du mal sehen«, antwortet sie. »Wenn hier eine Rhododendronhecke wachsen soll, muss ich die Erde austauschen.«

»Aha.«

»Man muss die Gräber etwas abschotten«, redet Hannelore weiter. »Der tote Mensch will ja seine Ruhe haben. Ich zumindest.«

Also doch, denke ich. Hannelore kennt nur ein Thema, von wegen Gartenarbeit. »Gräber«, wiederhole ich nachdenklich. Eigentlich hatte ich nur einen Scherz auf ihre Kosten machen wollen.

»Was dagegen?«, faucht mich Hannelore an. »Neuerdings werden die Leute schon im Wald verscharrt. Wieso dann nicht im Park eines Seniorenheims? Das spart Aufwand und Kosten. Denk mal allein an den Transport. Alle Welt macht doch heutzutage auf Umweltschutz. Dann passt das einwandfrei. Elwira ist nicht so blöd, wie sie aussieht.«

»Elwira möchte einen Friedwald auf dem Gelände eines Altenheimes«, resümiere ich erstaunt. »Vielleicht auch ein Krematorium?«

Hannelore hält inne und schaut mich an. »Ich bin dafür. Aber es ist meine Idee, nicht die von Elwira. Sie hat die Sache lediglich grundsätzlich ins Rollen gebracht. Und ich weiß, dass man vorarbeiten muss, wenn man etwas erreichen will.«

Der Friedwald ist also Hannelores Verbesserungsvorschlag an die Heimleitung, denke ich. Jeder, wie er es mag.

»Für was trittst du ein?«, will Hannelore wissen.

Ich weiß keine Antwort. Ehrlich gesagt, habe ich mir darüber noch keine Gedanken gemacht. Ich weiß, dass die

Häftlinge in den JVAs von Zeit zu Zeit wegen durchgelegener Matratzen oder schlechter Qualität beim Essen meutern, aber ich würde nie auf die Idee kommen, mich hier einzureihen. Ein Helmut Katuschek erträgt den Moloch schweigend. Darauf bin ich konditioniert.

»Typisch!«, entfährt es Hannelore. »Du hast ja auch genug mit deiner Wichtigtuerei zu tun.«

»Da wir gerade beim Thema sind …«, antworte ich und werde jäh unterbrochen.

»Ich weiß nichts und gesehen habe ich auch nichts«, entgegnet Hannelore schroff.

»Du weißt doch überhaupt nicht, was ich …«, hebe ich an, um erneut von ihr unterbrochen zu werden.

Hannelore grinst fies. »Was sollst du schon machen, außer unbescholtenen Bürgern hinterherzuschnüffeln?«

Bei der Frau bekommt sogar ein Kriminalhauptkommissar a. D. Mordfantasien. »Was hast du am Montagvormittag gemacht?«, frage ich unverdrossen.

Sie hält inne. »Siehst du!«

»Beantworte doch einfach meine Frage, bitte«, antworte ich.

»Nichts«, entgegnet Hannelore in hohem Ton.

»Wie – nichts?«, frage ich nach. »Warst du auf deinem Zimmer? Hattest du vielleicht Besuch?«

»Das geht dich nichts an«, keift Hannelore zunehmend misstrauischer. Nach einer kurzen Pause redet sie weiter. »Du spionierst ihr nach.« Der Satz klingt, als würde sie mir jeden Augenblick den Spaten über den Kopf ziehen wollen.

»Wem, ihr?«, will ich wissen.

»Tu nicht so«, blafft Hannelore zurück. »Du Schwein!«

»Jetzt erlaube mal«, entgegne ich erbost. »Margot kann

machen, was sie will. Sie ist eine erwachsene Frau. Seit wann interessierst du dich eigentlich wieder für sie? Ich dachte, ihr seid nicht mehr befreundet.«

»Wieso Margot?« Hannelore hebt die Zähne. »Der musst du nicht nachrennen. Die klebt ohnehin an dir wie Fliegendreck. Ich rede von Elwira, du Blödmann.«

»Elwira?« Hannelore spricht in Rätseln.

»Hör zu«, keift Hannelore. »Mich zieht niemand über den Nuckel, erst recht nicht so eine Flachzange, wie du eine bist. Jeder hier hat mitbekommen, dass du es auf Elwira abgesehen hast. Wie sind die Pommes bei Kalle?«, äfft sie mich nach und zieht dabei zu allem Überfluss auch noch fürchterliche Grimassen. »Ein Wunder, dass du uns nicht allen nachstellst, bei der Frau. Aber du bist und bleibst ein Verlierer.«

»Du hattest also am Montagvormittag Besuch von Elwira«, schlussfolgere ich.

Hannelore scheint kurz zu überlegen. »Und was hilft dir das?«

»Sehr viel«, antworte ich. »Was wollte sie?«

Hannelores Mund und Augen sind nun nur noch Striche. »Wir hatten Dinge zu besprechen«, presst sie zwischen ihren Lippen hervor.

»Um welche Uhrzeit habt ihr Dinge besprochen?«, will ich wissen und versuche, nicht abwertend zu klingen.

»Du bist und bleibst ein Schwein!«, schimpft Hannelore. »Aber bitte, wenn du es brauchst. Ich sehe gern zu, wie du dich bis auf die Knochen blamierst.« Ihre Augen funkeln boshaft. »Kurz vor elf. Sie ist in meine Lieblingsserie reingeplatzt, wenigstens nur in den Abspann. Glücklicherweise hat sie sich nicht lange aufgehalten. Sie wollte wissen, ob der

Grünschnitt vom Hausmeister abgefahren wird.« Hannelore lacht fies auf. »Die macht sich viel zu viele Gedanken um die Bude hier. Natürlich fährt der Hausmeister das Grünzeug ab, wenn Ostern und Weihnachten auf einen Tag fallen. Der Typ ist eine Nulpe.« Jetzt malträtiert sie wieder die Grasnarbe vor ihren Füßen. »Sir Winchester und Emilia gehören zusammen. Sie wissen es nur noch nicht. Unter keinen Umständen will ich verpassen, wie sie es herausfinden. Niemand kann mich davon abhalten.«

Viertel vor elf. Elwira ist unangekündigt gekommen und schnell wieder verschwunden. Ich würde das gern unverzüglich notieren, aber Hannelore noch mehr zu provozieren, bringt nichts. Aber ich werde es behalten. Ganz sicher werde ich das. Elwira hat sich zur Tatzeit in der Nähe des Tatortes aufgehalten, wenn das nicht mal ein handfester Anhaltspunkt ist. Allerdings frage ich mich, was Elwira Kowalski mit Doktor Schröter zu tun haben sollte. Sie wird ihn doch nicht umgebracht haben, um die Aufnahmeuntersuchung schwänzen zu können? Ich weiß ja nicht, was sie zu ihren aktiven Zeiten im Schuldienst so getrieben hat, aber auf Kuschelkurs war die Frau unter Garantie nie. Dennoch, was muss passieren, dass eine überkorrekte Lehrerin zu einer Mörderin wird? Auf der anderen Seite sollte ich dankbar sein. Immerhin habe ich nach dem Ausschluss von Bert Bo keinen Verdächtigen mehr. Allein aber, um vor Weidmann nicht ganz blank dazustehen, sollte ich bei Bedarf einen Verdacht äußern können, zumindest einen leisen. Elwira Kowalski kommt mir da gerade recht. »Besucht dich Elwira öfter, also wegen des Grünschnittes?«, frage ich.

»Niemand wagt es, mich zu besuchen, und erst recht nicht öfter. Den ironischen Unterton kannst du dir auch schenken. Gärtnern ist eine Leidenschaft und die Grünabfälle sind nicht halb so profan, wie du vermutest. Elwira verfügt über eine erstaunliche Umsicht«, faucht sie. Dann unterbricht sie ihre Arbeit, stützt sich mit beiden Händen auf den Spaten, hebt das Kinn und sagt: »Übrigens, während du ihr noch hechelnd hinterherrennst, hat sich längst ein anderer deine Elwira gekrallt.« Sie macht eine lange Pause, in der sie sichtbar Vergnügen hat, mir den vermeintlichen Todesstoß versetzen zu können. »So ein Theatermensch macht einfach mehr her als ein minderbemittelter ausgedienter Polizist mit wunden Füßen.«

»Elwira und Bert Bo?«, hauche ich und klinge dabei tatsächlich ein wenig überrumpelt. Das bin ich auch. Allerdings nur, weil ich mich frage, wie jemand auf so einen ausgewachsenen Blödsinn kommen sollte.

»Du hast es erfasst«, jubiliert Hannelore. »Margot lebenslänglich! Mein herzliches Beileid.«

»Wie kommst du auf ein solches Verhältnis?«, frage ich nach. Bert Bo sieht beim besten Willen nicht wie ein Mann aus, der sich von einem Weib wie Elwira drangsalieren lässt. Zweifelsohne könnte er liebreizendere und auch ansehnlichere Frauen erobern. Allerdings war Elwira Beamtin und verfügt dementsprechend über ein anständiges Auskommen. Für Bert Bo, den seine Ex-Frauen blank gemacht haben, könnte das ein Kriterium sein. Elwira wiederum macht nicht den Eindruck, dass sie die Nähe eines Mannes zulassen würde. Dass sie ihn obendrein aushält, erscheint mir dabei noch abwegiger. Hannelore redet Unsinn. Anders kann es nicht sein.

Hannelore beugt ihren Oberkörper leicht nach vorn, legt den Zeigefinger an ihr Unterlid und zieht es nach unten.

»Wenn eine Frau noch vor dem Frühstück und mit eingezogenen Schultern aus dem Zimmer eines Mannes schleicht, dann war sie nicht zum Blumengießen dort. Möchtest du, dass ich dir den Grund näher erkläre?« Hannelore grinst schmierig.

Nein. Ich denke, ich kenne ihn. Allerdings würde das, was ich in dem konkreten Fall dahinter vermute, Hannelores schmutzige Fantasie womöglich enttäuschen.

* * *

»Jutta! Ich habe es eilig«, wiederhole ich meine Worte nun schon zum dritten Mal. Elwira muss mir dringend ein paar Fragen beantworten, aber dafür muss sie erst einmal wiederauftauchen. Vor ihrer Wohnung stand ich jedenfalls vergeblich. Ich weiß, dass ich als professioneller Ermittler mit jahrzehntelanger Erfahrung Hannelores Beobachtungen nicht einfach so abtun kann. Aber ausgerechnet Elwira? Noch dazu wird allein ihre Befragung hundertprozentig kein Vergnügen. Wie wird sie aber erst reagieren, wenn sie den Eindruck hat, unter Tatverdacht zu stehen? Ich bin lange genug verheiratet, um auf Frauen wie Elwira konditioniert zu sein, aber man muss ihr nicht den Fehdehandschuh ins Gesicht schleudern. Vor allem dann nicht, wenn ein greifbares Restrisiko besteht, ihren Zorn umsonst heraufbeschworen zu haben. Ich nehme es daher als gute Fügung, Elwira nicht angetroffen zu haben, sozusagen eine Schonfrist, zum Nachdenken und zum Hoffen. Manchmal zerschlägt sich ein Anfangsverdacht mir nichts, dir nichts und dann wäre es töricht, Elwira Kowalski gegen mich aufgebracht zu haben. Somit ist erst einmal Jutta dran. Ich drücke meinen Körper so nah wie möglich an die Tür ihres Appartements. Es ist unsinnig zu glauben, dass mich so niemand sieht, aber wie ein Bittsteller vor der Tür einer fremden Frau zu stehen, verursacht in mir eine unangenehme Verlegenheit.

»Wir sind in einer Seniorenresidenz«, antwortet sie mit gehetzter Stimme durch die geschlossene Zimmertür. »Da gilt das nicht.«

Ich knurre ungehalten. Weidmann steckt vermutlich noch mitten in seiner Befragung, und wenn er dort herauskommt, will ich mir wenigstens bezüglich des Verbleibs der Schröter'schen Arznei ganz sicher sein. Die Ware kann nur in der Golftasche gewesen sein. Dass die Frau Doktor darin schon nachgesehen hat, will ich nicht überbewerten. Abgesehen davon muss man Jutta vor sich selbst schützen. »Ich habe deinen Büstenhalter gefunden.« Ich weiß, das klingt nicht nach einem triftigen Grund für einen Besuch, aber nachdem das Kleidungsstück bislang nicht den Weg zurück zu seiner Besitzerin gefunden hat, dachte ich, ich könnte es nutzen.

»Den brauche ich nicht mehr«, entgegnet Jutta eilig. »Ich habe mich dank Elwira von diesem Zwang befreit. Du glaubst nicht, wie gut das tut. Wir Frauen müssen uns gegen die Konventionen stellen, die uns das Patriarchat auferlegt hat.«

Aber nicht ausgerechnet heute, denke ich. »Ich komme jetzt rein«, sage ich mit Nachdruck.

»Ich bin nackig«, entgegnet sie schnell.

Das stört sie sonst auch nicht. Außerdem braucht niemand etliche Minuten, um sich etwas überzuziehen. Entschlossen fasse ich nach der Türklinke und verschaffe mir Einlass.

Jutta hält, nachdem sie mich sieht, in ihrer Bewegung inne und schaut mich aus großen unschuldigen Augen an. Sie ist vollständig bekleidet und bei den diversen Lagen Stoff nebst dickem Modeschmuck, den sie trägt, wirkt das alles nicht wie soeben eilig übergeworfen. »Helmut!«, schreit sie spitz auf.

»Du bist angezogen«, stelle ich leidenschaftslos fest und scanne kurz ihr Wohnzimmer ab. Irgendetwas stimmt doch hier nicht.

»Ja ...«, japst sie ein wenig außer Atem. »Ich habe mich beeilt. Bist du enttäuscht?« Sie zupft hier und da an ihrer Bluse und schiebt deren Ärmel nach oben, um sie umgehend wieder in ihre ursprüngliche Position zurückzuziehen. Nebenbei testet sie noch den Sitz ihrer großen goldenen Ohrringe.

Jutta ist nervös. Das ist unübersehbar. »Wie war es in der Frittenhütte?«, frage ich.

Sie entkrampft und ein erleichtertes Lächeln legt sich auf ihr Gesicht. »Bert Bo ist ein reizender Mann«, schwärmt sie. »Und so zuvorkommend. Er ist nicht gebunden, weißt du. Meinst du, das Theater zahlt ihm eine stattliche Rente? Ich will mich ja im Falle einer Hochzeit nicht verschlechtern.«

»Die Fritten?«, frage ich nach und irgendwie beschleicht mich die Vermutung, dass sie Bert Bo im Schlafzimmer versteckt hält.

»Ach so, ja.« Sie tritt von einem Bein auf das andere. »Sehr gut. Wirklich. Du musst unbedingt mitkommen. Übermorgen.« Ihre Augen flackern ruhelos. »Wolltest du noch irgendetwas?«, fragt sie mit einer für sie untypischen Katzenfreundlichkeit. »Ich bin etwas busy.«

»Nein, nein«, versichere ich und mache auf den Absätzen kehrt. Dabei kann ich förmlich sehen, wie Jutta die Luft anhält. Ich stoppe in meiner Bewegung und schaue über meine Schulter hinter mich. »Unter deinem Tisch liegt eine Arzneimittelpackung. Nur, falls du eine vermisst.«

Jutta presst die Lippen fest zusammen und wagt es nicht, meinem Blick auszuweichen. Zweifelsohne weiß sie, was da auf den Boden gefallen ist. »Ja«, haucht sie schwach.

»Jutta?«, sage ich mit der gebotenen Strenge.

»Ja, Helmut«, erwidert sie, den Tränen nahe.

»Wo ist Schröters Golftasche?«, will ich wissen.

Sie hebt und senkt kurz die Schultern, als wäre ihre Antwort darauf durch und durch belanglos. »In meinem Kleiderschrank. Damit sie niemand sieht. Ganz so, wie du es angewiesen hast.«

»Würdest du sie bitte einmal holen«, sage ich.

»Wieso?«, entgegnet sie und man könnte meinen, die ansonsten so taffe Jutta verliere zusehends an Durchsetzungskraft.

»Nur so«, erwidere ich.

»Momentan ist es schlecht, Helmut«, sagt sie. »Könntest du später noch einmal wiederkommen? Ich bin noch nicht zum Aufräumen gekommen. Durch unseren neuen Fall bin ich total eingebunden ...«

In langsamen Schritten bewege ich mich auf Juttas Schlafzimmer zu. Eine Mordermittlung verlangt einem zuweilen Unvorstellbares ab.

Ehe ich mich versehe, macht Jutta einen Satz auf mich zu und packt mich am Arm. »Helmut, da ist nichts, was zwischen uns steht«, keucht sie erregt.

Um Bert Bo würde sie nicht so ein Gewese machen, denke ich und betrete das Schlafzimmer. Der Raum erinnert mich an eine Tüte Fruchtbonbons, bunt, übertrieben künstlich, und wenn man zu viel davon gehabt hat, wird es einem schlecht. Ich verkneife mir allerdings jegliche Äußerung zu Juttas Vorlieben, den einrichtungstechnischen. Was ich da auf dem Bett sehe, kann ich jedoch nicht unkommentiert lassen.

»Ich habe die Sachen nur gesichtet«, bringt Jutta zu ihrer Verteidigung hervor, wobei sie mich auch auf den blauen Himmel hätte hinweisen können. Mit der gesamten Theatralik, die einer Frau wie ihr in die Wiege gelegt ist, wirft sie sich auf das zerwühlte Bett und täuscht eine Ohnmacht vor.

Direkt neben ihr liegt die nach allen Seiten geöffnete Golftasche Schröters. Sogar das Innenleben hat Jutta nach außen gekehrt und dabei ganz offenkundig einen Beutel entdeckt, der vom Stoff und der Farbgebung her identisch zur Haupttasche ist. Der Form nach würde ich vermuten, dass darin normalerweise die Golfbälle aufbewahrt werden, aber angesichts der gut und gern zwei Dutzend Pappschächtelchen wird dafür kaum noch Platz gewesen sein. Juttas angebliche Sichtung muss überaus intensiv gewesen sein, zumindest hat sie die Namen der Präparate untereinander auf einen Zettel geschrieben und sie mit Preisen versehen.

»Es war keine Inventarliste dabei«, erklärt Jutta hastig. »Und ich dachte, du brauchst so etwas, um arbeiten zu können.«

»Wo hast du die Preise her?«, frage ich, während ich das Blatt Papier aufnehme und die Zeilen überfliege.

»Internet«, antwortet sie. »Nur ungefähr, damit ich weiß, was ich … äh. Damit du Schröters Geschäft abschätzen kannst.« Sie sagt das, während sie mit einer Hand ihre Augen verdeckt und sich mit der anderen Luft zufächert.

Ich frage nicht, ob sie ihre Vitamintabletten schon gesichert hat. Ich weiß es. Ohne etwas zu sagen, falte ich die Liste und schiebe sie zwischen die Seiten meines Notizbuchs. »Das sind Beweismittel, Jutta«, mahne ich.

»Sag Olga nichts, Helmut. Bitte«, fleht Jutta leidend, während sie die Packungen eilig zurück in die Tasche wirft. »Ich wollte euch nur unter die Arme greifen. So etwas kann man von einer Assistentin erwarten.« Sie wuchtet die Tasche in den Kleiderschrank und lehnt sich schließlich gegen die geschlossene Tür, als müsste sie den Inhalt schützen.

»Hm.«

Dann fällt mir was ein. »Wo sind die Golfschläger?«, frage ich.

»Was?« Juttas Stimme vibriert.

»Schröters Golfschläger. Sie steckten in der Tasche«, antworte ich.

»Ich weiß nicht«, antwortet Jutta nahezu tonlos. »Bist du sicher, dass da noch etwas war?«

»Jutta!«

»eBay«, antwortet sie leise.

»Wie bitte?«

»Das ist eine Verkaufsplattform im Internet. Dort bieten Leute Dinge an, die sie …«, erklärt Jutta noch immer vorsichtig, aber schon wieder fast die Alte.

»Ich weiß, was das ist«, entgegne ich zornig. »Wie kannst du das Eigentum fremder Leute verkaufen wollen?«

»Es ist schon verkauft«, flüstert Jutta mit gesenktem Kopf. »Außerdem war mir Steven nicht fremd. Er hätte sich hundertprozentig gefreut, wenn ich mir fünfhundert Euro verdiene. Die investiere ich in meine Gesundheit, Helmut, da bin ich absolut konsequent.« Jutta unterstreicht ihre

Ansage mit einem energischen Nicken. »Sieh es einfach als ein Geschenk zwischen zwei Freunden. Helmut?«

»Du hast einen Toten beklaut«, erwidere ich harsch.

»Und? Damit wird ihm nichts fehlen«, entgegnet Jutta widerborstig. »Du hast selbst gesagt, Steven Schröter hatte keine Anverwandten. Ich weiß sehr wohl, dass in solchen Fällen der Staat den Nachlass bekommt. Und was soll der Staat mit zwei Golfschlägern? Das ist nur bürokratischer Aufwand, den ich reduziert habe. Du solltest mir dankbar sein.«

»Jutta!« Ich lasse die Luft tief in meine Lungen strömen. »Es ist und bleibt Diebstahl. Das kann ich nicht dulden.«

»Helmut, ich glaube, du hast heute ein ganz schlechtes Karma«, antwortet Jutta. »Wollen wir gleich daran arbeiten? Leg dich hin und in zehn Minuten geht es dir besser.« Sie zeigt auf ihr Bett.

Ich bleibe vorsichtshalber, wo ich bin. Jutta neigt zu Fehlinterpretationen.

»Das Bett ist bequemer, Helmut. Wir können aber auch auf den Fußboden, wenn es dir lieber ist. Ich bin für alles offen.« Jutta breitet einladend ihre Arme aus.

Ein Räuspern wird laut. »Chef?«

Das auch noch.

»Ich wäre dann so weit«, sagt Weidmann und kommt mit einem Toilettenstuhl in Juttas Schlafzimmer gefahren. Unter seinem Arm klemmt ein iPad.

Bei Jutta legt sich augenblicklich ein Schalter um. Sie hebt den Kopf und schaut uns erwartungsvoll an. »Ich weiß überhaupt nicht, wann ich das letzte Mal zwei Männer in meinem Schlafzimmer hatte«, witzelt sie und sieht dabei aus, als drücke sie ihren Körper noch fester an den Schrank.

Weidmann schaut unangenehm berührt zu Boden. Erst jetzt geht mir auf, dass ich Juttas BH noch immer in der Hand halte. Auf Weidmann scheint die Situation ohnehin schon einen etwas delikaten Eindruck zu machen, aber die Unterwäsche setzt dem Ganzen noch das Krönchen auf. Ich möchte ihm gern sagen, dass er sich nicht so haben soll. Bei Lichte betrachtet sind die Unterschiede zwischen einem Seniorenheim und der Kommune 1 doch ohnehin eher minimal.

»Wir haben Schröters iPad sichergestellt«, sagt er, noch immer ohne Jutta anzusehen. »Ich gebe es an die Kollegen, damit wir die Inhalte abrufen können.«

»Eins. Zwei. Drei. Vier«, schießt es aus Jutta heraus. Im nächsten Moment sieht sie meinen vorwurfsvollen Blick und beißt sich auf die Zunge. »Das war nur geraten«, fügt sie eilig, aber wenig glaubhaft an. »Den Code nutzen über neunzig Prozent aller Menschen. Das habe ich neulich beim Friseur in einer der Frauenzeitschriften gelesen.«

Weidmann schaut mich mit nichtssagender Miene an.

Ich bedeute ihm, dass wir lieber gehen sollten. Vorher lege ich jedoch mein Mitbringsel sicherheitshalber auf einer der Kommoden ab.

»Helmut«, ruft sie uns mit sich überschlagender Stimme nach. »Du kannst doch nicht einfach so gehen. Wir sind noch nicht fertig.« Sie stampft mit dem Fuß auf. »Außerdem habe ich gesagt, dass du den BH behalten kannst.«

Ich bin ein alter Mann und das gewährt mir eine gewisse Wahrnehmungsfreiheit, kurzum, ich ignoriere sie. Weidmann gelingt das offenbar nicht. Die Damenunterwäsche hat ihn sichtbar aus dem Konzept gebracht.

»Aber kein Wort zu Olga«, höre ich Jutta noch schreien. »Du hast es versprochen.«

Natürlich nicht. Sie soll sich nicht auch noch schlecht fühlen, weil sie nicht auf die Beweismittel gestoßen ist, denke ich. Jutta hat eben auch ihre Vorzüge. Auch wenn ich mir nicht sicher bin, ob wir sie in dem speziellen Fall ohne meine Dreistigkeit zu spüren bekommen hätten.

* * *

»Testosteron?«

»Ja, Chef«, bestätigt Weidmann, während er Schröters iPad vor sich auf das Tischchen im Foyer stellt und mit konzentrierter Miene versucht, es in Gang zu setzen. Seiner plötzlich auf dem Gesicht stehenden Freude entnehme ich, dass er Erfolg hatte. »Eins. Zwei. Drei. Vier«, sagt er. »Wer hätte gedacht, dass auch Boulevardblätter bilden können?«

»Wie ich immer sage, die Leute verschanzen sich hinter meterhohen Hecken, damit der Nachbar ihnen beim Grillen nicht auf den Teller gucken kann, aber sie benehmen sich wie die Schweine, wenn es um ihre sensiblen Daten geht«, vermeldet Weidmanns Friseur ungefragt. Er sitzt auf dem etwas abseitsstehenden Sessel und spielt ohne Unterlass mit den Blättern der Palme neben ihm.

Weidmann gibt ihm per Handzeichen zu verstehen, dass seine Kommentare nicht erwünscht sind. Er kennt meine Vorbehalte und will nicht noch mehr Ungemach provozieren.

»Ich muss schon sagen, Lennox Bergmann ist ein harter Brocken«, sagt Weidmann. »Aber das prallt an mir ab. Das wissen Sie ja, Chef.« Er grinst zufrieden vor sich hin. »Schließlich hat er alles unumwunden zugegeben. Doktor Schröter hat ihn mit Testosteron versorgt.«

Ich ziehe Juttas Inventarliste hervor, suche nach einem entsprechenden Präparat und werde fündig.

»Hier steht es«, sagt Weidmann und dreht das Gerät in meine Richtung. »Schröter hat alles, was er unter der Hand verkauft hat, nebst Empfänger akribisch aufgelistet. Das sieht nach einem satten Nebengeschäft aus, was er da mit Ihren Freunden aus dem Heim gemacht hat, Chef.« Weidmann schaut mich an. »Wussten Sie davon?« Im nächsten Augenblick konzentriert er sich wieder auf das Display. Er sucht meinen Namen, schon klar. Dass sich Margot aber auch niemals bei irgendetwas zurücknehmen kann. Nun fällt sein Blick erneut auf mich. Er hat offenkundig meine Frau gefunden. Ich kann ihm ansehen, dass er etwas sagen will. Er öffnet den Mund, aber die Worte scheinen ihm im Hals stecken zu bleiben. Dann starrt er auf das Papier in meinen Händen. Ohne etwas zu antworten, falte ich es zusammen und lasse es wieder in meinem Notizbuch verschwinden. »Das tut ja auch nichts zur Sache«, redet er eilig weiter. »Jedenfalls hätten wir mit den in seiner Wohnung sichergestellten Präparaten nebst dem Dokument schon mal ein schönes Motiv. Nicht wahr, Chef? Illegale Geschäfte mit Medikamenten sind kein Pappenstiel. Da kann man schnell mal jemandem auf die Füße treten, vor allem wenn den hoffnungsvollen Kunden aufgeht, dass die Heilsversprechen nichts als heiße Luft sind.« Wieder trifft mich sein fragender Blick. Wenn er jetzt anfängt, meine Ohren zu untersuchen, weiß ich nicht, ob ich ruhig bleiben kann. Aber Weidmann zieht den Mini-Computer zu sich heran und konzentriert sich wieder darauf.

»Wenn man erst hier gelandet ist, hat man ohnehin nichts mehr zu verlieren«, kommentiert der Friseur lapidar, während er mit seinen Fingern in der Blumenerde des neben ihm stehenden Kübels herumgrabbelt.

»Wissen Sie, was seltsam ist, Chef?«, will Weidmann irgendwann wissen.

Ich ahne, was nun kommt.

»An Schröters Stelle hätte ich jede Sprechstunde bei Ihnen dazu genutzt, die Ware an den Mann zu bringen«, sagt Weidmann. »Wenn man ein derartig lukratives Geschäft am Laufen hat, lässt man doch keine Gelegenheit aus. Dafür hätten wir aber etwas von den Mitteln im Behandlungsraum finden müssen.«

Ich schaue so unbedarft, wie es einem Mann in meinem Alter möglich ist.

Weidmann betrachtet mich prüfend. »Ich tippe auf die Golftasche. Ist die vielleicht wiederaufgetaucht?«

»Hm?«

»Dass er das Zeug irgendwo im Heim versteckt hat, glaube ich kaum«, redet Weidmann weiter. »Jeder weiß, wie alte Leute sind ...« Er scheint kurz die Luft anzuhalten. »Nicht Sie, Chef. Natürlich nicht.« Weidmanns Wangen färben sich rot. »Ich vermute, er hatte alles bei sich. Das ist die sicherste Variante. Eine andere Tasche als dieses Golfding gibt es nicht, oder?«

»Hm?«

»Na ja, schon allein um die Bewohner zu schützen, man weiß ja nie, wie der Zufall so spielt, würden wir eine kleine Razzia machen. Nur zur Sicherheit, Chef. Ich möchte nicht das Risiko eingehen, dass einer von Ihren Leuten ein paar Pillen oder Ähnliches findet und sie arglos einwirft. Eine weitere Leiche kann niemand brauchen, zumal wir die letzte noch nicht einmal gefunden haben.« Weidmanns Humor war noch nie sonderlich mitreißend. »Vielleicht fordere ich auch die Hunde an. Das ist doch auch mal schön, wenn die alten Leute Besuch von ein paar Vierbeinern bekommen. Es soll ja Einrichtungen geben, da gehört das zum Gesundheitsprogramm. Streicheln gegen Demenz oder so.«

»Hmmm.« Im Geiste sehe ich, wie die Hundestaffel Juttas Bonbonschlafzimmer stürmt. Die Golftasche samt Inhalt muss aus dem Haus. Dringend. Die Frage ist nur, wie ich Jutta warnen kann, ohne Weidmanns Argwohn zu wecken.

»Also ich muss schon sagen, Chef«, sagt Weidmann. »Dass jemand im großen Stil Verjüngungsmittel in einem Altenheim feilbietet, ist keine dumme Idee. Vor allem wenn man als Arzt unweigerlich ein gewisses Vertrauen genießt.« Er lacht auf. »Da tut sich wohl ein ganz neues Geschäftsmodell auf. Ich werde das im Auge behalten müssen. Sehen Sie einmal hier.« Er reicht mir erneut den Mini-Computer und deutet auf die Potenzmittel. »Das kann ein Pferd umbringen. Die Skrupellosigkeit, mit der hier mit alten Menschen Geschäfte gemacht werden, schreit zum Himmel.«

Ein Blick auf die monatliche Abrechnung dieses Etablissements hier würde ihn vermutlich zu Tränen rühren. Aber darum geht es jetzt nicht. Die Akribie, mit der Schröter sämtliche Wundergaben an unsere Leute aufgeführt hat, spricht immerhin für ihn. Allein vom Umfang und der Anzahl der Nachbestellungen würde ich von einem bereits mehrere Jahre andauernden Geschäft ausgehen. Bei Margot Katuschek jedenfalls bildet die Ohrencreme nur die Spitze des Eisberges. Altersflecken, Doppelkinn, faltige Ellenbogen, dünnes Haar. Schröter wusste Abhilfe und Margot hat bezahlt. Wieso sie allerdings niemals Appetitzügler geordert hat, bleibt mir ein Rätsel. Aber Margot war schon immer der Typ, der sich in Unwesentlichem verliert. Wie ich bereits vermutet habe, bilden die Frau Doktor und ich die renitente Ausnahme in dem Geschäft, von Janko einmal abgesehen. Sogar Bert Bo ist aufgeführt. Hinter seinem Namen stehen gleich mehrere mit einem Fragezeichen versehene Präparate. Der arme Mann wäre ein willfähriges Opfer unseres geschäftstüchtigen Mediziners gewesen. Dazu scheint es dann jedoch glücklicherweise nicht mehr gekommen zu sein, also für Bert Bo gesprochen. »Darf ich noch einmal?«, frage ich und fasse nach dem Bildschirm, den Weidmann gerade wieder zu sich heranziehen will.

Er hält inne und gewährt mir einen weiteren Blick auf Schröters Aufzeichnungen. Ich nicke zufrieden. Mir ist niemand durch die Lappen gegangen. Neben der Frau Doktor, Janko und mir gibt es noch einen weiteren Verweigerer der ewigen Jugend. Elwira. In ihrem Fall hätte ich auf Eiweißpräparate spekuliert, aber in der Beziehung enttäuscht sie mich. Für Doktor Schröter wäre es zweifelsohne ein Leichtes gewesen, eine entsprechende Versorgungsstrecke aufzubauen. Elwira jedoch gehörte nicht zu seinen Kundinnen. Wenn ich davon ausgehe, dass sie bislang auch niemals zu seinen Patientinnen gezählt hat, macht das Sinn. Wieso sie ihn dann aber umgebracht haben könnte, bleibt mir ein Rätsel. Natürlich kann ihr just um die Tatzeit stattgefundener Besuch bei Hannelore Zufall sein. Auch den bei Bert Bo muss man nicht überbewerten. Seltsam finde ich es trotzdem.

»Also im Falle eines Mordes an Schröter, den ich nicht bezweifle ...«, redet Weidmann eilig weiter. »Natürlich nicht. Die Leiche wird auftauchen. Davon bin ich überzeugt.«

»Wofür kauft sich ein junger Mann auf dem Schwarzmarkt Testosteron?«, spreche ich meine Gedanken laut aus. Meines Wissens bekommt man das im Bedarfsfall mühelos verschrieben, bezahlt von der Krankenkasse.

Der Friseur lacht schmierig und kann sich dabei einen mitleidigen Augenaufschlag in meine Richtung nicht verkneifen.

»Sie glauben nicht, was die Jugend heutzutage alles konsumiert«, sagt Weidmann, ohne von seinem Kollegen Notiz zu nehmen. »Höher, schneller, weiter. Wenn man Karriere machen will, kann etwas Aggression nicht schaden …« Weidmann stoppt und schaut sich ein wenig unschlüssig um. »Auch in einem Seniorenheim.«

Das erklärt einiges, denke ich. Der Junge lässt sich dopen, um Heimleiter zu werden. Damit stammt das Geld, das Schröter bei sich hatte, vermutlich von ihm. Tausend Euro, nur um Frau Mehltau auszustechen. Das Investment hätte er sich sparen können. Frau Mehltau würde nicht einmal mitbekommen, dass Bergmann an ihrem Stuhl sägt, wenn er es ihr ins Gesicht schreien würde. Geschweige denn, dass sie ihren Platz räumen würde. Die Frau verfügt über eine erstaunliche Leidensfähigkeit. Wieso sonst würde sie auch einem Altenheim vorstehen? Es kann also nur Lennox Bergmann gewesen sein, der weit vor den Sprechzeiten mit Schröter verabredet gewesen war. Unserem Heimleiter in spe ist grundsätzlich viel daran gelegen, dass keiner etwas von seinen Privatangelegenheiten mitbekommt. Immerhin ist das Geschäft nicht koscher und Bergmann ist keiner, der sich angreifbar machen will. Aber warum ist Bergmann dann noch ein zweites Mal kurze Zeit später ins Behandlungszimmer gegangen? Immerhin hat er die Leiche gefunden.

»Schröter soll sein iPad im Büro von Bergmann vergessen haben«, redet Weidmann weiter. »Bergmann wollte es ihm zurückbringen, hat ihn aber angeblich nicht im Behandlungszimmer angetroffen. Sicherheitshalber hat er es dann für ihn aufbewahrt. Das ist sehr umsichtig gewesen, wenn man bedenkt, was die Leute alles so mitgehen lassen.«

»Sogar Leichen«, kommentiert der Friseur unqualifiziert.

Wie nett von Bergmann, denke ich. Auch dass er sich nun wieder daran erinnern kann, Schröter am Montag begegnet zu sein. Jedenfalls hat er Schröter für das Geschäft in sein Büro bestellt. Da hätte ich auch selbst draufkommen können. Jemand wie Lennox Bergmann lässt servieren. Das wiederum erklärt auch, warum Bert Bo den Doktor gegen halb elf nicht in seinem Zimmer angetroffen hat. Beim Rest setzt Bergmann auf meine Wahrnehmungsstörungen. Wenn er sich damit nicht verkalkuliert. Ich weiß sehr wohl, dass Schröter bei Bergmanns Besuch im Arztzimmer zugegen war, und zwar mausetot. Die Sache mit dem verwahrten iPad nehme ich ihm auch nicht ab. Der Kerl wollte Zeit gewinnen und nicht umgehend in den Fokus der Ermittlungen gelangen. Deswegen hat er das Ding sichergestellt. Dass das am langen Ende nichts bringt, hätte er wissen müssen. Die Polizei bekommt alles heraus, zumindest war das zu meiner Zeit so. Dass der Kerl nach dem Mittagessen noch einmal im Behandlungszimmer war, hat er Weidmann tunlichst verschwiegen. Da er das Verschwinden von Schröters Golftasche bemerkt hat, kann es nicht anders gewesen sein. Ich würde darauf tippen, dass er Irenka kontrolliert hat, aber das spielt jetzt auch keine Rolle mehr. Im Augenwinkel sehe ich, wie der Friseur ein Tütchen mit Haschisch aus dem Blumentopf zieht. Er hält es an spitzen Fingern in die Luft, worauf Weidmann kaum merklich den Kopf schüttelt. Daraufhin lässt er es in einer Hand verschwinden und fummelt mit der anderen weiter im Topf.

»Lennox Bergmann gibt weiterhin an, einen Herrn namens …« Weidmann greift in die Innentasche seines Sakkos und holt das Büchlein hervor, das ich ihm zur Verabschiedung geschenkt habe. Er blättert hastig und findet schließlich, was er sucht. »Bert Bo.« Er schaut mich fragend an. »Hm. Da habe ich wohl beim zweiten Teil ein paar Buchstaben unterschlagen. Jedenfalls soll sich dieser Herr Bert des Öfteren in der Nähe des Arztzimmers aufgehalten haben.«

»Und Bergmann will ihn am Montagmorgen gesehen haben?«, frage ich nach. Erstaunlich, wie gesprächig der Kerl ist, wenn die aktive Polizei etwas von ihm will. Aber immerhin passt das zu dem, was Hausmeister Klausen beobachtet und Bert Bo mir erzählt hat.

»Das konnte er nicht genau sagen«, antwortet Weidmann. »Er hat das wohl eher generell gemeint.«

»Generell. So, so«, sage ich. Bergmann hat den toten Schröter nebst der bewusstlosen Schwester Monika gefunden, während er dem Doktor seinen Mini-Computer zurückbringen wollte. Anstatt das Gerät dort hinzulegen, wo es hingehört, nimmt er es wieder mit und bringt es in sein Büro. Erst dann alarmiert er die Frau Doktor und mich.

Weidmann betrachtet erneut seine Aufzeichnungen. Es dauert einen Moment, bis er etwas entziffert hat. Vor Aufregung fängt er nun auch noch an zu schwitzen. »Elwira Kowalski. Genau. Die Frau soll auch dort gewesen sein.«

»Elwira?«, hake ich nach. »Beim Arzt?«

»Das konnte er nicht genau sagen«, antwortet Weidmann. »Aber ganz sicher auf besagter Etage.«

»Wann?«, will ich eilig wissen.

Weidmann blättert. »Dazu steht bei mir nichts.«

»Gegen elf«, hauche ich. »Monika lag schon am Boden. Schröter war tot. Bergmann findet die beiden.«

Weidmann schaut mich fragend an und prüft dann umgehend wieder seine Notizen. »Hm?«

Elwira. Also doch. Normalerweise hätte ich mich gefragt, ob das nicht wieder eine von Bergmanns typischen Halbwahrheiten ist, mit denen er von seinen eigenen Fehlern ablenken will, aber er bestätigt Hannelores Aussage. Elwira war zu dem Zeitpunkt, als Bergmann die Frau Doktor und mich am Montag um Hilfe gebeten hat, in ihrem Zimmer mit ein paar Turneinheiten beschäftigt. Ich habe sie sowie Werner und den schwitzenden Walter gesehen. Das würde bedeuten, sie hätte ihr Training unterbrechen müssen, um in das Arztzimmer zu laufen. Elwira ist gut trainiert, was für eine wahrlich kurze Unterbrechung spricht. Sie rennt zum Arztzimmer, erledigt Schröter, hört Schwester Monika kommen, versteckt sich bei Hannelore und verschwindet, nachdem die Luft rein ist, kurz darauf wieder zurück in ihr Appartement. Dass Lennox Bergmann sie bei seinem Eintreffen noch mitbekommen hat, scheint sie nicht bemerkt zu haben. Dafür sollten Werner und Walter ihr Fehlen mitbekommen haben. Dass sie mit den beiden sowie auch mit Hannelore Zeugen produziert, hätte ihr jedoch klar sein müssen, aber vermutlich hält sie die komplette Bewohnerschaft für plemplem und fühlt sich entsprechend sicher. Dass sie in kurzer Zeit die Gewohnheiten ihrer Mitbewohner kennt, halte ich ebenfalls für nicht unmöglich. Nach meiner Erfahrung sind die meisten Lehrkräfte darauf konditioniert, die Macken ihres Umfeldes zu kennen. Das schützt vor bösen Überraschungen im Klassenzimmer. Elwira hat also demzufolge schnell heraus, wer sich wann irgendwo auffällt. Sie nutzt die Gelegenheiten, um Schröter aus dem Haus zu schaffen. Nur bei Bert Bo geht ihr Plan fast schief. Der Theatermann ist im Gegensatz zu der restlichen Truppe nicht kalkulierbar. Natürlich könnte Elwira Dutzende gute Gründe gehabt haben, um Bert Bo zu so früher Stunde zu besuchen. Schröters Leiche abzustellen, halte ich dabei für wahrscheinlicher, als sich nach einer gemeinsamen Liebesnacht aus seinem Zimmer zu stehlen. Trotzdem fehlt weiterhin das Motiv.

Der Friseur hält mittlerweile ein gutes halbes Dutzend Haschischtütchen in seiner Hand. Die Heimrazzia im Zimmer der Frau Doktor hatte also auch etwas Gutes, denke ich. So kann niemand mehr den Drogenfund mit ihrer Ernte zusammenbringen.

»Ich würde dann jetzt mit Frau Elwira und Herrn Bert sprechen wollen, ja, Chef?«, fragt Weidmann in meine Richtung gewandt.

»Das sollten Sie tun«, antworte ich. Insgeheim bin ich doch ein wenig froh, dass Weidmann nun gegen Elwira antreten muss.

»Wollen wir vielleicht zusammen … Chef … wie früher?« Weidmann lächelt mich offenherzig an. »Das wäre doch prima. Der alten Zeiten wegen und es ist doch auch schon etwas her.«

»Da hat jemand ein schlechtes Gewissen«, stichelt Margot aus der Ferne.

Sechs Jahre, drei Monate und zwölf Tage liegen die alten Zeiten nun schon zurück, denke ich. Dann erfasst mich ein wenig die Rührung, die zweifelsohne mehr wiegt als der Respekt gegenüber einer Elwira Kowalski. Aber als ich von dem Gefühl getrieben gerade zustimmen will, geht die gläserne Schiebetür auf und der Lehrjunge Bause betritt das Foyer. Der Bursche hat aber auch wirklich ein Händchen für Unzeitigkeiten. Und für ungesetzliche Handlungen. Ohne uns Beachtung zu schenken, weist er zwei Gestalten den Weg in Richtung Fahrstuhl, denen sogar ich nur mit einer geladenen und entsicherten Dienstpistole begegnen würde, wenn ich noch eine hätte. Beide schleppen dicke Einkaufstaschen vor sich her, aus denen die Blätter von sattgrünen Pflanzen ragen, die bei jeder Bewegung der Träger ausladend hin- und herwippen. Die Frau Doktor bekommt ihre Zustellung und so wie die Lieferanten daherkommen, wird sie sogleich auch noch Opfer eines Raubüberfalls, vorausgesetzt, die kriminellen Elemente erwischen sie in ihrem schwachen Moment. Anderenfalls sehe ich für die Kerle schwarz. Während Weidmann noch den Computer auseinandernimmt, bleibt seinem Friseur beim Anblick des Trios auf sehr unvorteilhafte Weise der Mund offen stehen.

»Andi«, haucht er entsetzt. »Das ist auch noch eine Drogenhöhle.«

»Guck einfach nicht hin!«, fordert Weidmann. »Wir haben Wichtigeres zu tun.«

Ich lächle in mich hinein.

»Aber Andi …«, hebt er erneut an. Ich kann sehen, wie seine Blicke immer wieder zwischen den Tütchen in seiner Hand und den vor dem Fahrstuhl wartenden Männern hin- und hergehen. »Das sind Cannabispflanzen, in einer öffentlichen Einrichtung voller Schutzbefohlener …«

Nun nimmt der verzweifelt wirkende Friseur mich ins Visier. »Aber das ist doch nicht rechtens. Wir können nicht hier sitzen und so tun, als ginge uns das nichts an. Wieso …?«

Ich mische mich nicht ein. Wenn es um das Hobby der

Frau Doktor geht, muss ich auf meinen Status des a.D. bestehen. Wo kommen wir denn da hin, wenn ich meine alte Freundin ins Messer laufen lasse? Abgesehen davon finde ich die Geranien auf ihrem Balkon scheußlich.

»Offizielle Genehmigung«, entgegnet Weidmann. »Arznei.«

Jetzt bin ich baff. Weidmann beherrscht das kreative Denken? Respekt!

»Äh?« Der Friseur sieht nicht aus, als besänftige ihn das.

Aber das ist nicht wichtig, denn der Fahrstuhl hat den Trupp bereits verschluckt.

»Das mit der angeblich ausgefallenen Sprechstunde gibt mir ein Rätsel auf. Wieso sollte der Doktor dann trotzdem ins Haus gekommen sein?«, denkt Weidmann laut.

»Er konnte nicht vorher wissen, dass er stirbt«, entgegne ich abgeklärt. Im Augenwinkel sehe ich, wie der Friseur sich ohne ein Wort von uns entfernt. Er will zweifelsohne die Drogenhöhle ausheben. Soll er mal, so oder so wird er sich an der Frau Doktor die Zähne ausbeißen.

»Ja, ja, das macht Sinn«, antwortet Weidmann. »Aber offiziell war das nicht, also woher sollten Ihre Mitbewohner wissen, dass die Sprechstunde ausfällt?«

Ich verstehe, was er meint. Wenn alle davon ausgegangen sind, den Doktor konsultieren zu können, würde das den Trubel auf dem Flur erklären. »Die Sprechstunde für die Alten startet erst um dreizehn Uhr«, erkläre ich. »Schröter besteht auf seine Mittagspause und die Trennung zwischen Personal und Inhaftierten.«

»Dann wollten Herr Bert und Frau Elwira womöglich überhaupt nicht zum Doktor, also in seine reguläre Sprechstunde«, stellt Weidmann fest. »Aber …«

»Wir dürfen uns im Haus und im Park frei bewegen«, entgegne ich. »Auch Besuche untereinander sind gestattet, wenn man das mag.«

»Hm.« Weidmann kratzt sich sein stoppeliges Kinn. »Hätten Sie eine Idee, welche Motive bei Herrn Bert soundso und Frau Elwira vorliegen sollten?«, fragt er mich. »Sie haben doch immer einen guten Riecher gehabt.«

»Die beiden sind neu«, entgegne ich. »Vielleicht der Schock?«

Weidmann schaut mich groß an.

»Wer von Ihnen bekommt denn Herztabletten?«, will Weidmann unvermittelt wissen.

Ich blase die Wangen auf. »Bei einem Durchschnittsalter von siebzig, was schätzen Sie wohl?«, halte ich dagegen.

»Schon klar, Chef«, antwortet Weidmann, ohne mir richtig zugehört zu haben. Ganz offenbar ist er in Schröters Mini-Computer auf etwas Interessantes gestoßen. »Es hätte ja sein können. Aber das passt auch nicht.« Das Klicken verrät mir, dass er die Dateien wechselt. »Hochdosiertes Eiweiß stand nicht auf dem Speiseplan.« So wie er ausschaut, gefällt ihm sein Witz.

»Wenn, dann nur bei Rolf Jürgen«, kontere ich.

Weidmann scheint das zu prüfen. »Nein. Kein Proteinpulver.«

»Was haben Herzmedikamente mit Eiweiß zu tun?«, will ich wissen.

»Das weiß ich nicht, Chef«, antwortet Weidmann. »Ich durchstöbere gerade das E-Mail-Postfach unserer Leiche und dort findet sich eine diesbezügliche Anfrage. Schröter scheint sich nicht sicher gewesen zu sein, ob er beides gemeinsam verabreichen darf. Er hat bei einem Kollegen nachgefragt. Plötzlicher Herztod bei Sportlern ... Hm? Aber das ist doch Blödsinn. Wir sind doch hier nicht im Trainingscamp der Fußballnationalmannschaft.«

Bei einer bin ich mir da nicht so sicher, denke ich. »Weidmann, es gibt da noch ...« Ich verspüre plötzlich den Drang, ihn einzuweihen, aber ich komme nicht weit.

Im nächsten Augenblick kommt Kai Uwe aus dem Fernsehzimmer geschlurft. Man könnte doch meinen, unser Heimnomade wittert das Hasch durch die Wand. Oder die Neugier treibt ihn. Jedenfalls muss irgendetwas stärker gewesen sein als der Drang, sich anzukleiden. Kai Uwe trägt lediglich Boxershorts und ein Feinrippunterhemd, was mich vermuten lässt, wir haben ihn bei seinem Mittagsschlaf gestört. Was soll man in der Nachmittagsstunde in einem Seniorenheim auch anderes tun?

»Hej, Leute«, ruft er uns entgegen. »Ist Monika mit dem Kaffee schon durch?« Er gähnt ausgiebig. »Ich bin heute voll fertig. Das ist echt schräg. Nachts kann ich nicht mehr pennen, aber sobald die Sonne aufgeht, bin ich weg.« Er steht nun direkt vor uns und schaut neugierig in die Runde. »Ist Margot tot?«, fragt er irgendwann. »Oder wieso sitzt du mit dem Typ vom Beerdigungsinstitut hier?« Wieder reißt er den Mund weit auf. »Ich würde ihren Fernseher nehmen. Mein Kumpel gibt mir dafür mindestens einen Hunni. Geht klar, Helmut, was?«

»Dass der Pflegenotstand schon derartige Blüten treibt«, raunt mir Weidmann empört zu. »Und Sie sind doch privat.«

Ich zucke nur mit den Schultern.

»Wir sehen uns«, sagt Kai Uwe und tritt den Rückweg an. Nach den ersten Schritten bleibt er stehen, blickt sich über die Schulter um und sagt: »Wenn Doc Schröter hier vorbeikommt, soll er mal bei mir aufkreuzen. Ich brauche ein paar Pillen.« Er hebt den Daumen und schleicht davon.

»War er schon mal da?«, rufe ich ihm geistesgegenwärtig hinterher.

»Vorhin«, leiert Kai Uwe noch immer schlaftrunken. »Aber der war so schnell …« Er macht mit dem Arm eine Bewegung, die uns wohl die Geschwindigkeit verdeutlichen soll. »… da kam ich nicht mal dazu, etwas zu sagen. Erst habe ich gedacht, der will mit euch Kastanienmännchen schnitzen. So etwas macht ihr doch regelmäßig. Mein Kumpel auch. Der töpfert, seit er in der JVA einsitzt …«

»Und dann?«, fahre ich ihm über den Mund.

Kai Uwe wirkt aus dem Konzept gebracht. »Dann verkaufen die die Teile auf Weihnachtsmärkten, schweineteuer, sage ich dir.«

»Sie haben gesagt, Sie hätten erst gedacht, Schröter will zum Basteln. Was hat Sie Ihre Meinung ändern lassen?«

Kai Uwe versteht mich nicht.

»Schröter war schnell«, sage ich, um ihn zu erinnern.

»Genau«, freut sich Kai Uwe und gebärdet sich, als ob er den Witz des Jahres erzählt. »Der hatte Schiss vor der Neuen. Boah, Alter, wenn die hinter mir her wäre, würde ich auch den Turbo anwerfen.«

Ich stutze. »Elwira? Du hast Doktor Schröter und Elwira heute hier zusammen gesehen?«

»Krass, oder?«, antwortet er. »Aber der Doc lag vorn, ganz sicher. Die hat den nicht gekriegt. Frau Elwira heißt die übrigens. Wenn du da nicht aufpasst, jagt die dich auch.«

Und noch einmal!« Elwira läuft in einem Trainingsanzug in ihrem Zimmer auf und ab und gibt in einem fort Anfeuerungsrufe von sich. »Auf drei … eins, zwei, drei.« Sie stoppt. »Hoch damit, du Schlappschwanz.« Bei dem vermeintlichen Schlappschwanz handelt es sich um Rolf Jürgen. Der Greis liegt auf der Hantelbank und klammert sich an die Stange mit den Gewichten, die ihm jeden Augenblick den schmalen Brustkorb zu zerdrücken scheint. Wie sehr er sich müht, Elwiras Aufforderung zu erfüllen, kann man an seinen hervortretenden Augäpfeln, die förmlich aus den Höhlen zu springen drohen, und seiner dunkelroten Gesichtsfarbe erkennen. Die Hantelstange allerdings bewegt er keinen Millimeter.

»Wollen Sie den Mann umbringen?«, schreit Weidmann und ist mit drei Schritten bei Rolf Jürgen, um ihn aus seiner misslichen Lage zu befreien. Aber selbst Weidmann, der nun wirklich alles andere als schmächtig ist, muss ganz schön pumpen, bis er es schafft, die Hantelstange auf der Halterung abzulegen.

»Es muss niemand mitmachen, der sich mein Programm nicht zutraut«, antwortet Elwira überheblich. »Meine Pädagogik beruht nicht auf Zwang.«

Es gibt auch subtilen Zwang, denke ich. Ein schwacher Mensch jedenfalls wird sich nur sehr mühevoll Elwiras konsequenten Ansagen entziehen können. Noch dazu scheint sie sich für den Nabel der Welt zu halten. Jemand, von dem man beachtet und geschätzt werden will und dem man in der Konsequenz bedingungslos folgt. Für Rolf Jürgen mag das alles zwar weniger zutreffen, denn er verfolgt sein eigenes Programm. Im Ergebnis bleibt das jedoch gleich.

Rolf Jürgen will etwas sagen, aber es reicht nur zu einem Röcheln.

»Das ist unverantwortlich«, entgegnet Weidmann aufgebracht. »Der Mann hätte sich verletzen können. Glücklicherweise sind wir rechtzeitig gekommen. Nicht wahr, Chef?«

Ich will einmal davon ausgehen, dass Elwira es nicht so weit hätte kommen lassen, aber ich sage nichts. Ich kenne Frauen wie sie, zumal ich mit einer verheiratet bin, und weiß, dass man mit allem rechnen muss. Offene Kritik wirkt dabei obendrein kontraproduktiv.

So wie Elwira dreinblickt, tobt sie innerlich ohnehin schon.

»Mausi«, krächzt Rolf Jürgen gequält. Immerhin weilt er noch unter uns. »Leg noch mal auf. Ich bin startklar.«

Elwira will seiner Aufforderung folgen, da geht Weidmann dazwischen.

»Das lasse ich nicht zu.« Er baut sich schützend vor Rolf Jürgen auf, als könnte er dadurch etwas erreichen.

»Sie haben hier überhaupt nichts zu melden«, kontert Elwira und versucht, ihn wegzudrängen. »Das ist meine Stunde, mein Appartement und meine Entscheidung. Meine jahrzehntelange Erfahrung schlägt Ihre verweichlichte Haltung um Längen. Da können Sie sicher sein. Ich habe Hunderte Schüler über ihr natürliches Leistungsniveau gebracht. Dann werde ich das bei einem Tattergreis wohl auch noch hinbekommen.«

»Bei wem?«, will Rolf Jürgen nach Luft ringend wissen. »Kenne ich den?«

»Aber …« Es gereicht Weidmann zur Ehre, dass er sich wenigstens im Widerspruch versucht.

»Sparen Sie sich die Spucke! Ansonsten tauschen Sie gleich die Plätze mit dem Alten und beweisen, was Sie draufhaben«, befiehlt sie.

Elwira macht keine Gefangenen, wobei ich sagen muss, dass mich die Art der Frau immer mehr abstößt. Dagegen ist ja sogar Margot Katuschek ein Engel. Ich kann nicht abschätzen, wie lange Weidmann einer Frau wie ihr Paroli bieten kann, zumal sie offenbar keine Hemmungen hat, handgreiflich zu werden, und beschließe, mich einzumischen. »Entschuldigen Sie bitte die Störung«, sage ich. »Aber wir hätten ein wichtiges Anliegen.«

Elwira horcht auf. »Was kann an einem Ort wie diesem wichtig sein?«, will sie wissen. »Furunkel? Schnitzel? Florian Silbereisen?« Sie funkelt mich aus bösen Augen an. »Ach ja, natürlich, die tollen Regeln, die so unsinnig sind, dass sie sich nur ein Mann ausgedacht haben kann. Nur dass wir uns verstehen: Ich werde mich nicht mit den anderen in eine Reihe aufstellen, um debil in die Gesichter der bedauernswerten Gaffer zu lächeln. Ich verabscheue zoologische Gärten, also werde ich das auf keinen Fall mitmachen. Sollte sich jemand der Gäste zu mir verirren, werde ich mit meiner Meinung nicht hinter dem Berg halten. Der Tag der offenen Tür findet nicht bei einer Elwira Kowalski statt. Da hilft Ihnen auch die Möchtegernverstärkung nicht.« Sie neigt den Kopf und beäugt Weidmann ungeniert. »Ich dachte, Sie haben keine Kinder?«

»Ich bin ...« Weidmann will sich vorstellen, aber dazu kommt er nicht.

»Ach, dann ist das ein Kollege vom Gesundheitsamt oder ein Neuzugang beim Personal? Die Heimleitung fährt jetzt also schwerere Geschütze auf, um mich den hiesigen Regeln zu unterwerfen.« Sie betrachtet Weidmann abschätzig. »Nun, Sie müssen noch viel lernen, junger Mann! Es ist ja lieb und nett, wenn hier der Gemeinschaftsgedanke gepflegt wird, aber noch bin ich in der Lage, selbst darüber zu entscheiden, wo ich mich eingliedere und wo nicht. Das gilt erst recht für die gemeinsamen Mahlzeiten, die man hier gern zelebriert wie eine Zeugnisausgabe zum Schuljahresende. Kein Kaffee, kein Kuchen und erst recht nicht die lächerliche halbe Tomate zum Abendessen.« Sie hebt ihren Zeigefinger. »Nach vierzehn Uhr sind Kohlenhydrate tabu und von Tomaten bekomme ich Magenschmerzen.«

Was die Tomate angeht, kann ich ihr nicht widersprechen, vor allem wenn man sie in einer Dauerschleife serviert bekommt.

»Also, ich ...«, hebt Weidmann an und kommt wieder nicht weit. Alte Menschen können nun mal keine Zeit darauf verschwenden, was die anderen zu sagen haben.

»Gibt es Kuchen?«, will Rolf Jürgen euphorisch zappelnd wissen, wobei er sich anhört, als hätten die Kilos vorhin kurze Zeit auch auf seinen Stimmbändern gelegen. Er scheint sich auch aufrichten zu wollen, aber ohne Weidmanns helfende Hand wird nichts daraus. »Welche Sorte,

Helmut?«, fragt er, nachdem er sitzt und von Weidmann in der Position gehalten wird.

»Quarktorte«, lüge ich, um Rolf Jürgen loszuwerden. Unbefugte haben bei einer polizeilichen Befragung nichts zu suchen. Ich habe keine Ahnung, was den Gästen gleich serviert wird. Bei uns im Heim gibt es normalerweise so gut wie nie Torte, vielleicht mal an Ostern oder Weihnachten, manchmal auch zum Geburtstag von Frau Mehltau oder wenn einer gestorben ist. Meistens kriegen wir irgendein abgepacktes Stück Fertiggebäck auf den Rand der Untertasse gelegt. Das versenken dann alle brav in ihrem Kaffee und löffeln es, wenn sie es nicht vergessen, in Breiform wieder heraus. Die meinen, das Alter ist genügsam und deswegen exerzieren sie ihre Sparmaßnahmen an uns.

»Quark?« Rolf Jürgen hat schlagartig kein Interesse mehr am Muskeltraining. »Da muss ich hin«, keucht er. »Wo ist mein Ferrari?«

Weidmann, der seinen Arm fest um Rolf Jürgens schmale Brust geschlungen hat und ihn damit in der Senkrechten hält, schaut fragend in die Runde. Ich deute auf den neben der Tür stehenden Rollator. Weidmann schnallt es, aber der Versuch, Rolf Jürgen und sein Gefährt zusammenzubringen, gestaltet sich äußerst schwierig. Nach einigem Hin und Her sitzt Rolf Jürgen im Transportkorb und Weidmann steht hinter dem Lenker.

»Ich bin sofort zurück, Chef«, sagt er und schiebt den Greis hinaus.

Dass Elwira meine Betitelung nun registriert, ist unverkennbar. Sie sagt allerdings nichts.

»Mausi, nur zwei Stückchen, dann legst du locker noch mal zehn Kilo drauf. Quark macht stark!«, schreit Rolf Jürgen hörbar geschwächt. »Und sieh zu, dass du warm bleibst.« Die letzten Worte sind kaum noch verständlich. Dann bin ich mit Elwira allein.

»Er ist für alle Kurse angemeldet, sogar für Step-Aerobic«, sagt Elwira und klingt dabei erstaunlich sanftmütig. Sie geht zum Fenster und öffnet beide Flügel. Dann greift sie sich eine der überall herumstehenden Thermosflaschen und trinkt davon ausgiebig.

»Er will eben nichts verpassen«, entgegne ich und nutze die Gelegenheit, um mich im Zimmer umzuschauen. Dass man so wohnen kann, überrascht mich. Elwiras Wohnzimmer gleicht einer komprimierten Turnhalle aus Fitnessgeräten, Turnmatten und Medizinbällen. Sogar eine Sprossenwand durfte sie anbringen. Die befindet sich gleich neben dem Basketballkorb, von dem mir die Frau Doktor berichtet hat. Ich erinnere mich an die Liste, anhand derer Margot wochenlang unseren Umzug vorbereitet hat. Darauf stand alles, was wir brauchen, aber vor allem alles, was wir nicht brauchen. Dass für ältere Leute sogar Wasserkocher gefährlich werden können oder zum Beispiel meine Modelleisenbahn, war mir bis dahin nicht bewusst gewesen. Margot jedenfalls hat penibel darauf geachtet, dass wir hier nichts Illegales einschmuggeln. Bei Elwira Kowalski scheint das kein Thema gewesen zu sein. »Zahlen Sie eigentlich extra für die Sonderausstattung hier?«, frage ich der Neugier halber.

»Tsss.« Elwira schaut mich an, als hätte ich etwas vollkommen Abwegiges von mir gegeben. »Die können froh sein, dass ich hier eingezogen bin. Wo findet man denn heutzutage noch eine solvente, saubere Beamtin, ohne Haustiere, unerzogene Kinder und Mann?«

»Hm.« Ich entdecke eine schmale an die Wand geschraubte Schultafel, auf der mit Kreide die Namen unserer Mitbewohner aufgelistet sind, der männlichen. Dahinter stehen Zahlen. »Etwas Wettbewerb kann nicht schaden«, sage ich, den Blick auf die Tafel gerichtet.

»Das Leben funktioniert nur so«, antwortet sie. »Leistung kommt durch Konkurrenz. Wer etwas anderes behauptet, ist ein Einfaltspinsel.«

»Wer führt?«, frage ich neugierig nach.

»Ich natürlich«, schießt es in absolutem Selbstverständnis aus ihr heraus.

Ehrgeiz kann auch krankhafte Züge annehmen, denke ich. Welchen Wert hat es, eine untrainierte Altherrenriege in einem Altenheim sportlich ins Aus zu stellen? Die Männer ihrerseits lassen sich auch noch darauf ein. Elwira ist neu, was sie in unserem Hort der Langeweile schon zur Attraktion macht. Ihre eigenwillige Art mag noch einen draufsetzen. Ich versuche, sie so unauffällig wie möglich zu mustern. Elwira scheint mir kräftig genug, um mit einem Mann wie Schröter fertigzuwerden. Aber wieso sollte sie das tun? Sie lebt kaum zwei Wochen bei uns und laut der Patientenunterlagen ist sie in Schröters Sprechstunde nicht ein einziges Mal vorstellig geworden. Dafür ist sie Lennox Bergmann seit dem Tag ihres Einzuges ein Dorn im Auge. Sie zu einer Mordverdächtigen zu machen, könnte ein Ansatz sein, sie loszuwerden. Aber nach allem, was ich von Hannelore weiß, könnte Bergmann damit sogar Erfolg haben, allerdings nicht nur aufgrund von übler Nachrede.

»Was wird das hier?« Elwira fixiert mich mit ihren Augen. »Wenn Sie darauf spekulieren, die Situation ausnutzen zu können, kann ich Ihnen nur einen guten Rat geben: Vergessen Sie es gleich! Unverehelicht ist bei mir kein Status, sondern eine Lebensphilosophie. Das schließt alles davor ein.« Sie stellt ein Bein nach vorn und strafft den Oberkörper, als müsste sie sich für einen Kampf rüsten.

Meine Wangen beginnen zu glühen und ich versuche, mich durch ein Räuspern aus der unangenehmen Situation zu retten. »Ich wollte nur fragen, ob Sie sich schon eingelebt haben«, sage ich und merke selbst, wie wenig überzeugend ich klinge.

»Aha«, entgegnet Elwira. »Prima. Und nun?«

»Haben Sie schon alle kennengelernt?«, frage ich und merke erst, nachdem die Worte ausgesprochen sind, wie blöd die Frage rüberkommen muss.

»Gibt es noch mehr?«, hält Elwira dagegen.

»Ich dachte nur«, antworte ich.

»Na dann«, sagt sie und betrachtet ausgiebig meine Füße. »Sportbefreiung?«

»So kann man es auch nennen«, antworte ich. »Doktor Schröter besteht auf Ruhe.«

»Aha.«

»Sie kennen Doktor Schröter?«, lege ich nach. »Wenn man so viel Sport macht wie Sie, kann es nicht schaden, einen guten Draht zu unserem Heimarzt zu haben.« Ich lächle unbedarft. »Der Mann versteht sein Geschäft.«

»Weil er Ihre Zehen mit WC-Papier umwickelt?«, will sie mit einem verächtlichen Augenaufschlag wissen. Sie möchte sich nicht weiter mit mir unterhalten und sie macht sich nicht einmal die Mühe, das zu verbergen. »Sind wir mit dem Geplänkel nun durch?«, will Elwira ruppig wissen. »Ich möchte ein paar Körbe werfen.« Sie macht ein paar Schritte auf mich zu, stoppt und betrachtet noch einmal demonstrativ meine Füße. »Da das wohl kaum zu Ihrer Mode gehört, Sie aber schon zwei Wochen damit herumlaufen, kann es mit dem hiesigen Quacksalber nicht so weit her sein. Haben Sie darüber schon mal nachgedacht oder gefallen Sie sich in der Opferrolle?«

»Ein individueller Heilungsprozess«, antworte ich angesäuert. Dann hole ich zum verbalen Gegenschlag aus. »War das der Grund, warum Sie Schröter vorhin durch das Haus verfolgt haben? Sie mögen keine vermeintliche Inkompetenz? Oder mussten Sie einfach den Toilettenstuhl schieben, in den Sie seine Leiche gesetzt haben?«

Die Luft zwischen uns scheint augenblicklich zu gefrieren. Elwira tritt so nah an mich heran, dass sich unsere Nasenspitzen fast berühren. »Hören Sie, was immer Sie hier treiben, lassen Sie es! Ihre Wahnvorstellungen werden unter Garantie nicht zu meinen. Da müssen Sie schon früher aufstehen. Und eines sollten Sie sich über Elwira Kowalski ins Stammbuch schreiben: Der Mann muss erst geboren werden, der eine Elwira Kowalski aufs Kreuz legt. Verstanden? Abtreten.«

***

Ausgerechnet Hannelore. Sie hat mich gefunden, vor dem Haupteingang sitzend, mit sonnenverbranntem Gesicht, sabbernd und blutend. Ich weiß nicht, wie ich mehrere Stunden abgängig gewesen sein konnte, ohne dass es jemandem aufgefallen ist. Nur Hannelore. Ihr Gesicht war ganz nah vor meinem. Zunächst habe ich gedacht, ich bin verstorben und versehentlich in der Hölle gelandet. Der Geruch jedenfalls, den ich in meiner Nase hatte, passte.

Dass Hannelore dort herumlungert, ist ebenfalls nicht abwegig. Dann war da noch die Sache mit dem Rudel Hunde, die sich im Fahrstuhl auf Jutta gestürzt haben, um sie wegen eines Kabeljaufilets zu zerfleischen. Während Jutta mit einem Golfschläger um ihr Leben gekämpft hat, ist Margot zwischen den Blumenbänken herumgetänzelt und hat Bert Bo blaue Pillen zugeworfen, die er mit dem Mund gefangen hat. Immer wenn sie getroffen hat, haben alle wie Zinnsoldaten aufgereihten Frauen lautstark applaudiert. Dann habe ich zwischendurch Margot im Park sitzen sehen, zwischen lauter fremden Leuten bei Kaffee und Kuchen. Die ganze Zeit hat sie laut geredet und von »ihrer reizenden Residenz« geschwärmt. Meine Hilferufe hat sie nicht mitbekommen. Doktor Schröter auch nicht. Er war auch im Park. Nackt, aber mit offen stehendem Kittel hat er Werbung für vollbiologische Grabstätten gemacht und ich glaube, er hat tatsächlich welche verkauft. Sicher bin ich mir allerdings nicht, denn die Bilder in meinem Kopf haben so schnell gewechselt, dass mir schwindelig geworden ist. Bei Hannelore auch. Aber das lag wohl eher an ihrem jauchigen Mundgeruch. Jedenfalls wurde mir dadurch klar, dass es nicht mein vergangenes Leben sein kann, das an der Schwelle zum Tod noch einmal an mir vorbeizieht. Hannelore war echt. Der unverwechselbare Gestank sowie ein herber Schlag in meine Rippen haben sie ziemlich real erscheinen lassen. Hannelore kennt seltsame Wiederbelebungsversuche, aber der Erfolg gibt ihr wohl recht. Aber wieso um alles in der Welt sollte ich tot gewesen sein?

»Oh«, höre ich Jutta ausrufen. »Olga, sieh doch, Helmut ist wieder wach. Seine Augen sind offen.« Sie kommt auf mich zu und wischt mir liebevoll mit ihrem Taschentuch über den Mund. »Und gleich ist das bisschen Spucke wieder weg. Siehst du, alles wie neu.« Sie lächelt mich an. »Ob er wohl Durst hat?«, fragt sie, wobei sie sich von mir wegdreht.

»Geben Sie ihm von seinem Gin Tonic, dann ist er gleich wieder der Alte.« Die Frau Doktor muss also auch in der Nähe sein. Das beruhigt mich. Immerhin wird Jutta die Situation damit nicht ausnutzen. Angestrengt versuche ich, um Jutta herumzuschauen. Die Sonne blendet mich etwas, aber dann kann ich sie erkennen. Doktor Olga Maria Böttcher. Sie sitzt zwischen meterhohen Hanfpflanzen und pafft eine Zigarre. Neben ihr steht Karl Heinz. Er trägt eine Halskrause und eine rosafarbene Schürze. Ich bin wieder zurück. Ganz eindeutig.

»Aber liebste Olga«, entrüstet sich Jutta. »In seinem Zustand sollte er keinen Alkohol trinken. Mit einer Gehirnerschütterung ist nicht zu spaßen.«

»Gin ist Medizin«, erwidert die Frau Doktor. »Er bringt ihn wieder zu Kräften. Nicht wahr, Herr Katuschek?« Sie nickt mir ermunternd zu.

»Wenn Sie meinen«, gibt Jutta nach und wenig später sehe ich ein rotes Trinkröhrchen nebst Glas auf mich zukommen. Sie schiebt den Halm zwischen meine Lippen und schaut mich erwartungsfroh an. »Ziehen, Helmut, ziehen«, fordert sie mich auf.

»Jutta, ich bin kein Pflegefall«, antworte ich mit schwerer Zunge und schiebe das alberne Hilfsmittel weg. »Bei der Mischung, die die Frau Doktor mixt, bin ich auf diese Weise gleich hinüber.«

»Recht hat er, worauf ich vermuten würde, sein Gehirn hat keinen Schaden genommen«, kommentiert die Frau Doktor. »Ich spare mir damit eine eingehende Untersuchung. Das ist auch besser für alle Beteiligten, denn meine Expertise beschränkt sich doch eher auf kaltes Fleisch.« Sie lacht gelöst auf. »Prost, Herr Kollege, und auf die Lösung des Falls! Sie haben es wieder einmal geschafft.«

Ich brauche kurz, bis mir aufgeht, was die Frau Doktor meinen könnte. Weidmann und ich waren im Einsatz, der Mord an unserem Heimarzt Schröter, die verschwundene Leiche, die Hantelbank von Elwira. Meine Güte, habe ich einen Brummschädel. Ich fasse mir an die Stirn, um mir etwas Linderung zu verschaffen. Das Gegenteil tritt ein. Der Schmerz zieht sich nun bis hinunter zu meinen Zähnen. Vorsichtig taste ich mich vor. Das fühlt sich nach einer Mullbinde an, die rundherum um meinen Kopf geschlungen ist.

»Nur eine Platzwunde an der Schläfe, nichts Weltbewegendes«, attestiert die Frau Doktor. »Die Verarztung war so wenig anspruchsvoll, dass sogar eine Rechtsmedizinerin wie ich sie übernehmen konnte.« Sie kichert. »Warum werfen Sie Ihren Kopf auch gegen eine Flasche mit einem isotonischen Getränk?« Der Gedanke scheint ihr noch mehr Freude zu bereiten.

»Ach, Helmut, so eine Aufregung aber auch«, jammert Jutta. »Wir haben uns solche Sorgen gemacht. Und die Polizei erst. Die haben sogar vermutet, dieses Monster hätte dich entführt.« Jutta steht noch immer dicht vor mir und ich kann sehen, wie sie den Träger, der aus dem Ausschnitt ihres T-Shirts hervorblitzt, zurechtschiebt.

»Du trägst einen BH«, stelle ich fest.

»Glücklicherweise«, antwortet Jutta. »Wie konnte ich mich nur auf so einen Blödsinn einlassen? Ein schickes Mieder gibt einer Frau erst die richtige Form.« Sie greift sich an die Brüste. »Alles sitzt wieder dort, wo es hingehört. Siehst du, Helmut?«

Ich schließe die Augen.

»Diese Hyäne hat uns alle eingewickelt. Keine Büstenhalter, aber dafür Fritten bis zum Abwinken. Und ich bin komplett aus der Form«, wieder befühlt sie ihre Oberweite, »mit diesem Weib in die Stadt gelaufen. Wenn mich jemand erkannt hätte ...« Jutta seufzt. »Dann auch noch Fritten. Ich hasse Frittiertes. Elwira Kowalski hat uns alle manipuliert. Aufgehetzt auch. Ich möchte mir nicht ausmalen, was passiert wäre, wenn sie noch länger bei uns geblieben wäre. Womöglich hätte es bewaffnete Aufstände gegeben. Unser armer Lenni.«

»Fantasie ist auch eine Gabe, in Maßen«, kommentiert die Frau Doktor trocken.

Elwira Kowalski. Der Name sagt mir etwas. Langsam kommen meine Erinnerungen zurück. Wir waren in ihrem Appartement, Weidmann und ich. Und dann ...

»Diese Person, diese Person«, echauffiert sich Jutta. »Du hättest tot sein können. Wie konnte dich der Polizist auch mit ihr allein lassen? Man muss sich doch wirklich fragen, wer solche Leute ausgebildet hat?« Sie will noch einmal meine Mundpartie säubern, was ich energisch zu verhindern weiß. Dann nimmt sie auf dem Sessel neben der Frau Doktor Platz.

Derweil frage ich mich, was hier nicht stimmt. Wir sind ganz offensichtlich auf dem Balkon der Frau Doktor. Dort gibt es zwei Sitzmöglichkeiten. Ich schaue erst auf Jutta und dann auf die Frau Doktor. Dann blicke ich an mir herunter.

»Kollege Katuschek, das alles beruht auf rein praktikablen Erwägungen«, erklärt die Frau Doktor energisch.

»Wenn es im Kopf hakt, können auch die Schließmuskeln Samba tanzen. Darauf wollen wir doch vorbereitet sein, nicht wahr?«

Ein Toilettenstuhl. Kriminalhauptkommissar a. D. Helmut Katuschek sitzt mit verbundenem Kopf und Zellstoffzehen in einem Toilettenstuhl. »Wenigstens ist Ihre Balkonbepflanzung nicht wieder konfisziert«, sage ich unleidig.

»Meine Rede«, bemerkt die Frau Doktor schmunzelnd. »Wir sind also ganz unter uns.«

»Aber die Polizei ... Ihre Plantage ...«, sage ich angestrengt.

Die Frau Doktor winkt vielsagend ab.

»Nein, ihr könnt sagen, was ihr wollt.« Jutta kann sich nicht beruhigen. »Helmut hätte niemals einer solchen Gefahr ausgesetzt werden dürfen. Die Frau ist eine Wahnsinnige. Meine Karten wussten es. Und die Polizei trinkt Kaffee. Wenn ich du wäre, Helmut, dann würde ich die Staatsmacht auf Schmerzensgeld verklagen. Da kannst du noch richtig etwas herausholen.«

»Jutta!«, mahne ich.

»Das hätten wir.« Ich erkenne Weidmanns Stimme. Im nächsten Moment steht er neben mir und schaut mich besorgt an. »Geht es dem Chef gut?«, fragt er an die beiden Frauen gerichtet.

Jutta dreht ihm demonstrativ den Rücken zu, während die Frau Doktor freundlich nickt.

»Ich kann selbst antworten«, fahre ich ihn an.

An Weidmanns Blick kann ich sehen, dass er das bezweifelt.

»Andreas, Gin Tonic?«, fragt die Frau Doktor.

Seit wann duzen die beiden sich? Was um alles in der Welt

ist hier passiert? Wie lange war ich eigentlich weggetreten? Lebt Rolf Jürgen noch?

Weidmann willigt ein. »Da haben wir noch einmal Glück gehabt, Chef«, sagt er. »Bedanken Sie sich bei Frau Hannelore. Wer weiß, was passiert wäre, wenn die Sie nicht so schnell gefunden hätte.«

Schnell?

»Aber die Kinder haben sich gefreut«, plappert Jutta. »Es war so niedlich, wie die auf dir herumgeklettert sind, Helmut, weißt du. So ein lieber Opa.« Sie klatscht in die Hände. »Wir haben nur positives Feedback von den Gästen des Tages der offenen Tür bekommen. Ich gebe dir Brief und Siegel, dass jeder, der heute Nachmittag hier war, einmal bei uns einchecken wird.«

»Die Kinder auch?«, will ich mürrisch wissen.

»Wir haben keine Ahnung, warum Elwira Kowalski Sie nicht einfach in ihrem Appartement hat liegen lassen«, erklärt Weidmann. »Vermutlich wollte sie Sie als Geisel nehmen. Zuzutrauen wäre es der Frau jedenfalls. Dann hat sie es sich wohl anders überlegt und Sie vor der Tür stehen lassen. Es flieht sich mit Ballast nun einmal nicht so leicht.«

»Ballast«, wiederhole ich mit kratzigem Hals.

»Wenigstens haben Sie nun eine gesunde Gesichtsfarbe, Herr Kollege«, tröstet mich die Frau Doktor leidlich.

»Wo ist Elwira?«, frage ich. Noch immer gelingt es mir nicht, die Puzzlesteine in meinem Kopf zusammenzubringen.

»U-Haft«, antwortet Weidmann. »Wir haben sie relativ schnell in der Stadt aufgegriffen. Sie streitet allerdings alles ab, also den Mord. Den Angriff auf den armen Doktor hat sie mittlerweile zugegeben. Es ist nur noch eine Frage der

Zeit, dann gesteht sie auch die Tötung. Die Herren Walter und Werner jedenfalls haben beide ausgesagt, dass sie zur Tatzeit die Sportstunde verlassen und erst nach zehn Minuten wieder zurückgekehrt ist.«

»Welchen Angriff …?«, hebe ich an, komme aber nicht weit.

»Ich möchte noch einmal darauf hinweisen, dass mir eine umfangreiche Leichenschau verwehrt geblieben ist«, sagt die Frau Doktor. »Die Quetschung der Schröter'schen Genitalien hätten mich, wenn ich sie festgestellt hätte, auf den richtigen Weg geführt.«

»Die was?« Ich schaue von einem zum anderen.

»Die blaue Elise«, jauchzt Jutta. »Elwira hat Schröter mit einem Tritt in seine … na ja, der arme Steven war sofort bewusstlos und sie konnte ihn mit der Schranktür ersticken. Eigentlich ist das ganz grauenvoll, also wenn man länger darüber nachdenkt.«

»Wie …?« Wieder lässt man mich nicht ausreden.

»Bestohlen hat sie ihr Opfer auch«, redet Weidmann munter weiter. »Tausend Euro. Vermutlich stammt das von dem Testosteron ihres stellvertretenden Heimleiters. Jedenfalls hatte sie das bei ihrer Festnahme dabei.«

Unwillkürlich fasse ich an die Außenseite meiner Hosentasche. Das Bündel ist weg. Elwira hat mich nicht nur niedergeschlagen, sondern auch noch ausgeraubt. »Aber wie …?«

»Ihr Bluthochdruck ist schuld und die Herzschwäche«, antwortet Weidmann. »Schröter wusste aus den Unterlagen ihres alten Hausarztes davon. So etwas wird wohl bei einem Umzug in ein Seniorenheim mitgeliefert. Jedenfalls wollte er ihr entsprechende Medikamente verschreiben«, ergänzt Weidmann.

»Und deswegen bringt man jemanden um?«, frage ich.

Weidmann zuckt mit den Schultern. »Sie ist der Meinung, der Doktor wollte nur Geld mit ihr machen und sie in die Abhängigkeit der Pharmaindustrie treiben.«

Die Frau Doktor wiegt den Kopf hin und her. Sie scheint die Unterstellung nicht für ganz abwegig zu halten.

»Dabei hätte Steven so etwas nie getan«, wirft Jutta betroffen ein. »Da sieht man mal, welchen Gefahren Ärzte nur aufgrund ihrer Menschenfreundlichkeit und Hilfsbereitschaft ausgesetzt sind.«

»Wenn Sie mich fragen, Chef …«, flüstert mir Weidmann zu. »Die Frau tickt nicht ganz richtig im Kopf. Und sie hat ein veritables Problem mit Männern, das sich in grenzenlosem Hass sowie sadistischen Fantasien ausdrückt.«

Mir fällt Rolf Jürgens Episode auf der Hantelbank wieder ein und ich beschließe, Weidmanns Erkenntnis nicht für abwegig zu halten. »Dennoch genügt die ärztliche Empfehlung von Herztabletten nicht für einen Mord, also, soweit ich das beurteilen kann. Sie hätte den Ratschlag auch einfach nur ausschlagen können.«

»Da liegt Helmut nicht falsch«, gibt mir Jutta recht, wobei sie mir erneut den Sabber vom Kinn wischt. »Man kann auch gegenüber einem Arzt einfach nein sagen.«

»Sie hat sich geweigert, die Aufnahmeuntersuchung zu absolvieren«, ergänzt Weidmann.

Ich versuche, meinen Missmut durch das Schütteln meines Kopfes zu verdeutlichen, lasse es aber nach der ersten zaghaften Bewegung umgehend bleiben. »Was wollte sie dann bei Schröter?«

»Herztabletten zumindest schon mal nicht«, kichert die Frau Doktor.

»Hochdosierte Eiweißpräparate«, erklärt Weidmann. »Der Heimtratsch hat sie zu Schröter und seinen Extralieferungen geführt. Der hat sich aber geweigert, ihr die Aufbaupräparate zu verschreiben, und wollte sie mit Verjüngungssalbe für hängende Ohrläppchen abspeisen, wegen der Herztabletten.« Weidmann lässt seinem Amüsement vollen Lauf. »Wer lässt sich denn auch so etwas aufschwatzen?«

Mir wäre es lieb, wenn meine diesbezügliche Erinnerung mehr Lücken besäße.

»Margot«, schießt es aus Jutta heraus.

»Oh … na ja … also da …«, stammelt Weidmann. »Nichts für ungut, Chef. Was weiß ich schon von der modernen Medizin. Jedenfalls hat Frau Elwira von Schröter nicht das bekommen, was sie wollte.«

»Das ist sie nicht gewöhnt«, spreche ich meine Gedanken aus.

»Darüber wäre ich an ihrer Stelle froh«, bemerkt die Frau Doktor. »Herzinsuffizienz und Eiweiß«, sie bläst die Wangen auf, »eine solche Kombination hätte Elwira zum Explodieren gebracht, also bildlich gesprochen. Eiweiß schwächt das Herz noch mehr, was vor allem bei der Vorerkrankung und in dem Alter ein erhebliches Risiko darstellen kann. Doktor Schröter hat genau das Richtige getan.«

»Ach, Steven.« Jutta seufzt in tiefster Ergriffenheit. »Er war ein guter Junge und er wird mir fehlen.«

»Ein neues Getränk«, murmle ich, nachdem ich mein Glas geleert habe. Schröter hat demnach also nicht wahllos an uns Alten herumexperimentiert. Sein Geschäft mit dem Wunsch nach Stärke, Schönheit und Jugend hatte auch seine ethischen Grenzen. Na, immerhin etwas. Ob Elwira mit dem Eiweißzeugs nicht auch an der Nadel der Pharmaindustrie gehangen hätte, kann ich nicht beurteilen. Sie wird das schon richtig einzuschätzen gewusst haben, zumindest ist sie ihren Überzeugungen treu geblieben.

»Olga?« Jutta hält mein leeres Glas in ihrer Hand und schaut fragend auf die Frau Doktor.

Die wedelt mit ihrer Hand. »Immer hinein damit. Kollege Katuschek weiß am besten, was für ihn gut ist.« Dann streckt sie ihren Zeigefinger aus. »Jeder Tag könnte unser letzter sein!«

Jutta erhebt sich und geht los, um mir meine Bitte zu erfüllen.

»Wie gesagt, die Frau hat keine besonders lange Zündschnur«, redet Weidmann weiter. »Aber das haben Sie ja am eigenen Leib erfahren müssen, Chef.« Weidmann trippelt von einem Bein auf das andere. »Ich hätte Sie nicht allein dieser Gefahr aussetzen dürfen. Aber wer kann denn ahnen, dass eine pensionierte Beamtin zu einer solchen skrupellosen Brutalität fähig ist, noch dazu in einem Altenheim. Übrigens gab es keinen Quarkkuchen, nur Kekse, aber die waren auch nicht übel.«

»Da sieht man es mal wieder«, jauchzt die Frau Doktor. »Das System gebärt die Kinder selbst, die es so sehr verabscheut.«

»Ich muss dann wieder«, sagt Weidmann und legt mir zum Abschied seine Hand auf die Schulter. Dann ist er verschwunden.

»Endlich sind wir wieder unter uns«, vermeldet Jutta, als sie mit einem übervollen neuen Drink an mich herantritt. »Ich bin so froh, dass es dir gut geht, Helmut. Ich hätte nicht gewusst, wie wir ohne dich die ganzen Morde aufklären sollten.«

»Hm.« Ich nehme einen anständigen Schluck. Jutta hat sich in dem Verhältnis zwischen Gin und Tonic vertan, aber wenn ich mich in den nächsten Stunden nicht aus meinem Vehikel erheben muss, dann passt das. »Sind die Hunde schon durch?«, will ich wissen.

Die Frau Doktor hebt die Brauen.

»Mach dir keine Sorgen, Helmut«, beeilt sich Jutta zu sagen. Erstaunlicherweise scheint sie zu wissen, worauf ich anspiele. »Sie haben nicht einmal Dreck gemacht, kein Stäubchen. Und auch keine Unordnung. Dabei sieht man das im Fernsehen immer ganz anders, also bei den Drogenrazzien und so weiter.« Sie faltet die Hände vor ihrer Brust und schaut an die Decke. »Ein ganz liebenswürdiger junger Beamter und so ein niedlicher Hund.« Sie erhebt sich. »Ich gehe mir schnell die Nase pudern, wenn ihr nichts dagegen habt.«

»Jutta!« Sie will mich nicht hören.

Die Frau Doktor prostet mir zu. »Juttas fünfter Enkel war vorhin zu Besuch«, sagt sie und mehr muss ich nicht wissen.

»Hat der auch Schröters Leiche mitgenommen?«, scherze ich.

»Die hat die Polizei im Park unter den Grünschnittabfällen gefunden«, antwortet die Frau Doktor.

»Elwiras Schulgartenprojekt«, hauche ich zunehmend wieder kraftloser. »Der Grünschnitt ist bei der Gartenarbeit von enormer Bedeutung. Elwira hatte die Sache also straff durchorgansiert. Wer weiß, ob Schröters Leiche im Kompost jemals wieder aufgetaucht wäre.«

»Schopenhauer hätte dieses Bild gefallen«, entgegnet die Frau Doktor belustigt. »So ergibt der Tod Sinn, also von den

Würmern her gesehen. Aber ich denke, die Polizeihunde wären auch hier fündig geworden.«

Ich kann darauf nur müde stöhnen. Bevor mir die Lider zufallen, kann ich noch sehen, wie die Frau Doktor eine dicke Patientenakte hervornimmt, sie Seite für Seite zerreißt und die Schnipsel in ihrem Aschenbecher verbrennt. Die Wahnvorstellungen von Helmut Katuschek gehen in Rauch auf. Das wird Margot nicht gefallen.

* * *

LESEPROBE

ISBN der gedruckten Ausgabe 978-3-423-21860-3
ISBN eBook 978-3-423-44155-1

Alte Leute frieren immer. Angeblich liegt das an der schlechteren Durchblutung. Wenn ich mich so umschaue, muss ich sagen, das scheint heute unser Glückstag zu sein. Was der Blutkreislauf nicht schafft, erledigt der Busfahrer, indem er sich weiterhin weigert, die Klimaanlage anzustellen. Ich vermute nur, dass die Sache irgendwann kippt. Ich weiß nicht, ob das jemand von dem Personal einkalkuliert hat. Eher nicht. Denn es gibt momentan erheblichere Probleme als vierundzwanzig vor Hitze kollabierende Senioren.

Nummer fünfundzwanzig in Gestalt von Rolf Jürgen schafft die Treppe nicht. Vermutlich rettet ihm das sogar das Leben. Ich gebe zu, es hätte eine gewisse Situationskomik, wenn der über Neunzigjährige und damit Älteste unseres Seniorenheims der Einzige ist, der diese alberne Reise überlebt. Frau Mehltau, unsere Heimleiterin, und die Pflegerin Monika jedenfalls haben die Sache nicht im Griff, sonst hätten sie ihn in der letzten halben Stunde höher gehievt als bis auf die erste Stufe. Rolf Jürgen sieht das gelassen. Er pfeift einen alten Hans-Albers-Schlager und gibt schlüpfrige Witze zum Besten. Gertrude und Auguste, seine beiden derzeitigen Favoritinnen, hingegen haben die Anmut zweier arthrotischer

Cheerleader, die mal weinerlich, mal hysterisch ihren Helden von der zweiten Bank aus zu Höchstleistungen anfeuern. Wenn das so weitergeht, muss eine von ihnen vor Aufregung auf die Toilette. Das kennt man ja. Und dann gibt es kein Halten mehr, denn mit den dringenden Bedürfnissen verhält es sich im Altersheim wie mit Kopfläusen in einer Kindergartengruppe. Das ist dann eine Sache von Sekunden. Ich weiß nicht, ob Frau Mehltau und die brave Monika Rolf Jürgen dann wieder aus dem Weg zerren oder die Massen ihn einfach auf den Gehweg stoßen – das bleibt abzuwarten. Jedenfalls scheint es sicher zu sein, dass der Busfahrer nicht in der Lage ist, sich hier sinnvoll einzubringen. Schon der Knopf für den Öffnungsmechanismus der Hintertür überfordert ihn offenbar. Das würde das Einsteigen des übrigen Personals erheblich erleichtern, von dem frischen Sauerstoff mal abgesehen. Man könnte doch tatsächlich meinen, der Kerl hätte es darauf angelegt, die Tour abbrechen zu können. Dabei sind wir noch nicht einmal losgefahren. Ich vermute, die haben keinen gefunden, der unsere Siechenkommune chauffieren will. Dann musste die Aushilfe ran, und die versprüht so viel Herzlichkeit wie eine Bahnschwelle unter der Fallrohrtoilette der Deutschen Bahn. Der Umgang mit Greisen ist nun einmal nicht jedem in die Wiege gelegt. Vielleicht ist das heutzutage auch normal. Wer will schon nur von alten Leuten umgeben sein? Ich jedenfalls nicht. Aber im Gegensatz zu dem Bürschchen da vorn habe ich keine Wahl. Ich bin verheiratet. Noch dazu mit Margot. Vor sechsundvierzig Jahren, einem Monat und drei Tagen haben wir uns das Jawort gegeben. Seitdem werde ich das Gefühl nicht los, dass meine Uhr der Lebensfreude rückwärtsläuft. Ich möchte nicht falsch verstanden werden. Margot ist keine schlechte

Frau. Sie war sogar einmal recht hübsch anzusehen. Ich glaube, davon habe ich mich blenden lassen. Bei uns war es wohl wie bei dieser Spinne, der Schwarzen Witwe. Die sollen die Männchen während des Balzrituals so betören, dass es den Kerlen egal ist, ob sie nach der Paarung gefressen werden. Mir war es nicht egal. Mich hat einfach keiner gefragt. Immerhin ist unsere Ehe bis jetzt ganz passabel gelaufen. Harmonie durch Unterordnung lautet Margots Prinzip. Da ich früher kaum zu Hause war, ist mir das überhaupt nicht so aufgefallen. Ich war bei der Kripo. Neunundvierzig Jahre. Rückblickend würde ich sagen, das war die beste Zeit meines Lebens. Bei Margot verhält es sich genau entgegengesetzt. Sie sagt, sie hätte nur auf den Ruhestand gewartet, um das versäumte Leben nachholen zu können. Ich weiß nicht, was Margot versäumt hat, das Frühstücksfernsehen und den Tratsch mit den Nachbarn jedenfalls nicht. Die paar Jahre, die sie halbtags bei der Post war, fallen kaum ins Gewicht. Alles, was danach kam, lag allein in ihrer Hand. Eine Frau ihres Standes könne nicht durch die halbe Stadt rennen und bei fremden Leuten klingeln, um ihnen die Sachen nachzutragen, hat sie immer gesagt. Für gewöhnlich tun Briefträger so etwas. Margot nicht. Die war als Kriminalhauptkommissarsehefrau per se etwas Besseres, und mit meinem a.D. hat sich Margots Dünkel noch mal ordentlich potenziert. Infolgedessen hat sie entschieden, dass unser Reihenhäuschen nicht mehr standesgemäß sei. Ich weiß nicht, inwieweit dies auf ein Seniorenheim zutreffen kann, aber dort bin ich jetzt. Seit dreihundertneunzig Tagen, acht Stunden und drei Minuten befinde ich mich auf dem bislang tiefsten Punkt der Rudimente meiner Daseinsfreude. Derweil bekommt Margots Begeisterung schon pathologische Züge.

»Eine Auszeit an der Ostsee. Was uns in unserer reizenden Residenz alles geboten wird, ist überaus superb«, sagt sie mit spitzen Lippen, während sie sich neben mir sitzend mit einer dieser Frauenzeitschriften, die sie immer mit sich herumträgt, Luft zuwedelt.

Reizend und superb, diese beiden Wörter gehören neuerdings zu Margots Lieblingswortschatz. Früher hat sie nie so geschwollen dahergeredet. Sie meint, unsere Lebensumstände hätten das auch nicht hergegeben. Ich ärgere mich darüber. Wir hatten es nett, allein in unserem Häuschen, mit so normalen Dingen wie dem Alltag, meinem Schachfreund Herbert Grusche und dem Sportkanal. Das Leben war einigermaßen gut, ohne diese kranke Gruppendynamik, die hauptsächlich zwischen Fressneid und dem brennenden Interesse an der Farbe, Beschaffenheit und Konsistenz des Stuhlgangs des anderen schwankt, also bis vor dreihundertneunzig Tagen.

»So eine Sommerfrische am Meer ist schon etwas Herrliches«, setzt Margot ihre Selbstgespräche fort. »Auch noch an die Ostsee. Da hat man ja sogar immer Wasser. Wie superb.«

Obwohl sie seit der Entzweiung mit ihrer Busenfreundin Hannelore deutlich mehr Worte für mich übrig hat, heißt das nicht zwingend, dass ich angesprochen bin. Das wäre mir auch zu anstrengend, die meiste Zeit höre ich ohnehin nicht zu, und sie erwartet in der Regel keine Antwort.

»Dass ich erst jetzt in diesen Genuss komme …«

Sie seufzt, und ich brauche sie nicht anzusehen, um den vorwurfsvollen Augenaufschlag in meine Richtung zu bemerken. Genau das meine ich.

»Aber wenn man einen vielbeschäftigten Mann in leitender Position an seiner Seite hat, muss man sich einfach zurücknehmen.«

Ich frage mich, wann Margot sich jemals zurückgenommen hat. Als das passiert ist, war ich sicherlich gerade im Büro.

»Zeit für Urlaub hat es bei uns jedenfalls kaum gegeben.« Sie zuckt mit den Schultern. »Ein, zwei Mal für ein paar Tage nach Österreich, mhm, nicht der Rede wert.«

Ihre Unterlippe verdeckt nun die Oberlippe völlig. Das macht sie immer, wenn sie sich als Opfer einer schrecklichen Ungerechtigkeit präsentieren will. Auf dem Standesamt muss sie damit angefangen haben. Jedenfalls ist es mir vorher nicht aufgefallen.

»Richtige Auszeiten waren mir einfach nicht vergönnt.«

Siebenundzwanzigmal *Kaiserwirt* in Bad Ischl. Achtzehnmal *Pension Bergblick* Hallstatt. Jeweils vierzehn Tage. Vollpension. Während meiner Ehe habe ich meine Mutter nicht so oft gesehen wie die Alpen. Erst seit meinem letzten Arbeitsjahr haben wir unseren Urlaub zu Hause verbracht, und das auch nur, weil Margot, wie sie jedem ungefragt erzählt hat, die Dinge vor dem neuen Lebensabschnitt richten müsse. Dabei war es *mein* neuer Abschnitt. Ich weiß nicht, was jemand richtet, für den sich doch eigentlich nichts ändert. Mittlerweile vermute ich, dass sie den Umzug ins Heim von langer Hand vorbereitet hat. Es dauert nun mal seine Zeit, wenn man das Sammelsurium eines dem Ende entgegengehenden Lebens aufräumen, aussortieren und entsorgen muss. Ich frage mich, wie lange sie wohl gebraucht hätte, wenn sie ihre eigenen Habseligkeiten auch so gründlich dezimiert hätte. Vermutlich wären wir dann immer noch zu Hause. Ich jedenfalls bin mit einem Koffer und zwei Plastiktüten in der Wartestation zum Friedhof angekommen. Bei Margot hingegen müssen es so zwanzig Kartons nebst Taschen, Beuteln und allerlei Kleinkram gewesen sein. Wenn ich mir irgendwann wieder eine eigene Bude nehme, vorausgesetzt Margot stirbt vor mir, kriege ich den Umzug wenigstens problemlos mit den öffentlichen Verkehrsmitteln gewuppt.

»Nun könnt ihr alles nachholen, liebe Margot«, flötet Jutta zwischen den Sitzen hindurch. »Das Meer soll um diese Jahreszeit besonders schön sein. Ich freue mich schon, wenn wir alle gemeinsam baden gehen.« Ich sehe ihren roten wilden Haarschopf vorfreudig hin und her wackeln. »Ich bevorzuge den FKK-Strand. Es gibt doch nichts Sinnlicheres, als den Wind auf der nackten Haut zu spüren«, lässt sie uns noch wissen.

Ich versuche mich daran zu erinnern, ob ich meine Sonnenbrille eingepackt habe. Das braune Glas nimmt den schlimmsten Anblicken zumindest die Strahlkraft. Nur, falls ich zufällig in irgendetwas hineingerate. Mir wäre das äußerst unangenehm, zumal es in einem Seniorenheim an sich schon kaum Grenzen gibt. Wir essen gemeinsam. Wir sehen gemeinsam fern. Wir teilen uns die Wehwehchen und nicht zu vergessen Rolf Jürgen, Letzteres gilt zumindest für die ledigen Frauen, die siebzig Prozent der Insassen ausmachen. Der Großteil der Leute hier, insbesondere das Personal, nennt uns Heimfamilie. Um den Zusammenhalt zu unterstreichen, wird zusätzlich das Wörtchen »wir« konsequent missbraucht. Das treiben die so weit, dass eine normale Ansprache des Einzelnen nicht mehr möglich ist. »Haben wir gut geschlafen, Herr Helmut?« Ich weiß nicht, was diese grammatikalische Akrobatik soll. Und auch diese

Verbindung der Vornamen mit der Anrede! Zu meiner Zeit jedenfalls gab es das nicht. Mittlerweile bin ich überzeugt, dass sich die Gesellschaft eine eigene Sprache zum Umgang mit Senioren ausgedacht hat. So was in der Art wie dieses Kleinkind-Ballaballa. Das Muster, das dahintersteckt, ist jedenfalls eindeutig: Alt ist gleich schwer von Kapee. Die sollen bloß nicht denken, dass ich das nicht mitbekomme. Das Vertraulichkeitsgetue, mit dem sie alles zudecken, habe ich längst durchschaut. Von wegen Heimfamilie. Den Mund weit aufzureißen, wenn man außen steht, ist leicht. Meine Familie suche ich mir jedenfalls noch immer selbst aus. Oder Margot tut es. Für meine Begriffe ist unsere Siechenkommune nichts weiter als eine Art Justizvollzugsanstalt für Betagte: regelbasiert, kontrolliert und vom Leben abgeschnitten. Der Vorteil einer JVA gegenüber einem Seniorenheim ist nur der, dass da ab und zu jemand wieder rauskommt, lebend, versteht sich. Wenn künftig jedoch auch noch jegliche Hemmungen fallen und wir uns gegenseitig auf die Geschlechtsteile gucken müssen, gehe ich. Margot ist damit ganz sicher auch nicht einverstanden.

»Ein Nudistencamp! Einwandfrei!« Rolf Jürgens Wahrnehmung ist äußerst selektiv. Immerhin beflügelt diese Aussicht seine Kräfte, und die nächste Stufe ist Geschichte.

Im Schutze von Juttas Hinterkopf verdreht Margot die Augen. Dann schaut sie demonstrativ aus dem Fenster. Meine Frau verabscheut Nacktheit, insbesondere männliche. Aber vor allem ist sie sauer, weil man uns nur einen Platz in der vierten Reihe hinter dem Busfahrer zugewiesen hat. Das ist sozusagen eine Doppeldegradierung. Die wichtigen Leute gehören ihrer Meinung nach ganz nach vorn.

»Ich habe vollstes Verständnis dafür, dass die Angestellten bevorzugt werden, aber das vertrocknete Ferkel und dann auch noch …« Sie deutet mit dem Kopf auf den Platz vor ihr und formt mit den Lippen ein angewidertes »Jutta«.

Das vertrocknete Ferkel, also Rolf Jürgen, steht kurz vor dem Durchbruch. Seine Singerei hält an, aber die Langmut von Frau Mehltau und Pflegerin Monika scheint so langsam nachzulassen. Kein Wunder, das Thermometer dürfte mittlerweile die vierzig Grad geknackt haben. Ich höre die beiden schnaufen und keuchen. Unseren Lehrjungen Peter Bause beeindruckt das nicht. Er lehnt entspannt außen am Bus und raucht. Sollte bei ihm mal so etwas wie Empathie aufkommen, dann steht irgendeine Mahlzeit an. Der Junge ist dahingehend klar konditioniert.

Der Busfahrer offenbar auch. Er scheint etwas auf seinem Handy entdeckt zu haben, das seine gesamte Aufmerksamkeit benötigt. Es gab in der Geschichte oft Zeiten, in denen die Frauen stärker gefordert waren. Aber da befanden wir uns im Krieg, und die Männer waren an der Front oder, schlimmer noch, tot. Wann die Gesellschaft falsch abgebogen ist, was die neue Männlichkeit angeht, weiß ich nicht. Wenn das da vorn aber die Prototypen sind, dann bin ich froh, dass meine Sanduhr bald durchgelaufen ist und ich die Schande nicht mehr miterleben muss.

»Möchtest du vielleicht lieber hier vorn sitzen?«, bietet Jutta an. »Ich tausche gern die Plätze. Ich bin da nicht so.«

Während sie das sagt, reicht sie uns zwei Piccolo nebst Plastikgläsern nach hinten.

Da Margot nicht reagiert, nehme ich die Sachen an mich. Ungezügelter Alkoholkonsum ist im Heim strengstens untersagt, aber womöglich sind Urlaubsreisen eine Ausnahme. Im normalen Leben holen die Leute in der Ferienzeit auch alles nach, worauf sie das ganze Jahr verzichten müssen. Jutta wird es wissen. Und ich hätte lieber ein Bier.

»Helmut und ich können uns dann ein bisschen unterhalten und du hast deine Ruhe«, bekräftigt sie ihr Angebot noch mal und blinkert dabei keck zwischen den Polstern hindurch.

»Das wäre ja noch schöner«, presst Margot hinter zusammengekniffenen Zähnen hervor und bedenkt mich dabei mit einem zutiefst vorwurfsvollen Blick. Margot glaubt, Jutta habe es auf mich abgesehen. Schuld daran bin natürlich ich, da ich sie angeblich ermuntere. Ich weiß nicht mal, wie das geht. Aber Margot weiß es. Selbstverständlich. Aus meiner Sicht ist das alles Blödsinn, aber ich spare mir dennoch die Widerrede.

»Das fehlte noch, dass die sich mit ihrem dicken Hintern neben dich quetscht«, murmelt sie unter hektischem Zupfen an ihrem Ärmel. »Man weiß doch, wie so etwas endet. Noch dazu unter Alkoholeinfluss.«

Ich werfe einen verstohlenen Blick auf meine zweihundert Milliliter Sekt. Ich rechne nicht mit einem Rausch, zumindest nicht so, dass ich mich über Jutta hermache. Ausgerechnet Jutta.

»Jetzt muss man schon seinen eigenen Platz verteidigen«, raunt mir Margot ungehalten zu. »Als Ehefrau.« Das letzte Wort dehnt sie, als wäre es etwas Heiliges.

Ich glaube, Jutta wollte nur nett sein, und mir ist es egal, wem ich zugeteilt werde. Seit ich meine restliche Zeit hier absitze, bin ich nicht mehr besonders wählerisch. Irgendwann stumpft nun mal jeder ab. Aber Jutta ist grundsätzlich in Ordnung, also für jemanden, der vor Neugier und einem überbordenden Mitteilungsbedürfnis fast platzt. Auch glaube ich nicht, dass sie wahllos jeden nehmen würde, wie Margot ihr unterstellt, nur weil sie dreimal verheiratet war. Außerdem bin ich schließlich auch nicht für jeden zu haben. Margot habe ich mir immerhin auch mal selbst ausgesucht und verzichte jetzt auch charmant darauf, sie darauf hinzuweisen, dass Jutta nicht die Einzige in unserer Zwangs-WG ist, die aus der Rubensfraktion stammt. Margot ist ein prima Beispiel dafür, was Müßiggang und Streichkäse mit einem Menschen machen können.

»Jetzt sag doch auch mal was«, faucht sie mich an.

Ich bin sicher, das würde sie nicht hören wollen. Zumal ich langsam ein wenig ungehalten werde. Hauptsache, ich würge seit sechsundvierzig Jahren Magerjoghurt und Rahmersatz runter. Dabei bin ich nicht mal der Typ, der Fett ansetzt. War ich noch nie. Im Gegensatz zu Margot. »Mhm.«

Margot schmatzt so überheblich, wie sie es immer tut, wenn sie sauer auf mich ist. »Das ist ganz liebenswürdig von dir, meine liebe Jutta«, säuselt sie schließlich. »Aber ich muss mich um *meinen* Helmut kümmern.«

Ich blicke an mir hinunter, als wäre mir ein Gebrechen entgangen.

»Du kannst es dir ja überlegen. Wir sind ein paar Stunden unterwegs«, entgegnet Jutta fröhlich.

Ich staune immer wieder, wie sie sich in diesem Umfeld ihr sonniges Gemüt bewahren konnte. Aber das muss sie wohl, denn alle bei uns im Heim sind ihre potenziellen Kunden, und die muss man pflegen. Jutta ist da äußerst pragmatisch. Ich schätze, sie rechnet nicht mehr mit Ehemann Nummer vier und versucht jetzt, kraft ihrer eigenen Fähigkeiten über die Runden zu kommen. Für eine Ruheständlerin, deren Talente vorranging im Glücksspiel, im

Okkultismus und in fragwürdigen Geschäftsbeteiligungen liegen, ist das sicherlich nicht so leicht. Auf der anderen Seite leben wir in einem Seniorenheim, und wenn sich nicht wildfremde Leute via Enkeltrick an allen hier bereichern, tut es eben Jutta.

»Jedenfalls ist es schön, dass wir alle noch mal was erleben«, frohlockt Jutta. »So ein Ortswechsel eröffnet ganz neue Perspektiven.«

»Haben Sie noch immer keinen Mann gefunden?«, ertönt die Stimme der Frau Doktor von Juttas Nebenbank.

Doktor Olga Maria Böttcher ist als Koryphäe der Rechtsmedizin eine langjährige, äußerst geschätzte Kollegin von mir gewesen und ebenfalls gegen ihren Willen hier kaserniert. Aber während mein Sargnagel neben mir sitzt, hat sich der Sohn der Frau Doktor seit ihrem Einzug bei uns nicht wieder blicken lassen. Womöglich ist es sogar besser, seinen Henker nicht tagtäglich zu Gesicht zu bekommen. Im Fall der Frau Doktor spielt das keine ganz so große Rolle, denn sie würde den undankbaren Spross ohnehin nicht konsequent zuordnen können. Ihr Gehirn gönnt sich immer mal wieder eine Pause. So was hat auch nicht nur Nachteile.

»Wieso nehmen Sie nicht Herrn Katuschek?«, fragt die Frau Doktor mit der Arglosigkeit eines Kindes, die sie immer dann erfasst, wenn ihre Synapsen Siesta halten.

Herr Katuschek, das bin ich. Helmut Katuschek. Und für den entwickelt sich die Angelegenheit hier gerade zum Problem.

»Helmut Katuschek, hast du mir vielleicht etwas zu sagen?«, keift Margot, und wenn Rolf Jürgen nicht gerade einen Schmerzensschrei ausgestoßen hätte, weil er das Auskugeln seines Arms vermutet, wäre dies auch zügig zu einem

Thema für alle anderen geworden. Zwischenmenschliches ist hier hoch im Kurs, nach der Darmtätigkeit wohlgemerkt.

»Helmut! Wenn ich gewusst hätte, dass das eine Kuppelfahrt ist, hätte ich diesem Urlaub niemals zugestimmt. Wenn das hier so läuft, kann mir die Ostsee gestohlen bleiben«, erklärt Margot mit weinerlicher Stimme. Theatralik ist ihr in die Wiege gelegt. Dabei war sie es, die die Anmeldebögen für uns beide unterschrieben hat, ohne dass ich überhaupt von diesem Angebot Kenntnis hatte. »Dass mein Mann einmal feilgeboten wird, hätte ich mir nicht träumen lassen. Wie sauer Bier.« Sie bläht die Nasenflügel.

Soll ich jetzt auch noch froh sein, dass sie mich nicht mit den Brötchen vom Vortag vergleicht?

»Kollege Katuschek ist ein anständiger Mann«, redet die Frau Doktor weiter. »Nicht so wie mein Karl Heinz, aber der ist ja auch tot.« Etwas scheint sie umzutreiben. Jedenfalls kann ich sehen, wie sie immer wieder mit ihren Händen auf die Armlehnen schlägt. Dann beugt sie sich weit zu Jutta herüber. »Habe ich den eigentlich damals umgebracht? Können Sie sich vielleicht erinnern?«

»Wer weiß das schon so genau, meine Liebe«, entgegnet Jutta. »Nun machen wir uns erst einmal ein paar schöne Tage am Meer.«

»Und dort mache ich Sie mit Herrn Katuschek bekannt«, erwidert die Frau Doktor.

»Da freue ich mich drauf«, entgegnet Jutta und streichelt der Frau Doktor den Arm.

»Und ich mich erst«, flüstert Margot boshaft neben mir.

»Ich bin drin!« Rolf Jürgens Schrei hat etwas Animalisches. Vor lauter Begeisterung über seine Leistung reißt er, kaum dass Frau Mehltau und Schwester Monika von ihm abgelassen haben, die Arme hoch und genießt seinen wie auf Kommando aufkommenden Applaus. Ich wundere mich, dass die Leidensgemeinschaft bei der Hitze noch Lebenszeichen zeigt, aber sie scheinen härter im Nehmen zu sein, als ich vermutet hatte. Vielleicht sind sie aber auch nur erleichtert, dass es endlich losgehen kann. Auch alte Menschen verfügen nicht mehr über so viel Geduld, wie man vielleicht meinen möchte, noch dazu, wenn die Heimleitung allen eine Lunchbox für die Fahrt versprochen hat. Dafür muss man nur eben erst unterwegs sein.

»Da bist du ja, Liebster«, stellt Auguste das Offensichtliche fest, und es klingt, als hätte sie ihren Gespielen über Jahrzehnte nicht gesehen.

Gertrude macht es sich leicht und wiederholt den Satz ihrer Nebenbuhlerin einfach. In unserem Alter gibt es ohnehin nichts, was noch nicht gesagt wurde. Da lohnt sich die Mühe der Kreativität nicht. Noch dazu hat Rolf Jürgen des Öfteren Probleme mit seinen supermodernen Hörgeräten, und niemand weiß, wann er gerade auf Sendung ist. Ihm ist es womöglich nicht einmal selbst klar.

»Jetzt aber hurtig, Kameraden! Der Kommandant ist an Bord. Der Feldzug gen Norden kann beginnen«, fordert Rolf Jürgen, ohne dass er sich nur einen Millimeter von der Stelle bewegt hat.

Erst jetzt fällt mir auf, dass er seine normale Anstaltskleidung, einen hellgrauen Anzug aus schwerer Kunstfaser, gegen giftgrüne Boxershorts und ein geblümtes Hemd getauscht hat. Die Hose scheint noch der Restbestand seines vorherigen Lebens zu sein, vorausgesetzt, er war früher mal ein stattlicher Mann. Jedenfalls reicht das Beinkleid nicht nur hinunter bis über seine Knie, sondern es schlackert auch noch in einem Maße, dass man Sorge haben muss, er verliert es bei der erstbesten Bewegung. Das allerdings kann auch nicht schlimmer sein als der Anblick der dürren Stelzen, auf denen er unterwegs ist. Glücklicherweise sieht man von dem weißen Fleisch nicht allzu viel, da seine blauen Wollsocken bis weit über die Waden reichen. »Mädels, rafft schon mal die Röcke hoch. Der Rolfi ist im Anmarsch«, tönt er vollmundig. Allerdings scheint es der Rolfi damit nicht sonderlich eilig zu haben, denn er bewegt sich keinen Millimeter vorwärts. Stattdessen schwankt er nur bedenklich, aber nachdem ich seine Beine gesehen habe, erschreckt mich das nicht. Die Physik macht nicht mal vor dem Alter halt.

»Dieser ekelhafte alte Kerl«, echauffiert sich Margot und streicht dabei über die Blümchen ihres Sommerkleids, als wäre es ihr Rock, auf den Rolf Jürgen es abgesehen hat.

»Geht hier noch was, Opa?«, erhebt der Busfahrer unhöflich die Stimme.

Abgesehen davon, dass dies die ersten Worte sind, die er an seine Fahrgäste richtet, finde ich diese Anrede einfach nur unverschämt. Wir sind vielleicht etwas älter, aber wir sind auch Menschen.

»Gestern ging es noch«, kontert Rolf Jürgen und bleckt die dritten Zähne.

Ich befürchte, man muss ihm das sogar glauben. Dann setzt er sich voller Entschlossenheit in Bewegung. Für jemanden, der sich normalerweise nur mit der Hilfe des Pflegepersonals oder mittels seines Rollators fortbewegt und in der letzten Stunde körperliche Höchstleistungen vollbracht hat, ist das ein nahezu tollkühnes Unterfangen. Es scheitert. Rolf Jürgen verlassen die Kräfte. Er strauchelt und kippt in Richtung Fahrersitz. Der Blödmann, der darauf hockt, denkt jedoch nicht mal daran, dem Bedauernswerten zu helfen. Anstatt ihn aufzufangen, lehnt er seinen Oberkörper zur Seite, soweit es die Geräumigkeit des Busses zulässt, und hebt dabei die Hände, als wäre Rolf Jürgen eine heiße Kartoffel. Oder ein alter Mann, dem durch einen unglücklichen Sturz seine Hose in die Kniekehlen gerutscht ist. Dass diese Reise nicht durch eine Toilettenpause für unseren Heim-Methusalem unterbrochen werden muss, wissen nun alle. Rolf Jürgen trägt eine Windel.

»Wie lustig!«, jauchzt die Frau Doktor bei diesem Anblick. »Normalerweise sind alle nackten Männer, die ich seit über dreißig Jahren zu Gesicht bekommen habe, tot.«

Rolf Jürgen befindet sich zweifelsohne in einer Vorstufe dieses Zustands.

Wenn es so etwas wie eine durch Ekel ausgelöste Schockstarre gibt, dann hat sie unseren Busfahrer erfasst. Mit weit aufgerissenen Augen stiert er auf den schräg über seinem Lenkrad liegenden Rolf Jürgen, unfähig, irgendetwas zu tun. Wie sehr ihn der Anblick irritiert, steht ihm dabei im Gesicht geschrieben. »Ist er etwa to… to…t?«, stottert er konsterniert und bemüht, seinen Würgereiz zu unterdrücken.